梁晓声文集·长篇小说 4

恐惧

青岛出版社

此书何以令我羞愧

算来,我此书的初版,已是二十余年前的事了。

甫一发行,便有人在报上发表了大块文章,予以严厉谴责。是的,不是批判,直接便是谴责。说是"大块文章"并非夸张,字数占了大报版面的半版;通栏标题,每字如大衣钮扣。文章的写作者是位女性,自己也创作的,职业大约是记者。

我认真读了那一篇谴责文章,概括而言其意无非便是——"肮脏"。并且喟叹:连梁晓声也写这么下作的小说了。

不久我就在发表她那一篇文章的报上也发了一篇自己的文章,公开接受她的谴责,也有向读者公开谢罪的意思。并且保证今后绝不再版自己这一部小说了。

当年我确实感到大的羞愧,因为《恐惧》中写了较大量的金钱作用之下的堕落的性现象。

我对文学的主张一向是倾向于美、善与庄重的。可当年我一度对左拉发生了兴趣,并且先读的是他的《小酒店》《娜娜》《金钱》《浮渣》和《崩溃》;如果反过来,先读的是他的《卢贡——马卡尔家族》,也许就不会写《恐惧》了。

我写《恐惧》时，内心里专执一念的想法是：让我来写一部中国的《娜娜》。结果笔底一失控，就写成了那么不像样子的状态。

此后凡二十余年间，在我记忆中，我是不曾允许过《恐惧》再版的。

但，它再怎么不好，终究也还是自己创作的一部书。并且在现实中，金钱作用之下的性的堕落现象，已远甚于我书中所写的了。

所以，在重新整理自己的作品交付出版社系列出版前，我对《恐惧》进行了"抢救"，也就是我自己认为的必要也必须的删除。

我相信，即使目的是为了向左拉那样"无情地揭示社会的溃疡"，作家也还是可以同样将小说写得较庄重，而不一定非要一味展示污秽。

当年我不谙此理，能力也有限。故现在"抢救"起来，便只有删除了。

我从没对自己的作品这样大删大砍过。并且做了这样的处理后，内心依然还有对文学及对读者的负罪感，但它总算是变得"卫生"了些……

梁晓声

二〇一〇年六月二十三日于京

第一章

"我没死！……"

他拼命喊叫,却没有声音从口中发出,甚至连嘴也张不开,嘴仿佛被万能胶粘住了。甚至……他下意识地摸摸嘴,觉得脸的那个部位,也就是人人的脸上都应该长着嘴的那个部位,平滑无唇,比他刚刚刮了胡子又擦了润肤霜的脸腮还平滑——嘴不在了,"天衣无缝"地不存在了,仿佛他脸上那个部位根本就没生出过嘴似的……

"我还活着呀！……"

他仍喊叫,根本没嘴,所谓喊叫,便只不过是在心里,只不过是一种本能而又枉然的企图罢了。

他霍地坐起,绝望至极地用双拳擂棺木的四壁,还用头撞、顶,用脚蹬、踹——然而棺木的四壁如同是有弹性的,没有发出任何一点点响声,也完全没有或能被他突破的希望……

周围黑漆漆的。

他渐渐感到窒息了,感到喘不过气来了,感到一种从未体验过的无边无际的巨大的恐惧,像一只大手紧紧地使劲地攥住他,分明要把他攥死、闷死。

被活活钉入棺木里埋入地下,是比被一刀杀死,比被一刀刺中心脏、一刀砍下头颅更悲惨的。

而他正处在这样的悲惨、恐惧和绝望之中。没有人会赶来救他,他十分明白这一点。他自己也解救不了自己,只有哭泣着等待死亡将灵魂从肉体中挤压出去了。

谁要他死?

他不清楚。

谁决定了他该这么一种死法?

他也不清楚。

他自信他是一个没有仇人的男人——那么自己究竟是被谁弄到棺木里,又究竟是被谁埋入地下了呢?

从棺木的顶上,更准确地说,是从地面上,传来很大的闷响。他想象那是活埋他的人们在通力合作,用石夯夯平埋他的坑土。一下、两下、三下……每夯一下,棺木都随之震动一次……

很奇怪,他的目光,忽然竟能穿透棺盖,穿透土层,望到地面上的情形了——四个赤裸上身的精壮汉子,正从四面用粗绳扯起着夯石,并且呼应着号子。阳光很强烈,他们的脊背在阳光下闪耀着黑红的皮肤的光泽,布满了亮晶晶的汗珠。其中一个似乎讲了一个什么笑话,于是另外三个都咧开嘴笑了起来。他们的嘴都特别大,一笑两边的嘴角都咧至耳根去了……

他们笑得格外开心的样子,使他又想到了自己已经没有嘴了这一事实。尽管连命也快没有了,可他仍那么在乎自己是否有嘴。没有了嘴,他认为自己肯定会死不瞑目的。而他一点儿也不情愿大瞪着双眼死掉。能由他自己选择的话,他倒宁肯闭上双眼却大张着嘴死。他又下意识地摸脸上该有嘴的那个部位,结果连平滑的肌肤也没摸到,他的一只手摸到了一个窟窿里、一个骷髅的上下腭之间。他听到了一阵骨头硬邦邦相碰的喀嚓音响。他明白那是由于他的手也同时变成了骨爪。他极度地怵然于自己转瞬间就由活生生的血肉之躯变成了一副动则喀嚓作响的骨架,并且在极度的怵然之中仍好奇之心未泯,惊诧于自己的肌肤化泥的速度之快……

他由坐姿而倒下去了,发出一阵骨响,是那种听来完全散架了的骨响。他想象到他的凸起对称的两排肋骨,横七竖八地交错堆压在一起。

他仍能望到地面上的情形。那四个汉子还在夯着,只不过相互间不再呼应着号子了,似乎都有些累了。他觉得他们中有一个好生面熟,一时又想不起那家伙是谁,曾在哪儿见过。

忽然,地面上由白天变成了夜晚,翳月冷光,飞萤点点,莎草蛩吟,荒凉凄清。这里那里,野蒿丛中,隐现一座座坟头。起风了,不知从哪儿刮来许多枯叶,夹杂着纸钱——这样的地方,像极了《聊斋》里描写的所在。即使不迷信的人,也会觉得马上便会有鬼影出现……

"救我……"

他哭了。

他认为他哭了,可是骷髅哪来的眼泪呢?

天光却又忽然明亮了,地面上还是一派秋色,远处江流脉脉,有船,櫂声咿喔。诸禽鸣叫,芦花摇摆。

骷髅也能听到么?

他认为他确乎是听到了。

他望见远远地又来了两个人,一个老头和一个小孩儿,还有一头驴。驴由老头儿牵着,拖着一个碾子。那四个汉子便停歇了,等老头儿走到跟前,其中一个和老头儿说了些什么。老头儿固执地摇头带摆手,分明是在和他们讨价还价。后来那四个汉子又凑到一起嘀咕了一阵,于是其中一个将一只扎了口的口袋抛给老头儿。老头儿接着,解开扎口,袋中全是钱。老头儿笑了,孩子也笑了。汉子们走了,一边走,一边齐唱着:"你问我爱你有多深,月亮代表我的心……"

于是老头儿开始吆喝驴,驴开始拉着碾子碾压埋他的坑,碾了一圈儿又一圈儿。那儿的地面,原本已被汉子们夯得够平的了。经碾子一圈儿又一圈儿碾压,则不但平,而且光了。

他极困惑。他不解何以要将埋自己的坑夯了又碾压,搞得桌面儿似的平桌面儿似的光。他望着那孩子,觉得太像自己的儿子。不,不是太像,原来就是自己的儿子。儿子正在摆弄那一袋钱,他估计少说也有十几万。那些汉子们出这么高的价,仅仅就为了使埋他的坑更平些么?他的儿子忽然捧起一捧钱,双手朝空中一扬,于是钞票漫空飘飞。老头儿就高举着鞭子,愤怒地朝他的儿子奔去。他的儿子拎了钱袋起身就跑,一边跑一边笑,同时将一只手伸入钱袋,抓了一把一把的钞票继续扬撒向空中……

那驴站住了,撒尿了。驴尿非常快地渗入土中,渗透棺盖,一滴一滴,滴落在他的骷髅上、臂骨上、腿骨上。而他的骷髅,臂骨和腿骨,像海绵吸水一样,又像石灰石吸水一样,嗞嗞作响,挥发出一阵阵的白烟……

那老头儿不追赶他的儿子了,奔回到驴这儿了。驴还在撒尿。老头儿双膝一屈,跪下了。老头儿跪下之后,号啕大哭,一边哭一边磕头,磕得他在地下棺木里一次次被震起来,不得安生。这儿那儿的骨头,在黑暗中,在棺木的狭小空间里跳舞。老头儿的双手掌还一次次拍地,哭得是那般的哀伤,仿佛什么一辈子都不见得能做成一次的天大的好事被不期然地破坏了。

他也哀伤地流泪不止。哀伤首先是为自己,也有为那老头儿的成分。他见不得老头儿老太太号啕大哭的情形,每见一次,必哀伤几天……

儿子还在向空中扬钞票。那一袋儿钱却不见少,反而还多了些似的。他极想对儿子喊——别那样,那可是钱啊!但是没有了嘴,嘴那儿成了骨头间的窟窿,想喊也喊不成。又是一阵干着急罢了……

忽然他的手骨一阵痛疼。他终于从怪梦中醒来了,睁开双眼,发现自己躺在地上,一只手被妻子的高跟鞋细高的后跟踩着。

"嗨,你踩我手了!"

他用另一只手猛地朝妻子的小腿一推,妻那条腿的膝部一弯,差点儿晃倒,向前跟跄了两步才站稳身子。

"你干什么你!"

她扭头瞪他,一副厌恶的表情。她上身仅戴胸罩,肩上披着一条手巾,显然刚刚洗过头发。她方才正对着桌上的一面小圆镜化妆。眉描过了,眼影涂好了,双唇却刚抹红了下唇。这使她的脸看去有些古怪,仿佛整张嘴向下移位了似的。

尽管已从怪梦中醒来,他还是下意识地又摸了摸自己的嘴。双唇俱在,他放心了。

"你踩我手了,你自己不知道么?"

他并未马上从地上起来。

"踩你手了,你就那么猛劲儿地推我啊? 你是巴不得我一跟头栽倒,跌个脑浆迸溅呀?"

妻断定他居心险恶。

他揉着被踩疼的手,一时发愣,觉得理亏。

妻双手擦起湿发,一拨弄头,一阵水珠又溅到他脸上和身上。

他轻轻拭着脸上及身上的水珠,倏忽间恍然大悟,为什么在自己怪诞又恐惧的梦中,会穿插进一头驴的尿水。他不禁徒自摇头苦笑。

妻不理睬他,继续弯下腰,两肘支在桌上,对着那面小圆镜化妆。

他没话找话地说:"人家女人都是先抹上嘴唇,你怎么每次都先抹下唇?"

妻头也不回地说:"我愿意!"

"眼见着我从床上掉在地上,还睡着了,怎么不弄醒我?"

妻这时连上唇也抹红了,转过身,又撩起湿发拨弄了一下,又将一阵水珠溅到他脸上和身上,俯视着他反问:"弄醒你干什么?"

他说:"弄醒我,让我睡到床上呗。"

妻说:"让你睡到床上? 我不愿意。"

"不愿意?"

"不愿意!"

"你这哪儿像两口子之间该说的话!"

他起身坐到了床上。

"因为早跟你是两口子腻歪了,也早不愿意跟你挤在这么一张破双人床上睡了。你掉地上,我正好睡得宽绰点儿。"

妻分明是在存心用话气他,分明是企图惹恼他。最近以来,只要他想跟她说说话,她必是这样。他晓得她存心找茬儿和他大吵一通,却不晓得为了哪般是非,也不想晓得。但是他曾一再地告诫自己,无论她对自己说出多么使人听了生气的话,也千万不要生气。他爱她,很爱。两人吵架,哪怕完全是由一方的企图引起的,最终的结果,也必是双方都生气。他反而怕她真的生起气来。怒伤肝。她肝不好,他岂能不宽忍不让着她点儿? 她不惜伤了自己的肝,他还舍不得呐。她是他妻子,不是外人。归根结底,他认为她的肝,其实在很大程度上也是属于他的。如果她的肝真气伤了,不是得他陪着么? 煎药不该是他分内的事么? 妻是个信赖中医的女人,生了病,一向求治于中医。熬药也一向成了他的责任和义务。妻又是个有些娇气的女人。结婚后被他宠得惯得,看病没他陪着是不去的。用她的话说是"懒得去"。肝又是人的一种娇贵的脏器。肝病又是人的一种富贵病,一旦复发,轻则需在家中卧床静养,重则需要住传染科病房。那么,他不是天天侍候于床畔,就是得经常探视于医院了。她的肝病曾复发过一次,养好以后使她的体重增加了十斤,养得又白润又丰腴。而他的体重则减少了十斤,确切说是减少了十三斤半,两腮都瘦得塌下去了。什么时候一回想起那些日子什么时候就心有余悸。他可是的确不愿自己再受二遍苦遭二茬罪了。撇开他爱她这一层姑且不论,就是完完全全地极端自私地替自己考虑、体恤自己,他也不能惹她生气不敢惹她生气啊！她存心找别扭，只要他不认为她是那样就算了么！她企图惹恼他，他不恼就是了么。何况他爱她。

他一边穿衣服一边说："刚才做了场噩梦，以为我死了。"

她说："你那么轻易就会死了，那倒好啦！"

她也不急着穿上衣，双臂交抱胸前，就那样地不拿好眼色瞪他，仿佛个体饭馆的老板娘，瞪着不但白吃饭，吃完了还赖着不走的食客。近来，有时他一想跟她说说话儿，哪怕她正做着什么事，竟会放下那事不做，像现在这样双臂交抱胸前，以现在这种眼光瞪着他，一门心思妄想实现她的一次次都没能实现的企图，却一次次都被他宽忍过去了，或者也可以说一次次都被他狡猾地避免过去了。每避免一次，他则暗暗得意一次。他才不上她的当呢。他极乐于使她的企图一次次彻底地成为泡影，成为一个女人纯粹的一厢情愿的痴心妄想，也极乐于一次次体验狡猾地宽忍地而又很成功地避免了一场夫妻之战的得意。那得意于他是掺杂着某种快感和愉悦的，并且，他对她近来也变得有些一厢情愿的娇宠，那一种做丈夫的快感和愉悦，还包含着某种单方面的温爱的成分。

"你瞧你，越说越难听了。"他朝她投去极温爱的一瞥，遂问，"今天星期几啊？"

"星期一，怎么了？"

由于他不生气，由于他不那么容易被激怒，由于他一再的宽忍，妻内心里蠢蠢欲动的企图，似乎有点儿消停下去了。妻也似乎感到有点儿索然有点儿无奈了。感到有点儿索然有点儿无奈的妻，虽然语气仍呕呕的，回答的话却有点儿像一个妻子回答丈夫的话了。妻还长长地叹了口气。分明地，她那口气是因了自己的索然自己的无奈自己最终的放弃和妥协而叹出的。

他内心里顿时充满了得意、快感和愉悦，充满了获胜，甚至是大获全胜一方的骄傲，并且，不失时机地，再次向妻子送去讨好的一瞥，其中充满更多的温爱，更大的愉悦和言之难尽的亲情言之难尽的感激。

"怎么又是星期一了呢？"

"昨天是星期日，前天是星期六，今天不是星期一该是星期几？"

妻说罢，又叹了一口长气。叹罢，终于打开衣柜，挑选了一件上衣开始穿了。她那叹息，仿佛包含着一个悲怆的败者怅然的意味儿，仿佛她自己早就清楚，她的一次次打算落空，一次次企图最终不得实现，乃是注定了的结局。而她开始穿的，则是一件墨绿色的上衣，无领的领口开得很低。弧形的前后襟裁得很短，刚及臀部，如两片墨绿色的肥叶，恰到好处地贴在腰际。花边领口是褛绣的。左右胸襟那儿，也就是被乳房撑挺起来的那儿，也是褛绣的，与领口的褛绣缀连着。前者似梦，后者若花，都是美妙剪纸般的图案。乳罩是粉色的。她的皮肤又那么白皙。这一粉一白，从那墨绿色的褴褴络络的褛绣之下影影绰绰地衬出，非常具有诱惑性。当然是指对男人们。

他望着她一时竟有些发呆。好像她不是一个他早已稔熟了的女人，不是他的妻子似的。她下身穿的是一条蛋青色的瘦腿裤。这使她的双腿是越发地显得苗条修长了。高跟鞋也使她的身段越发地显得婀娜娉婷了。他觉着被他望着发呆的，分明是一个时髦而妖娆甚至轻佻的女子。三十六岁的女人，该穿裙子的季节，不穿裙子偏穿长裤，还穿那样一件无领无袖瘦短小透的上衣，不是一个轻佻的女人，也难免要被视为一个轻佻的女人，他这么认为。那裤子是她自己买的。那上衣是有次他去上海出差给她买的。她从不要求他为她买衣服，买了她也不爱穿。所以一般情况之下，他也从不轻易为她买衣服。那一次情况有些很不一般。不知为什么，他出差的第二天就开始想她。其实也不是没有一点儿原因。原因说穿了也很简单——出差的前一天晚上，没上床他就极想和她亲热。但是她一再地躲他，仿佛一点儿也不理解他当时的好心情，一点儿也不替他也不替她自己考虑考虑。一别就是二十多天，临走前最后一个晚上，一个丈夫对妻子的亲热愿望是多么正常的愿望。总之他越是企图拥拥抱抱，她越是左闪右避，从这个房间到那个房间，在两个房间进进出出，没事儿找事儿地做这做那,根本不给他一个靠近的机会。后来他改变了战术,索性上床安安稳稳地守株待兔。当时他想,他是她的丈夫,她是他的妻子,他干吗期期艾艾地绕着她身前身后抓耳挠腮地转悠呀!又不是偷情,他犯得着么?难道养熟了的猫儿还不让主人抱了?难道她整夜不上床了么?他静静地吸着烟,静静地望着她做这做那,尽做些没有任何意义的细碎小事。终于她是找事做也无事可做了,终于她是不得不上床。

他轻轻关了灯后,悄声问:"再没什么事儿可做了?"

她"嗯"了一声。

他说:"想想,也许又想起来了还有什么事儿可做呐。"

她说:"不用想,有没有什么事儿可做,我自己还不知道么?"

他在心里告诫自己,别犯急,别发火,要有耐心,要极其温存。反正他明白,要做的事儿只有一桩,要达到的目的只有一个,那就是在他出差前的这一个晚上,他必得从她身上获得一番大的满足,以弥补二十多天单枕独眠的巨大损失。自从他们结婚以后,他再没出过差,她也没有。二十多天呐,小一个月呐,结婚以后他从没想过有一天会和她分开这么久。结婚使他变成了一个离不开妻子的男人。只有她睡在他身边,他自己才能睡得踏实,睡得深沉,睡得酣甜。他早已不习惯单枕独眠了。何况,她对他具有的吸引力和诱惑力,婚后反而比婚前有增无减。

他又悄问:"你就不想?今天晚上?"

他把"今天晚上"四个字说出特别强调的意味儿,提醒她别忘了从明天起他们就得分开二十多天小一个月。

她却反问:"想什么?今天晚上怎么了?"

"想什么还用我说明了么?"

"你不说明白了,我怎么知道你现在正想什么?又怎么能知道我该跟着你所想去想什么?"

"今天晚上我还能想什么?"

他又在心里告诫自己,别犯急,别发火,要有耐心,要极其温存……

9

"今天晚上怎么了？"

"今天晚上……我不是明天一早就得出差,一走二十多天小一个月嘛!"

"那又怎么了?"

"什么叫那又怎么了啊!"

他将一只手探进了她的薄被窝里。这费了点儿事,因为她将薄被边儿卷压在身子底下。他又不愿以强硬的方式达到目的,所以他的手像一条被叮过的人用鞋底儿拍扁了的水蛭,靠缓而慢地一点点往里钻才得逞。一得逞就搭在她腰间了,臂肘随即一弯,手也就捂在搂着女人的男人们习惯捂着的那个地方了。

"你别摸摸索索的,烦人!"

"烦人? 我?"

"对。你,烦人。讨厌!"

她将他的手从胸前拨开,推拒到她的被窝外,并且,抓着他的手使劲一甩。他的手被甩得飞抡起来,撞碰到了墙上……

虽然他一再暗暗告诫自己一再发誓绝不生气,这一下还是生起气来。非但生起气来,简直是恼羞成怒了。

"怎么,我没有权利么?"

他霍地往起一坐,坐起来了,声色俱厉。

"你吓唬谁? 你究竟想怎样?"

她的头,仰枕在枕上,异常平静地瞪着他,异常平静地问。倒好像他是一个存心惹她生气,存心激怒她,而她自己一再告诫自己一再发誓绝不生气绝不轻易被激怒似的。

"我想要! 我想要你! 你装什么傻? 难道你真不明白?"

他吼了起来。幸亏他们还没有孩子,如果有,哪怕睡在另一间屋里,也肯定会被他的吼声吵醒的。

"好,你要,我给就是了。只要你想要,不管我心里烦不烦,我就得给是不？谁叫你是我丈夫，我是你老婆呢！我给！我全给！统统给！彻底给……"

她一边说，一边在被子底下动作，手臂朝被窝外一伸，手指上挑的是乳罩。挑在他鼻子底下，是挑给他看的，却使他觉得似乎是挑给他嗅的。手臂缩入被窝，又朝外一伸，手指上第二次挑的是裤衩。仍挑在他鼻子底下，先后一甩，乳罩和裤衩都脱指而飞，不知去向。

接着她拉亮了灯，将薄被一掀，从床头柜上拿起一本书是《期货指南》，又抓起烟盒，吸着一支烟，复仰躺下身去，一边吞云吐雾，一边专心致志地看起《期货指南》来……

灯光在墙上映出了一个古怪的影子。他抬头望向枝形吊灯，但见乳罩挂在上面。他又旋目四盼，发现她那裤衩在电视机上，罩住了电视机上的一个瓷娃娃。并没完全罩住。瓷娃娃的一只手臂，白白胖胖的一只手臂，从裤衩应该穿出腿的地方，当然是应该穿出他的妻子的腿的地方，高举不疲，还拿着红色的拨浪鼓。仿佛只要他一转脸，瓷娃娃便会将手臂缩回去似的……

最后他的目光回归到她身上，而她的目光仍集中在《期货指南》上。

他夺过她手中的书，往地上狠狠一摔。她却还是不肯看他一眼。她将烟不慌不忙地按灭在烟灰缸里，双手朝脑后一插，枕着手闭上了眼睛。

"你逼我强奸你，是不是？"

他咆哮起来。

她说："你这叫什么话？咱俩什么关系？难道不是夫妻关系么？夫妻间还用得着谁逼谁么？强奸的事实是以反抗为前提的。你看我有半点儿想进行反抗的意思么？我干吗要进行反抗啊？那不恰恰成全了你的强奸意识么？我不反抗，我顺奸，算成顺奸，还不行么？"

每每地，最初表现得极其宽容的是他，而最后表现得极其宽容的却变成了她。最初觉得理正词严的是他，而最后觉得理屈词穷的也是他。她总是在最后一个回合，道高一尺，魔高一丈，变无理为有理，变被动为主动,反败为胜,以败制胜,将他置于一蹶不振、怏怏气馁的境地。他曾认真地回想过这一种荒诞的过程,对每一细节、每一句对话都不放过,反复地加以推敲、分析和研究。却一次也没真正搞明白,有理和无理、宽容和被宽容、主动和被动、胜和败究竟是在哪一个回合,怎么样就开始转变了的。什么经验都没获得过,什么教训也没吸取过。因为无论经验还是教训,他都没分析、研究和总结出来过。如果说他有时候也憎恨过她,那么往往正是在这么一种糊里糊涂地就变得没有道理可言了,百思不解的时候。更多的时候他只不过是有点儿生她的气罢了。而生一个人的气,毕竟和憎恨一个人是很不同的。尤其一个丈夫生自己妻子的气更和憎恨自己的妻子不能相提并论。比如他出差的这前一天晚上,直到他忍无可忍地对她咆哮起来那一时刻为止,他也只不过是被她气得怒火中烧突然爆发而已……

"你!你气死我啦!……"

他扑在她身上,那副嘴脸的确像一个强奸犯。

她睁开眼睛,他们的脸对得很近地,一上一下,互瞪着。

她说:"我说到做到,我不反抗,我顺奸。可你这副样子算怎么回事啊?你至于这样子么?还猪八戒倒打一耙,反说我把你气死了……"

她的语气是那么平和,又是那么由衷,完全是一种逆来顺受的口吻。

于是他完全没了做爱的冲动。预先积蓄了多日,铺垫了很多很久的情欲,顿时彻底消散,被她的话、淡淡的异常平和异常由衷的几句话扫荡尽净。

他一翻,从她身上翻下去了。

"怎么?收回念头了?是你自己收回念头的啊!记住了,以后别把不好好配合的罪名扣在我头上呀!你这个人,事业上没有追求,一无所成,做丈夫也做得没水准,连床上的功夫都是疲软的,次次都像一分钟小说,还总主动闹腾着非要逞能,自我表现欲膨胀。你怎么就不肯老老实实地承认自己哪方面都不行呢?……"

她欠起身,侧卧着,手托着腮,胳膊肘支在枕上,以睥睨的眼光瞧着他。她那眼光里,不但似乎充满了宽容,甚至是宽恕,还似乎掺兑了几分怜悯几分惋惜。她眼光里的一切内容,在他读来,却都不过是似有似无罢了。他内心非常明白,在他们婚后这第七个年头里,她是渐渐地开始对他感到厌烦了,只不过还没到厌弃的程度罢了。也许其实早已到了厌弃的程度,只不过她仍把厌弃的最后一张牌扣在他们这个家庭的赌桌上,耐心期待着由她出牌的最有利的时机……

他一声未吭,抱起他那只枕头下了床,识趣地避退到另一间屋里,沮丧而又失落地往沙发上一躺……

他出差前一天的那一个夜晚,就是在双人沙发上熬过的。他身材高,一米八的大个子,躺在沙发上伸不开腿,胳膊也没处伸展,不得不交叉抱在胸前睡。他第二天早晨落枕了,脖子转不了了。他便挺着脖子离开了家……

到上海的第二天他就开始想她。以后一天比一天想得厉害。他是个安分的男人,差不多是该属于正人君子那一类的,从来也没有过什么拈花惹草的行径,有那个心,也没那个胆儿。他唯一亲近的女人便是他的妻子。尽管她往往并不以同样的亲近回报他。当情欲在他的内心弥漫在他的血液里涌动不止的时候,他唯一可以思念的女人也便是他的妻子。因为在出差的前一个晚上他的情欲没有获得到一丝一毫的释放,所以虽然离开了家,离开了她,他反而更加倍受情欲独燃的折磨了。不,那岂止是折磨,简直是对一个男人的摧残。每一个男人,尤其每个结过婚的男人,都会明了那究竟意味着什么……

于是他就靠逛商店消磨晚上漫长的时光。尽管在一九九一年,在大上海,在那个炎热的夏季,提供给一个男人消磨时光的场所很多,但却都是他并不想去的,高档豪华的地方他因为舍不得消费而不想去。他随身带的钱不少,但那是公款,是为他的工作单位——华夏心理研究所订购小汽车用的。三分之二早已电汇到了。他携带着三分之一现款,付款后还余下了一万多元,花是完全可以的。但花了公款,是要在一个限定的时期内补上的啊!低档的地方,他因为嘈杂而不愿去。比如开办在历史留下来的防空洞里或地下室里的卡拉OK厅。有些个体餐厅,倒是既不豪华,也不嘈杂,要一碟拼盘,一大杯冰镇啤酒,坐到一个角落,静静独饮,对于目的完全在于消磨时光的他来说,当然不失为挺好的决定。到上海的当天晚上,他那么决定过一次。结果是,一杯冰镇扎啤、二三十颗腰果、一筷子全都夹得起来的那么一点儿酱瓜条、几小块被叫作蟹肉卷的粉不拉几的东西,便被宰去了一百八十多元。他以为老板娘把账算错了,多问了几句,不料二十四五岁的老板娘杏眼圆睁,柳眉倒竖,当即就炸了,一张嘴机关枪似的,哇啦哇啦对他嚷叫了一通上海话。他听得半懂不懂,意思还是明白的——是说他腰包要是不鼓就别出来涮夜,就干脆猫在哪家小旅店早早睡觉算了,还咒他"穷酸样的北方赤佬"。被狠狠地宰了一百八十多元已经够心疼够窝火的了,又被骂,他自然也恼怒了,伸出一根手指朝老板娘那张浓妆艳抹的俏脸一指,大喝一声:"想打架么!"老板娘倒是一下子被他镇住了,仰脸儿呆呆地望着他,在他一米八的大个头前,一时显得有几分畏惧。然而他那一声吼,却从灶间惹出来了厨师和两名伙计,都是二十多岁的小伙子,一个个都是刀山敢上火海敢闯的模样。看得出来,那厨师分明还是老板娘的丈夫,手拎着一把极宽的剁排骨的大刀。在另一张桌上饮酒、吸烟,大快朵颐地享用着一桌面菜肴的四五个小伙子,也呼啦一下全站了起来,都虎视眈眈地瞪着他围了过来。好汉不吃眼前亏,识时务者为俊杰。他立刻又坐了下去,笑着说:"就是您老板娘想打架,我也不能和您打呀!我出门在外可从不惹气生,今天晚上尤其不愿惹您生气。"

老板娘听了他的话,表情并没变得可亲到哪儿去。杏眼依然圆睁着,柳眉依然倒竖着,只不过那张京剧舞台孙二娘那种俏中透着股恶劲儿的脸上,又多了毫不掩饰的鄙夷的神色。老板娘一转身,从柜台上抓起了菜谱夹子,啪地往他面前一拍。她的丈夫,也就是那厨师,不用手,而用那把极宽的剁排骨的大刀的刀刃,替他翻开了那菜谱夹子……

老板娘、厨师、两名伙计,还有那四五个显然是被免费招待的客人,呈扇面状包围住他,一双双眼睛瞪着他,专等着他再点菜。

他心中不免有几分发怵。尤其是那把大刀,刃朝上背朝下立在桌上,使他感受到极大的威慑。厨师的手指,不停地弹着刀刃。弹一记,发出一声挺悦耳的声响。他朝菜谱溜了几眼,见最便宜的菜,价码也在四五十元,菜名也起得古里古怪,只从菜名是他这个北方人的想象力不大能想象出究竟是什么东西的。而不便宜的,价格则在二百三百四百元以上不等了。还有几样千元以上的菜。这么一家只有几十平米的小小的饭馆,居然也敢将四位数字的菜价白纸黑字地标明在菜谱上,使他吃惊得暗自倒吸了一大口气。同时也不禁暗自佩服对方引导高消费的勇气。如果他当时兜里揣着足够的钱,他真想点几样千元以上的菜,然后像某些大款一样,从容地吸着一支烟,正襟危坐,拭目以待,看端上来的到底是一盘子什么,究竟值不值一千多元一盘。但是他兜里并没揣着足够摆谱显阔一次的钱。即使真有大把的钱揣在兜里,其实他也是万万不敢摆一次谱显一次阔的。以他二百二十多元的月收入,点一千多元一盘的菜,他还真担心吃的时候吞咽不顺被噎死。他早已学会了不和这纸醉金迷的时代治气了。就像他对他的妻子很能忍很善于忍一再地告诫自己千万不要生气不要发火一样,他早已学会了对这时代很能忍很善于忍不轻易生气不轻易发火了。在某些时候某种情况之下,他极想和它治一口气的念头,充其量不过就是一闪念罢了……

“我没带太多的钱。再说我刚才已经喝过了一杯冰镇扎啤,还点了一个拼盘。我的意思是……容我再在这儿静静地坐会儿行不?”

老板娘一下子从他手中夺过菜谱,看样子是又想开口骂他。但是她的丈夫及时竖起了一只手掌,制止她开口。

那把大刀的刀背在桌上一顿,他听到了两个冷冰冰的字——“起来"。

他乖乖地站了起来。

刀背又在他背上一顿——"滚"。

在他们的瞪视之下,他乖乖地向门口走去。出了门,他浑身早已冷汗淋漓了。他暗自庆幸,自己还能囫囵着身子离开。被宰一百八十多元与这一点相比,简直就不算回事儿了似的。并且,他发誓今后再也不出差了。连据说很文明很通情达理的上海人,在"宰人"方面都开始变得这么穷凶极恶,那今后的中国,还能有出差在外之人吃饭的地方?他不禁又替某些由工作性质决定,不得不经常出差的同胞们大大地忧患起来……

从那一天往后,晚上他除了逛商店消磨时光,再哪儿也不去了。他就是在出差的第七天晚上,在逛闻名遐迩的南京路上的一家小店时,看中了今天他妻子穿在身上的那件墨绿色无领无袖短小上衣的。当时它被穿在一具模特身上,当然那模特是女的,只穿着那么一件短小的上衣,头上还戴着一顶贝雷帽,红色的,与墨绿色的短小上衣相衬成趣。至于"她"的下身,竟一丝不挂,什么也没穿。尽管"她"不是真人,是石膏的。但是当他站在"她"面前打量"她"时,还是觉得一阵脸热,感到颇难为情,替"她"难为情,也有替自己的成分。因为最初吸引住他目光的,究竟首先是"她",还是那件墨绿色的短小的上衣,连他自己也是说不清道不明的。

他打量着"她"时,店里的人们也差不多都在侧目打量着他。一米八的个头,在那个小店里,未免是太招惹人注意了。何况从他的长相,使眼刁的上海人们,一看便知是北方佬。柜台里的、柜台外的、男的、女的,统统都在侧目打量他。他打量"她",据他自己想来,在那些上海人们的眼里,也许很像一个牲口贩子,在打量一头驴或一匹马。而他们打量他的目光,他敏感地回顾时,发觉都像是在监视他似的,仿佛他会趁他们谁也不注意着他的时机,对那具下身什么也没穿的石膏女人非礼似的……

他正打算转身离开,一位售货员姑娘在一位男人,看样子是经理的一位中年男人之目光的暗示下,绕出柜台走到了他跟前。

她吴侬软语地问他:"先生,想买?"

他有心回答并不想买,只不过看看,可话在喉间打了个滚儿,出口时却成了这么一句:"多少钱?"

"那不标着价喏!不贵的,才五百三十元。"

他当时只能随口问问价,不好意思回答说并不想买的。你一个正当年的一米八还高点儿的大个子男人,你驻足在一个下身什么都没穿的身段好看极了的"女人"跟前,面对面地目不转睛地上下打量起来就没个完,你什么居心?你头脑里在犯什么念头?而且那是一个没法儿躲避你那种男人的邪淫目光的女人。"她"是没法儿背转过身去的,即或"她"能背转过身去,也背转过身去了,岂非正中了你那猥亵的下怀,使你看够了前边又看后边么?你欺负"她"没法儿开口表示抗议,没法儿骂你流氓骂你不要脸,更没法儿上前一步捆你一大耳光是不是?但是"她"周围还有不像你这么不要脸的男人们呢!还有替"她"感到女人的人格被侮辱与侵犯的"她"的姐妹们呢!当时他觉得她们随时会团团围住他纷纷向他脸上啐唾沫似的。他其实不是不好意思说不想买,只不过愿意站定了多看会儿罢了,而是根本不敢那么说。他其实只在"她"跟前站了不到五分钟。不错,他的目光是上上下下打量"她"来着。但那一时刻,"她"在他眼中,仿佛就是他妻子的化身。他妻子也是一个身段好看极了的女人。年过三十,结婚四年,仍能有着像他妻子的身段那么好看的体态的女人实在不多。起码在现实生活中是不多的。他越看"她"越觉得"她"像他的妻子。他的妻子也有像"她"那么一双修长的美腿,也习惯于以"她"那么一种优雅的姿态站立着——一腿足尖微微点地,膝部微微曲起,而另一条腿站得很挺直,脚向一边横过去。凡是身体或容貌在某一方面具有美点的女人,其实是根本不必某些人多余地对她们进行指教,天生就明白什么样的站姿、坐姿甚至卧姿,什么样的步态、动态和表

17

情,最能够充分地显示出她们的美点的。比如唇红而丰满的女人,一定总习惯于其实是喜欢于双唇紧闭,她们知道那样她们的唇就尤其会显得性感了。比如皓齿如玉的女人必定是爱笑的女人,她们明白她们的满口整齐的白牙也是非常值得炫耀一番的。比如腰肢苗条的女人必定爱穿束腰上衣。比如秀足女人必定对鞋特别产生购买的兴趣。比如……总之,他当时打量着"她",内心里首先联想到的不过是他的妻子。他认为那件墨绿色的短小上衣,穿在他妻子身上也必定像穿在"她"身上一样的美观。但是他并不因此而打算买下它,他估计它的价格低不了。多看一会儿,不是也等于欣赏到他的妻子穿上它以后的样子么?何况,他真买回去,妻子也未必非常乐于经常穿……

"多少钱?"

他明明听清了,还是不禁回问了一句。尽管他已经估计到了它的价格低不了,但五百三十元还是比他的估计价高出了一倍多。

"五百三十元。"

售货员姑娘很慢地学说着普通话。

"五百三?太贵了吧?这么一件小上衣,值吗?"

他想吐一下舌头,表示他这个"北方佬"的"友邦惊诧"。

"不贵哇,一点都不贵哇。这是从韩国进口的绸料呀!韩国知不知道是哪一国?就是南朝鲜。您再看这领边儿,这胸花儿,都是手工绣的,不是机绣的嘛!我们这批货进得不多呀,快卖光了。中号的就这一件了。一般人要是想买,我们还不卖呢!看您是外地人,才向您介绍得这么详细嘛!给您爱人买吧?她多高身材?"

"身材嘛,也就像'她'这么高……"

"那您够幸运的啦先生,这一件等于就是专门留给您来买的啦……"

对方说着,就从模特身上往下脱那件上衣……

"别,别,我还没……"

然而它已经被脱下来了。

"您仔细看看,这花边和图案,究竟是不是手工的?中国人的手工活,现在都很值钱了,何况人家韩国人的手工活儿!别犹豫了。你们北方大款哪能这么小气,连给妻子买衣服都舍不得花钱呢?好看的衣服穿在您妻子身上,不是也饱您的眼福么?为自己的眼睛看着美观还计较价钱呀?……"

对方将他视为大款,使他不禁受宠若惊。仿佛揣在兜里的钱包,竟真的夹满了百元大钞,顿时鼓了起来似的。仿佛除了那钱包,兜里还揣着各种金卡银卡似的。尤其对方的笑脸,对方热情的态度,对方娓娓诱说的话语,使他感到格外的愉悦了。尽管对方的话语带有明显的诱说的意味儿,但是能被视为大款,能被诱说,毕竟也是某种心理的满足啊!不是每个人每天都有被视为大款的机会啊!不是每个逛商场的人每次都能侥幸地受到售货员的亲切礼遇的!尤其是,与他前几天被逐出店门的情形相比(那情形什么时候回想起来什么时候心有余悸),他当时真的有种自己简直就是被尊为上帝的错觉了。

"小姐,您怎么一眼就看出我是大款来了呢?"

他顺水推舟,双手往身后一背——背手的动作,模仿的是电视剧《戏说乾隆》里乾隆爷在片头从龙座上站起来一背手的潇洒劲儿。他联想到了不少熟人都说他长得像饰演乾隆爷的香港演员郑少秋这一白捡的荣耀。有次在公共汽车上,他还被几名少女认定了就是郑少秋,纠缠着他,央求着他,非让他在她们的日记本上衣服上签名不可呢!这一联想,使他不但产生了被尊为上帝的错觉,而且产生了一种企图以寻常心寻找寻常人的消费乐趣的大款的幻觉。错觉又加幻觉,使他那张郑少秋式的风流情种倜傥男人的脸,当时竟焕发出矜持自得踌躇志满的光彩。

"这还能看错么!假的真不了,真的假不了。大款不大款,那是装不出来的呀!"

"唔?可我身上穿着的,一件名牌也没有哇!"

"嗨,您别蒙我啦。现如今,真的大款都不大穿名牌了,穿腻歪了。

他们开始引导朴素的潮流啦。从上到下,一身名牌的,倒很可能是些包装了的小市民了呢!您气质上证明着是大款。气质那是靠名牌儿包装不出来的嘛!"

人家说得不错,他的确是一个有气质的男人。某些人的脸相,天生愁苦。某些人的脸相,天生优越十足。他属于那种从脸相上就天生优越感十足的男人。尽管他的内心经常被种种男人的愁苦浸泡着,包括整天受妻子轻蔑受妻子挤兑的这一种男人最难诉说的愁苦在内,但是种种愁苦却都不能影响不能抹去他脸相上那种天生的十足的优越感。如果他是演员,哪怕是演艺生涯最沦落不堪的演员,一旦被导演物色中了,那一定是去演帝王将相达官显贵之类的男人无疑。起码也会让他演暂时落难的公子王孙。如果天生的脸相也可以勉强算作气质,那么对方当然也就没有说错,他当时那种被对方的话语煽动起来,被自己的错觉加幻觉调遣起来的良好的自我感觉,也就不是毫无根据的。

在他和对方言来语去间,那些从各个方位对他侧目而视的人们,也就是那些仿佛会随时包围上来,指斥他流氓心态公然显露的男人,和那些仿佛也会随时包围上来,纷纷往他脸上啐唾沫甚至掴他耳光的女人们,表情逐渐都有了变化。仿佛他们和她们都开始怀疑自己对他的最初的判断了,都开始与那能说会道的售货员姑娘一样,以认同的一至的眼光看待他了似的。仿佛在他们心目中,他也由一个心思不正经的北方佬变成一位腰缠万贯的大款了。他感到,他们和她们的目光中,都有了企图掩饰或丝毫也不想掩饰的妒意。

某些时候某些情况之下,被一些人妒忌也是一种特殊的心理满足,特殊的快感。

这是他一向不曾享受到过不曾体验到过的。

为了不辜负那一种心理享受和精神体验,为了对得起它,为了首先使他自己,其次也使别人更加确信它所代表的一切一切的现实内容都是绝对真实的,而不是错觉,不是幻觉,不是虚妄臆想无限延伸形成的——

一句话,为了他自己,也是为了别人,他当时二话不说,掏出钱包最终买下了那件墨绿色的短小的又透又瘦的上衣。

他接过装入塑料袋里的上衣,又说:"其实我刚才讲太贵了,是跟你开玩笑呐。我买东西,从来是不问价的。我倒是觉着太便宜了,怕不是正牌货。便宜没好货嘛!你想我这种人,如果买了冒牌货的衣服带回去送给妻子,还不挨妻子骂呀?你们店有没有真麂皮的女士手套?美国进口的那一种,价格在二百八十美元以上的。低于二百八十美元的我可不买。我嘛,一个大男人,穿什么戴什么那都是无所谓的。但是我不能让我妻子穿戴低档的,你说是不是?"

那售货员姑娘忙说是的是的,并且对店里没有他说的那一种手套,脸上表现出极大的遗憾和歉意。他看得出来,如果她十几分钟前,只不过嘴上顺口奉承他是北方的大款,在他买下那件上衣后,在他和她言来语去之后,她已经确信她自己没有犯判断性的错误了。她的目光中,甚至流露出了几分荣幸和敬仰的意思。其实,他心中早已估计到了,大夏天的,又是在南方,在一个铺面不起眼店堂不大的小小服装店里,哪儿会有什么定价在二百八十美元以上的真麂皮手套卖?因其肯定没有,他才敢夸口要买。他当时那种口吻、那种语气,仿佛只要他想买,明天就会来问个价,连那小店带它占的黄金地段的地皮一起买下似的……

连经理也从收款台那儿踱过来,笑容可掬地送他出门了,口中一迭声地说:"欢迎先生再次光临,欢迎先生再次光临……"

他故意以一种大大咧咧的北方佬的口吻回答:"不必客气。我对哪儿有了好感,即使不受欢迎,也会由着性子再次光临的。也许我今晚一高兴,明天就又来了,在你们这儿花个万儿八千的。"

在门口,他收住脚步,站定了,扭回头,指着那模特说:"别让'她'那样,要懂得在任何方面都尊重女性嘛。物质文明了,精神更应该文明啊。那不等于是羞辱女性么!"

被脱下了那件短小瘦透的墨绿色上衣,除了还头戴着一顶俏皮的红

21

色贝雷帽，"她"已是全裸的了。全裸的"她"，大大方方似笑不笑地目送着他。

经理诺诺连声，不停地说："是的是的，一定改正。"

而那售货员姑娘却郑重其事地解释："'她'是不缺衣服穿的。您想'她'在我们这儿，穿戴方面还会受了亏待么？只不过这些天持续高温，太热，所以嘛……"

经理瞪了她一眼，她才没有再喋喋不休地说下去。听她那话的意思，似乎让"她"光着身子，完全是为"她"好，完全是出于对"她"的体贴，怕"她"受不了炎热而生痱子似的。或者看着"她"那样光着身子，她自己感到凉快也是可能的……

他严肃之至地说："如果明天我真来了，可不希望看到'她'还是那样子。因为'她'太像我妻子，而我妻子是最容易热伤风的……"

走到街上，手里拎着那件装了五百三十元买的小上衣的塑料袋儿，一边东张西望，一边信步闲逛着，心里同时寻思——大上海的男人们见识得可真多，怎么那样子的一具模特，他们就都顾不上多看几眼，甚至似乎都顾不上扫一眼瞟一眼瞥一眼睃一眼呢？难道都是些瞍眼的男人不成？他们进了店就往柜台前凑，目光就集中在款款式式花花色色的服装架子上，一个个只见物不见人的样子。与他们相比，是我这个见人不见物的不大对劲儿，还是他们些个见物不见人的不大对劲儿呢？又想，全国每一座城市的人，处处都道是上海人精明、滑头、有心计，男的女的都不容易蒙骗，我今儿不是很轻松很潇洒又很成功地将他们蒙骗了么？这么一想他心里就别提有多高兴了。他原本是个实诚人，没蒙骗过谁。那一个晚上，却连经理带售货员带顾客，一下子同时蒙了那么多人，而且蒙的是些上海人啊！他仿佛认识到了蒙骗别人原本不是一件多么难为的事，一次成功，足以总结出一生受之不完享之有益的宝贵经验似的……

回到住处，从塑料袋里取出那件瘦小而且透的女式上衣细看，才发现原来早已是一件半新不旧的了，也不知在那模特身上穿了多少日子了。而且,有的地方开线了,缝纫较结实的地方,丝丝缕缕的线茬也没剪齐。还有股味儿,说不上来的一股味儿。捧至鼻子底下三闻两嗅,觉得像那具模特的体味儿,也就是彩漆味儿。当然也还有别的味儿,比如汗味儿擦手油味儿什么的。显然,除了"她"而外,肯定还被不止三五个女人试穿过,肯定还被不计其数的男人们的手摩挲过……

回想起那经理的矜持和笑容可掬,回想起那营业员姑娘的热情洋溢和能说会道,回想起当时周围那些男女的可敬的缄默和暧昧的表情、眼神及目光,他才开始领教了上海人的厉害,猛悟到原来自己是在众目睽睽之下被对方蒙骗了。原来当时的情形,不过是一些上海人在看着一个能说会道的上海姑娘怎么样成功地蒙骗一个外地人,并使他被蒙骗得愉愉快快高高兴兴得意洋洋而忘乎所以。在从始至终的全过程,在那些上海男女眼里,原来他当时是一个多么愚不可及的大傻帽儿啊!……

退是不能退的。已经被认为是大款了,也曾以大款自居过了,还好意思去退么?五百三十元一件的小上衣,值当一位大款较真儿么?那不等于是自己拆穿自己的西洋镜,自己扇自己耳光么?

不经过一番再处理,也是肯定不能往回带的。妻子准会骂他在外地充大头,说不定还会疑心到其他方面去。

于是第二天买了针线、一把小剪刀和一瓶洗发液。他很仔细地将那小上衣的开线处补好,将没剪齐的布丝线茬剪齐。之后他用洗发液反复地轻轻揉洗。不敢用肥皂或洗衣粉洗,怕洗掉色了或将纤维洗僵了,被妻子看出是洗过的。洗发液当然比肥皂或洗衣粉难以漂尽。他不得不在公用洗盥室开大水龙头,哗哗地冲着。招待所的服务员听到水声响个不停,查看到洗盥室将他训了一顿。说这么小的一件衣服,你这个人的洗法也太浪费水了吧!都像你这么洗,我们这家小招待所的水费还不得翻倍地往上缴啊?!……

他自觉理亏,忍气吞声,不敢狡辩,端着盆快快地躲回客房。从水中捞出那上衣嗅了嗅,没漂尽,还多少有点异味儿。没漂尽自己个儿也不便再到洗盥室去冲漂了。幸而同房的一位外地住客没出门,好言央求人家替他再去漂几下。同是外地人,听他讲述了被蒙骗的过程,对他表示了一番同情,帮了他这点儿忙。人家又替他漂过了以后,他还不敢拧,唯恐拧出褶皱。不拧,他也就不敢晾到外面去,怕滴水又招惹一顿训斥。只好搭在屋里,由它阴干着。搭在屋里也是要滴水的,不得不摆了个盆在那儿接着。好在同房的河北住客是个极好相处的和气人,并没反感。两人吸着烟,在水滴敲击脸盆发出的聒耳音响中,一人一句的,共同发表着对上海的方方面面的诽言。

想到才几天内,就花掉了八百多冤枉线,他心疼得直想落泪。不过也好,吃亏上当窝囊遭宰的愤懑,暂时抵消了对妻子的情欲之思。它变得似乎不那么强烈了……

当他从上海回到家里,讨好地将那件小上衣捧送给妻子时,内心里忐忐忑忑、七上八下的。

妻子抖开来看了不到半分钟,就往床上一抛,淡淡地说:"你买了也是白买。我不会穿的。这种上衣是我这种女人穿的么?我看只有小娟妓们才穿。"

他撒谎,信誓旦旦地说:"这可是在一家高档服装店里买的。"

妻子说:"高档商店里有时也专卖小娟妓们才适合穿戴的东西。如今是一个娟妓先富起来的时代。"

他张张嘴,无话可说了。

妻子却盯盯地瞪着他反问:"多少钱?"

他忙说:"价钱嘛倒是不太贵……"

妻子穷追不舍:"不太贵也有个价吧?到底多少钱?"

他支吾了一下,说才五十三元。

"你又骗我了吧?"妻子冷笑了一下,"在大上海那种城市,在一家高档服装店里,卖五十三元一件的衣裳?冲这么便宜的价,你肯定是在上海的摊床上买的无疑。你为什么要撒谎呢?为什么要骗我呢?在这么一件根本不必欺骗我的小事情上,你都要令我匪夷所思地欺骗我,你今后还怎么能取信于我?对于你说的每一句话,我今后还如何相信,有什么理由相信?"

"你……我没……"

他一下子被推到了有口难辩的境地。

而妻子从床上抓起那件小上衣,摔在了他张口结舌的脸上。

从此,那一件小小的上衣,就被鄙夷地压在衣柜的最底层了。一压就是三年多。直至一九九四年的这一个星期一才重见了天日,才被他的妻子第一次开恩赐泽地穿在了身上。如果她不翻出它穿在身上,他早把它忘了。它使他在整整两年内不得不节省中午那顿饭钱和零花钱,为的是还清买它时所用的那五百三十元公款。当然还有那一百八十元公款。吃亏上当的事,窝囊遭宰的事,他是绝不敢对妻子坦白交代的。因为经验和教训告诉他,如此这番的一些事,妻子对他是从来也不予以同情的。相反,倒是每每会雪上加霜,以冷言冷语的刻薄挖苦之词,进一步刺激和打击他那颗早已千疮百孔的男人的自尊心。在经受了一番番刺激和一回回打击后,在她面前,他的所谓自尊心几乎变成了战战兢兢的东西。他又是一个在家庭中毫无经济支配权的软弱之夫。每月开了工资,须得连工资条如数上交,由他的妻子验视过工资条,点过工资,再酌情发给他午餐费、烟钱和零花钱。所谓"酌情",在相当大的程度上,看妻子当时的心境如何。如果她心境颇好,或者更准确地说,对他没有什么特别恼火之处,他那一个月在单位的午餐,就会吃得顺口些。即使舍不得花钱买的菜,也可以破例买几次了。烟呢,也不必每天自己限制自己,不必上午多吸了一支下午忍着少吸一支了。手头的零花钱也会多十几元。如果妻子心境不好,甚至很不高兴,那么,某一个月他过得可就只好惨点儿了。一般来讲,公平来讲,她还是能尽量要求她自己对他做得别太过分的。并且在对他实行的经济政策中,能考虑进物价上涨的因素。他对她也颇理解。他在心理研究所工作。这心理研究所名义上隶属于本市某大学,实际上是挂靠在某大学的招牌之下。一些被现时代的社会再分工抛弃了,寻找不到接收单位,又不甘抛却所谓知识分子的斯文去练摊的人们,凑在一起组合成的一个半死不活的单位而已。说是单位,莫如说是一些恓惶如丧家之犬的穷酸老少知识分子们的一处暂且栖身以求苟且生存的港湾罢了。单位没有什么奖金可言,普遍工资低微。具体到他,每月二百一十多元。如果他的妻子不对他实行经济管制,二百一十多元还不够他一个人花半个月的。幸亏妻子对他实行管制,这个家庭的经济体制中才算每个月有他七十多元的股份。作为一个丈夫,他的最后一点儿自尊,才算由妻子间接地替他保住着。七十元,每月只往家里交七十元,在今天,在猪肉已经涨到八元多钱一斤、鸡蛋已经快涨到五元一斤的一九九四年的今天,确实是使一个做丈夫的无地自容,脸不知该往哪儿摆的尴尬啊。这时代非常无赖地将它本身的尴尬一干二净地转嫁到许许多多的人身上了。他很不幸是这许许多多的人中的一个。双重的不幸是他的妻子也是这许许多多的人中的一个……

"你怎么突然想起穿它来了……"

它仿佛成了他心口永远的疼,一看见它,他就有些来气。后来他在本市的服装摊上也发现过那种墨绿色的、无领无袖短瘦小透的女式上衣。服装小贩拎着大声招徕,便宜到才二十几元一件的地步。

"跟你生活在一起,我已经快穷得没件像样儿的衣服可穿了。不穿它还能再穿什么?"

妻子肩挎一个草编的小包。正往外走,听他一问,站住了,扭回头,呛了他一句。

"穿什么都比穿它好……"

"放屁!……"

妻子猛转身,一大步跨回来了,拉开衣柜门,朝他叫嚷起来:"你挑!你替我挑!我倒要看你能不能挑出一件我穿着体面点儿的衣服!……"

他到底还是火了,冲到衣柜前,取出了一件挂在衣架上的女式西服,吼道:"这件不能穿么? 嗯? 不能穿么?"

妻子跺了下脚,叫嚷得更凶了:"现在是几月你知道不知道? 是七月末八月初! 今天气温多少度你知道不知道? 气温三十三度! 你逼我穿这件有衬里儿的西服,是想逼我出洋相啊!"

"那么这件!"他将西服抛在地上,"这件也不行么? 穿了也是出洋相么! ……"

"是! 在家里穿的便衫,能穿着去上班么!"

"上班? 你这样子像是去上班么? 我看你存心是打算去勾引男人! 我当初给你买件衣服是叫你在家里穿了给我一个人看的! 你为什么一次也不在家里穿? 嗯? 为什么?!"

"为什么? 不情愿! 你当我是谁? 不但是你老婆,还是整天穿了好看的衣服供你欣赏的家庭模特么? 你这种每个月只往家里交七十多元钱的男人,配有这种丈夫的特权么? ……"

"脱下来!"

"不!"

"我扇你!"

"你敢! 你扇你扇! 看你敢碰我一指头! ……"

妻子瞪着他,并偏着一边脸将头向他凑过来。然而,他高高举起来的一只巴掌,却又缓缓地垂落下去了。他是不敢碰她的。他明白,在这种争吵的情况之下,尤其是在他这一方真的动了火的情况之下,只要他碰了她一指头,那就算是打了她了。没有第三个人在场,如果她一口咬定他打了她,那他便是浑身有嘴也说不清了。而那将意味着,他也许永远地失去她了。失去她一旦成为事实,别人可能会误以为是他把老婆打跑了,但是他骗不了自己——真相将是,她终于寻找到了一种理直气壮的借口,可以良心安泰地弃他而去了。他清楚,她盼着这样的一种借口,已经是盼了很久很久了……

"你自己也说过的,这是小娼妓们才喜欢穿的……"

他的口气软弱了下来。

"我就是打算穿了去勾引男人的!"

"你别成心跟我怄气。我是为你好。我当初给你买下它,真是让你在家穿的。那么穿这件 T 恤衫吧! ……"

他又从衣柜里取出了一件……

"怄气? 谁跟你怄气! 要怄气,你自己在家里怄气吧! 我还不愿为了跟你怄气,耽误我和别人约会的时间呐! ……"

妻子冷笑一声,一转身,扬扬长长地走了。

他呆呆地站着,听屋门砰的一声关上,听妻子的高跟鞋咯噔咯噔地渐渐消失。他预感到,从一九九四年酷暑之季的这一个星期一开始的以后一个星期,必将是他在家里最受压抑的七天了。他能从这个"黑色星期一"朝他罩下的恐惧之网的哪一个网眼逃脱么? 他能么?

他实在不敢再存半点儿侥幸心理了……

他也实在没有半点儿自信了……

他觉得那网正在朝他罩下来,恐惧正从四面朝他包围过来。仿佛就在他自己的家里,埋伏着一个仇敌,一个冷酷无情的杀手,一个铁石心肠的报复者,随时会从哪个角落一跃而起,对他进行致命的袭击……

他防范地、下意识地操起一把椅子……

衣柜里,一摞衣服倾倒了,堆落在地上……

他举起椅子,朝衣柜抡去——哗啦一声,穿衣镜碎了。同时碎了的还有他自己的影子……

第二章

　　星期一是这样的一个日子——对于有钱兼有闲的男士女士们来说，是星期日的延续。通常所谓"快乐的周末"，大抵是"上班族"的欢娱时刻。而且，大抵是那些刚刚参加工作不久的、精力充沛的、处在恋爱季节的青年"上班族"们的欢娱时刻。他们往往提前地，在星期三星期四，最迟不超过星期五，就开始打算到什么地方去，怎么样度过一个悠闲安逸或者性情恣肆的周末之夜了。他们没有家，也就没有家务事的羁绊。周末之夜几乎便是他们彻底地放松之时。恋爱着的，要加紧推进和发展他们的恋爱关系。渴望恋爱的，无一不祈祷在周末之夜，同单位以外的更广泛些的异性接触，有重大的发现，或自己被异性视为重大发现。思春的姑娘们在周末之夜都显得格外蜜意满怀春心荡漾，多情的小伙子们在周末之夜都显得格外多情格外风度有加。爱神丘比特在周末之夜尤其活跃和忙碌，周末之夜他的箭袋里的爱矢总是插得满满的。而且，一般总是不够用。有时是因为他太浪费了，有时是因为吸引他拉弓一射的靶子太多了，忽视了哪一个都觉得太失职了。胖乎乎的一丝不挂娃娃形体的小爱神，却常被尊为"大神丘比特"，显然不是荒唐的。从神到人，谁不得敬着他呢？他如果对谁不"感冒"，哪怕谁再有权、再有钱，谁的命运里也注定了没什么好节目了。无论在东方还是在西方,就普遍性而言,也无论是男人还是女人,他们或她们的所谓"情爱史",差不多全是由一个个周末之夜串起来的。这时代的每一个周末,特别是在大城市,这里那里的,又该同时上演着多少场情爱悲喜剧啊!可以说成也周末,败也周末,有情在周末,无情还是在周末……

他们尽情地铺张着浪费着周末之夜,乃是因为他们知道第二天还拥有一个完整的星期日。就好比拥有一整袋和一把糖果的孩子,因为有着一整袋的存在,一颗颗嚼那一把的时候,都像糖果厂厂长或糖果批发商的儿女一样不必节制自己。他们珍惜的是星期日。星期日的上午他们或她们差不多总是在睡懒觉,养精蓄锐。一般说来,他们对星期一并不感到恐惧。在下一个星期一,他们或她们又开始打算着下一个周末之夜的过法了。在下一个星期三星期四,最迟不超过星期五,他们或她们的打算已经确定,并在星期五的下午和星期六的上午,开始用单位的电话互相邀请,一一发出通告了……

有钱兼有闲阶层的男士女士们,普遍却是将星期日的晚上当成周末之夜的开始的。有钱就时时产生消费的欲念和冲动,有闲就意味着天天都是假日。星期六的晚上更是属于"上班族"和劳动者的。排除那些娱乐场所不论,连在大商场里,星期六的晚上也要比星期日的晚上人多。"上班族"和劳动者,星期日晚上八点以后,普遍是不太会在大商场里流连忘返的。他们或她们,第二天还要上班还要劳动。在星期日的晚上,一切娱乐场所,尤其那些较高级较豪华的娱乐场所,你很难见到"上班族"和劳动者的身影。那一时刻,是有钱兼有闲阶层的男士女士的时刻。他们或她们,有资格纸醉金迷到通宵达旦的程度。午夜以后行驶在马路上的小汽车里,十之八九坐的是酒足饭饱玩累了的他们或她们。星期一,恰恰是,往往是星期一的上午,他们通常在睡懒觉。所以说星期一对于他们或她们,不过是星期日的延续,是星期日专对他们或她们的优惠性质的馈赠。只要他们或她们高兴,可以从星期一的上午一直睡到下午。

甚至还可以再从晚上接着睡到星期二的上午。既然,只要他们或她们高兴,是完全可以将每一个星期,甚至每一个月每一年中的每一天都当成"快乐的周末"狂欢度过,他们或她们又为什么偏偏特别垂青于星期日的晚上呢?说来也不奇怪,因为格外怕在自己的生活中,失去了星期日、节日这些概念。试想,有钱兼有闲,又真的是多么容易使他们或她们的生活中失去了星期日和节日的概念啊!如果每一天都可以是星期日,如果每一天都可以是节日,那么星期日和节日,对一个男人或女人,究竟还有什么特别的意义呢?他们或她们,不但要把每一个星期日当成有闲中的一个有特殊意义的日子去过,而且,尤其在乎把自己欢度的一切节日都营造出节日的特殊气氛……

有钱兼有闲阶层的男士女士们,是些只重视星期日而根本忽略星期一,是些头脑里只有星期日的概念而根本没有星期一的概念,是些生活中只有星期日而没有星期一的人。你在星期日的晚上是不大容易找得到他们或她们的。但是你若在星期一上午九点以后往他们或她们的家里打电话,按说他们或她们应该是准在家里的,确切地说应该是准在床上的。如果电话没人接,那也只证明一点,就是他们或她们关了的电话机还没开,仍在酣睡之中……

正如星期日对有钱兼有闲阶层的男女们是一个特殊的日子,星期一对于另一些男女更是一个特殊的日子。那就是一些所谓在事业方面踌躇志满的男人或女人。一到星期一,他们或她们便如同潜艇从海底升浮起来,或被解开了链子的猛犬从窝里往外爬。他们的信心和价值,几乎全部体现在班上、体现在办公室里、体现在官场上的较量或商战中的竞争。他们的半数以上的野心和计划,是从星期一开始付诸行动的。简直可以认为,星期一是他们的海誓山盟的"情妇"。从古至今,从国内到国外,政治、经济、战争、外交,这世界上的一切重大事件,无论发生在哪一天里,差不多都是从某一个星期一开始策划谋略或完成了策划谋略的。全人类的一切信心和一切野心,都最大限度地凝聚在星期一。如果有谁说——人类的近代史和现代史,提供了充分的数据证明,星期一和历史的改变与演进具有某种逻辑关系的话,切莫轻率地断言他荒唐可笑,因为他的话相当接近事实……

但是有很多人是企图逃避星期一的。一九九四年,在中国的北方诸城市中,企图逃避星期一的男人和女人与日俱增。尽管中国已经从法律上将每周四十八小时工作制减少为四十四小时工作制了。因为这基本上和每周工作多少小时无关,而和每个月开多少工资有关。中国人不怕劳累,怕穷。

一九九四年,在中国的北方诸城市中,正在大批产生着现代穷人,或曰"相对的城市贫民"。他们是那些连年亏损似乎永无盈利之希望,像嗷嗷待哺的婴儿一般渴求着政府的"经济输血"而政府束手无策根本拨不出款予以救助,想转产没条件想干脆宣布倒闭又因社会安定方面的种种考虑不能倒闭的半死不活的死不了也活不旺的国营大中小企业的员工们。他们没有奖金没有福利可言,每月只开百分之七十六十五十工资甚至只发三四十元钱。但是他们每天仍得早出晚归挤公共汽车或蹬着破自行车按时上班按时下班,他们每天依然在生产可是没有效益,他们每天依然在流汗可是汗水仿佛白淌了仿佛一钱不值……

是的,正是他们,这些无奈的、无望的、无助的、沮丧的、懊恼的、迷惘的、心灰意冷的一批批的人们,企图逃避星期一。它却使他们逃避不了。每个星期一的早晨,当他们睁开眼睛的时候,他们都会低声咒骂一句或在心里暗暗咒骂一句——他妈的又是星期一!

"华夏心理研究所"副所长姚纯刚,其实还算不上是那一批批人中的一个。他的命运远远比他们要强得多,但是他比他们更嫌恶甚至可以说更憎恶自己的单位,也就是"华夏心理研究所"那一排四间灰不溜秋的简易拼板平房。它常使他联想到一个哭丧着脸,肌肤枯萎,却又莫名其妙地被强奸了一百多次的肮脏憔悴的小寡妇。每天不得不去上班之前,他都觉得自己是被逼着将要去和"她"偷欢和"她"做爱似的。

今天他尤其不愿去上班。今天他尤其憎恶星期一。

衣柜镜子被他砸碎那一瞬间,一块碎镜片儿掉下来扎伤了他的脚,流血不止。这是足可以成为今天不去上班的充分的理由的。他一边坐在床上包扎那只脚,一边这么想。

电话响了。

是所长赵景宇打来的。

"纯刚,是你么?"

"所长,是我。"

"你看一下表,现在几点了?"

"八点二十。"

"都八点二十了,你还没出家门!你忘了今天是星期几吧?"

"没忘,星期一。"

"亏你还知道今天是星期一!那你还不快来上班!"

"我今天不能去了。我至少一个星期内不能去上班了。我脚气感染了。"

他说得很平静,说完便放下了听筒,又开始包扎那只脚。这是他第一次不把所长赵胖子亲自打来的电话当成件郑重的事儿。

刚刚包扎完那只脚,电话又响了。他瞧着它,不理,任它响。它响了一分多钟,终于不响了。可他刚要下床,它又再次响起。他还是干瞧着它不理。这一次它没响到一分多钟那么长,只响了半分多钟。待它安静了,他将电话线拔断了一根……

接着,他开始收拾房间。满地碎镜片,还堆着一地衣服,虽然懒得收拾,也得收拾。不收拾,连自己都看不过眼去。再说,倘不小心,另一只脚也有被扎了的危险啊。一边收拾着,他心里一边想,自己这个堂堂的大男人,委实好可怜。都说家庭和单位,是男人的相对的两处避难所。在单位郁郁不得志,不舒心,不得烟吸,或单位本身惨淡经营,日薄西山,今朝还挂着块牌子,明朝也许一阵风就吹得"无可奈何花落去"了——

摊上这么一个单位的男人，如果家有贤妻甚至"家有仙妻"，下班回到家里便能获得妻子的关心、体贴、安慰，那么这个男人还不算是一个多么不幸的人，起码不是一个彻底不幸的男人。倘情形恰恰反过来，家有刁妻家有悍妇，在家里时不时地就受到挤兑和轻蔑，完全是一个被侮辱与被损害的丈夫，最主要的是又因为种种原因种种顾虑种种心理障碍离不成婚，甚至就根本不敢提出离婚不敢产生离婚的一闪念——摊上这么一个老婆的男人，如果有一个好单位，在单位有一份自己所热爱的工作，即使谈不上热爱，起码也愿意尽职尽责地去做好工作，最主要的是人际关系和睦友善，不被勾心斗角所算计，不被尔虞我诈所包围，不被虚伪面纱所蒙蔽，那么这男人就像一条船还有一个港湾一个码头可停泊……

而他姚纯刚却——家庭和单位这两方面都糟透了。无论在家里还是在单位，都是一个苦难者。内心里的苦楚又都有口难言，无处诉说，不知向谁去诉说，不知到哪儿去寻找一个肯对他表示同情的人，连一个肯听他诉说几分钟的人都寻找不到啊……

他想到伤感处，扑簌簌地，从眼中竟滚落下两滴眼泪来。

忽然有人敲门，敲得很急促。他赶紧抹尽脸上的泪痕，轻轻地小心翼翼地开了门。他以为是妻子回来取什么东西，却不是她，而是所里的司机小吴。

"副所长，头儿派我来的。说你脚上的伤如果很重，就开车送你上医院；说如果不太要紧，就把你接到所里去。头儿有重要的事在等着和你商量……"

小吴摆出一副当差听吆喝、公事公办的嘴脸。

他鼻子差点儿没气歪了。

"我不去！"——他将笤帚和撮箕子朝地上使劲儿一掼，"我哪儿也不去！既不去医院，也不去所里！……"

小吴低头瞧瞧他那只缠了多层纱布，只露出五个脚趾头的脚，苦笑道："那，您不就等于是成心跟我过不去了么？叫我怎么向头儿交代啊？"

他那只脚上虽然有伤，流了血，但伤口很表浅，也不过就流了几毫升血，而且自己已经上过药了，包扎好了。他又怎么会乐于上医院呢？真去医院了，又挂号，又排队，医生也不过是他那么一种处理方法。也许还会被医生笑话，认为他这么一个大男人，那么表浅的一个小伤口，纯粹是小题大做，多此一举。其实他脚上那伤口，拭尽了血，贴一条创可贴就足以算处理过了。一则家里没创可贴，二则是他存心想要包扎成那么触目惊心的样子。为了能使妻子猛眼一见之下能心生恻隐，或许就宽恕了他破坏家具的罪过不予追究……

既然他死活也不肯去医院，小吴就像哄一个不知为什么任性起来要小孩儿脾气的孩子似的，哄劝他去所里。三哄两劝的，哄劝得他不好意思再任性再耍小孩儿脾气了。于是被小吴强行背在背上，背下了楼，塞入到所里那辆破旧的"天津大发"里……

"小姚，怎么了？"

他一钻出车，勤杂工老韩就对他"友邦惊诧"。这使他内心又生一缕不快。非是因为对方的惊诧，而是对方称他"小姚"。自从他被宣布为副所长后，他还没听除了小吴之外的这些人称过他"副所长"呐！而对赵景宇赵胖子，却从未有人叫过"老赵"什么的，差不多一律叫"所长"，叫得极尊敬。只有三五人似乎有资格不叫赵胖子"所长"，他们叫他"景子"，叫得极亲密。而他这位副所长，却仿佛永远的在大家心目中只能是"小姚"了。他每每感到，这一点仿佛意味着，在大家的意识里，所长其实从来只有一个，其实只有一个也就足够了。他呢，不过是赵景宇的大助理、大文秘、大"催巴儿"。又仿佛这样的一个角色，在所里，只要任何一个人愿意，都是可以充当的角色，甚至可能还根本轮不上他来充当……

"唉，别提了……"

他压抑着内心的不快，苦笑了一下，含糊其词地应酬。连对勤杂工老韩头，他也不敢不压抑着内心的不快。老韩是赵胖子调来的人，据说还是赵胖子的老婆的什么亲戚。

"脚这样了,不在家待着,还来上班?"

"所长体恤地派小吴去接我,我怎么好意思不来呢!"

他企图博得怜悯,同时话里话外的,少量地释放了一点儿怨气。

老韩头又说:"既然所长派车去接你,肯定有重要的事商量,你就只好担些委屈啰!"

听那口气,却完全是站在赵胖子的立场了。

"是啊是啊,不跟我商量,他又能跟谁商量呢?"

姚纯刚听着老韩头的话大不顺耳,一边嘟哝着一边就往赵胖子的屋里走,故意走得一瘸一拐的。

所长赵景宇一见他,装了一愣,紧接着就从沙发上迅速站起,一步跨到他跟前,一边搀扶他一边说:"嗨,嗨,没想到你……是这样……这你来了,我倒过意不去了!"

他说:"其实放下电话我就后悔了。在家里闲待着也够烦闷的,倒不如来上班,为所里做点儿力所能及的事儿。正打算出门,小吴就到了。他要去晚点还接不着我了呢!"

他注意到所长办公室有位陌生的女客。

"我就怕你又改变了念头,瘸着拐着地走来上班嘛。所以才当即吩咐小吴去接你呀!"

司机小吴偏巧正站在门口看老韩头练气功,有一耳没一耳地听着了他俩在办公室里虚与委蛇的对话,内心暗骂:他妈的这俩王八蛋!当着我的面,说的都是另一套话,一见着了,却又像同志加兄弟了!……

赵景宇将一只沙发推到姚纯刚对面,谨小慎微地用双手捧着他那只"脚气感染"的脚,轻轻放在沙发柔软的坐垫上。

"这样子是不是舒服些?嗯?真是的,你使我感到很内疚呢!"

显然,他希望此举能减轻副手的一些苦痛,同时也能减轻自己的一些内疚,体现出自己对副手的一些爱心。

顿时一种快感遍布姚纯刚全身。尤其赵景宇谨小慎微地用双手捧起他那只"脚气感染"的脚的时候,快感像针灸大夫的银针,准确地刺中了他的某一穴位并轻轻捻动,使他全身一阵发麻继而一阵飘飘然,仿佛全身的关节和经络绕绕更新。

人真是古怪的东西。人有时需要体贴如同狗和猫需要一只手对它们的皮毛进行摩挲一样。哪怕那一种体贴被一眼识破分明是伪装的,人也还是会觉得非常受用。区别在于,仅仅在于,狗和猫不能判断虚伪或真诚,而人能。人不但能判断虚伪或真诚,而且会以同样的甚至更虚伪的态度装出感动的表情接受虚伪。

姚纯刚满脸大受感动的表情。他清楚自己的伪装是骗不了老奸巨猾的赵胖子的,正如对方的伪装一向骗不了自己。但他不禁还是要装。装早已是他和赵胖子之间各自的本能表演了。

赵景宇亲自为他泡了一杯茶,敬了他一支烟,还替他点烟。

那是一支"希尔顿"。

第一次吸对方的烟,竟使他有几分受宠若惊。一时连自己都骗了,搞不大清楚那几分受宠若惊究竟是真还是假。

他一边吸烟,目光一边向那位陌生的女客瞥去,在自己被介绍给她之前,暗暗打量她。

她三十四五岁的样子,比他的妻子看去年轻,但却比他的妻子看去成熟稳重,穿一件藕色的款式典雅的连衣裙。作为女人,她也和他的妻子一样,很幸运地有着好看又苗条的身段。尽管她坐在一把椅子上,这一点也是显而易见的。她的腿很长,并拢着,朝一个方向倾斜着,没穿丝袜,是一双很长很白皙的腿。对一切男人们而言,那无疑是一双女人的迷人的腿。天生一双秀腿的女人,当然是不大买丝袜也不大穿丝袜的。姚纯刚爱腿长的女人们,正如他爱在阳台上养几盆细长叶的无花植物。他迷恋他的妻子,在很大程度上也是因为她有一双秀腿。只要女人的双腿美,他认为便是美女了,就会情不自禁地流露出欣赏的目光。当然有时还不止是流露出欣赏的目光。他自认为并且居然还被公认为是一个正经的男人,那实在是因为中国到了一九九四年这一年,所谓正经的男人的标准,实在已经降低得不能再低了。大概一个男人不曾在公开场合对女性进行性滋扰,不曾诱奸过少女,不曾有过乱伦的行径,也就差不多该算是……

她感觉到了他的目光,她没有显出任何被男人瞟得别扭的样子。恰恰相反,她分明是在欣然地接受着他的目光,沐浴着他的目光。好比一个躺在理疗床上的病人,安泰又迷信地接受理疗光的辐射。非但如此,在赵胖子转身接电话的时候,她迅速地朝他侧转脸,微微眯起眼睛凝视他,仿佛凝视着很远的而非很近的风景中的一株树或一座亭子什么似的。然而他却感到,她那种凝视其实直逼着的目标是他的眼睛,并且穿透了他的眼睛,在他的眼球后遭到了眼眶的壁挡,于是折向他内心里去了。如果说他对她的每一瞥每一瞟都不过是一种偷窥,那么她对他的睥睨意味儿的凝视,则无异于一种以一还十的反应,无异于一种咨询和研究了。这女人的脸像一只兔子的脸,两眼间的距离似乎分得太开了,鼻唇似乎挨得太近了。但是,即使这肯定地是一张女人的脸的遗憾,也不过只使人觉得是遗憾而已,绝不会令人反感,更不至于使人讨厌。某些女人的脸,五官分布得恰到好处,但对男人却没有什么吸引力。某些女人的脸,尽管五官分布得有些特别,但那种特别也许恰恰便是她的一种魅力。归根到底,男人喜欢有一张生动的脸的女人,是甚于喜欢有一张标致的脸的女人的。漂亮一词之于女人的脸,其实也还包含有生动的内容。在姚纯刚看来,那陌生女人的脸,乃是一张十分生动的脸。她那双似乎分得太开的眼睛,不但使他觉得特别,而且使他觉得在一张女人的脸上,平添了某种单纯无邪似的神韵。她那似乎挨得太近的鼻唇,又在一张女人的脸上,平添了某种调皮的可爱似的。她淡淡地,然而又是精心地化了妆。从她的化妆,有根据认为她是一个深谙化妆要旨和技巧的女人。描眉笔巧妙地缩短了双眉间的距离,这就大大地补救了她双眼分得太开的遗憾。而她的眼睛,姚纯刚一边端详着,一边暗自加以评论——属于那类会说话的女人的眼睛。只有女人的眼睛才会说话。事实上没有任何一双男人的眼睛会说话。在这一点上,男人还不如小狗、小猫、小鹿,或者一匹老马、一只母羊、一头公牛。我们有时候认为某些男人在用眼睛默默地诉说什么,那不过是一种错觉。男人默默地诉说什么的时候,靠的是整张脸上的神色和表情。你用黑布将他的眼睛蒙上,你依然能从他的嘴角、鼻翼两边的腮纹的变化,明确无误地判断出他是在轻蔑还是在悲伤,是在乞怜还是在憎恨。但是你若用黑布蒙上女人的双眼,几乎就等于蒙上了她的整张脸。而反过来,你蒙上她的脸仅仅露出她的双眼,那么哪怕她是一个哑巴,她也仿佛能够和你做长久的交谈。姚纯刚一边望着她的眼睛一边想——如今善于用眼睛说话的人是不多了。他的妻子原先便是一个善于用眼睛说话的女人,近年来他觉得妻子的眼睛早已不会说话了,妻子的眼睛早已丧失了诉说功能,眼睛里只能呈现出种种的浮躁、焦灼和惴惴不安了。一九九四年,在北方诸城市中,许多女人的眼睛都变得像姚纯刚的妻子的眼睛一样了,包括许多原先善于用眼睛说话的女人,包括那些曾被认为天生有一双会说话的眼睛的女人。时代的某种疾病首先传染给了许多女人,她们的眼睛的传统魅力普遍地退化了。她们中的许多人还没能意识到这一点。但是像姚纯刚这种敏感的男人,却替她们悲哀地意识到了这一点……

他在内心里对她发问:你是谁?

她用眼睛回答他:我是女人。

他在内心里对她说:我对你颇有好感。

她用眼睛回答:许多男人都对我有好感。

——我可以从你那里得到什么吗?

——那就看你需要的是什么了。

——如果是你呢?

——那就看你以怎样的方式方法啦!

　　且不要以为姚纯刚已经是在对那个脸像兔子的女人进行着勾引了。这么以为对他是很欠公平的。他枉自是一个浓眉大眼的男人,根本不会眉目传情那一套。他只不过是在瞧着她而已,只不过觉得她的脸,她的女人之身,对他具有某种说不清道不明的诱惑力而已,如此而已,仅此而已。"而已"而已。不错,他内心里确是对她问了话也说了话,但那不过是他的潜意识。每个男人面对使他发生兴趣的女人,都会在潜意识里对她说些什么问些什么的。通常情形下,这是连他们自己也不能明了的事。人的心理活动往往要比人的表情和语言丰富一百倍,而人的潜意识则又要比人的心理活动丰富一百倍。针对人的潜意识而言,人本身有时不过好比是一首辉煌的交响诗章中的一小节音符罢了……

　　也不要以为这脸像兔子的女人,已经在对姚纯刚暗送秋波,实施挑逗了。这么以为对她似乎同样是很欠公平的。她只不过是在凝视着他,带着点儿睥睨意味儿地凝视着他罢了。不错,她是用眼睛回答了他些什么话,但那不过是女人的眼睛的本能。女人的眼睛,是极为了不起的东西。它往往可以直接和男人的潜意识进行交流,并且在这种不寻常的交流中,体验着类乎进行最好玩儿的游戏般的快活。通常情形下,这是连她们自己也不能遏止的事。女人的眼睛和男人的潜意识,好比磁石和铁屑,一旦相互吸引了,必会有一种由情与欲形成的"场",作用于那一个男人和那一个女人。在这一前提之下,更严格地说是在这一前奏之后,男人和女人之间才会发生些俗常的卿卿我我、恩恩怨怨的小故事。在男人和女人双双坠入情网之前,她的眼睛和他的潜意识,往往是不但交流了多次而且达成了默契的。

　　赵胖子哇啦哇啦地对着话筒大声嚷起来没完,是在和环卫部门争论什么"门前三包"的事。他固执地讨价还价,而对方显然又不是个好通融的人。对于一个男人的潜意识和一个女人的眼睛,那几分钟是很充分的、能彼此交流不少内容的时间。于是她的眼睛变得亮晶晶的熠熠闪光了,而他的眼睛也变得炯炯有神并满溢着温柔了。每个人的身体都经常不断地向别人发出讯号。这些讯号中有些是为表明希望紧密接触而发出的。姚纯刚挺了挺胸,坐得更端正了。但是表情却渐渐地有点儿不自然,有点儿腼腆了。因为他已经开始为那只"脚气感染"的脚而发窘,而害羞,而不好意思了。她则拢了拢短发。那完全是多余的举动,因为她的发式是吹过的,贴着她的面颊,既不散乱且又美观,如同在脸颊的两边护着两只大黑蝴蝶的翅子。同时她那双并拢着的修长的秀腿,改变了倾斜的方向。这样她的身体也便随之微微侧转,而她的颈子却并不动,脸仍朝向姚纯刚,眼睛仍凝视着他。只不过由刚才的正面凝视,改变成了回眸凝视的姿态。

倘一个男人的正经,并未曾在近距离受到过女人的诱惑的考验,其实是靠不住的。姑且先不论那一种诱惑究竟是不是女人存心施展的伎俩。

姚纯刚觉得她对自己回眸凝视的姿态,简直美妙极了,女人味儿十足极了。他不禁红了脸,一时心旌摇荡。同时,他困惑地体验到一种仿佛对谁进行了必要的报复似的快感。仅仅一分钟后他对自己便不再感到困惑,因为他很快就弄明白了那个"谁"不是别人,正是他的妻子。

公正论之,就女人的姿色方面而言,他的妻子绝不比坐在他对面的这个脸像兔子的女人稍逊。但他已开始无可救药地喜欢上对面这个脸像兔子的女人了。而她那双眼睛默默地庄重地告诉着他,她对他也颇发生兴趣了。如果说一两分钟前她还只不过是在凝视他,像一个近视眼的女人凝视着一个频频暗瞥自己的男人一样,那么此刻她已开始不动声色地极其娴静地对他释放着诱惑的磁波了。一个女人的眼睛和一个男人的潜意识达成某种默契,其实只需要他或她一次呼吸那么短的时间……

赵胖子终于放下电话,转过身来。

"咦,你们俩……"他瞧瞧姚纯刚,又瞧瞧那女人,很奇怪似的问,"怎么都哑巴似的,互相一句话都不说?"

那女人说:"你还没为我们互相作过介绍呢。"

姚纯刚说:"是啊,不认不识的,你可叫我们互相说什么?"

"没为你们互相作过介绍么?"赵胖子拍了下浑圆油亮的脑门儿,"这可就是我的罪过啰!好,我现在郑重为你们进行介绍——这位是我们所的副所长,刚才你已听到我叫他小姚了。小姚,你自己告诉人家你的名字嘛!"

"姚纯刚,单纯的纯,刚强的刚……"

姚纯刚从兜里掏出名片夹,取出一张名片,才欲将那只担在沙发垫上的脚收回并站起,见赵胖子正望着他,猛地意识到自己险些犯了个"大错误"。于是将那张名片递向赵胖子:"所长,只得劳您驾了……"

赵胖子接过名片,转交给了那女人,对她又说:"人家已经把名片给你了,你有没有名片?有也回赠人家一张啊!"

她望着姚纯刚嫣然一笑,摇了摇头。

"真没有假没有?"赵胖子紧接着又问了一句。

姚纯刚听着他那口吻,认为他和她一定是很稔熟的了。这一猜测竟使他心里顿时醋溜溜的。

那女人却依然笑着,依然只望着姚纯刚,并不瞅赵胖子一眼。

她的目光,她的凝视,不但使姚纯刚又一阵心旌摇荡,甚至有些心猿意马起来了。他有些承受不住她的目光了,不禁低下头去,掩饰地端起了赵胖子替他沏的那杯茶。

赵景宇笑了,自嘲地说:"看来,我还非充当介绍人不可啰!好,那我就充当。"他将脸转向了姚纯刚,"这位女士么,姓曲,曲折的曲。至于名字么,名字就叫曲折……"

姚纯刚喝了一口茶,将咽没咽之际,听了赵景宇的话,喉间一哽,将一口茶全喷了出来,喷在横担着的那条腿的裤腿上。

赵景宇看看他,又看看她,装出一本正经的样子对她说:"你看,我就猜到,你的名字太……太那个了,谁乍一听,都难免会做出特殊的反应……"

她用一只手掩着嘴笑出了声。她的笑声很悦耳,有几分羞涩的意味儿。笑罢,她终于将目光转移向赵景宇,乜斜地瞧着他问:"太哪个了呀?"

她说话的声音很甜,问得慢条斯理。

在姚纯刚听来,无论她的轻笑声,还是她慢条斯理的说话声,都充满了性感。

赵景宇挠挠头顶秃了发的部位,搜肠刮肚地说:"太,太,总之是太那个了呗!"

姚纯刚一边用手绢擦着湿了的裤腿,一边辩解:"老赵你别乱下结论。我才不是因为人家的名字太怎么样呢!是因为茶叶卡在嗓子眼儿了!曲折,难道这名字不好么?好名字嘛!时代不同了,现在的女性,尤其文化素质较高的女性,都愿意起中性的名字。这也是引导潮流嘛!⋯⋯"

她却又嫣然一笑,坦率地说:"姚副所长您过奖了。其实我只有初中文化程度,是谈不上什么文化素养不素养的。"

她这么一说,姚纯刚接着倒不知再说什么好了。一时竟有点尴尬,虽然他觉得她不是有意要使他在赵景宇面前陷入难堪。

赵景宇瞧着他可就又笑了,踱到他跟前,拍拍他的肩调侃道:"小姚,你可真会说话⋯⋯"

这时她站起身来了。

赵景宇转过身去,又对她说:"上厕所是吧?就在院子西角儿。别看我们的办公条件目前差些,厕所可是一流的,上半年的一点儿集体积累,差不多全被我用在修厕所方面了。"

他后几句话等于没说。因为刚说完前两句,她已走到外面去了。不过赵景宇这人,是个一开口就非把想说的话全说完不可的人,即使听他话的人离去了,他也要自言自语地说到一个句号为止。

姚纯刚有几分气恼地瞪着赵景宇问:"你派小吴把我接来,不是有重

43

要的事急着跟我商议么？"

赵景宇说："对对。你别急，你别犯急嘛！我还没急呢，你急个什么劲儿！听着，这个女人不寻常，很有经济背景。不过，就是心理陷入了某种暂时的、自己难以自拔的障碍和误区。不过，人家要是心理方面完全正常，又找到咱们心理研究所干什么？是不？"

"老赵你别背后贬损人家！我看人家心理没什么问题。"

姚纯刚不禁皱起了眉头，毫不掩饰地显出不爱听的样子。他原本也是一向称赵景宇"所长"的，可是由于对方当着那女人的面开口闭口老是"小姚"长"小姚"短地叫他，叫得他内心里别提有多逆反，便也"老赵"长"老赵"短起来。这也使他感到小小地报复了对方似的快感。

要是往常，赵景宇也许会不高兴的。今天赵景宇却丝毫也不介意。仿佛他们之间，一向是以"小姚"和"老赵"平等相称的。

"我不是背后贬损她！"赵景宇抬头朝窗外望了一眼，急急地又说，"你别打断我，趁她还没回来，我得尽量把当着她的面不便对你说的话都说完。她是咱们的一个上帝，可能还是咱们的一个施主。再直截了当地说，是咱们的一个客户。咱们的客户不多，上赶着找来的尤其不多。人家既然找来了，声明自己有心理问题需要向咱们咨询，需要由咱们这些心理学专家引导着走出人家的心理误区，那咱们就……"

"可我不是心理学专家，我是替所里抓行政的，抓行政之前是搞基建的，搞基建之前是司机，当司机之前是……"

姚纯刚不合时宜地证明着自己具有可贵的谦虚品质。

"够了！你有完没完？是我说给你听，还是你说给我听？……"

赵景宇心里冒火地低声吼了起来。

姚纯刚看出他是真的心里冒火了，立刻识趣地闭上了嘴，可敬地缄默了。

"我刚才说到哪儿了？"

"那咱们就……"

"那咱们就怎么样？"

"我哪儿知道，你这句话没说完。"

"那咱们就……对了，那咱们就不能对人家等闲视之，那咱们就得承担起帮助人家化解心理障碍的职责。老孙在这方面是有些经验的，可人家提出不要年纪大的引导。小于倒是年轻，又是心理学硕士，可许久也不来上班了，打算'跳槽'，指望不上了。也好，走一个少一个，谁走我也不挽留。精兵简政么！大王正在写一部心理学方面的书。据他自己预测，将来出版了准能畅销，不支持人家不行。再说真能出版，人家要赞助所里一万元稿费！能让人家放下笔先来应付一个客户么？我想来想去，只得把眼前这件主动上门的急活儿交给你……"

姚纯刚老老实实地听着，听到最后一句心里哭笑不得，觉着赵景宇将那女人说成是一件"急活儿"，分明地，仿佛是将她视为一堆需要加工组装的原材料什么的了。他巴不得她听到了赵景宇最后那句话才好……

他嘟哝着问："我，行么？"

"你怎么不行？你不对她讲你原先是搞基建的，她就会把你当成心理学方面的专家一样尊敬着。她是一个心理有问题的女人，而你是一个心理健康的男人，你还怕自己对付不了她么？劝人你总会劝的吧，安慰人你总会安慰的吧？她说，你就洗耳恭听。她落泪，你就陪她伤心。她高兴了，你就微笑。她不说了，你就说。你平时不是挺能说会道的么？她需要温柔，你就装作多情一点儿，给她些温柔。实践出真知嘛！要善于从实践之中学习嘛！你不能只抓行政，你也要培养自己的专业能力嘛！我这可都是为你好。副所长嘛，专业方面没经验还行？……"

赵景宇一边喋喋不休地说，一边又向窗外望去。

姚纯刚也随之扭头向窗外望去，见那女人婀娜的身影正背对着窗子，在和司机小吴说话儿。

"如果你因为自己笨，使人家一位主动上门的女施主大失所望，影响了咱们'华夏心理咨询事务所'的业务名声，你对我可是没法儿交代！"

赵景宇俯下身，一只手撑在沙发背上，盯着姚纯刚的脸，一番话说得严肃之至。

那女人终于又回到办公室来了。不待她重新落座，赵景宇直起腰板，转身笑着对她说："实在对不起，我马上要去会晤一位日本的心理学者，提前一个星期约好的，不能不去，没法子。至于你这项业务嘛，我这个所长是相当重视的，决定由我们的姚副所长亲自承接，不知你意下如何？"

她又一笑，点点头说："那我感到非常荣幸。"

她前两次虽然笑得嫣然，但是抿唇而笑，属于笑不露齿的那一种笑法。这一次却是笑口绽开，笑容朗丽，而且露出了上下两排珍珠似的整齐的白牙。正可谓唇红兮齿白，一笑嫣然兮，满室生辉。

姚纯刚的脸又红了。

他说："我也感到非常荣幸。"

赵景宇抓起桌上那盒"希尔顿"，一边往考克箱里塞，一边信口替姚纯刚胡吹："我们小姚，在北京社科院心理所深造过。全国最知名的心理学者、教授和专家们，几乎全都当过他的导师。这么说吧，我们所如果没了他，那就少了半壁江山了！"

她听他进一步这么介绍，就从小坤包夹层里用两根细长的指头夹出姚纯刚的名片，而且戴上了一副美观的窄框眼镜，认真仔细地又看。

姚纯刚心里大不自在地扭动了一下身子，恨不得地上裂开道缝一头钻进去。

赵景宇意识到自己胡吹得太离谱了，忙又说："你甭看名片儿。真正有学问的人，是不会将自己的学问像菜单一样统统列在名片上的。再说我们小姚很谦虚，如今像他那么谦虚的人不太多了……"

他拎起考克箱，拍拍姚纯刚的肩，用充满信任的口吻说："你办事，我放心。"说完就走。

走到门口，又站住了，转身向姚纯刚："有烟没有？"

姚纯刚摇了摇头："出门太急，没带。"

于是赵景宇高抬一膝,将考克箱放在膝上,打开了考克箱,取出那盒"希尔顿"抛给他:"留给你,我路上再买。噢,对了,暖瓶里的开水是今天早晨新灌的。老韩的老伴儿病了,我已经给他假,让他回家照料老伴儿去了。小吴和我再一走,咱们这僻静的小四合院里可就只有你们俩了。你耳朵灵点儿,提防小偷溜进来,把咱们的家当都抄光了……"

她说:"那我跟你去把院门关上吧!"

赵景宇看看她,再看看姚纯刚,受了某种感动似的说:"她现在已经开始把我们这儿当成家一样了。这是个良好的开端。在心理方面寻求帮助的人都好比是孩子,如果还是女人,就好比是迷了路的小女孩儿。小姚,奉献出耐心和爱心,帮助这小女孩儿回家吧! 我们每一个人的理性便是我们每一个人安定的家园啊!"

他竟说得很动容,她也似乎听得很动容了。而姚纯刚却直想笑,并奇怪她为什么就看不出来,赵景宇那纯粹是在装腔作势,而且伪装得十分拙劣,一点儿也不高明。尽管他是第一次听到赵景宇用那么一种娓娓动听的传教士般的语调说话。

他强忍着不笑,装傻充愣地注视着她像一个唯恐被抛弃的小女孩儿紧跟着大人似的,跟在赵景宇身后走了出去。

他想,对这样的一个女人奉献出耐心和爱心,自然是我非常乐意的。哪一个男人,能拒绝一个对自己产生了吸引力而且又很有意味儿的女人的求助呢? 这么一想,觉得自己俨然真的是一位心理学专家了似的,便对于扮演好自己的义不容辞似的角色,由毫无信心变得信心十足起来。

一会儿,她回到了办公室。门一关上,她的目光和他的潜意识,又急切地开始交流。

现在他们的目光,是可以自由地,无所顾忌地甚至是放纵地,更温柔也是更亲昵地触摸对方了。

通过她的目光,姚纯刚感到,她身体里有某种东西正在逐渐形成着,生动而猛烈地翻滚着、扭曲着、痉挛着。它像章鱼,它的八条瘆人的蛇一样的足爪,探伸到她身体的各个部位,仿佛就要撕裂她的肌肤,血淋淋而又难以招架地朝他扑捉过来。同时他感到,他自己身体里也有那么一种东西正在逐渐形成着,也正在生动而猛烈地翻滚着、扭曲着、痉挛着。也像章鱼,它也有八条瘆人的蛇一样的足爪,也探伸到他身体的各个部位,也仿佛就要撕裂他的肌肤,血淋淋而又难以招架地朝她扑捉过去……

他尽量装出稳稳定定的样子,微笑地瞧着她。

她也是。

"给你。"她将一把带着链坠儿的钥匙抛给他。

他接住后,看出那是单位大门的钥匙,却明知故问:"哪儿的?"

"赵所长为了安全起见,把院门从外面替咱们锁上了。"

"这个人,真是多此一举!"

她抿嘴儿一笑。

"那么现在这院子里就剩咱们两个人了?"

"不好么?"

"好是好……"

"你那条腿都麻了吧?需不需要从沙发上放下来一会儿?"

他那样子其实很舒服。

但是他说:"可不麻了么。"

他已在渴求着她接近他,渴求着她那双保养得很好的,指甲早染红了的白软的双手摆弄他那条腿。

她明白了。

她起身离开座位,眯起眼睛注视着他,抿着她那双唇丰润的嘴儿,笑盈盈地走到了他跟前,撩起裙裾,款款地蹲下,将他那条腿轻轻从沙发上捧起。是的,是捧,而不是搬。她那么一捧,就将他那条腿抱在她胸怀里了。他感觉到了他的腿偎贴住的是女人胸前最丰满最有弹性的部位。这一感觉使他想象得到,那一部位在她胸怀所占的面积一定是相当之大的。而这一想象又刺激了他的感觉。于是他的腿更紧地偎贴住她的胸怀的那一部位,灵魂畅意得快要呻叫起来了。

她放下他的腿,却不马上归回座位。她继续蹲踞在他身旁,宛如一条小宠犬蹲踞在主人身旁。她仰着脸,微眯着她那双分得很开的会说话的眼睛瞅他。蹲踞在主人身旁的小宠犬,企图讨好和取悦于主人,而又没把握主人究竟允许放肆到什么程度的时候,常常是那么仰起狗脸研究分析着主人的。那是人和狗之间最为有情趣的情形。不是狗而是女人,对于男人,情形则就不仅有情趣而且具有强大的征服力了。他亦低下头睨视着她,他的目光溜进她连衣裙宽松的领口,窥到了一抹粉色,那是她的乳罩的边缘。他觉得自己很可耻、很下流,却管束不住自己的目光。

她低问:"很麻么?"

他说:"很麻。"

接着,他呻吟,并且抱怨:"发炎了,还疼呢。我脚这样子了,却非把我接来!"

她说:"你就当纯粹是为我辛苦了一趟吧。"语丝儿甜甜的。"纯粹是为我"几个字,道出了着重强调的亲昵。同时,撩起目光也斜着他,眉眼间荡漾着柔情。

"你跟他出去关门时,他对你说了我些什么吧?"

"谁?"

"还能有谁,我们所长啊。"

"他说……他说你是个在女人面前很拘谨的男人,说我只有尽量主动配合你,你才能顺利地引导我回家……"

"回家?……"

"是啊。就是他指的那种家呀!……"

她显出十分天真无邪的模样。

"是啊,许多人都感到自己仿佛无家可归似的。我们搞心理学的,有这种义不容辞的责任。"

他顺水推舟地说着些附和的话。

"你是个在女人面前很拘谨的男人么？"

"是的……我想……大概是的……"

"那，你需要我如何怎样尽量配合你呢？"

"我的意思是……看我们进展的情况如何。其实呢，每一个中国人的心理，男人，女人，老人，孩子，差不多都潜伏着某种疾病现象……"

"你们所长也不例外？"

"我想，他也不能例外的吧。"

"你呢？你自己呢？"

"我么，怎么说呢，如果心理病人分为甲乙丙三级的话，我自己该算乙级心理病人呢。"

"有意思。"

"有意思？"

"替别人化解心理疾病的人，自己却是一个乙级心理病人，这还不够有意思的么？"

在他不知不觉间，她的胸怀，已偎贴着他的双膝了。

"这也没什么奇怪的。肿瘤医院的主治医生，自己也可能患上癌症。那就仰仗别人的医术拯救自己的性命呗。"

"那么你看我，算是几级心理病人呢？"

"你么，我现在对你下结论还为时太早……"

他俯首睖视着她，矜持地笑着，俨然是一种极讲原则的权威的口吻。

"脚气感染，虽然不是什么严重的问题，但也不可忽视，还容易诱发心脏病呢……"

"唔，你学过医么？"

"你坏！取笑我！……"

她故作嗔怒状，举起一只白软的手，仿佛要朝他脸上掴下去……

"我不是取笑你。我现在是你的心理医生，怎么会取笑你呢！一位心理医生如果取笑自己的病人，那是最不道德的了！……"

"我从日本电视剧《阿信》里获得的常识。我虽然没学过医,可学过推拿。我给你推拿推拿吧? 促进血液循环,起码会好得快些……"

他点了一下头,他早就有所期待了。但同时他却心虚地看看敞开着的门。

她便站起身,轻盈地飘过去,以极缓的速度将门关上了。门扇是无窗的,于是映在地上的一片明媚的阳光,被驱逐到门外去了。接着她闪在一旁,伸出一只手臂,扭了一下保险锁。仿佛她是一位保险锁推销员,他是正在犹豫的买主,她向他做示范似的。又仿佛她是母亲,他是她的孩子,她在出门前,教他怎样将门锁上。

他感到很羞耻。院门明明已经锁上了,钥匙明明在自己手里,这个城市僻静一隅的空间明明已形成了封闭状况,除了翻墙而入的贼,是绝对不会有第三双眼睛窥见到他和她的,自己为什么还那般心虚呢? 他觉得她的举动中,包含有在她和他心照不宣的相互引诱过程中,对他的谨小慎微的嘲谑。这使他的确感到很羞耻,非常羞耻。然而对情欲的饥渴感,毕竟是强大于那一种羞耻的。

她轻盈地又飘至他跟前了,款款地在他对面,也就是他放过脚的那只沙发上坐了下去。她坐下时撩了一下裙裾,坐下后,两条迷人的腿就对他显露着了,它们几乎一直显露至腿根。她又一次将他那条说"很麻",而实际上不过希望再次接触到她的身体的腿,担在自己浑圆的裸膝上,开始进行她所谓的"推拿"。因为他那只脚上伪装着纱布,她的"推拿"只能从他的踝部起,渐次移上去。她很认真,似乎也很内行。她每用力一次,身子便向前倾一次。于是他那只伪装了纱布的脚,便抵在她的小腹上,她的小腹像上等丝棉一样柔软。他不禁闭上了双眼,陷入迷幻情境的想象。

她的双手已经"推拿"过了他的膝部,但并未开始改变方向朝下移动,还在继续向上"推拿",向上移动。移动,移动,终于,停止了。它们在通常情况之下,最不适当一双女人的手停住的地方停住了,静止在那儿。虽然静止在那儿,却分明仍有所企图。虽然有所企图,却分明地也不无犹豫。似乎待在那儿想,还应该干什么?好比蜗牛在蠕爬的过程中受阻……

他睁开了眼睛,见她正眈眈地盯着他的脸。目光竟是那么镇定,而且,那么自信。与她那双静止的,有所企图又不无犹豫的手,传达了恰恰相反的意念。在她的目光里,一点儿也没有犹豫的成分。使他看透的,是一个女人打算将什么事干到底的一往无前的坚决。她没料到他会忽然睁开眼睛,她赶快一笑,她的双手却未动,仍静止在那儿。她的五指,更准确地说,是她的中指和食指,在轻微地弹动着。如同有的人在欣赏音乐时,用两根手指点着拍子一样。而它们的"拍子",弹动在他那男人的"根儿"上。它早已充血,变得空前的粗壮,在他的裤布之上坚挺着,以至于使拉链都快要被顶开了……

但是她那随机应变的短短的一笑,呈现得晚了,收敛得也太匆促了。他觉得她那种笑充满了正捉弄着他玩儿的意味儿,觉得她那种镇定而且自信的目光,太像一位正在临床实施手术的外科医生的目光,准备切除长在他身上的一个瘤,而在操刀之前,照例只想问他同意不同意?如果他同意,仿佛那在她是一件再简单不过的小手术。如果他不同意呢,她也就只好放下手术刀了。而她那双手一拢便会拢住的东西,当然不是一个瘤。

他不但感到被捉弄着,而且感到被亵玩着了。觉得一阵强过一阵在他血管里无声畅叫的冲动,仿佛不过是由自己造成的,仅仅是由自己造成的。觉得自己好像一头奶牛,而她是一个挤牛奶的人,仿佛他的冲动,不过是一头奶牛被挤牛奶的女人双手挤奶引起的冲动,一种极其滑稽的冲动似的、漫画式的冲动似的。

他妈的这个女人!——他在内心里骂了一句。

他甚至有些恼羞成怒起来,神色一变而为满脸男人的矜持,默然地将她的双手拒开了,并且缩回了自己搁在她膝上的那条腿,落脚踩在穿来的一只拖鞋上。

她脸上显出了些微的窘态。但那是瞬间的事,一闪即逝。表情立刻又变得相当自信,相当庄重。她从容不迫地站起,抿唇浅笑着,退回到了自己最初坐的高背木椅那儿,以优雅的姿势翔立着,注视着他,一手扶着木椅靠背,语调很轻又很亲甜地问:"还麻么?"

他掩饰地回答:"不麻了,好多了。"

他又觉得有几分歉意。觉得她的离开,分明地是由于意识到了他忽然睁开双眼那一瞬间,对她所产生的拒抵心理。为什么?我他妈的究竟为什么要将人家的双手拒开呢?究竟为什么要将自己的腿从人家膝上缩回呢?难道人家的"推拿"使我感到不舒服了么?那明明是使我感到极舒服的呀!

她又说:"真像笋似的。"

他困惑地问:"什么?"

她绽唇一笑,避而不答,垂眉低吟了四句诗——一节复一节,千枝攒万叶,我自不开花,免撩蜂与蝶……

随后她渐举眉目,凝视着他,问他知道是谁的诗不。

他摇头,老老实实地承认自己不知道。

于是她告诉他那是郑板桥的一首咏竹诗。

她又问他知道郑板桥是何许人不。

他说他当然知道。

她再问他知道郑板桥些什么?

他只得又摇头,老老实实地承认自己除了知道郑板桥是专画竹子的,再就什么都不知道了。

"连他的一首诗也没读过?"

"没有。"

她口中便发出一串啧啧之声,表达着替他感到的遗憾。

他便觉得十分惭愧起来,想了想,一点儿也没把握地问:"难得糊涂,算是他的一句诗么？"

这时他已明白,她刚才是将什么比喻成笋了。他觉得她比喻得很形象,很美妙,比喻中包含有对他那男人之"根"很欣赏很喜欢的意味儿。这使他又骄傲又愉悦。他不禁低头瞧了一眼,见它在自己的裤布底下是显得更粗壮。他简直有点儿担心它会"破土而出",勃勃地在他自己和她眼前疯长……

他不由得扯了一下衣摆,用衣摆覆盖住了它。

他这一个小小的下意识的动作,自然没逃过她的眼睛。

她又抿唇微笑了一下。

她说:"难得糊涂可不能算是郑板桥的什么诗,只不过是他的一句话,算是一句名言隽语吧!"

他说:"我从前,也是一个喜欢诗啦,小说啦什么的人。可后来,全部的精力和时间,都集中在心理学方面了。心理学的内容太广泛,太深厚,一心多用,哪怕一心二用,都是我的专业所不允许的啊!……"

他极力维护着自己"心理学者"的尊严,唯恐自己的形象在她面前降低到一个不学无术的无知者的地步。

然而对于他的话,她似听非听的。她又低眉吟了两句诗——可怜幽竹山窗下,不改清明待我归……

"懂这两句诗是什么意思么?"

"不……太懂……什么意思?……"

他显出一副虚心求教的样子,期待着她予以解释。

然而她并不向他解释。

"不可一日无此君,这句呢,懂么?"

"也不太懂……指的,什么?……"

"你呀! 你简直是一个大孩子,还心理学者呐!"

她扑哧笑了,笑得有几分自嘲,还有几分羞涩似的。甚至,她的脸还绯红了起来。她的脸是那么白皙,一旦绯红,自然便红得极其显明。他一时无法判定,她那一种成熟女人的羞涩媚态,究竟是装的还是真的。有一次他听所里的几个同事在胡侃时得出一个心理学方面的近于权威的结论——女人在必要的时候完全可以靠自己对自己的心理暗示脸红起来,好比变色龙善于自己使自己变色一样。那么她自己在对自己进行着怎样的一种心理暗示呢?他困惑着,同时在以贪婪的、淫念强烈的目光呆望着她、攻击着她……

她从木椅后绕到木椅前来了。一只手不再扶着椅背了,叉在腰际了。另一只手臂缓缓举起,朝他一指,指向他裤子前开口凸起的部位。同时她仍羞笑着,仿佛她的羞涩,是由于他的毫不知羞而引起的。

她的身段确实是足以令所有三十四五岁的女人羡慕的。臂和腿都那么修长,胸乳高耸,腰很细,那是一种极其丰满的窈窕。尤其她的颈子,两侧的外弧曲线可与高级服装店的造型模特相媲美。此前他从未见过一个活生生的女人有那么长的颈子,只见过长颈子的石膏美女,也就是高级服装店的造型模特。并且依他想来,如果一个活生生的女人的颈子竟有那么一种长度,一定会使一个男人看去显得特别可笑,特别滑稽,甚至特别荒唐。现在他呆望着她,不由得暗暗承认自己原来是大错特错了。原来一个长颈子的女人很可能因为其颈子比普遍的女人长而女人味儿十足的。他甚至感到,相比之下,他的妻子简直就像一个没有脖子的女人了!一个看去似乎没有脖子的女人,才该显得多么可笑多么滑稽多么荒唐啊!终于经由和另外的一个女人相比,比出了他妻子的丑点,使他从那一种暗自的比较之中,获得了极大的快感。那快感的主要成分,类似于一个人报复目的之达到。而眼前这个脸像兔子的女人的颈子,从耳垂之下裸至衣裙的开领处,浅浅的项窝仿佛用手指轻轻在精粉团上按出来的,仿佛转身会自行平复似的。她的嘴唇看去比刚才更丰润更红了,她微吐舌尖舔了舔下唇,庄重而羞涩。

她那样子,仿佛完全是由于他的冒失的举动,使她对他产生了一个庄重女人的防范心理才不得不离他远一些的。好比一名其实受过良好教养的酒吧女侍,对一位行为不轨,但又得罪不起的新客做出礼貌的,绝不至于使对方感到难堪的退避。这竟使他甚至有点儿搞不明白,到底是由于自己心术不正意念淫邪使她忽儿又变得矜持若此,还是她巧妙地以假装的庄重和羞涩,将尴尬像传球似的又抛给了他?她真是显得非常庄重,又庄重又嬉狎之态可人,使他简直没法儿怀疑她的庄重是假装的,又没法儿抵御她那种以羞涩之容做盾的嬉狎之态的诱惑和迷幻,于是他只有感到尴尬起来。

为了证明自己意识的清白似的,他说:"把门敞开吧,通通风。"

他的嗓子发干了,话说得很嘶哑。其实他自己也明白,再怎么证明都是徒劳的。何况她分明是一个太懂得男人,太熟知男人,太善于应付、善于对付、善于摆布和捉弄男人的女人了。他对这一点的判断倒是非常的自信,并且他早已进一步得出了判断,她并非在应付他,也并非是在将他当成一个难以对付的男人在全力以赴地对付着。她是在以一种游戏般的耐性和好心绪,在极有情趣极细致地摆布他和捉弄他。因为他毕竟也不是一个傻兮兮的男人,毕竟在心理研究所混职多年,毕竟整天与一些专门研究和分析男人女人的心理的专业者们相厮处,耳濡目染的,也获得了不少关于女人心理之分析的经验。何况,他还有一位最好的导师,便是他的妻子。她越来越变得性情乖张,喜怒无常,迫使他必须经常研究她分析她,好比是一名学生的最主要也最重要的一科学业。但是,他并不因为面前这个使他情欲中烧的女人在摆布他和捉弄他而感到受辱。恰恰相反,他极愿被这个女人所摆布,极愿被这个女人所捉弄。她那种游戏般的好心绪也最大限度地影响着他,使他确信自己也是这游戏的参与者,只不过是充当被动角色的一方罢了。倒是,他若觉得她不过是在应付他或对付他,他才会真的感到受辱。

在某种时候某种情况之下,甚至在许多时候许多情况之下,在被女人应付被女人对付,抑或被女人摆布被女人捉弄之间,男人们往往会心甘情愿地选择后者的,只要后者是以他也感到激动感到亢奋的游戏的方式进行的。

她轻盈地飘过去将房门彻底敞开了。一阵凉爽的过堂风穿过室内，吹落了桌上的几页办公纸。她以优雅的姿势弯下腰捡它们。有一页落在他那只伪装了纱布的脚旁，她捡它的姿态非常特别，不向他移近身体，而只将一只手臂尽量伸向他那只脚，并且眼望着他，随时准备迅速缩回手臂小猫似的窜逃开去似的。似乎提防他会出其不意捉住她的手腕，坐在那里将她强行拉入他的怀抱，进而猥亵她似的。

他尤其对这女人假假真真真真假假的神态感到十分的困惑不解了。

他俯身捡起那页纸，递给了她。她接过去，连同她自己捡起的几页纸一齐放在桌上，用瓷笔筒压住。之后她将他那只缠了纱布的脚放过的沙发推回原处，撩起裙裾，朝他最大程度地展示着白皙的双腿，就坐在那只沙发上。

他说："谢谢你刚才的推拿。"

他这么说时，希望自己望着的是她的脸，然而眼不由心，目光却落在她白皙的双腿上，并且温爱地"抚摸"着它们。

"但愿能起点儿作用。"

她显得非常虔诚。

"你从哪儿学的？"

"我开过发廊。男人们有这个需要，我有空儿就翻翻这方面的书。渐渐通了，就多了一项服务项目。"

"那么是自学成才了？"

"这没什么难的。哪个女人想学，一天就能学会。"

"一天？……"

"对，一天。你用那么奇怪的眼光看我干什么？对于你们男人有些女人的手是有魔力的。触你们哪儿，你们哪儿舒服。摸你们哪儿，你们哪儿惬意。推推拿拿的，我们女人凭着双手，就会使你们男人'手'到病除了。"她说着，将自己的双手伸在自己眼前，手心手背的瞧了一会儿，望着他自信地说,"尤其我这双手,天生的与众不同是不是?"

他说:"是……"

"怎么个与众不同法儿?"

"白……"

"还有呢?"

"软……"

"接着说。"

"美……"

"可你仍没说到主要的方面。"

他却已经语匮词穷,不知再如何地对她的双手加以赞美了。

"我刚才为你推拿的时候,你难道浑身没有一种过电似的感觉么?"

"有……"

"你知道为什么吗?"

"你……会发功? ……"

他不禁对她刮目相看起来。岂止是刮目相看,简直还有点儿肃然起敬的意思。他是一个气功迷,对哪一门哪一派都入迷,都学,都崇拜。究竟交过多少学费,学过多少门派,连他自己也记不大清了。

不料她打鼻孔里轻轻地发出了一声"哼",表示着她对气功的不屑和轻蔑。

"你别把我想得神神道道的,"她说,"我心理有障碍不假,可是我的头脑是正常的。"

"你以为学气功练气功的人头脑都不正常?"

由于话题关乎他的虔诚信仰,也关乎他的头脑的正常与否,使他感到受辱了,认真起来。语气,也由赞美的,含有崇拜意味儿的,变成了质疑的,预备辩论的。

她眯起双眼凝视了他几秒钟,忽然一笑,以大人告诉一个孩子明白什么道理那种口吻说:"你是气功爱好者?我伤你自尊心了?不过你别跟我辩论,我们辩论气功干什么? 还谈我这双手吧。我这双手,是能传导微波的。"

"微波?"

他笑了,仿佛在以那种傻乎乎的笑对她说——你可真会开玩笑。

"你笑什么? 真的,这一点是经过专家鉴定的。当年我在海南开发廊那条街上,有好几家发廊,门面都比我的发廊大,装修也都比我的发廊高级。可哪一家发廊,也比不上我的发廊生意好。东西南北中,从大款到干部到作家名人记者什么的,形形色色的男人,凡到了海南的,都希望光顾我的发廊一次。当然不是去理发,而是要求我给他们按摩按摩,推拿推拿。腰疼的,腿酸的,脖子抬不直的,面部肌肉僵死的,去了就请求我亲自服务。当时我已雇了三个女孩儿,也都教会了她们怎样为你们男人服务。可是许多男人非请求我亲自服务不可,都说我这双手特别,服务质量好,是别的女人的双手根本无法替代的。替代了也肯定减轻不了他们的痛苦。我就问那些第一次接待的男人——你们第一次光临,你们怎么知道? 他们说是别的男人向他们义务宣传的。他们临走都说,'舒服! 就是舒服! 就是和别的女人们的双手不一样! '也不知在我以前,还有多少女人的双手为他们服务过。有比较才有鉴别嘛,对不? "

"对……"

"有一天,当地的一个小官吏,陪着北京的一位什么专家光临了。是个老头子,七十多岁了,头发全白了,不过样子还不太令人讨厌。那小官吏把我扯到一旁,悄悄对我说,'这老头儿有来历,是个通天的人物,和北京的不少大首长都有私交。咱们海南要进一步搞活,很需要通过他经常走走上层路线。你若服务得令他满意了,就等于为进一步搞活咱们海南立了功了。以后我负责"罩"着你,保证没谁敢来惹你的麻烦! 一边说,一边塞给我一卷钱。我哪儿能收钱啊? 心里想收,又哪儿敢收啊? 我说,'为搞活海南做奉献,是我这个热爱海南的外地女人完全应该的。我免费服务了。'他一本正经地说,'那倒不必。你是工作,我也是工作,都是工作,公对公的,客气什么! 再说钱也不多,才一千元,你要为我们两个人各服务一次,已经够委屈你的了。我一听就明白了,原来他是成心沾那老头子一次光,揩公款的油。我一般服务一次,起价是一千的。别人价高,唯我价低的话,我不是砸自己的牌子么? 他们两个人一千吧,那我也不敢表示不愉快呀! 我就装出非常乐于服务、非常愉快的样子,将那老先生请进了里间的小屋。我洗过手,往手上擦过香脂,一转身,你猜怎么着?"

"怎么着?"

"人家那老先生可倒好,早已脱光了衣服,身上只剩裤头,四仰八叉地躺下了。我就开始为他服务。一边为他服务一边和他聊天儿。我问,'老先生,哪儿不舒服哇?' 他说,'浑身都不舒服。'我说,'老人都这样,其实倒不见得有什么病。'他却赶紧说,'我不老! 我才不老呢! 我还能为改革开放做很多工作呢! 姑娘你怎么看着我老了呢!' 我能再说什么? 我只好什么都不说了呗。别看他老,却浑身是肉。不是养尊处优惯了的男人,积攒不下他那么一身肉。他一会儿指他身子这儿,一会儿指他身子那儿。我呢,全心全意,他指哪儿,我就按摩哪儿,推拿哪儿。他不承认他老是很不客观的,一般青壮的男人,哪儿经得住我这双手,男人那东西早就竖起来了。可他那东西,并没在裤头里竖起来。忽然他用他的双手抓住了我的一只手,冲动地说,'姑娘,你的手太伟大了、太伟大了!' 我说,'您过奖了。我这双手,只会为男人们按摩按摩,推拿推拿,哪儿就配谈得上伟大啊! 您这么过奖,我可有些担待不起!' 他说,'不算过奖不算过奖,就是伟大,就是伟大。姑娘,你这双手,可是一双宝贝的手,一双值得上保险的手哇! 你为这双手去过保险公司没有?' 我说没去过。他就连连说,'你得去你得去! 你一定要听我的,一定得替你自己这双手保上险。'接着他就亲我的手吻我的手,又亲又吻的不停止,弄得我两只手背手心都是口水。我只有微笑着,任由他那样儿到自己觉得够了罢休啊! 可他似乎就没够,根本不想善罢甘休。外面陪他来的那个小官吏等得不耐烦了,敲门催促,说什么什么老,这次稍微体验体验就行了吧！还有机会再来呢！……"

"那什么什么老,究竟姓什么？"

"保密,不告诉你。"

她狡黠地一笑。

"你胡乱编的,骗我。"

"骗你是小狗。"

"那他是哪方面的专家？"

"什么专家呀！人家能如实告诉我人家的真实身份么？后来我才知道,他是一位从高位上退下来的老官吏,在北京闲得实在憋闷了,就到海南散散心。有这么句话,你听说过没有？"

"什么话？"

"到了海南,男人才知道身体不行。"

"听说过。"

他又傻乎乎地笑。

她也笑了一下,接着说:"我刚一开门,那小官吏就迫不及待地闯进来了。那老官吏还一本正经地对那小官吏介绍体验,说国外科技界证明,极少数的女人,天生的是微波人。说我就可能是一个那样的女人,我这双手,在对他进行按摩和推拿时,使他感到仿佛是在接受微波疗法。说我这双手,是一双为人民服务的特殊的手。说我,是靠自己的双手、靠诚实的劳动致富的典型……"

"你靠你的双手,挣了不少钱吧？"

"这是一个小秘密。"

"也不只是靠双手吧？"

"你坏！"

"你信自己是一个微波人？信那老家伙的话？"

"人家无偿替我进行义务宣传,我自己干吗反倒不信？那不是辜负

61

人家一片好意了么？"

"恐怕不是无偿的吧？"

"说你坏，你还真坏！"

"那你后来为什么又不开发廊了？对挣钱腻歪了？"

"挣钱这种事，还有使人腻歪的时候么？后来另外几家发廊的主人妒恨我，扬言要把我绑架了，卖到大山里的农村去。我怕了，就逃了……"

"那么你现在干什么？"

"开了一家服装加工厂……"

"业务怎么样？"

"还行。咱们怎么谈起这个来啦？"

"是啊，咱们怎么谈起这个来了！"

他笑了笑。

她也笑了笑。

这时，他觉得那只脚真的麻木了，伪装的纱布缠得太紧了的必然的结果。也许还是像刚才那样，将腿担在柔软的沙发上好，他想。他感到那种麻木，正从脚向整条腿浸淫。烦请她再给推拿推拿？或者换一种说法，再给按摩按摩，她会如何表示呢？难道会拒绝么？他研究地望着她，潜意识里，某种刚刚平复的念头又在耸动……

他说："还是把门关上吧，阳光太晃眼。"

她就飘过去把门关上了。之后，她像第一次关门时一样闪身站在门旁，一只手放在门的暗锁上，唯命是从地目不转睛地瞅定他。她显然在向他传达这样一种暗示——只要他点一下头，她便扭动保险锁。尽管她自己认为那样做是完全多余的。

他不禁非常钦佩这个女人，她似乎一眼就能看透他内心里转动的是什么念头。但是他又有点儿暗暗嘲笑她，因为她对他仿佛也只能看透到念头闪现的程度罢了，其实也许并不太了解他对女人的好恶。尽管他此前还没有和任何一个妻子以外的女人发生过苟且之事，但对妻子以外的女人却是隐忍久矣的。这一种隐忍和自我抑制,使他对她们的向往时时强烈无比,近来甚至经常强烈到超现实的地步。他和她们哪怕是进行着最严肃的谈话,哪怕是在争吵不休之时,只要她们身上有一处对他而言是女人味儿十足的,有魅力的,他便同时会想象自己和对方是在床上,并在疯狂地做爱。这她们当然往往是一无所知的。他被绝大多数女人认为是一个正经的男人嘛!甚至可能还被她们认为是一个缺乏情爱意识的男人。但实际上他不过是一个对她们持谨慎态度的男人罢了,他从未对她们轻举妄动过乃是因为他太胆小或没有他认为的良好时机。今天他可不那么胆小了,而且过分的谨慎在今天,在此时,也是完全不必要的,滑稽可笑的,甚至会引起她的轻蔑。也许她已经开始在内心里轻蔑他了吧?在这间所长办公室的里间,还有着一张供赵景宇午休的床,宽大、干净而结实。结实不结实是重要的,他想,不结实的床发出的那种吱呀声是太会使自己败兴的。时机良好得不可能再好,条件也良好得不可能再好。如果此时还不大胆地从他那一向胆小谨慎的茧壳里往外钻一次的话,更待何时呢?哪一年哪一月哪一日,还会有这么好的时机这么有利的条件再现一次呢?而前提也充足得不能再充足,合理得不能再合理,那便是——这个脸像兔子的、皮肤白皙的、手臂和腿都很修长的女人,是一个他觉得女人味儿十足的女人。不但是他所好的,而且是早已使他心猿意马想入非非的。他思忖着,她在床上肯定会是生动活泼的吧?如同一条活鱼在案板上,竖头拍尾,拨棱乱蹦,用双手按也按不住的吧?他尤其欣赏她为他们所做的有情节又有细节的铺垫。当然是铺垫,是心理的和生理的颇具匠心的铺垫,也当然是为她和他,为他们两个人所做的铺垫,多好的一个女人哇!多有意趣儿的一个女人哇!他不但欣赏,而且感激,而且感动起来,并开始感到深深的内疚,深深的自责。在男人和女人之间,这种事,如果需要铺垫,如果非要讲究铺垫,那铺垫也该主动由男人设计男人来做才对的呀!……

"你呆望着我想什么呢?"

"嗯？……"

"我问你呆望着我想什么呢？"

"你真好……"

"哪好？"

"手……整个人……"

"你怎么知道？你又没……"

她的脸又绯红了，一副少女般的、羞赧极了的模样。然而她的眸子变得晶亮晶亮的了，她的眼神儿里充满了挑逗，那是一种又放荡又纯情的眼神，一种现代的女人的眼神儿，或曰是一种女人的现代的眼神儿。九十年代的中国，娼妓们变得似乎都是些纯情少女了。所谓正派的女人们，变得似乎都打算开始彻底放荡的卖淫生涯了，而且往往是满脸上写着"迫不及待"四个隐迹大字。于是放荡和纯情，普遍地，混合在既不好意思去当娼妓也不再甘愿做什么所谓正派女人的眼神里了。男人从普遍的女人们的眼神里，是既不可能发现单一的放荡，也不可能发现单一的纯情了。"时代特征"首先混合在普遍的女人们的眼神儿里了……

他觉得她那种眼神儿妙极了！

他说："请扶我起来一下……"

这时他也没忘记那只"脚气感染"的脚。他要求自己装到底，认为装而不到底，莫如根本就不装。既装了，装到底才算对得起自己往那只脚上缠纱布时的一番苦心机……

她抿着唇，一声不吭，笑盈盈地走到他跟前，伸出手臂扶他。

"我要……"

他嘟哝着，将一只手搭在她肩上，另一只手，撩起了她的裙裾，探入到她的裙子里去，明白无误地告诉了她——他要什么……

她咔咔地笑出了声儿，悄语地说："别急嘛，我的心理医生……"

难讲是她将他扶进了办公室里间，还是他将她引进了办公室里间……

而她所做的第一件事,却是像一位女瑜珈功高手似的,盘起她那双修长的腿坐在床边,笑盈盈地、默默地用手势指点他将那只"脚气感染"的脚担在床头,并且指点他解开纱布系结,然后亲自将纱布从从容容地、一环一环从他那只脚上绕了下来,绕成一个纱布球,塞入他衣兜里……

他妈的这女人! 莫非一双眼睛能像 X 光机一般透视?

他尴尬地暗想,将她一扑压倒的同时,内心里不禁对她产生了一种对任何女人从未产生过的恐惧……

像个傻大姐似的,她在他迫不及待地侵占和冲动不已的喘息之中,哧哧地痴笑不止……

第三章

世间之道,适时而变。道既变,人亦变。在当代,中国人在乎和不在乎之间、经意和不经意之间、沮丧者为之沮丧和亢奋者为之亢奋之间,判断人的观念倏忽地变得空前地单纯和简易了。仿佛在一切女人眼里,男人只剩下了两类——有钱的或没有钱的,可能成为大款的和永远也没指望成为大款的。也仿佛在一切男人眼里,女人同样只剩下了两类——漂亮的有姿色的或不漂亮的毫无姿色可言的,经过美容经过化妆可能变得漂亮变得有姿色的或美容术和化妆术也不可救药的。于是,当代中国人的生活,从形式上看,似乎变得五光十色、丰富多彩了,而从内容上分析,似乎正在变得干瘪,正在变得抽象,似乎最终将抽象为两个最基本的方面——金钱和美色。一切最扣人心弦的社会剧目,无论正在上演着的或正在排练着的,其"戏眼"都"主题先行"地作在这二者之间相互的功利关系中了。于是中国男人和中国女人的关系,也变得空前地单纯和简易了,又单纯又粗鄙,又简易又公开,粗鄙和公开得都接近原始。女人经由男人最终经由金钱获得她们面对时代的心理安全感,男人经由女人最终经由色情实践他们面对时代的占有欲。他们和她们都匆匆忙忙地在这个观念急骤裂变心态浮躁得坐卧难安的疯狂时代互相交易。那一幅幅匆匆忙忙的售卖风景,仿佛都是在进行着世界末日来临之前的最后一场交易。仿佛只有这唯一的一种交易,也许能保他们和她们在世界末日侥幸乘上一般幻想的"诺亚方舟"似的。无论中国的男人们和女人们愿意承认或者不愿意承认,一个无可争辩的事实乃是——女人们面对时代觉得越来越丧失了起码的安全感,男人们面对时代则觉得连女人们的姿色也越来越慰藉不了他们的占有动机和占有目的了……

然而许多男人和女人,正是由于那一事实造成的原因,更加急切地难以自律地互相吸引,在金钱和美色的一番番交易之中,进一步自欺欺人地虚妄地体验着男人的成功和女人的成功。他们和她们,将生活内容的干瘪误当作丰厚,将人的追求目标的萎缩误当作延伸……

在"华夏心理研究所"所长办公室里间那张宽大又结实的木床上,正由姚纯刚和那个脸像兔子的女人即兴表演(虽然并无观众,想来想去,"表演"这个词也还是可以暂且用在这儿的)着男人和女人巫山云雨颠鸾倒凤的传统节目的同时,在这座城市的另一个地方,更准确地说,是在与"华夏心理研究所"仅隔着两条街的"爱人楼"大饭店的一间包间里,另一对儿男女正身心投入地合演在同一传统节目的序幕中。

我们无疑正处在一个传统和现代混沌一片已经分不清扯不明的时代,所以"爱人楼"并非为传统意义上的"爱人"们服务的。所以它天天食客盈门,生意特别兴旺发达,是"爱人"们最经常光临的去处,又是一般"爱人"们绝不情愿送上门去"挨宰"的地方。一句话,到那里的,差不多都是"爱人"们,又十之八九根本不是"爱人"们。包间是需要预定的,不预定而又想在包间里受到彬彬有礼款款温情的周到服务,那几乎是不可能的。本市的男女绯闻,盖源于此。如果哪一个男人的妻子,和别的男人到"爱人楼"去过了,即或仅仅一次,那么对于那一个男人而言,结果只有一个——离婚。吵也没用,闹也没用,不依不饶也没用,都是改变不了那种结果的。反之,倘若哪一个女人的丈夫,和别的女人到"爱人楼"去过了,那么对于那一个女人而言,结果也是一样的。"爱人楼"的生意兴旺发达,本市的离婚率就日益高涨。但是本市的妇联干部们却并不因此而忧心忡忡,相反,她们倒是有几分暗自窃喜。离婚是要收离婚手续费的,离婚手续费这一项大大增加了,妇联的办公经费则就宽裕多了。逢年过节的,也能发点儿奖金了。我们都知道,中国的许多方面的手续费,早已涨至少则百元,多则几百元了,而手续费向来是免税的。一天有那么五六对离婚的,妇联的日收入就颇可观,相当于"搞活"开了一个小餐馆。

当然,忧患之士在任何时候,针对任何现象和事物总是有的。中国是个尤其"盛产"忧患之士的国家,正如它是一个盛产棉花的国家。

这座城市的些个忧患之士,以及和些个其实什么都并不忧患,只不过经常装出忧患的样子,双手捧着忧患而"士"这碗饭的人,曾群起而攻之,在日报和晚报上,曾同仇敌忾地对"爱人楼"大兴问罪之师,大加围剿挞伐过一通,结果是以舆论的惨败而告终,从此偃旗息鼓,不知道再还需要他们忧患什么了。

和他们进行舆论对峙最后成功地进行了舆论反攻的,是本市的些个青年经济学者。他们指出——"爱人楼"是中国转型时期的新生事物,是本市又一方面三产行业的"龙头"。难道不是么?由于"爱人楼"的存在,它周边才产生了许多家专照"离婚纪念照"的私营照相馆,而且产生了许多家专卖"离婚纪念品"的私营礼品屋。礼品从低档到高档到精品到极品,"纪念照"由立等可取的一次成像的"快照"到艺术摄影照到"情节摄影照"。所谓"情节摄影照",乃是由摄影者对即将办理离婚手续或已经办理了离婚手续的原配夫妻们,进行"情节"设计和"角色指导"——照出依依不舍类的反目成仇类的皆大欢喜类的两厢无所谓类的,或一方觉得羞惭觉得内疚觉得对不起另一方而另一方宽厚为怀成人之美舍"爱"取义的,等等等等,不一而足。一方方陈列橱窗里,很像电影院或录像室橱窗里的剧情片断照。其中两家私营照相馆的名字起得尤其特别——一曰"第三者的风采",一曰"离得乐"。间杂在这样的许多家私营照相馆中的,是如雨后春笋般涌现的美发屋、美容屋、"离婚者形象艺术设计室""再回首服装租借店"什么什么的。自然了,还有一排排的小吃大排档。也就是说,一对儿"爱人",在"爱人楼"撮过了一顿之后,可以先到"离婚者形象艺术设计室"去花钱从形象方面被很艺术地设计一番,接着到美发屋去美发,到美容屋去美容,再到"再回首服装租借店"去各自租借一套自己喜欢的新潮装,或与原配丈夫原配妻子结婚时穿的那种服装,比如中山装、夹克衫什么的,最后到"第三者的风采"各自去照一张相,变先前的偷偷摸摸为光明磊落,好汉做事好汉当的得意,岂不快哉? 倘若是和平协议离婚的呢,那就不妨约上前夫或前妻,在"离得乐"也照一张。最后的最后,如果都没有异议,都互相给面子,那么则可三个人或四个人一起去吃大排档了——比如一个丈夫与自己的前妻与后妻,一个妻子与自己的前夫与后夫,或一对儿后来的"爱人"与他们各自先前的妻子与丈夫……

总而言之,简直谁也没法儿不承认,的的确确是由于"爱人楼"之拔地而起,仿佛"龙头"带动了不少的新行业。不但挽救了因经费不足几近名存实亡的妇联,而且繁荣了本市的经济,好比由于房地产开发业,带动了建材业、建筑业、装修业、家具业等是一样的。贡献不仅仅在经济方面,也在文化方面,营造成了热热闹闹的有情调又有意思的种种"离婚文化"。

"家庭"这个社会的"单细胞"的加剧裂变,难道不会引起社会总体态势的不安定么? 忧患之士们振振有词地说——那还用问么? 当然的!

而和他们在舆论上坚决对峙的年轻的经济学家和学者们,联盟了一批少壮派的社会学家心理学家和一批少壮派知名人士,通过电台电视台的热点访谈节目,通过日报晚报的专栏,抛出一串串调查数据,证明并没有因为本市离婚率的上升,伤害和凶杀案发案率也上升,似乎恰恰相反……

"告诉你啊,我刚从'爱人楼'回来!"

如果一个妻子或一个丈夫,进了家后只消这么说一句,那么她的丈夫或他的妻子,也就只剩一个选择了——是先陪着去"离得乐"照相而后再办离婚手续呢,还是先办了离婚手续其他的再另当别论?倒好像"爱人楼"成了一个最具权威性的宣布离婚从法律上已经判定的什么地方,而真正办离婚手续的某些地方,只不过成了收手续费履行公事地发离婚证书的地方了。而我们又知道,夫妻间因为离异引起的伤害案凶杀案,即或发生,大抵也是发生在离异之前。真的离异了,存在过伤害对方的犯罪动机的,因为离异成为事实,那动机往往也就自消自灭了。企图凶杀对方的,往往也就面对事实"放下屠刀立地成佛"了。既然一切手段都已改变不了离异的结果了,一切手段还有什么采取的积极意义呢?还折腾个什么劲儿呢?

所以,大多数丈夫或妻子,在听到妻子或丈夫向自己宣布已光临过"爱人楼"之后,一般都会保持住一定程度的冷静。"爱人楼"使这一座城市的男人和女人们,尤其中青年男人和女人们,对离婚二字的心理承受能力空前地增强了。如同普遍之中国人,对人民币贬值、物价上涨、贫富悬殊、官僚腐败、假冒伪劣产品的心理承受能力空前增强了一样。

有哪个离婚不在乎或心理虽然很在乎表面上却故作不在乎的丈夫或妻子,听了妻子或丈夫的宣布后,往往强装潇洒地说上一句——"我早有心理准备了,甭打算使我吃惊。怎么着?什么时候陪你到'离得乐'去?"

如果夫妻二人之间进行了以上的具有表演性质的对话之后,相互还有什么可吵可闹可打可骂可恼可恨的呢?一切情绪的宣泄,差不多都会变成极其索然的事了。极其索然了,也就都会觉得没意思了。于是呢,十之八九都会选择后一种了结方式——定下个日子,一块儿到"离得乐"去照张纪念相,然后溜溜达达的,顺便各自买件离婚纪念品互赠。感情一般的,就买件一般的,还有那么几分割舍不断的感情并且钱包充实的,则买精品,买极品。反正,到了这般地步,都会本着你对得住我,我也尽量对得住你的原则,那么你买精品,我也必买精品,你买极品,我也必买极品。绝不至于发生一方慷慨,一方小气的情况。谁都能争取离得潇洒离得体面的那么一种良好感觉,也就都不会在最后的交换中失算和吃亏……

夫妻闹别扭,假如一方脱口说出一句气话是——"还过个什么劲儿,离了算啦!"

在别的城市,另一方也许便会说:"离就离,明天咱们去办手续!"

而在这一座城市,另一方则往往这么说:"离还不简单么?你明天约上谁到'爱人楼'去撮一顿就是了嘛!"

某些本来恩恩爱爱的中青年夫妻,受"离婚文化"的冲击式的影响,倘实在的耐不住寂寞,一时心血来潮,也会假戏真做,照离婚相,互赠离婚纪念品,过把离婚的瘾而不死,接着恩恩爱爱地过小日子……

"爱人楼"的耸立,既不但起了"龙头"的作用,带动了本市小经济的繁荣发展,而且营造出了意想不到的一种"离婚文化",使离婚这件对从前的中国人来说太严肃太严峻太令人不敢作不敢为的事,悠乎似的就变得无比的有谐趣无比的有意思无比的好玩儿,使"第三者"这种一向被视为可憎可恶可诅咒的形象,悠乎似的就变得有风采变得很时髦甚至变得很时兴了起来。于是本市的中青年夫妇们,无论结婚时就没打算往长久了过的,还是过了一阵子过得全没了新鲜劲儿的打算离的,或者暂时虽还不打算离,但说不定某一天就会打算离的,统统都成了那一种"离婚文化"的虔诚的拥护者和维护者。于是本市那一小撮忧患之士,最终成了孤家寡人,由舆论的围剿者们一变而成舆论的被围剿者了。中青年夫妻们,谁那么傻兮兮的愿意站在他们一边啊?那不等于自己先行用公开的舆论表态的方式,堵死了自己某一天真要离婚的后路么?在这么关乎切身利害的问题上,谁愿站错了队哇?现实生活之中早没有多少有谐趣儿的有意思的好玩儿的事儿了,终于有人为中青年大众利益创造了发明了,怎么能不拥护呢? 那不是太缺少大众利益之意识,连自己也对不起了么?

现在让我们回过头来再说"爱人楼"包间里那一个男人和那一个女人。那一个男人——本市"华通广告公司"经理,自然该算是一个有钱的男人,钱不太多,一百来万。与南方,比如深圳、海南的有钱的男人相比,上不了数,充其量是个"小款"中的"小款"罢了。但在北方,在这一座城市,就是名副其实的"大款"了。他叫王相中,这名字叫起来很顺口,分析起来也没什么讲究。从字面破译,按北方老百姓的普遍理解,"相中"其实也就是"看中"的意思。而且通常情况下,属于女性的习惯口语。比如两个女人在商店里买什么东西,其中一个若问:"相中了没有?"那意思无非就是在问——你看中了没有? 瞧上眼了没有? 但是一个男人起了个名字是"看中"的意思,总不免会使别人心中猜寻思,觉着不大对劲儿似的。"看中"或者"看不中",无论和百家姓中的哪一个姓连在一起,都不大像一个人的名字啊? 别人一猜一寻思,就会猜测,这"相中"两个字,一定另有一番讲究。于是,凡初识王相中,尤其从他手中接过印制精美的黑香名片后(如果他抬举对方,给对方一张的话),不管男的女的,差不多都会犹犹豫豫地问一句:"王先生,您这名字,有什么另外的讲究没有哇?"——犹犹豫豫之中,肯定还显出几分惭愧的样子,惭愧于自己的学识浅薄。

王相中高兴别人称他先生,对于别人问他的名字有什么"另外的讲究没有",却是非常非常反感的。如果他的名字确有另外的什么讲究,那他也许不至于会反感。别人不知道,他讲解给别人听,不正透出别人的无知,透出他的名字起得有学问么。进而不也间接地证明了,给他起名字的他爸或他妈,起码是个知识分子么? 但是据他所知,他的名字除了"看中"或"瞧上眼"这层含意,再无另外的含意。他不明白爸妈当初为什么偏偏要给他起这么一个不伦不类的名字。他爸妈早死了,想问个清楚也是不可能的。为了化解他对自己的名字的困惑,他曾虔诚地去请教一位本市的语言学教授。一位老教授，七十多岁了，编辑过好几本大字典和词典。他给了人家二百元钱，请人家替他考证考证，"相中"两个字，除了"看中"或"瞧上眼"的意思，到底还有没有"另外的意思"。老教授是个老学问家、老学究，而且是个对自己所从事的学问一向持严谨态度的老学究。人家想了半天，没当场回答他有，也没当场断言肯定没有。人家要求给人家三天的时间，严谨嘛。三天后他又去见人家，人家以非常负责任的庄重的表情回答了一个字——"有"。王相中一听可就喜笑颜开地乐了，敢情还真有哇！毕竟是学问家，毕竟是学究，看来不佩服学究就是有专门的学问是不行的。在他听来，人家那个"有"字，仿佛说得铿锵有力，掷地有声。其实人家不过低低地说出了一个"有"字。他一高兴，从兜里掏出钱包，又塞给了人家二百元钱。迫不及待地追问人家，那"另外的讲究"，是怎样的讲究。人家又收了二百元钱，自然也很高兴。在目前这个时代，除了钱能使人真正高兴起来，还有什么能使人真正高兴起来呀？人家指着书橱里的一排字典说："你看，为了你的名字，我翻遍了我所有的字典。连《四库全书》和《康熙字典》都翻过了。'相中'二字嘛，除了'看中'或'瞧上眼'的意思，另外再有的一层意思，那就是鼻梁的意思了。"顿然他那咧开来乐着的嘴，好像小孩子在将要含住妈妈奶头的时候被定住了似的。人家诲人不倦地继续告诉他——相，当然也指容貌；中，无疑便是中央，中部了，容貌的中央或中部，鼻梁是也。在古文中，说一个人鼻梁高或鼻梁低，常曰某某"相中凸直"或"相中低凹"。别说他了，就是当今的一位什么语言学硕士乃至博士，也未见得就一准知道"相中"还有鼻梁的意思。倘单论学问二字，知道的比不知道的，当然显着学问高，起码显着见多识广。但谁若告诉别人他的名字还有"鼻梁"的意思，结果却一定适得其反。何况，王相中是个塌鼻梁，也可以认为他根本就没有鼻梁可言。一个人只有鼻子，根本就没有鼻梁可言，尊容缺陷明显，心理上难免就会常常因鼻梁而自卑，又怎么能愿意别人知道他的名字还有"鼻梁"的意思呐？所以王相中又给了对方二百元钱，嘱咐人家千万别再扩散了。大抵有学问的人，无论对学问的态度多么严谨，总难免还是会有点儿卖弄之心。结果老学究就将自己查了《四库全书》又查了《康熙字典》获得的一点儿新学问，有意无意地传播给了学生们。学生们又连锁传播，一传十，十传百，不久许多人都知道了。既然知道了，背地里就都将王相中叫作王鼻梁了。王相中非是傻瓜。一个大傻瓜，在今天这个时代，也不至于能发到一百多万元，当上什么广告公司的经理啊！于是王相中渐渐地便知道背地里某些人们都怎么叫他了。事关他的大名也事关他的鼻梁（尽管他其实没有），他一向是特别敏感，而且特别在乎的。于是他特别恼怒地去找老学究当面质问，大兴问罪之师，还要索回总共六百元的咨询费。老学究自然不肯轻易认错，其实更是不肯轻易退给他那六百元钱。这年头，一涉及钱，谁愿做好人儿哇？明明是老好人儿的，也往往更看重钱，而轻视老好人儿的名声了。六百元钱也是钱啊！通货膨胀，并非使普遍的中国人对钱随随便便了，而是使普遍的中国人对钱更加看重了。老学究买菜的时候，对三毛五毛钱还要斤斤计较一番呢，何况六百元！成了学究也得食人间烟火嘛！于是老学究和王相中据理力争，强调"相中"二字，尽管也是他王相中的名字，但并非他的专利，而是学问，是中国五千年文化遗产的一部分。炎黄子孙，每一个中国人，都有继承、发扬和传播这一遗产的义务。他是学者，是学究，尤其有传播的义务，再说他是传播给学生，传播给自己的学生，这叫教学使命，乃是义不容辞的。否则还算学者，还算学究，还算导师么？王相中辩不过老学究，一怒之下，就把人家给告了，告人家侵犯了他的名誉权。于是就在本市引起了一场人人关注的文化官司，于是本市的一切传播媒介，一个时期内就有了所谓"热点"和花边新闻，于是就在王相中和一个女人之间造成了一种缘。那个女人，就是此时此刻正坐在他对面的女人。不消说，像王相中是个有钱的男人一样，她是个有姿色的女人。她叫曹荔，是姚纯刚的妻子。

曹荔是一个落魄了的干部家庭的小女儿。用"落魄"这个词，是因为她父亲已不在位了。今天,大小是个干部,哪怕是个十六级的科长,凡在着位,凡手中握着份儿实权,就落魄不了。反过来,哪怕大到市长省长,一朝无职无权,那份儿落魄的感觉,就足够自己个人品味的了。品味得越细,越沮丧,别人不当他已经落魄了,他自己也会偏偏当自己是个落魄之人了。

曹茹的父亲,曾任过市委的副秘书长。市委秘书长是正局级干部,副秘书长自然是副局级。她父亲又不属于名正言顺的一位副局级,属于正处级,享受副局级待遇那一类,而且仅仅在位一年多就到了离职年龄了。由先前的市委绿化处副处长被提升为后来的副秘书长,实在不过是体现着党对一位辛辛苦苦为党效忠了大半生的老处长的体恤和安慰。

她父亲没离职的时候,她在她那个社交圈子里,开口闭口的,总将一句话挂在嘴边上——"咱们干部子弟……",动辄"咱们干部子弟"长、"咱们干部子弟"短的。那个社交圈子里的人,并非都爱听她那句挂在嘴边上的话,有的甚至对她那句话非常反感。因为在那个社交圈子里,似乎怎么轮,也轮不到她这位市委副秘书长的女儿开口闭口"咱们干部子弟"如何如何怎样怎样啊!但她的父亲毕竟是市委的副秘书长,毕竟还在着位。在本市,她也毕竟还算是一位干部子弟,何况又是女的,所以爱听不爱听的,反感不反感的,碍着她父亲的面子,也碍着她是女的这一层特殊性,都尽量隐忍着,并不曾抢白过她。她呢,偏偏又是个自我感觉时常倒错,倒错了之后还自我感觉尤其良好的女人。在她那个社交圈子里,往往地,数她身上干部子弟那股虚乎劲儿拿捏得十足,不但十足,往往还很过分。所以在那个社交圈子里,她其实是一个很不受欢迎的人。但她自己浑然不觉,凭着自己先天有几分姿色,后天又善于化妆善于打扮,便误以为自己是那个圈子里的一朵花儿了似的,觉得那个圈子里的一切男人,都暗暗地对她的姿色垂涎欲滴。这么觉得原本也没什么,一个有些姿色的女人,往往心理上会产生这么一种本能意识。这么一种本能意识,也不能非说是一种多么不好的意识。俗话说,害人之心不可有,防人之心不可无嘛。可她并不防他们,她反而利用自己的姿色,常常主动地去诱惑他们。公平论之,她对他们进行诱惑的时候,并没有什么巴结他们的企图,更没有打算利用他们的企图,只不过是企图凭自己的姿色笼络住他们罢了。她无非觉得不能失去他们,失去了他们,不就等于失去了一个社交圈子么?是人,不都得有一个所谓社交圈子么?社交圈子之不同,不是意味着人的社会档次不同么?那是十几年前的事,那时的她才二十四五岁,那时的她整日过着狂蜂浪蝶似的生活,仿佛生活的基本内容,于她而言无非是吃喝玩乐加上恋爱。那时她在晚报当记者——"合同记者",其实也就是编外记者,非正式记者。合同期两年,分工报道商企动态。她对商企动态兴趣不大,喜欢往文艺界圈子里钻。这座城市却并非一座文艺人才荟萃的城市,所谓的文艺界没多少事值得报道,没多少事值得报道她也偏爱报道。于是就像"包打听"似的,专从文艺界这位人物那儿,打听和"刺探"那位人物的什么什么事儿,再从那位人物那儿,打听和"刺探"这位人物的什么什么事儿,无非是些鸡零狗碎、卿卿我我、花前月下的绯闻逸事报道来报道去的,自己也卷进了那些鸡零狗碎、卿卿我我、花前月下的绯闻逸事。自己也今天和这个卿卿我我,明天和那个花前月下起来。当年"大腕儿"这个词儿还没时兴,如果已经时兴了,她准会以新闻界"大腕儿"自居的。

当年她可真是一个"恋爱狂",在这座城市的文艺界和她引以为豪的那个社交圈子里,两边轮番地恋来爱去。再就是吃喝玩乐。她仿佛成了本市最忙的一个大忙人儿。有些日子,从上午八九点钟至夜里一两点钟,都在吃喝玩乐之中,在不同的饭店与不同的男女们吃喝,在不同的场所与不同的男女们玩乐。或者是别人请她,或者是她请别人。她请别人,当然不是自己掏腰包,拉上哪一位商企业的头头脑脑充当付款的角色就是了。某些商企业的头头脑脑,也高兴有机会名正言顺地自己大快朵颐自己开开心心,有文艺界的红男绿女相陪,有记者小姐从中热情周旋,谁会不高兴谁肯错过机会呢?当年"大腕儿"这个词儿虽还没时兴,"公关"

这个词儿却已经开始时兴了。吃喝玩乐的实质,有"公关"这个词儿"包装"着,可不就名正言顺了么? 有些日子,她同时爱着五六个男人恋着五六个男人。电话里调情,卧室里幽会,不管结了婚的还是未婚的男人,抑或正准备结婚的男人,她都毫无忌讳,都敢往自己的小窝儿里领。她也敢毫无忌讳地主动送上男人们的家门去,只要人家的妻子不在,便把人家的卧室当成自己的卧室一样放心大胆地为所欲为。有时她刚刚在自己的小窝里与一个男人结束幽会,五分钟后就匆匆出门,赶到另一个男人家去与另一个男人幽会。她在另一个男人家里和另一个男人的幽会结束,可能当天还要赶到另外第三第四个地方,与第三第四个男人幽会。倘不是她,换个女人,按说够累的,会把自己搞得够紧张的,不是被逼着,一般的女人,未见得多么情愿。可她当年一点儿也不觉得累,一点儿也不觉得精力不够用,一点儿也不觉得时间不够用。恰恰相反,她乐此不疲,反而更加显得精力充沛,神采奕奕,仿佛也更加显得容光焕发,姿色妖娆了。当然会在两边的男人之间,也就是在文艺界的男人和她引以为荣的那个社交圈子里的男人之间,掀弄起阵阵的醋波妒浪,却使她更加感觉良好。在她引以为荣那个社交圈子里的男人之中,她比在文艺界的男人之中还无忌讳。因为她拿前些个男人们,当自己人,拿他们的妻子或未婚妻,当自己的姐妹。在自己人中,有什么可抹不开(北方人将不好意思也叫"抹不开")放不下的呢? 所以她特别地抹得开特别地放得开,甚至可以到刚刚和一个姐妹亲密无间地交谈过,人家转身一走,她就会抓起电话,一个电话挂到人家丈夫那儿去,与人家的丈夫在电话里打情骂俏进而提出幽会。她认为自己该和他们发生关系的男人,她都和他们发生过关系了。当然不是一般的交往关系,而是苟且的肉体关系,她一点儿也不觉得羞耻。没有谁教诲过她那是应该觉得羞耻的,她的母亲如果还在世的话,是会给予她许多这方面的教诲的。她的母亲曾是女中的校长,一位受人尊敬的女人,一位深谙道德二字的真谛并脱离了低级趣味的女人。但她的母亲犯了一个一直试图改变至死都没改变得了的错误,那就是嫁给了她的父亲。这女人后来又犯了第二个非是自己主观所愿犯的"错误",那就是在她十三岁那一年撒下她病故了。她的父亲没心思教诲她,他的全部心思都用在官场上了,他也从不认为女儿需要自己这个父亲给予什么道德教诲。当然,他也不是完全对她没有进行过教诲,教诲还是教诲过的,最经常的谆谆教诲只有一点,那就是——女人的姿色并非储蓄,存的时期越长利息越高。恰恰相反,是一种随着岁月流逝越来越贬值的东西。如果一个女人天生有姿色,而她自己居然不会充分利用,那她实在是一个顶顶愚蠢的女人。在她长到十八九岁亭亭玉立、丰满标致的时候,他就开始幻想她有朝一日嫁给某一位局长的儿子。当年他还是一位小小的科长,幻想还有尺度局限着。

十八九岁的她,却不像她的父亲,幻想被尺度所局限。她的幻想,也就是一位小小的科长的女儿的幻想,是根本不受现实的尺度的局限的。什么局长的儿子,是没资格进入她的幻想王国中的,即使挤进了,也只能充当一个情人兼仆人的角色。她所幻想的如意郎君或曰"白马王子",乃是大军区司令员的公子或省长省委书记的公子,起码也得是市长市委书记们的公子。

在她二十一二岁那一年,一九七九年底或一九八〇年初,她从报上读到了南方某省几名高干子弟纠合成一个"猎色"团伙,奸淫玩弄女性达四十余人的报道。非常难以理解的是,这一则震动全中国的报道之对于她,并没有像对于普遍的中国女性那样,引起内心里的强烈义愤。恰恰相反(我们不得不再一次用这个词),在她内心里却引起了一种幻想,一种希冀某一天也能被奸淫甚至被轮奸的幻想。当然不是被小流氓们或歹徒们,而是被所谓高干子弟们。仿佛她认为,由于男人们的社会门第的不同,女人们的感受也理应有别于一般性质的奸淫甚至轮奸。对这一种感受的希冀和渴望于她也是很强烈的,以后她经常在梦中被奸淫被轮奸,这样的梦使她在心理和生理方面都获得过极大的满足,丝毫没有过什么恐惧,只感受到过极大的满足……

后来她一直关注类似的报道，如同文学女青年关注文学新作。耸人听闻的胡编乱造或所谓"纪实"的，她都关注，并且收集，剪贴成册，当成床头枕下之不可或缺的读物。尤其是某些暴露高干子弟们腐败糜烂的生活情状的文字，她一遍遍地读，一遍遍地反复品味和咀嚼，飘飘然心向往之。她希冀着那样的生活，渴望着那样的生活，幻想着自己某一天变为那样的生活中的一分子。哪怕仅仅是那样的生活的一种点缀、一种陪衬，甚至干脆就是一种牺牲，也是她心甘情愿的。依她想来，那些特殊的男人就该过那样的生活，倘他们不过那样的生活，他们倒是非常不可思议了。现实生活本身倒是非常不可思议了。难道居然还有另外一种生活比那样的生活更好更美妙么？难道更好更美妙的生活，不该首先属于最有资格充分享受的男人们么？至于一个女人，如果她有姿色而没有资格，她被那样些个男人抬举，究竟有什么不幸可言呢？何必装出被侮辱与被损害的模样呢？……

当她由一个小小的科长的女儿，升格为市委副秘书长的女儿之后，她便理所当然地认为，自己不但是一个天生在姿色方面有资格，亦在门第方面身份方面有资格进入到那样一种早就幻想着的生活之中去了。双重的资格，使她作为一个年轻女性的自我感觉，从来没那么的自信过。她趾高气扬，俨然以女王的姿态进入到那样一种生活之中去的。所以她常把"咱们干部子弟"这句话挂在嘴边，也就丝毫也不足为怪了。

不是点缀，不是陪衬，而是名副其实的一分子，而是在身份和门第方面较优越、在姿色方面很优越的人物。双重的资格加上双重的优越集于一身，自己已变成了多么幸运的女子啊！正如她曾长久幻想过的那样，些个局长们的儿子，她才不放在眼里呐！他们中的某几个，也确实仅仅充当着她的情人兼仆人的角色罢了。省市级领导们的子女，有妻室的没妻室的都算上，似乎都是可以被她呼来唤去的，似乎床上床下的，唯其命是从，唯其马首是瞻。她觉得自己活得好不舒畅，好不快活。一点没法儿也不意识到，其实在她和他们的混乱不堪的关系中，她仍不过是点缀、仍不过是陪衬,扮演玩偶角色的,仍不过是她自己,从来不曾是他们。只不过游戏的规则稍微变更罢了……

她在自我迷幻状态中,快活到了她父亲离职那一天。于是她的厄运就从那一天开始了。

"咱们干部子弟……"

在一次惯常的聚会中,当她又这么说的时候,被一位局长的儿子打断了。

"你也配自称干部子弟么?……"

对方擎着满满一杯啤酒,将饮未饮之际,瞪着她冷冷地问。

她怔住了。这是她完全没有料到的,对方曾是她的候补情人和忠实仆人啊!

对方接着说:"也许你不知道,那么我今天就告诉你个明白。你父亲,从前不过是我父亲手下的一个催巴儿,是一贯靠了溜须拍马这一套,才由催巴儿混上科长,由科长混上处长的,享受副局级待遇,那就证明刚混在副局级边儿上。如果连刚混在副局级边儿上的人也算高干,如果连你这种下贱货也能充高干子女,那么……"

没容对方说完,她将自己手中的一杯啤酒,猛地泼在了对方身上。

对方并未也将满满一杯啤酒泼在她身上。对方很绅士风度地微笑了一下,缓缓站起,缓缓脱下被她泼湿的西服,缓缓摘下领带,一齐搭在椅背上……

她正欲继续发作,对方已走到了她跟前,一把抓住她的头发,将她抢倒在地……

她寻求保护地望向其他人,望向那些曾被她姐长妹短地叫过的女人和那些无数次和她上过床的男人……

他们和她们也望着她,更准确地说,那是一种俯视。他们和她们的目光,都那么镇静、那么冷静。他们和她们的表情,都是那么无动于衷。在她们的眼里,甚至还有幸灾乐祸的快感熠熠闪烁着。在他们的眼里,甚至还有期待着看到更刺激的情形发生的欲望。

事实是,这一个由他们和她们聚成的小小的特殊的圈子,原本是一个正常的社交圈子。如果说有什么特殊的,无非因为其成分是一些特殊的青年男女或中年男女罢了,相互之间的关系,既不曾多么糜烂,也不曾多么腐化。只是自从她介入进来,才变得糜烂了,变得腐化了,变得丑陋而邪恶了。夫妻相恶,朋友反目,交叉成仇,情妒欲肆等等一切不齿之事,几乎全是由她所挑起的。最使他们和她们一个个早就暗怀惩念的是——她不但使这个圈子变得糜烂了变得腐化了变得丑陋和邪恶了,而且还要将由她酿造的种种糜烂种种腐化种种丑陋种种邪恶当作茶余饭后聊以卖弄的谈资,一桩桩一件件传播向社会张扬向社会。她们和他们,是早就打算严厉地教训她整治她,早就盼着这一天了……

有姿色的女人有的是,完全不必像从前那么煞费苦心地去勾引去诱惑。他们父辈的权力,加上他们自己利用父辈们的权力"创造"的大笔大笔的源源不断的个人收入,会轻而易举地使各种年龄的大多数的有姿色的女人,极其情愿极其愉悦地投入他们的怀抱,扑向他们的床榻,再也不必顾虑受到司法的制裁,甚至也不必顾虑他们自己的和他们父辈的名声毁誉。因为与她相比,她们都是那么明智,都清楚地知道,如果她们要长久地寄生于权力与金钱织成的五彩罗网之中,她们就必须首先从社会舆论方面珍惜这张五彩罗网,维护这张五彩罗网,不做任何损害这张五彩罗网的事。和她们一相比,她算什么东西?连娼妓都不如!娼妓们有时还懂得,对于有权又有钱的嫖客,口舌是要讳莫如深的呐!……

于是,在她和她们与他们眈眈相望之际,有人起身往"卡拉OK"机里塞了一盘歌带……

于是她们和他们齐声大唱特唱……

于是在纯羊毛地毯上,在这圈子中的一个的家里,她被她的候补情人和忠实仆人扒光了衣服……

她曾姐长妹短地叫过的她们,拍着手,俯视着,唱着,跳着……尽情表达着她们的兴高采烈。

她终于因为她和她们的丈夫、未婚夫或情人们之间的混乱的肉体关系,在她们的俯视之下付出了代价……

他们,以最令她们满意的方式,表达了他们对她们的忏悔似的。仿佛只有这一种方式才足以证明,从此他们不会再干任何不忠于她们的勾当……

那一天以后,她从她曾引以为荣的圈子里消失了,她的双重资格双层优越感被彻底粉碎了……

那一天,他们终于圆了她的一个梦。她终于感受到了从少女时期就幻想着感受到的体验……

然而那一种体验是她唯一不愿向任何人诉说的体验。

她总算多少知道了一点儿羞耻二字究竟意味着什么。连文艺界的圈子,也从那一天开始鄙视她了。一些女人也替另一些女人对她进行了报复,一些男人干了另一些男人也早就想干的事……

她乃是一个不能不依附性地活动于生存于某一个圈子里的女人。心理和生理方面的双重创伤渐渐平复,她摇身一变,又成了在本市一些闲男散女们聚会时经常抛头露面的人物。那些闲男散女,是由一些渺小而俗气的暴发户、个体餐馆的主人、小发屋的女老板、专为什么什么活动拉赞助从中索取回扣的漂亮姐儿,专为男性"大款"们"猎色""拉皮条"的下作男人,以及其他诸类人等组成的。总而言之,是被叫作"社会人儿"的一群。"社会人儿"这四个字是明显地具有些微贬之意的。他们乃是在我们这个时代,派生于"先富起来的一部分中国人"和中国底层"工薪族"之间的一些人。他们或者有单位,或者没单位,即使有单位的,在单位也是些三天打鱼,两天晒网,绝不愿为单位效力,更谈不上尽职敬业,而单位又惹不起,绝不敢除名的男女。单位绝不敢除他们或她们的名,细究起来,倒未见得是因为他们或她们都有这样那样的背景,什么大的小的靠山。一般而言,他们或她们,是既无背景,也无靠山的,不过是些

"青皮"或"泼妇",是些"牛二"式的男人或"孙二娘"式的刁俏女人。不是富人,都没指望成为富人,但也不是穷人,永远也不会沦落为穷人。依附于富人,甚至寄生于富人,靠为富人进行种种"灰色"的甚至违法的"服务"而获得"小费"。从富人那儿获得的"小费",要比单位发给的工资或底层"工薪族"们的月收入多得多。但是这并不妨碍他们或她们,得机会便欺诈富人们一把,坑骗富人们一把。而富人们,即使被欺诈了,被坑骗了,往往也奈何不了他们或她们,拿他们或她们毫无办法。控告是威胁不了他们或她们的,因为他们或她们,是些根本不惧法的男女。这又并不意味着,他们或她们,纯粹是些"法盲"或凡事豁出去最敢以身试法的人。事实上,他们或她们,对法还是很知深浅的,有的甚至很有研究。对富人的欺诈或坑骗,掌握着一定的"原则性",以富人的心理和实际承受能力完全承受得了为前提。所以,即使富人将他们或她们控告了,他们或她们的罪名,通常也不至于使自己身陷囹圄,饱尝牢狱之苦。他们或她们,往往在法的边儿上对富人欺与诈、坑与骗,钱财的数量,大抵自限在法即使想要认真又确实有些不大值得过分认真的尺度。而且,往往富人在不经意间,自己也被裹胁到了法的边上。富人也只有自认倒霉,别无他法。最主要的是,富人似乎还不能长久地离开他们或她们,离开了他们或她们,富人时不时需要的种种"灰色"的甚至违法的"服务",就没有效劳者了。所以,被欺诈一次坑骗一次,也就权当是犒劳,是发奖金了。而且富人又都明白,这种事儿,老百姓心里偏向着的,并非是富人,而是他们或她们。把他们或她们整治惨了,老百姓的同情,则就彻底地倒向他们或她们一边儿去了。自己也将和他们或她们结下仇怨,真的结下仇怨,他们或她们,一旦实行起报复来,也够富人惴惴不安、惶惶然不可终日的。富人有时非常厌恶他们,有时又很喜欢他们,有时极力摆脱他们,有时又不得不笼络他们。完全缺少了他们,富人会觉得,仿佛在社会舞台上缺少了随从角色的簇拥,富得冷清,富得寂寞,富得怪没劲儿的。整日被他们围绕着、纠缠着,在他们的怂恿和诱劝之下这样或者那样,富人又会觉得仿佛丧失了自我,仿佛被他们的簇拥遮蔽住了,常常有点儿搞不大清楚了——究竟自己是富人,还是他们是富人?在自己和他们之间,究竟应该谁听谁的?谁指使谁?并且,和他们打交道的时候,富人得常常防备他们的手伸入到自己的钱包里去。这一点是最令富人感到头疼,从内心里往外烦他们的地方。在富人看来,如果自己像蝴蝶,他们则像毛毛虫,永远不能变成蝴蝶的毛毛虫,但又是从自己产的卵里生长出的毛毛虫。富人难免常想,倘没有他们的存在该多好!但又一想,他们毕竟是从自己产的卵里生长出的啊!如果富人连卵都不产了,那么富人的生活内容,除了富以外,岂非太单调了么?富人是打心眼里永远地轻蔑他们,永远地瞧不起他们的。这一点他们心里十分清楚、十分明白。正所谓常言道——"心中有数"。他们是打心眼里永远地敌视富人的。因为永远地不能成为富人而永远地敌视富人,又敌视又羡慕,所以也就永远地不得不周旋于富人之间,混迹于富人之间,做着富人的随从而又有所不甘,对富人怀着富人对他们一样的憎恶。同时又尽力取悦于富人,谄媚于富人,奉迎于富人,巴结于富人,唯恐富人有朝一日一脚将他们蹬开……

这一种社会现象,是中国这一个时代才又有的现象。当然解放前也有过,不但有过,而且随处可见,几乎在一切有富人的地方都屡见不鲜。解放后,富人被从中国消灭了,连可能产生富人的种种条件,也几乎被完全彻底地消灭了。于是中国没了富人,只剩下了大小"干部"。所以解放前取悦于谄媚于奉迎于巴结于富人的现象,转变为取悦于谄媚于、奉迎于、巴结于大小"干部"的现象。后来中国的社会越来越"干部等级化",而且一"化"到底,一"化"几十年,于是便从等级化了的"干部"中,派生出一批批的大小权贵。大小权贵对他们唉以私利,他们为大小权贵效鞍前马后之劳……

现在,中国又有了富人,他们也就"随行就市",转变为一批由媚权而媚富的人了。媚权与媚富相比,分明地,奴才的意味儿更重些。两相取舍,他们似乎还是宁愿选择媚富的。于他们而言,媚富无需媚权那般的小心翼翼,而且也更实惠些,更容易被理解些,俯首帖耳的意味儿少些。

对于老百姓,他们又是这样一些人——有神通、有能耐。谁人谁家有了小小不然的困难或急难,送点儿薄礼就能得到就能帮上忙的人。比如搞个煤气证啦,比如孩子转学啦,比如换房啦,比如违反交通规则自行车被扣啦,比如办个摆小摊的执照啦……在这些方面,老百姓求他们比求小官吏们心理负担轻些。他们如果帮不上忙,他们还会感到很内疚,绝不至于板出一副拒老百姓于千里之外的冰冷面孔。而他们只要收下了薄礼,则总会不遗余力地去办。终于办成了,他们自己先就很高兴。终于没办成,他们自己先就很沮丧。归根到底,比起富人,比起权贵,他们的心,似乎对老百姓更亲和些。因为从血统上讲,他们几乎统统出自于老百姓中,他们是些活在老百姓边儿上的人,正如他们是些活在富人边儿上的人一样。区别在于,活在老百姓边儿上,老百姓一向以较友好的甚至颇怀敬意的态度对待他们;活在富人边儿上,哪怕富人在对他们伪装出笑脸的时候,笑脸的后面依然是轻蔑。他们是太清楚这一点了。对于富人,他们有时是高俅;对于老百姓,他们有时是"及时雨"宋江,是些现实生活里不可或缺的人。正如他们有时对富人是那样……

他们正在成批地继续派生出来,在各个大城市,尤其在那些越来越商业化、富人越来越多的城市。一旦派生出来,就本能地活向老百姓的边儿上去,同时本能地与老百姓尽量保持着亲和的血统关系。在老百姓的边儿上活稳妥了,他们就本能地活向富人的边儿上去,同时本能地与富人保持着心理距离和情感距离。在老百姓的边儿上和富人的边儿上之间,他们本能地聚集着、纠合着,吐他们自己的丝,结他们自己的网,形成他们自己的阶层……

前市委副秘书长的女儿,姚纯刚的妻子曹荮,在被那个她引以为荣的干部子女们形成的圈子翻脸无情地驱逐了之后,转而一头钻入了他们的圈子。细细想来,竟是那么合情合理,那么自然而然。因为,她又如何甘心一下跌入到老百姓中去呢？"老百姓的边儿上"和"富人的边儿上"，正是她那时可以摆放妥自己的最佳坐标点啊！并且，依恃了"富人的边上"这有利的一点，才得以向她从前那个圈子摆出"东方不败"的面孔。依恃了"穷人的边儿上"这有利的一点，时不时地，还可以向她从前那个圈子发出心理示威。依恃了这两条，她仿佛又重新具有了双重的优越性似的。她这种女人的尊严、自信心和勃勃野心，以及放荡不羁的习性，又开始渐渐地恢复，渐渐地显露了……

在新的圈子里，她又有了一句新的口头语——"他们干部子女……"如何如何，动辄"他们干部子女"长、"他们干部子女"短，谤词肆肆，极尽攻讦之能事，仿佛她在娘胎里，就早已和他们结下难解的仇恨了，将他们有过的种种劣迹，巨细无遗地传播给新的圈子里的"兄妹伙"，将他们"莫须有"的种种劣迹，也超前地胡编给新的圈子里的"兄弟伙"听，以取悦于对方们，同时向对方们表示着某种忠心和对原先那个圈子的决裂……

起初他们确实很爱听的。当然，他们也不是第一次听说，早就听说过一些的，但大抵属于道听途说之类。而她则不同，她来自那一个圈子。那一个圈子里的人们之种种劣迹，由她详说漫谈起来，似乎听了更觉新鲜、更觉刺激、更真实、更可信。连听了后产生的嫉妒和羡慕，都似乎更强烈。她的取悦，一度赢得过他们的欢心。

后来，渐渐地，他们不那么爱听了、索然了、漠然了，不再感兴趣了。因为某一类话题，对具体的一些人们，无论一度多么爱听过，总有听烦了的一天，总有不再觉得新鲜不再觉得刺激的时候。何况，他们也是有头脑的人，而且是些头脑绝不比一般的人们笨的人。他们渐渐地心里就都产生了一种疑问——如果哪一天她也和他们这个圈子闹翻了，结下了仇恨，她不是同样也会以她那条舌头当武器，对他们的名声实行扫荡性的摧毁么？于是他们对她筑起了心理上的工事。尤其当她眉飞色舞地大讲特讲自己"单枪匹马"便如何如何怎样怎样迷惑倒了她原先那个圈子里的一切已婚的未婚的男人,如何如何怎样怎样在床上床下将那些男人唤来斥去摆布得乖乖顺顺、服服帖帖,以及他们的妻子未婚妻们如何如何怎样怎样拿她毫无办法,拿她们的丈夫未婚夫们也毫无办法,"望洋兴叹"醋海翻波的"光辉业绩"时,这第二个圈子里的男人们,其实是内心里很不平衡地醋海翻波的。他们瞪眼盯着她,一边听她讲,一边都在想——他妈的那些个男人可以跟你睡觉,我们为什么就不可以?这想法包含着他们对她的极大的不满。如果换一种说法——他妈的你高兴和那些个男人胡干,怎么就不给我们同样的机会同样的权利?怎么就不跟我们玩同样的游戏?——那么站在他们的立场上,设身处地考虑考虑,他们的要求不但似乎并不过分,他们的不满简直还很合情合理呐!

然而,他们一个个内心里渐渐对她产生的并日益增强的潜在要求,却被她有意无意地漠视了。有些时候,她是没有感到他们对她那种要求。她是完全地沉浸于自己对原先那个圈子里的男人们的口舌报复之快感中了。这种快感只带给了她个人极大的满足,却造成了他们——她的"听众"们的极大的不满足。那情形好比一只北京肥鸭,在眉飞色舞地现身说法烤鸭的色香味儿如何如何怎样怎样,讲述得越生动、越详细、越自得,"听众"越馋涎欲滴、越暗吞口水、越恨不得立时就将"它"褪了毛烤得焦黄焦黄的饕餮而餐。你不能非说这一定是他们单方面的错。贪色,人之欲也,尤其是男人们天经地义之欲也。只不过有的好色不好淫罢了。在她的报复之快感和极大的满足,与他们的潜在的但也是正当的要求被漠视,以及由此而产生的极大的不满之间,于他们之方面而言,也确实是有点儿太欠公平了呀!另有些时候,她明明是看出了感到了他们对她有那种要求的,这时她的漠视,则就体现为一种有意的漠视。她暗想——就你们他妈的也配?把我当成什么女子了?当成个下等娼妓了呀?以为不管什么样个男人,我都高兴跟他胡干哇?以为我加入了你们这个圈子,不是抬举你们,也等于是把我自己贱卖给你们了呀?癞蛤蟆想吃天鹅肉?做你们他妈的美梦去吧!……

不错,她加入了他们的圈子,不过是由于感到生活的无聊,不过是由于心灵寂寞,不过是由于虚荣的需要。她真的认为,像她这么一个出色女子的加入,是对他们诸人等的格外的抬举。她那曾一度被粉碎了的自尊心虚荣心,正是在她的主观之认为的前提下,一点点一小片儿地重新复合起来的。一旦渐渐复合,她就开始有些轻蔑他们、鄙夷他们、瞧不起他们了。她的有意的漠视,他们一个个也是看得出来感受得到的,包括她内心里对他们那种轻蔑那种鄙夷的想法,他们都能猜得八九不离十。是的,在他们心目中,她和一个下等娼妓是差不了许多没太大区别的。一位前市委副秘书长的女儿,即便干娼妓的勾当,即便彻底地沦为娼妓了,那也绝非可以等同于一个下等娼妓的,娼妓也是该分等级的。这是她的逻辑。他们的逻辑却不是这样,他们的逻辑是——他妈的,管你是前市委副秘书长还是更大的前什么官儿的女儿!一旦多了个"前"字,还他妈的值钱啊?还他妈的配把自己当成是金枝玉叶啊?和那么多男人胡干过,你还他妈的认为自己不是娼妓哇?不是娼妓还是淑女哇?娼妓就是娼妓!这世界上的什么东西都讲个品牌,唯独娼妓是不分品牌的。首先是娼妓,其次才是这样的娼妓那样的娼妓。究竟哪样的好,完全是由男人们的兴趣所裁定的……

公平而论,曹菏她不认为自己和原先那个圈子里的男人们所干的勾当,竟是和妓女与嫖客之间干的勾当差不多的,自有她的一番道理。虽然她也收过他们的钱财,但是他们讨好地取悦地也是自愿地送给她的,不是她按自身的什么价码伸手向他们索讨的。最主要的,他们绝非些个寻常男人。她始终这么认为,即使在被他们驱逐了之后,仍这么认为,仍这么承认。她也绝非寻常女子,尽管她自己有时也觉得,自己的所作所为实际上的确和娼妓没什么两样,但她是市委副秘书长的女儿啊!就好比老百姓的儿子如果和女人们鬼混,叫流氓,叫群奸群宿;而文人雅士、将相之后干同样的勾当,不是另有说法,叫"风流",叫"逸事"或叫"绯闻"的么?这两种性质的事,怎么可以混淆了同日而语呢?

"他们干部子女……"

有一天,在她自己的小窝里,在她又开口这么说时,被冷冷地打断了。

"你呢? 你不也曾和他们是一丘之貉么?……"

他们中的一个,吸着烟,望着她皮笑肉不笑地抢白了一句。

她没料到会被这样抢白,怔住了。毕竟是在她自己的天地里啊! 毕竟她是主人,他们是客人,她是受一种好心情的支配,心血来潮地预备了吃的喝的宴请他们啊!

她用手指斥着对方说:"你,滚出去。"

对方使劲儿将烟按灭,像按死一只金属臭虫似的。并且,不是按在烟灰缸里,而是直接按在餐桌上。餐桌上铺着一块桌布,她原先那个圈子里,一位"白马王子"从国外带回来送给她的,据他说价值二百多美金,她始终相信它确值二百多美金,起码在国外值二百多美金,那么当折合人民币一千六百多元了。尽管,那"白马王子"在使她刻骨铭心的那一天,也在纯羊毛地毯上参与了对她的轮奸,她却唯独不恨他。唯独当时在被他轮奸时,其实是有几分情愿的,甚至体验到了几分接近达到高潮的快感。如同"追星族"中的某些少女,即使被心目中的崇拜偶像所强奸,也同样会觉得是一种满足。她曾幻想那"白马王子"弃妻舍子,离了婚后明媒正娶了她,这一幻想仍是她的幻想。是的,她不恨他,恨不起来他。几分钟之前,她还向客人们炫耀那块桌布来着……

"操你妈!……"她被激怒了。脸上充血,柳眉倒竖,杏眼圆睁。

"我妈早死了。"对方平平静静地说。

"对,他妈早死了,你操不成了。"另一个男人用作证的口吻说,也把烟蒂按灭在桌布上。

于是每一个男人都将正吸着的烟按在桌布上。刚吸了几口的烟和吸剩了半截的烟,长长短短,像一具具男性的生殖器,扎根在那块价值一千多元的桌布上,或凭着一股坚挺劲儿,从桌布正面穿透过去……

半小时后,她那温馨的小窝里只剩下了她一个人。

这女人其实很不明白自己,不明白自己在有的时候、有的情况之下,所需要的仅仅是性、纯粹是性,是性方面的满足和性方面的快感。在另一些时候、另一些情况之下,所需要的仅仅是虚荣、纯粹是虚荣,是虚荣方面的满足和虚荣方面的快乐,是被她自己具体化了的,仿佛能代表她所需要的一切虚荣的一个或几个甚或一整个阶层的男人。那时候那种情况之下,他们如同是水果,而她如同是一个爱吃水果的女人。她对他们奉献着自身,却以为自己正在获得着他们。他们将她当作一块泄欲的海绵,她却觉得是自己在享用着中国的"上流社会"最完美的好东西,因而竟会产生一种似乎唯自己才有权利有资格大快朵颐般的良好的优越感。她又常将自己那两种截然不同的需要搞混,在自己明明需要的是纯粹的性的时候和情况之下,却以为自己需要的是虚荣;在自己明明需要的是心理方面的虚荣的时候和情况之下,却又以为自己需要的是性。

她非常心疼那块一千多元的桌布。长长短短四截烟仍立在桌布上。她将它们一一拿起,放在手心,瞧着,一股恼火,顿然又从心底升起。她找到剪刀,都将它们剪成了烟丝。都剪到过滤嘴儿为止,留下过滤嘴儿不剪,用保养得很好的涂红了的指甲,一个个撕开,于是内心里有一种相当解恨的快感。撕开后,捏在一起,捻成一条,一手拎着,一手按着打火机烧。那是特殊的东西,一触火苗,顷刻收缩,变成了一点点焦黑的残骸,还烧疼了自己手指。丢在烟灰缸里后,又将那些烟丝收拢,用一条儿白纸,卷成了一支又细又长的烟,于是开始吸那支烟。由于所用的纸厚,由于烟丝里也掺杂了剪碎的烟衣,每吸一口都很呛,呛得她直咳嗽,咳嗽也吸,直至吸完。瞧着掸在烟灰缸里的烟灰,觉着是将那四个男人卷成烟一口口吸成了烟灰似的解恨……

几乎一切女人,是的,肯定地说几乎一切女人,对于她们和男人,或反过来男人和她们之间的肉体关系中,尤其在她们是被攻击的情况之下与他们所发生的不情愿的肉体关系中,都无一例外地存在着一个配与不配的问题。事实上,一个男人对一个女人的攻击性的性行为,排除性虐待的非常成分姑且不论,那么他对她,或他们对她们所造成的生理方面的伤害,比之所造成的心理方面的伤害要小得多。我们不妨设想,在"类人猿"或"类猿人"的时代,她们一旦遭遇到文明时代曰之为"强奸"的意外事件,起身之后逃之夭夭,被袭击被攻击的意识大抵便会随之消弭。因为在她们心目中,一切雄性"类人猿"或"类猿人"都是不分高低尊卑的,她们心理上是不会同时感到受了伤害的。一次被"强奸"的遭遇,不过就是一次意外的身不由己的性交罢了。谁见过一只雌鹿或一头母猩猩,由于被同类"强奸"而悲伤呢?谁目睹过它们因被"强奸"而对雄性的同类产生憎恶仇恨乃至报复的现象呢?它们的心理上所能产生的,往往是对雄性的同类的性畏惧罢了。但在一个文明时代的女人心目中,一切男人却皆是有高低尊卑之分的。一个牧羊女被一位郊游的王子强奸了,或一位正在踏青的公主被一个其貌不扬衣衫褴褛的流浪汉强奸了,事件的性质虽然完全相同,牧羊女和公主当时的乃至过后的生理反应生理感觉,也不会有什么大的区别,但由此造成的她们的心理活动意识活动,却极可能是大不相同的甚至完全相反的。对于牧羊女,那遭遇极可能在她心理上留下对自己的性自信和性幻想,她一辈子都可能记住那遭遇并不断地回忆它,最后它甚至可能成了她的一种性资本性骄傲。不是每一个牧羊女随时都会被一位王子强奸,一位王子,这一点正是改变了她的遭遇的性质唯一主要的根据。她的潜意识里,一旦觉得他配,她的遭遇也就似乎是值得她回忆的了,她甚至可以靠回忆抹去强暴的事实,为她的遭遇编织温爱的色彩自欺欺人。但对于公主,恰恰相反。一位公主当然不会认为一个其貌不扬衣衫褴褛的流浪汉,是配强奸自己的,于是她的性高傲受到了摧毁。构成女人最无与伦比的高傲的,不是他们的权力,不是他们的财富,而是她们的性高傲。她们在捍卫她们的女人之身的时候,其实也是在捍卫支撑她们的性高傲的资本。这一种资本被破坏、被摧毁了,往往足以使她们产生大富翁被抢劫一空的心理感觉。

配——抑或不配！这乃是所谓文明了的社会,注入到女人心理和潜意识里的一针迷幻剂。尤其,当配与不配仿佛已简单到只消以权力和金钱来划分的时候,从人类学的角度分析,某些中国当代女人,无论是否享受过高等教育,她们的女人观、女人意识,乃至女人的性心理,其实都已经扭曲到和曹荫这个女人差不多的地步了。当她们认为被某些男人奸淫原本是他们很配的被另外一些男人奸淫才是她们的羞耻的时候,她们其实是等于将社会完全彻底地性化了的。只有在将社会完全彻底地性化了的情况之下,她们才觉着自己活得幸福,活得洒脱,活得开心并有重大的意义。

这样些个女人在中国当代正无可奈何地多起来。她们,正是她们,而非是那些强奸了她们的男人,才使中国当代社会越来越灯红酒绿、纸醉金迷的风景后面,呈现出类似达利的野兽派绘画般的恐惧格调……

第四章

当晚,这位前市委副秘书长的女儿,满怀沮丧与失落的灰暗心情,来到了她父亲,也就是离休了的市委副秘书长家。

她父亲住在市委大院。市委大院又分为前院和后院。前院住的是市长、市委书记、市人大主任、市政协主席以及一位常务副市长和常务副书记。后院住的是其余几位副市长、市委副书记以及秘书长副秘书长。办公厅主任副主任等一干不算顶大亦不算顶小的官员,按官职的级别,拥有着八十、七十、六十、五十平方米规格不等的单元住宅。她的父亲自然是没资格住在前院的,因为是单身,而且和她这个宝贝女儿并不住在一起,所以只在后院分到了一套五十平方米的三居室住宅,和一些处级干部分到的住宅面积相等。

"怎么搞的? 你脸色很不好么! "

父亲一见到她,就发现了她神情颓唐,面容微肿。

她什么也没说,换了拖鞋,进入客厅,往沙发上一坐,就开始长吁短叹。

父亲跟进了客厅,坐在她对面,瞅定她又说:"你呀你呀,你要注意啰,各方面要自律一些呢! 生活内容不严肃、不健康,从一个人的脸上是能够反映出来的呢！"

虽然生活在同一座城市，虽然父女俩的住处在同一市区，但父女俩已经近两个月没见面了。当父亲的，离休后似乎比离休前更忙了，因为在三四个中小企业挂着"顾问"或"经营指导"之类的虚职，尽管是虚职，也是需要分身有术的。不说别的，单说吃吃喝喝迎来送往这些"公关"方面的应酬，使三四个单位都觉得满意，就相当不容易做到了。幸亏这位当父亲的精力充沛，只有处在那种节奏紧张忙碌状况下，整个人的自我感觉，各方面的自我感觉，才是最佳的。

"得啦！别跟我这儿虚头巴脑地表演了！"

当女儿的，抓起遥控器，正欲开电视，听了父亲的话，将遥控器往沙发上一摔，生气地顶撞了一句。

"怎么？在别处窝了火，跑我这儿撒气来了？哎，中国共产党最优良的传统之一，家教严正的传统，没想到在我们这一代共产党人身上，眼看是要继承不下去了！女儿是可以跟父亲说出你那种话的么？你是被宠惯得没大没小么！……"

这位当父亲的，自打离休之后，说话的口吻、语调，以及说话时的面部表情，全都发生了变化。口吻变得有些无可奈何了，语调变得有些低沉苍凉了，表情变得有些忧患重重了。全不似在其位时，满口春风得意踌躇满志仿佛下一届改选就会当上市长或市委书记的自信的官腔了。但有一点却不曾变——那就是官话的韵味儿。非但没变，那种韵味儿似乎还强了。不知从何时起，总爱一开口就先加了"怎么"两个字。而且，总爱在每句话的最后，有意无意地加上一个"么"字。如果把他的话录下一部分，到别处去，放给与他不相识的人们听，人们一定会错以为，是一位中央级的大官儿的录音。而且是爬雪山过草地经历了二万五千里长征的那一批，而且不是生活中的他们的录音，是电影或电视中的他们的录音。这使他在某些时候和某些情况下得到格外周到的礼待和格外明显的尊敬。比如出面接待某些外省市来的中小企业的头头们的时候，比如代表他所挂职的单位到外地去催讨债务的时候,比如陪同他所挂职的单位的头头们到附近郊县洽谈合作意向的时候。以上种种时候,他会一边像"老首长"似的矜持之至与人应酬,一边恩赐似的递过一张名片。名片倒也印制得朴素,字少而简单——"离休老干部曹鸿升",如此这般的几个字而已。于是,那些从来也未听说过他的尊姓大名,初次见到他的人,不禁就有点儿诚惶诚恐起来,心里还要想——多好的老干部哇,说话不急不慢的,口吻多平易哇,语调多亲切哇,虽然态度有点儿持重有余,幽默不足,可别忘了人家是位老干部哇!老干部嘛,那原先的官位还低得了么?一点儿也不摆曾是大官儿的架子,这就相当不错了。当了一辈子大官儿的人,能连点儿持重的风度和气质都没有么?能随随便便地就跟咱们些小人物想幽一默就幽一默的么?当然,在另一些时候和另一些情况下,比如在由某些现任官员主持的什么会议上,在很多熟悉他知道他当过市委副秘书长的人中,他就自觉地免开尊口了,也不恩赐似的向谁递他那种身份朦胧的名片了。即或不得不开口应酬,语调中也绝没有经历过二万五千里长征似的"老干部"的独特韵味儿了……

在自己家里,在女儿面前,他却不太能有那一种自知之明,不太能板得住自己,总是想多过把瘾。

然而调教得很失败的女儿,却往往又不买他的账,甚至经常对他表现出极大的反感。

"爸,我说你饶了我行不行?求求你别再用你那种装出来的腔调跟我说话了!我是你女儿哇,我还不知道你那点儿过了期的身价么?你在我面前也装个什么劲儿呀!"

女儿受折磨似的捂上了耳朵,还抗议地踢蹬了几下双腿。

他眨眨眼睛,败坏了情绪,一时觉得扫兴,觉得无话可说,便吸烟。

"你看你,这家让你住得多窝囊啊!早就让你雇个小保姆,你偏不雇!"

当女儿的,每次从她那温馨又奢侈的小安乐窝到父亲这边儿来,总会发现值得批评的方面。这一次,心情糟糕透顶,环视四周,更觉得看哪儿哪别扭。

"瞧瞧,瞧瞧,到处是灰,你也不擦一擦! 你也不是老到了什么份儿上! 你是懒! 爸你说你多少勤快一点儿,我偶尔回来坐一会儿,不是看着也顺眼、心情也舒畅么!"

她批评起来就收不住了,仿佛这一次回来,不为别的,专为各处找父亲的茬儿,没完没了地训父亲。

"不错,我是懒!"当父亲的火了,"你不懒,你勤快,你是我女儿,而且是我唯一的女儿,而且把我这边儿当成你另一个家,你为什么不经常回来帮我收拾收拾屋子,洗洗衣服,拆拆被褥? 为什么不想着经常回来为我做几顿爱吃的饭菜? 你说我养你这么个女儿到底有什么用?"

"哟嗬!"当女儿的也火了,"爸,听你这话,是挑我理了?"

"不错! 是挑你理! 我还没资格挑你理么?"

"你有! 你多有资格啊! 可我从小长到大,你关心过我么? 你为我服务过么?"

"我没为你服务,你长得大么? 没良心的东西!"

"没有! 就没有! 是我妈把我抚养大的! 只有我妈才真正关心过我!"

"你妈死后,难道不是我开始为你服务的么?"

"那也不是! 我妈死后,是我开始为你服务了! 打我上中学时,就开始为你洗衣服了! 你忘了我可没忘! 你有良心么? 如今我再也不愿当你的小保姆了! 你又不是雇不起! ……"

说到死了的妈,当女儿的不免泪眼汪汪起来。

而当父亲的,最见不得女儿因此而落的眼泪,尤其在听了女儿那样一番话之后。他有时也是思念亡妻的,特别是汤冷饭凉、独枕难眠的时候。女儿的话,不仅意味着是女儿对他的谴责,似乎还意味着是女儿替亡妻对他进行谴责。在他备感官场失意、人生苦短的现在,内心里的愁苦伤感,一时间油然而生。

"好好好,算我没良心。算我对不起你,也对不起你妈,得了吧?你一进门,就不给我好脸子,又不是你一进门我就开始训你,你倒哭什么啊?……"

他也觉得非常委屈起来。

当女儿的将脸一扭,赌气不理他。

"小保姆,小保姆,你每次来都希望在我这儿见到一名小保姆。你知道现在雇一名小保姆,除了每月的工钱,还得管吃管用,还得经常送些小东小西衣衣物物讨好着,那是一笔多大的开销哇!"

"你这儿那儿挂闲职,每月的收入比在位时还多一两倍,我又从不花你的,留着干啥呀?带进棺材里去陪葬呀?"

女儿倏地朝他转过脸,瞪着他又抢白了一句。

六十多岁的他,听了最来气的,便是谁把他和他的死联系在一起的话。然而女儿说了,他却没火冒三丈似的。只不过愣怔了一下,又眨了眨眼睛罢了。他随即掐灭了烟,起身坐到女儿坐的那张大沙发上,拍拍女儿的肩,和颜悦色地说:"好女儿,别生气了。不错,我现在每月的收入,是比在位时还多一两倍。可我总得攒一点啊,为谁攒?还不是为你攒?除了你,我还有另外一个女儿么?"

其实,这当父亲的,自有当父亲的打算,也可以说自有当父亲的忧患。这么样的一个女儿,将来自己更老了的时候,能指望她是床头孝女么?指望得上么?他不过是暗暗打算着,替自己再找一位"老伴儿"。当然不是真正的"老伴儿",他可不愿整天看见一个头发花白满脸皱纹的老太婆在自己眼前晃来晃去,那他倒宁肯不找,甚至宁肯死。他向往的女人的那份儿心情还相当年轻,他要替自己再找一位四十多岁五十岁以下的女人为伴,还不能是农村女人。四十多岁五十岁以下的农村寡妇,上心思找是不难找得到的,更年轻些的也是不难找得到的。而且,她们十之七八也会愿意嫁给一位曾当过市委副秘书长的半老不老的城市老头子。但是他不愿意,怕被人笑话,毕竟他是住在市委大院里呀!虽然是后院,在外人眼里,也是市委的干部大院啊!出现在前院或后院的农村妇女是有的,但她们不是这家雇了看孩子,就是那家雇了洗衣做饭的。如果在她们中又多了一个,出出入入的,被院里的人们指着背悄悄议论——是前曹副秘书长的续弦妻子,那成了什么事儿呢?那他这位前副秘书长岂非更掉价了么?就是别人并不认为掉价,他自己也会觉得自己太掉价了啊!

可他内心里的打算,现在是不能对女儿说的。一旦说了,她非一蹦三尺地跟他这位父亲闹个天昏地暗不可。他清楚,他这位自私自利到极点又虚荣到极点的女儿,是绝不会容忍再有一位后妈的。不管是农村的还是城市的,不管是年轻的还是年老的,她肯定都一概地排斥、一概地嫌恶、一概地要闹的。究竟什么时候对自己的女儿摊牌,他还没想好,还在等待时机。

"女儿,咱们别抬杠了行不行?为你,最近我也要物色一名小保姆。我保证,今后你回到父亲这边来,父亲这边儿一定窗明几净,到处都规规矩矩、干干净净的。可,可,可雇回来了住哪儿啊?"

"她住一间卧室,你住一间卧室嘛!两个人,三间屋还住不开啊?"

"卧室不是套间么!男主人,我又是个单身男人,和小保姆住通连的卧室,那合适么?那算是一种什么关系?不是成心给外人提供议论的口实么?……"

其实,当父亲的很想扭转话题,不谈他妈的什么小保姆,却又一时不知该朝哪一方面扭转,又怕一旦扭转到女儿根本不愿开口的话题上或更不投机的话题上,女儿起身便走。女儿已经两个多月没光临了,惹得女儿说了些气话,掉了几滴眼泪,起身便走多不好哇!女儿如果不想出现在他面前,他要见上女儿一面是很不容易的。她像这座城市里的一只家雀,今天在这儿亮了相,明天可能在哪儿亮相,连她自己都是说不准的。

而在当女儿的这方面,今天晚上实在是因为没地方可去了,没个圈子可以相聚了,又耐不住孤寂的压迫感和对心理的重重包围,又不知还可以对谁去排遣内心里的沮丧与颓唐,被心理因素逼回到父亲这边的。但凡有个地方可去,她也就去那个地方,不会到父亲这边来了。至少,在父亲这边,她还可以跟父亲抬杠。和先后两个圈子里的人都结下了不解之仇,今后连抬杠都寻找不到对方了,这样的前景是多么不美妙啊!幸亏还有一位父亲活在这操蛋的世界上!幸亏在自己和父亲之间,还保留着一个雇不雇小阿姨的话题。尽管不是一个双方面很有共同语言的话题,而是一个一说起来就免不了要抬杠的话题。抬杠的话题也比没有话题好啊!他妈的这操蛋的时代!怎么连父女之间的话题,都被掠夺得这么少了呢?

她说:"你还怕人议论啊?谁爱议论什么,让谁议论去嘛!最不光彩,无非就是你哪天夜里把小保姆给睡了!那又怎么样?民不举,官不究!议论也白议论!只要你睡了人家但别亏待人家,兴许小保姆还乐不得的呐!……"

当父亲的,听着女儿的话,一愣一愣的。侧目睐着自己的女儿,如同一只老猩猩睐着一只小猴崽子,觉着很像是和自己血脉相承的同类,但又似乎那么陌生。

他真想抬起手臂朝房门一指,大吼一声——滚!

哪有当女儿的,跟自己的父亲说这种话的啊!

"爸你想,那不是倒好了么?"

"那,怎么个好法儿?"

"起码,不用我整天惦着你的饮食起居了,有人替我在你身边照顾你了。"

"你,整天惦着我的么?"

"那还用问?除了我,这世上还有哪一个人会整天惦着你?"

其实,当女儿的,内心里也有自己的忧患,不回到父亲这边儿没有,一回到父亲这边儿就有了。她之所以每次见到父亲,都催促着父亲赶快

99

雇一名小阿姨,乃是因为生怕父亲哪天突然向她声明,已经为她找下了一位后妈。她认为,对于她的六十多岁的父亲,如果能将一名小阿姨的心笼络住了,那是和再找一位续弦的妻子没什么本质区别的。不就是买菜做饭、端茶倒水、洗洗涮涮、同床共枕这些居家之事和男女之事么?一名"全包"的小阿姨,就义务感和"服务"质量而言,完全可能比一位续弦的妻子更高。而最主要的是,对于她自己,一名小阿姨比一位法律承认的后妈,将来更好对付也更好打发一些,所谓将来,当然是指她的父亲死了以后。这套三居室的房子,是折价买下的,她巴望着由自己来继承。父亲这儿搂那儿搂,少说已经搂了十几万了。以目前这种速度和效益来估计,到死那天,三四十万八成也不止了!她当然也巴望着由自己来继承的。虽然她口口声声表白着自己不需要不稀罕父亲的钱,但那是指千儿八百的小钱儿。大宗的钱,她还是很需要还是很稀罕的。花别的男人的钱,总不如花自己的钱方便和心安理得吧?倘若父亲死了,一位后妈还活着,这套房子,这大宗一笔的钱,能否归到自己名下不就两说着了么?只怕是免不了要和后妈打一场惊天动地的持久官司吧?但若是一位小阿姨,不就好对付好打发多了么?慷慨大方地拍给两万元——喏,拿去,另找人家或回老家去吧!肯定哪一个农村姑娘都会很识趣的。不识趣也能吓倒她。不识趣?除了当月工钱一分也不多给!陪我爸睡过许多年觉?那你跟我爸讨公道去!那是你愿意!下贱!活该!可对付一位后妈,就不能这么说了啊!……

这父女二人,在这一个夜晚,斗着嘴,抬着杠,既互相揣摸着心思,又都将自己的心思尽量隐藏着;既企图从对方身上感受到亲情与骨血的慰藉,又是那么彼此厌烦,想很亲也亲不大起来;既不愿多尽些关怀对方照顾对方的义务和责任,又非常希望在此时此刻,在彼此都备觉孤独寂寞的这会儿,获得对方的由衷的关怀……

这父女二人,在这一个夜晚,经过一番斗嘴一番抬杠后,是都更加认清对方对自己的真实心理,也都更加认清自己对自己的骨肉亲人所怀的心理了！

于是他们都从内心里产生了一种巨大的无可奈何的悲哀。它包含着自己对自己的阴暗心理的羞惭，自己对自己在这个世界上的沦落处境的怜悯，也包含着对于对方的阴暗心理的愤怒，以及对于对方在这个世界上的处境的怜悯……

于是他们都开始努力克制着自己对于对方的不满和隐忍着的愤怒。都知道，如果再不克制，如果自己根本丧失了这一种克制力，那么在这个世界上，自己将同时丧失掉最后一个，有时还是能够彼此由衷地关怀一下、体贴一下、吐露些苦闷和委屈的人了。

"女儿，你受到了伤害是不是？被伤害得不轻是不是？你甭瞒我，甭打算骗我。说出来，对爸说出来吧。说出来了，你至少心里边会舒畅点儿。嗯？"

当父亲的，研究地注视着女儿的脸，恳切地询问着。

"他们合起伙来欺负我……"

当女儿的，经这一问，眼圈又红了。

"他们？他们是谁们？"

"还能有谁们？后院儿那些王八蛋狗崽子！"

当父亲的听了这样的回答，默默抓起烟盒，又吸着了一支烟。

当女儿的，也和父亲对着一支烟，大口大口地吞云吐雾起来。

"首先，你不要打击面儿那么宽。后院儿人家的子女，并不都是些王八蛋狗崽子。有的很正派，很有出息。没出息的，依仗他们老子的权势胡作非为的，或者整天醉生梦死的，是少数，只不过那么七八个。我早就告诫过你，不要经常和他们搅在一起，可你一向把我的告诫当成耳旁风，每天不和他们聚一聚，就失魂落魄似的。你能一辈子和他们变成一家人么？你能靠了他们永久地供你吃喝玩乐，养活你一生么？"

当父亲的心想，随着女儿的年龄一天比一天大，自己教育女儿的机会，分明将一天比一天少了。从前教育得不够，现在再根本不教育，那么自己岂非真真是枉为人父了么？他时时有种预感——自己这个唯一的女儿，说不定哪天会跌很大的跟头。如果仅仅是跌很大的跟头，还则罢了，同时还丢很大的人、现很大的眼、惹很大的麻烦的话，那么也就等于自己跟着丢很大的人、现很大的眼、惹很大的麻烦了！这种预感近来是越加强烈了！它逐渐形成着一种对自己的潜伏的威胁似的，使自己常常处在对生活对日子的不明确的恐惧之中……

女儿听了他的批评，并未立刻瞪起眼反唇相讥。

她只不过强词夺理地嘟哝了一句："我不跟他们搅在一起，还能跟谁搅在一起？"

当父亲的皱起眉说："跟后院儿那些很正派、很有出息的子女多交往交往不好么？会有损你的形象么？"

当父亲的，那一种明显的、批评性的口吻中，甚而掺杂进了暗讽的成分。

当女儿的听了出来，却仍难能可贵地克制着，依然地容忍着并未发作。这时的她，情绪和心态都平静了许多。她想，又何必不趁机向父亲讨教某些人生的迷惘、困惑和疑问呢？毕竟是自己的父亲么！除了自己的父亲，她还能向谁去讨教活法呢？

"他们瞧不起我！"

她强词夺理地替自己辩护着，语气虽然咄咄的，表情却变得温良恭俭让了。所以她的话，在当父亲的听来，除了是一种强词夺理的自我辩护，再不意味着别的，更不意味着是顶撞。在他这位父亲面前，她一向是难得表现出这么大的虚心这么好的涵养的。这一点鼓励了当父亲的，他指间夹着烟，站了起来，沉思地在房中来回踱着……

当女儿的，抬起头，期待地望着自己的父亲。仿佛一个找不到家的小女孩儿，在派出所那种地方期待地满怀希望地望着一位民警似的。

终于，父亲在她面前站定了。

"说说看，那些坏小子怎么欺负你了。"

"爸,你还问这么详细干什么啊!欺负就是欺负了呗!反正你怎么想象都不过分……"

"是这样……好吧,那么我就不问了。你,现在开始问我吧。"

"我问你什么啊!"

"想问什么就问什么。我是你父亲,你问什么都不应该觉得羞耻,问吧!"

"我……没什么可问的……"

"真没什么可问的?"

"嗯。"

"那么,女儿,你给我老老实实听着——你今年已经过了二十四周岁,差三个月零十八天,就二十五周岁了,对不?"

她不禁一怔。暗暗掐算后,惊讶于父亲对自己的生日竟记得如此清楚。

"对不对?"

"对……"

"你看你,你实际上已经快二十五岁了。二十五岁,这就意味着,你已经到了应该将自己当成一个女人看待的年龄了。可你受了大的委屈,被人合伙欺辱了,同原先的一个人际圈子彻底地闹翻了——是这样吧?"

"嗯……"

"于是你感到孤独、窝囊、气愤,还很沮丧,还很颓唐,还心灰意懒。可是,当你的父亲想要指点你怎样从目前的迷津之中自拔出来的时候,你却不知问什么好!你这不是越长大越变得愚钝了么?"

当女儿的,渐渐垂下了头。

当父亲的,则又开始踱来踱去。他沉思着,斟酌着准确的词句,吸一口烟,说几句话。

"好好听着。你早已不是小孩子了,该有一定的头脑了,应该从一些大的方面,明白一些大的道理和世事变迁了。对于咱们中国人,一个特殊的时代已经来临了。开始是悄悄来临的,一般人是感觉不到它的来临的。当然,你也是感觉不到的。连父亲这样的人,也只能影影绰绰地感觉到而已。可现在,它已经向咱们中国人逼得很近很近了,也不是悄悄的了,而是大张旗鼓的了。如果一个中国人,还浑然不觉似的麻木着,还沉湎于眼前的某些小享受小享乐之中,那他今后活得窝囊、活得穷酸、活得一无所有、活得没人爱搭理没人同情没人可怜,那就只能怪他自己当初活得糊涂了。那就只能怨自己,只能是活该倒霉的事了。这一个大张旗鼓地到来的时代,有什么特征呢?不同的人,能有种种根据说出它的种种不同特征。那都是些肤浅之谈。如果真有谁对你说过了,你也压根儿不必认真思考他们说得对与不对。但是,今天,爸爸却要告诉你知道它的最本质的、最主要的,也是最最重要的特征,那就是——金钱在咱们中国的作用和特权,将越来越上升为最本质的作用和最本质的特权。此前官员们手中的权力,在咱们中国的作用和特权,将越来越下降为次要的作用和价值!不要许久,当干部的人,将意味着是没多大出息的人了!明白不?……"

当女儿的,在父亲侃侃而谈之时,始终盯着父亲的脸,连眼睛都不曾眨一下。听得不可谓不认真,岂止认真,还很有些虔诚。简直可以认为她一直始终是在洗耳恭听。可是她却越听越糊涂,未免是太显得离题万里,也太超出于她一向的思想水平了!

她摇了摇头。

"你摇头干什么?你还不明白?你呀你呀!你说你哪点儿像是我的女儿?我和你妈,也不是近亲结婚么!也不是一对儿弱智夫妻么!你妈怀着你的时候,也没服过什么可能导致胎儿大脑损伤的药物么!……"

"爸!……"

"爸说得那么明白,你却还不明白!那么你现在瞧着我。对,瞧着!你瞧着的这个,这个这个……"

他一时想不到一个最准确的名词来自己意指自己,手臂焦躁地在空中挥动了一下。

"老男人!"

当女儿的这时倒显得反应快捷了,脱口而出三个简练得不能再简练的字,说出着不容置疑的意味儿。

"我……老了么?……"

"爸你以为你还年轻啊?"

"是啊是啊,不年轻了。老了!好吧,那就算是一个老男人吧。你瞧着的这个老男人,在中国,尤其在咱们这一座城市,又是什么呢?"

"什么都不是!"

"嗯?什么都不是?怎么能说什么都不是呢?是高干么!明明是高干么!……"

"离十三级还差半级呐!七品芝麻官儿。何况你已经退休了……"

"那也是高干嘛!国家的干部级别中法定了的高干么!最低一级的高干也是高干么!享受高干待遇就是高干么!从中华人民共和国诞生那一天开始,多少中国人,尤其是男人,一代又一代的,将熬成一个小小的高干,也就是十三级、厅局级,当成人生最得意的目标孜孜追求,那真是锲而不舍、百折不挠。有多少人,怀着这一种野心,见风使舵,察言观色,溜须拍马,左右奉迎,期期艾艾,忍辱负重地熬到最终的关头,也就是被年龄线这一根无情的大棒从官场上一群群一批批地驱赶下来那一天为止,还是落得个竹篮打水一场空的结果。几年前,爸参加了一次全市处级干部大会,在文化宫召开的,楼上楼下,黑压压地全坐满了人,那才叫座无虚席。爸爸当时还在位,有幸坐在了台上。望着台下三千多颗脑袋,秃顶的,半秃顶的,白了发的,半白了发的,你知爸爸当时坐在台上心中产生了一种什么感想?……"

"悲壮?……"

"对!说得对!悲壮!就侥幸地比台下的那些人高出半级,爸爸就坐在台上了。那三千多人中，有几个还能再往高了混半级，熬到像爸爸一样——副司局级享受司局级待遇？百分之一都不到！尽管连百分之一的提拔比例还不到，比大学升学率的比例还低两个百分点，可他们都还在死乞白赖地熬着、盼着、渴望着。可想而知，那么微乎其微的机会一旦出现在他们之间，还不像一根骨头扔进了饿狗群里啊？从那一天起，爸爸就有点儿瞧不起只能当官，一条道儿猫着腰跑到黑的男人了！

"爸，你也瞧不起过自己么？"

女儿眯起眼注视着父亲，目光是那么坦率。

"这么么，爸知道，你内心里是有点儿瞧不起爸爸的，觉着爸爸没能耐，官儿还做得太小。可实话告诉你，爸却从来没有瞧不起自己过。真的！……"

"为什么？"

"你想想，爸爸能从一个小小的办事员，熬成科长，熬成处长，熬到今天这一步，一无靠山，二无后台，已经实属不易了，已经是一个大大的幸运者了……"

"可这又给你带来了什么呢？"

轮到当父亲的眯起眼睛注视着女儿了。

"爸你别生气。我没别的意思。我的意思不过是……"

当女儿的，仿佛觉得自己说了一句不该说的很罪过的话，被父亲注意得有几分惴惴不安起来。

"我没生气。你看我像生气的样子么？我明明没生气么！我也没别的意思。你问得好，好极了，一矢中的，问到了正题上。可这又给爸带来了什么呢？无非这一套房子的居住权，连享受专车的资格都没混到！回头看，爸自己看自己走过来的这一条人生路，内心里也充满了悲壮之感啊！好比古戏里唱的——八千里路云和月。看眼前，那就不是悲壮，而是悲切了！二十多岁的大款，三十多岁的老板，现如今不是多极了么？爸爸这位当过市委副秘书长的，共产党的离了休的司局级干部，竟沦落到了给他们打工,靠他们施舍点儿灰色收入的下场。不这么着又能怎么着?靠共产党每月发给我的那点儿离休金,物价这么上涨,爸的日子还能指望过得体面么?人家坐的车,比市长省长们坐的车高级多了。人家吃喝玩乐,那叫潇洒!市长省长们如果也那么吃喝玩乐,就叫腐败!人家一把生意赚的钱,比市长省长们加一块儿几年的工资多得多,市长省长们也想有那么多钱的话,就只有受贿只有贪污!这还是拿市长省长们跟人家比,不是拿爸爸这样的老男人跟人家比。爸爸还有资格拿自己跟人家比么?你想想,爸爸每次将些出租汽车票据什么的拿去让人家报销的时候,心里边那是一种什么样儿的感觉?那跟自己是一个讨小钱儿的听差差不多的呀!……"

当父亲的,说到激动处悲切处,眼角竟溢出了泪,语调竟哽咽了……

"爸,你坐下吧。你坐下慢慢儿说,我虚心听着就是。我先给你沏杯茶……"

在中国,在这一座城市,在八十年代末九十年代初,在这一个盛夏的夜晚,这一位中国共产党的前市委副秘书长,这一位被女人坦言为"老男人"的离了休的准司局级干部,第一次,在自己缺少起码道德教诲的、任性的、吃喝玩乐惯了的,说娼妓不是娼妓、不是娼妓又跟娼妓差不多的女儿面前,将自己剖白为一个当代的老可怜虫。而那女儿的心,被父亲的这一种剖白震颤了,随之深深地被感动了。由衷地,第一次对父亲产生了一种大的恻隐和怜悯。

她起身为父亲倒了一杯茶,轻轻放在茶几上。

"爸,你坐呀……"

当父亲的,终于缓缓落座了。他端起茶杯,双手捂持着,盯着在杯中沉浮的茶叶,又陷入了沉思。

女儿也在他身旁坐下了,轻轻偎向他。

女儿说:"爸,你又不想说了?"

当父亲的缓缓侧转脸看着女儿,欲言又止。是的,他不想说了。有些话,有些见解,他一时还很难断定,一旦对女儿说了,究竟算是一种教诲,抑或意味着是一种教唆……

"爸,我还要听嘛!"

"真的还要听?"

"真的啊!"

当父亲的,无声地深饮了一口茶,仍双手捂持着茶杯,终于又开口了:"那么,既然我女儿还要我说,爸爸就接着说。你看,现在全中国都在嚷嚷着、欢呼着,要进入一个商品经济的时代,唯恐进入不了一个商品经济的时代似的。爸爸没学过什么社会发展史,但是凭一条老狗一样的敏锐嗅觉和一只鹰一样的明察秋毫的眼睛,嗅到了这个时代的气味儿——那就是金钱万能!金钱至上!咱们这个家后边那条街上,不就是一幢离休高干楼么?早市不就在那条街上么?爸爸每天散步时,都顺便逛逛早市,不买什么东西也爱逛。每次都会碰到那么几位比爸爸更老的老男人,前省长、前市长、前省市委书记什么的,都曾是些可敬畏的、说一不二的、一句话决定别人一生升迁的人物。起码,对爸爸而言,他们曾是些那样的人物。爸爸这一辈子,就是唯他们马首是瞻,仰他们的鼻息混过来的。可他们如今,一朝失权,比爸爸还不如,连想挂到哪儿当个'顾问'什么的,都没个地方可挂。原先还可以给现任的官员们当'顾问',可如今中央取消这一条了。他们离休后,也就几乎什么价值什么作为都没有了。单就这一点而言,晚景比爸爸还不如啊!他们那一种失落啊,就不用详说了,都写在他们那一张张老脸上呐!买东西的时候,他们也要在摊床前挑肥拣瘦的,也要嘟嘟哝哝地嫌贵,也要和小贩儿角角分分地砍价儿,脸红脖子粗地争斥论两。为什么?觉着钱不够花的了!没权了,还有钱,照样贵族。可是没权了,也没大笔的钱存着,就贵族不起来了。非要摆出贵族的模样,那也是生撑着在装相儿!现如今在位的官儿们,从他们身上看到了自己的将来,就吸取教训了。一朝权在手,能与钱字交换多少次,就暗中交换多少次,能交换多大的价儿,就暗中交换多大的价儿。当然,这非常冒险。可这时代本身,就是一个逼迫形形色色的各阶层的人们争相冒险的时代啊!过去是,他们利用职权,安排自己的子女当干部。科长处长主任什么的,当上之后,鼓励子女们学自己的样儿。现如今他们不了。他们利用职权,安排自己的子女们去干最赚钱的行当,这个公司那个公司,为子女们一路铺垫,一路开绿灯。地皮、房地产、期货、股票、紧俏物资、开发区域,这些方面,他们的子女都大显身手过。连他们自己都明白了,权不过是一种短期价值。如果不谋私利,几乎就等于对自己没有什么特殊的价值。连他们自己都明白了,金钱才具有长久的、终生受用不尽的、实实在在的价值。不就是住房问题么?有钱可以买别墅么!不就是汽车么?有钱可以买最好的么!可你啊你啊,我的女儿啊!……"

"爸,你看你,又扯到我身上来了!……"

"我说了这么多,归根结底,还不是说给你听的么?不往你身上扯,往谁身上扯?你中毒不浅啊!"

"我中什么毒了?我不就是有点儿好玩乐、好享受、性自由化了些么?"

"我并非是指责你那些方面。人嘛,不趁着年轻时玩乐玩乐,享受享受,到了爸这种年纪,还有什么好玩乐的?还有什么好享受的?再说什么又叫性自由化呢?时代不同了么,观念变化了么!爸脑筋不僵化,性解放爸爸也是能接受的。依爸的看法,思想解放也应当包括性解放么!否则思想解放的含意就不够全面么!总之爸要批评你指责你的,不是这些不足论道的方面。爸说你中毒不浅,那是说你中官权观念的毒不浅。岂止是不浅,简直可说太深了。中国的政治体制,必定是要向民主化演变的。一民主化了,就将想当一辈子官儿的人的道儿,给彻底堵死了!剩下的也就是现存的这些官本位的既得利益者们吧。他们死绝了,中国就再不会有一辈子当官儿的人了!好比当今报上常说歌星们那句话——各领风骚三五年。三五年一拨三五年一拨,当官的人轮番换。人们恐怕还来不及熟悉他们的姓名,他们就不得不卸任离职了。连他们都将是这样了,更不要提他们那些子子女女了。可你呢,还对这个时代的发展前景浑然不觉。还整天跟些个纨绔的干部子女勾搭连环的,执迷不悟。一旦和他们闹翻了,仿佛就没法儿活了似的。多没出息!另一方面,就在我们周围的生活里,产生了不少的有钱人,被老百姓们叫作款爷的那些人。有的是几十万元的款爷,有的是几百万元的款爷。他们是绝不受政治体制的影响的,一旦成了富人,那就到什么时候都是富人了。除非这国家搞第三次国内革命,共了他们的产,否则他们将祖祖辈辈是富人,而且会越来越富。钱对富人们的可靠性、可依赖性,比权对官儿们的可靠性、可依赖性,要大得多、长久得多!可你眼中至今只有官儿们和他们的某些子女们,心里却没有富人们的位置和他们的子女们的位置。与一位拥有几百万元的款爷相比,一位市长算什么?一位省长也不算什么!对于一位你这样的、二十四五岁、正当好年华的漂亮姑娘,一位拥有几百万元的款爷的儿子更适合做丈夫、做情夫,还是一位市长或省长的儿子更适合做丈夫、做情夫,那不是秃子头上的虱子,明摆着的么?……"

当父亲的这一番话,说得当女儿的哑口无言,默默地,相当认真地反省起来。

她反省了一会儿,低声问父亲:"爸,我是不是错过了不少机会啊?"

当父亲的,以惋惜不已的口吻说:"那还用问么!你还记不记得,有次我引见你认识一个青年,可人家邀你跳舞,你却冷落人家……"

"他个子也太矮了!才一米六多一点儿。按现在的说法儿,不到一米七,那就是半残废!……"

"可他父亲是南方一家私人公司的老板,有两个多亿的资产!他对你可是一见钟情的啊!如果他成了你丈夫,那你现在过的将会是一种什么样的生活?前院后院那些所谓干部子女,要不羡慕死你才怪呢!要不都主动地攀附你巴结你才怪呢!那你就是对爸爸尽了最大的孝心了!

那爸爸也就犯不着六十多岁了,又去给别人打工啦!到你老公公的公司去谋个体体面面的职,每月名正言顺地开上几千元钱不好?……"

"如果……如果我现在不嫌他太矮了,当年的事儿,还能重提么爸?"

"重提什么呀!人家早结婚了!找了一个在酒吧做招待的四川妹子。你后悔了是不?等你醒过味儿来,等你后悔了,黄花菜都凉了。人家才不像你!人家心目中没有社会等级这一套陈腐观念。人家只要女方身条好,脸盘儿漂亮,床上床下看着愉悦!听说去年喜得贵子,把公公婆婆高兴得心花怒放!不说这件事儿了。一说起这件事儿,连爸爸都替你后悔!还有那位香港的阎先生……"

"他都五十多岁了!再说他在香港有家,有太太……"

"不错,他是五十多岁了,是在香港有家,有太太,那又怎样?可人家在香港有三家商店!人家是带着合同书和一百来万美元,到咱们这座城市来找投资代理人的!人家为什么通过我专请你一个人吃饭?还不是对你感兴趣,有那种意思?可跟你定的死死的日子,到那一天你却没赴约!害得人家等了你两个多小时!你这不等于是成心涮人家么!可惜爸爸老了,又是男的,不符合人家物色代理人的条件。如果人家相中了我,我还当的什么市委副秘书长啊!一百来万美元当年那就是一千多万人民币呀!人家的意思你还不明白么?人家就是要在大陆物色一位二房太太么!否则人家干吗打算把一千多万交给你?有一千多万元的先决条件,你做人家二房还觉着掉价呀?是二房又不是三房四房,又不是公开的二房,不过是暗地里的二房,掉你什么价啊?又能损失你点儿什么啊?反正如果真那样了,作为你的父亲,我这位当年的市委副秘书长,只会替自己的女儿感到万分庆幸,绝不会替自己的女儿感到掉价的!……"

"爸,当年这件事儿,提起来我可有点儿冤枉。我不是成心涮人家阎先生的。前一天晚上,我被邀到郊区去玩儿,玩晚了,就被……被强挽留着住下了……"

"那,呼你的 BP 机,你怎么连电话都不回?回了我也好替你向人家解释解释,再改定日子么!"

"BP 机让他们从我身上给抢去,藏起来了!"

"难怪的难怪的!你跟那些纨绔子弟整日鬼混,想好就好得穿一条裤子还嫌肥,想睡找个地方就当床,你就不觉得掉价了么?仅仅是掉价不掉价的问题么?他们明明是占你的便宜么!他们给过你什么实际的好处?他们的父亲,都是有两亿多个人资产的人么?他们能拿出一千多万给你,放心地让你做他们的代理人么?对于你,这不明明是上赶着无偿地奉献自身的吃亏事么?你吃亏的时候多了!你吃亏吃大了!他们断送了你千载难逢的一次良机,你怎么恨他们都是不过分的!……"

"爸,我现在是非常恨他们!"

"别跟我说这种话!这于事无补!既安慰不了你自己,也安慰不了我,你的父亲!你知道我有时怎么想?我常想我有的要不是女儿,是一个儿子,那多好!那怎么的,我在位的时候,也可以利用职权,将儿子介绍到哪一家香港或台湾或外国的大老板手下当一名亲信,那我也不至于给国内一些粗鄙的暴发户去当什么'顾问',看他们的眼色行事了!我都六十多岁了,落到这般凄惶的地步,我心里就不觉得掉价了么?"

"爸!……"

"别打断我。给我老老实实地听着。爸早就想教诲你了!以前你不给我这种机会。今天既蒙你这个独生女儿赏脸,给了我这种机会,就求你耐心一点儿,听我把要说的话都说完吧!……"

当父亲的,眼中扑簌簌滚落下两颗泪珠。他的心境,仿佛一位忠心耿耿的老家人,眼见一位不争气的少主人,整日地沉湎于花天酒地,又一向压制着他的劝谏之言。今天可算赶上少主人情绪由劣渐渐转佳,表现出了极难能可贵的耐性,给予了他当面细说端详的机会和资格,怎能不把心里早就憋不住非说不可的话,一股脑儿全都倾吐为快呢?他那两颗老泪,包含有"总算盼到这一天了"的悲怆与欣慰相混杂的心理成分。

"我前面说的那些话,女儿你都听进去了?"

"爸我听进去了。"

"真的?"

"真的。"

"听懂了?"

"听懂了。"

"悟出点儿什么来了?"

"悟出点什么来了。"

"那好,现在该对你说正题了。"

"刚才说的还不是正题?"

"那还能算是正题? 现在该对你说的,才是正题。"

"爸你说吧。你今天晚上说的,女儿全都要永久地记在心里!"

"对,这才像是爸的女儿。这才像是一个懂事的好女儿。爸现在要教诲你的道理是——在中国,在目前这么一个时代,一个女人,只要她但凡有几分姿色,她都算是赶上了女人最容易成功的好时代。她的姿色,好比这个时代最最贵重的商品。黄金贵重是么? 但男人们要买了黄金首饰,讨好地送给漂亮的女人。珠宝和钻戒贵重是不? 可有哪一个男人,是为了自己而喜欢珠宝和钻戒的呢? 同样,他们也要买了送给他们所讨好的女人。过去的年代不行。男人们有这个心,也没这个能力。因为他们没钱,所以,女人们有这个命,也没这个福,漂亮也是白漂亮。你爸这一辈子,见过的漂亮女人不少。她们的选择,也不过就是嫁给个机关小干部,科长什么的。你妈当年就很漂亮,还不是嫁给了我这个当年的副科长。那年代,年轻的副科长都不多,四十岁以前当上处长的都少有。那真是漂亮女人们普遍贬值的年代啊! 可如今是漂亮的女人们身价百倍的年代。如果很漂亮,就能嫁给很有钱的男人。如果非常漂亮,就能嫁给非常有钱的男人。如果极其漂亮,就能嫁给极其有钱的男人。嫁给了他们，女人的一生，就可保很富贵，非常富贵，甚至极其富贵了。女人们的三亲六戚，也就跟着享荣华富贵了……"

当女儿的，被父亲的话，说得非常神往起来，眼睛不但瞪得特别大，而且双眸熠熠闪光。

当父亲的，这时端详起女儿来。

"爸，你这么盯着我看干什么呀！……"

当女儿的，被盯看得不好意思起来。

当父亲的，仍盯看着女儿，语重心长地又说："女儿啊，爸爸非常客观地认为，你算不上是极其漂亮的女人，但你也不仅仅是漂亮的女人。你化妆得当的话，够得上是很漂亮的女人了。那么，你就应该意识到，你的漂亮，是你最雄厚的资本，是你最优越的资格。你不能再浪费你的资本，整天跟那些没出息的纨绔的干部子弟鬼混，那就等于是在极大地浪费你的资本，就等于首先降低了自己的资格，就等于是在对自己犯罪，也是在对你的父亲犯罪。今后，你要用眼睛去发现和寻找那些有钱的男人。他们是一点儿也不难发现和寻找的，其实就存在于我们周围的生活里。你如果仅仅俘虏了一个有钱的男人，那意味着你经营和推销自己的漂亮并不成功。因为你本可以俘虏住一个很有钱的男人的。好比老百姓常说的那句话——骆驼贱卖了一匹马的价。你如果俘虏了一个极其有钱的男人，那当然就是你的成功你的幸运了。因为你还够不上极其漂亮，只不过很漂亮，是你碰上了标准不高的男人。现如今漂亮的女人身价百倍，有钱的男人也变得大大地狡猾了。但是再狡猾的某个有钱的男人，最终还是要被某个漂亮的女人所俘虏。这又好比童话故事里所说的——狐狸再狡猾，也斗不过好猎手。女儿，你完全可以将现时代，想象成一个童话大时代。在这一个空前摩登的童话大时代里，几乎每一天，都在上演着狐狸和猎手、漂亮的女人和有钱的男人之间的话剧。几乎每一天，都有许多笔美貌和金钱之间的交易成功。你不要辜负了这个时代啊！你一旦发现寻找到了一个很有钱的男人，也就是一个和你的很漂亮相匹配的男人,你就要有充分的信心最后彻底俘虏他……"

"可如果……"

"如果什么?"

"如果他已经结婚了呢?不是每一个有钱的男人都是单身汉呀!"

"愚蠢!这是一个愚蠢之极的问题。你管他是不是单身汉呀!"

"可……你刚才不是说,要时刻准备着嫁给他们么?"

"对'嫁'这个字,你要做广义的理解么!俘虏住他们,不是和实际上嫁给了他们一个样么?傍牢他们不放,使他们想摆脱你也没法儿摆脱,也不忍摆脱,也不舍得摆脱,不是和实际上嫁给他们差不多么?再说,有几个漂亮的女人,嫁给有钱的男人,是图他们一表人才、英俊儒雅?上帝是非常公允的,有钱的男人,又有几个称得上一表人才、英俊儒雅、风流倜傥的?上帝既然已经赐给他们前一方面了,一般而言,也就不会同时还赐给他们后一方面了。又非常有钱又非常英俊又年纪轻轻的男人,只有琼瑶的小说里才有,只有美国好莱坞的早期电影里才有。与他们的财产和金钱拥有量相比,他们本人是不值得评说的,可能还是些对女人很没意思的男人!但话又说回来,甘蔗没有两头甜。男人们大致上都是一样的东西。依我看来,对于女人,尤其是被称为花容月貌的女人,他们之间的区别,仅仅在于他们各自到底有多高的社会地位和到底有多少钱?仅有地位没有钱,那地位对男人有什么用?对女人又有什么用?而且,金钱本身即能支撑一种地位。谁敢说一位世界级大富豪的社会地位比一位总统或总理低多少?谁敢说他们的妻子过的生活之奢华肯定比不上一位王后?再说这世上剩下的国王已经不多了。总统或总理们是要换届的,下野的总统或总理们的生活,也不过就比中产阶级们的生活稍高一点儿。而大富豪们的财产,却可以子子孙孙传下去。他们从子孙后代们身上,仍体会到一种财产带来的巨大的满足和骄傲……"

在二十世纪八十年代,在中国,在这一座城市,在这一个夜晚,中国末级高干中的这一位前市委副秘书长,耐心可嘉地,苦口婆心地,三娘教子般地,以一大番又一大番开门见山直奔主题的话,向他自己那沉湎于灯红酒绿恣肆享乐之生活难以自拔的女儿,灌输着赤裸裸的拜金主义的"新思想"。我们之所以谓其曰"新思想",乃因为,于他而言,有着的的确确的"反思"成分和倾向,可以认为就是一堂现身说法的家教课。他那一大番又一大番开门见山直奔主题的话,真是说得又明白又透彻,然而也说得相当粗鄙。这一位当父亲的共产党人,本身就没有多高的文化,所以也只能那么去说。又因为离休之后,倍感失落,话中就充满了对官僚体制的轻蔑和发泄。于是更显出他那拜金主义的"新思想"的赤裸裸的说服力。何况,对于他那同样没有多高的文化,领悟力有限的女儿,话说得过分含蓄,点到为止是不行的。那他的女儿还将是什么也不明白,他的谆谆教诲就丝毫也不起作用了……

这一堂"家教课"持续了两个多小时之久。

当女儿的从他那儿离开的时候,心情好多了,仿佛两次遭男人们合伙奸淫的事,不曾在自己身上发生过一样了。那他妈的有什么?——她想,谁一生还没犯过几次浪费了什么东西的错误呢?何况我的青春我的容貌,并不会因为两次浪费就缩短了就改变了。就算那并非我的主观因素导致的错误,是他们对我的资本的掠夺对我的资格的践踏吧,我不依然如我父亲所肯定的那样,还是一个很漂亮的女人么?知错便改就是了嘛!拜拜了亲爱的"白马王子"们!拜拜了过去那些糊糊涂涂的快乐的日子和时光!从现在开始,我要学着做一名好猎手了,专猎有钱的男人们!……

她的父亲还让她带走了一本书——法国自然主义作家左拉的《娜娜》。嘱咐她,不,是异常严肃地要求她,指示她——至少通读三遍。某些章节还替她做了标记,要求她保证精读,并预先告知她,万勿受结尾的影响。

他并非一个喜欢看书的男人,更非一位喜欢藏书的父亲。不过家中确曾有过不少书,是他的亡妻当初嫁给他时随身带来的最主要的"嫁妆"

之一部分。"文革"中他已熬到了副处长的位置,某天夜里他从妻子身旁悄悄爬起,一本一本地将那些书塞入炉膛内烧掉。只剩下《娜娜》幸免。因为它当时不在书架上,而在她的枕下。她不但曾是一位敬业的很受人尊敬的中学校长,还曾是一位很有才气的外国文学的业余研究者和评论者。她对爱弥尔·左拉"严肃而坚决地揭示人物内心里的污浊"的文学信条,曾写下过非常独到的见解。

她像左拉一样,以"严肃而坚决"的态度捍卫了她的最主要的"嫁妆",她的全部书中仅存的《娜娜》。从那一夜起,他们再没有过性生活,仿佛冥冥之中有一个主宰对他变相背叛妻子的行径做出了严厉的制裁。制裁的方式就是使她变成了一位性冷淡的妻子。于她那方面,觉得丈夫偷偷烧掉的不仅是书,而是她自己,结果《娜娜》成了她以后生活中的"隐形伴侣"。我们指的当然是左拉的名著,而非这名著中那个叫"娜娜"的,以"男人的荒唐和堕落为生"的妓女。

至于为什么,在她死后,他没有让这一本她活着时手不释卷的书成为她的陪葬物,是疏忽,还是另有某种心理使然,我们就不得而知了。

这个不爱看书的中国男人,这位前市委副秘书长,一生中只读过两本书。其一是四卷合一本的《毛泽东选集》,其二便是《娜娜》了。而且,都是在通读了一遍后,又精读了一遍的。他对前者的一句话书评是——"最了解中国老百姓的人,非毛泽东莫属。"他对后者的一句话书评是——"对女人和金钱的关系阐述得最精当的男人,非左拉莫属。"

女儿带着《娜娜》回到自己那个温馨的安乐窝之后,并没按照他的指示从头读起。恰恰相反,她有些急不可待地看的是最后一页:

> ……但露茜,布朗什和卡罗尼娜还没有迈出房间的时候,罗丝最后又望望整个屋子,看看里面是否整齐。她把窗帘拉上,接着又想到那盏台灯很不合适,应该点一根蜡烛,于是就点亮了壁炉上的铜烛台,将它放在尸体旁边的床头柜上。一道亮光

突然照亮死者的脸。可怕！女人们哆哆嗦嗦地逃了出去。

"啊！她的样子变了，她的样子变了！"最后走出来的罗丝·米侬自言自语。

她走了出来，把门关上。在明亮的烛光中，娜娜被孤零零地仰面朝天地扔在那儿。房间成了停尸房，娜娜则成了一堆脓血和腐肉，被抛弃在垫子上。一个接一个的脓疱已经腐蚀了整个面孔，它们干瘪了，塌了下去。如同一堆发了霉的灰色泥土，使脸完全改变了形状，五官难以分辨。左眼已经全部陷在脓水中，右眼还半睁着，好像一个被腐烂的黑洞。鼻子上在渗着脓液。半边脸上有一块淡红色的硬痂，侵入到嘴里，使嘴巴歪着，变成一个丑陋难看的笑容。在死亡带来的这张可怕而难看的面孔上，只有美丽的头发，依然像阳光一样灿烂，仿佛是一泻而下的金色波涛。爱神正在腐烂。她从阴沟和腐尸中所吸入的毒素，她曾经用来毒害许多人的酵素，现在仿佛毒害了自己，腐蚀了她自己的脸。

屋子里已经空空如也。一阵狂风，仿佛夹带着怒气，从大街上升起，鼓起窗帘。

"进军柏林！进军柏林！进军柏林！"

……

第五章

当女儿的,和父亲一样,更是个从来也不摸书的人。此前连一本可以叫作"小说"的书都没读过,即使是被叫作"黄色小说"的书也没读过。因为她尤其用不着读那样的书,她的生活内容早已和那样的书的内容差不了多少,只不过她将她的生活内容理解为"享受生活"罢了。她只偶尔翻翻什么妇女杂志、服装杂志和明星画册而已,因为妇女杂志中几乎期期都有美容栏目和和乳腺癌、子宫癌、卵巢癌方面的早期预防小常识。她爱美而又有"恐癌症"。她热衷于名牌服装新潮服装同时又有很强烈的明星崇拜心理,可以说是一个超龄的"追星族"。

《娜娜》的最后一页将她吓坏了。世界上恐怕只有极少数的女人才喜欢自然主义的文学倾向,她们要么是文学理论研究者要么是潜在的心理变态者。她被吓坏了是极其自然的事,她是那么怕死尤其怕死得很丑陋。

"写这一本书的外国佬,肯定是和女人有不共戴天的深仇大恨!"她想,就将《娜娜》合上,塞入枕下了。

结果她夜里做了一个梦,一个非常恐怖的梦。梦中的情形和书中的形容很相似,而自己就是那具被所有的人都抛弃的美丽过的女尸……

她从恐怖的恶梦中挣扎醒来时，已是上午九点来钟了。她不无后怕地回忆她所做过的恶梦，于是忆起了《娜娜》，从枕下将它抽了出来。

难怪父亲告诫我不要受结尾的影响。那就让我听从父亲的话，老老实实认认真真地从头读吧！她想，这本书中肯定对于我是有些经验之谈的，否则父亲不会那么郑重那么严肃地指示我读它……

于是她赖在床上，吸着一支烟，耐心地读起了她第一次捧在手上的这一本小说。上午明媚的阳光投入室内，照在床上，照得她身上暖洋洋的。长到二十四五岁，她第一次体验到，原来读书也可以成为一种特殊的享受，一种美妙的时光。

……舞台深处的浮云分开了，现出爱神。十八岁的娜娜竟那样高大健壮！她套着一件女神的白色长裙，金黄的长发自然而然地披散在肩膀上，带着笑意，大胆镇定地走向台口。接着，她开始演唱主题歌：

当爱神在傍晚闲荡的时候……

男人们举起了望远镜。当这一段歌词快要结束的时候，她已经完全唱不上去了。她知道她肯定唱不到底。于是她未假思索地扭一下屁股，薄如蝉翼的白裙之下立刻显现出一个滚圆的轮廓。接着她又挺起胸，头向后仰，伸开手臂让胸脯突出。全场掌声雷动。她在掌声中缓缓向观众转过身体，把最大限度裸露的颈背呈献给观众，于是掌声更为狂热。从这时候起，戏得救了。群魔乱舞，丑化圣地，嘲弄宗教，嘲弄一切美好事物，却仿佛给所有的人们一种美妙的享受！观众的情绪被煽动得极其狂热，尤其男人们，抛了往日的尊严，一个个冲着台上半裸的"爱神"扯着嗓子大叫——"娜娜！""娜娜！""心肝儿！""宝贝儿！"……

左拉是从十八世纪法国巴黎所谓上流社会的达官贵人欲男淫女们在歌剧院观赏一场名为《爱神》的歌剧开卷的。那可以认为是西方社会最早期的一场裸剧,也是西方艺术受金钱的驱动出卖色相迎合堕落的一次记录,是一部妓女的兴衰史,是一部社会的群丑图。主人公娜娜是一个穷苦人家的女儿,天生丰满美丽,十五岁时被人诱骗,成为巴黎所谓上流社会的达官贵人风流公子你争我夺的红粉对象。他们纷纷拜倒在她的石榴裙下,在她身边演出了种种丑剧,直至她凄凉地死在一家旅馆里。在这部妓女的兴衰史中,在这部社会的百丑图中,声色犬马之徒轮番登场。为了赚钱而无所不用其极的银行家,还像"中学生"一样就在肉欲的享乐中难以自拔的富家子弟,厚颜无耻、行为卑鄙、"毒蛇一样"具有攻击性的记者,以供养情妇和挥霍家财为乐的名门后裔,为了长期占有"娜娜"不惜以家产和名誉作为自己嫖妓的保证金的伯爵,以及花重金为"娜娜"购置豪华住宅,为了垄断"娜娜"默许妻子与别人通奸并不惜将亲生女儿嫁给"娜娜"的情夫,甚至在她面前装熊装狗践踏自己的朝服和勋章的老侯爵……他们为女人而活着,为追求低级并富有刺激的享乐而争凶斗狠,争高比下,争风吃醋。在那座名曰综艺剧院的舞台上,终日是令人垂涎三尺的裸体演出,后台和化妆间里则公开进行着肉体交易……

在二十世纪八十年代,在中国,在这一座城市,在这一个阳光明媚的上午,前市委副秘书长的二十四五岁的独生女儿,从头读到第十四五页时,便完全被这一部小说吸引住了。"娜娜"在书中的出场,以及在男人们中引起的疯狂,使她想象着自己在现实生活中的某一次辉煌的公开的"亮相",以及对男人们所造成的巨大的诱惑力和征服力。多伟大的女人!——她想。

而这是左拉笔底的某一个人物,当然是一个男人,似乎就是那个不惜在"娜娜"面前装熊装狗,嗷嗷乱叫的,被左拉形容为老得像"一块人类的残骸"一样的老侯爵,第一次出现在综艺剧场的包厢里,看到"娜娜"

裸现在舞台上时所想到的……

多好的一本书！……左拉是一个天才！

她又这么想。

而她这种心里话，法国的另一位伟大作家福楼拜在赞美《娜娜》这一部书时，也曾脱口说出过。

在二十世纪九十年代，在中国，在这一座城市，在这一个阳光明媚的上午，在相隔一百多年以后，一位当代中国最末一级"高干"的独生而又独身的二十四五岁的女儿，心里暗想的话与福楼拜当年读完《娜娜》这一部书后脱口而出的赞赏之词惊人地相似，真是极其有趣的事呢！

好一个女强人！

前市委副秘书长的女儿，继而想——一百多年前的巴黎小女子可以那么成功，可以征服一大片男人，我为什么就不能？曹荫你要相信你也是能的！

这时她已在吸第三支烟了。她一手夹着烟，一手持着书，穿着睡衣下了床，赤足在地毯上走来走去。她内心里分外激动，她仿佛在女人中终于寻到了一个光芒四射的榜样。仿佛这榜样已开始引导着她，去达到和自己同样的辉煌的成功的顶点。榜样的力量是无穷的。正是这一种无穷的力量，充满在她的血管里，使她浑身血脉在扩张，热血沸腾，根本无法再安卧在床上。她心中还充满着对"娜娜"的强烈的嫉妒。这一种一个女人对另一个女人的辉煌的成功的嫉妒，使她对生活中生命的价值，产生了前所未有的新体验。回忆起父亲昨夜苦口婆心对她进行的谆谆教诲，回忆起自己从前沉湎其中的那种小小享乐，以及自己因曾在从前那个小小的圈子里征服过几个所谓干部子弟而滋生的得意，她竟无比地羞愧起来。对于一个又漂亮又年轻的女人，更确切地说是对于自己，那种小享乐也算是人生的享乐么？那也算是一个又漂亮又年轻的女人对男人们的征服么？那也值当自得的么？与"娜娜"相比，有什么值当自得的啊！还没有一个男人赤身裸体地在自己面前装熊装狗，嗷嗷怪叫以赢得自己的开心呐！更没有哪一个男人为她买过高级住宅买过名牌汽车！而能使男人为自己做到这些的中国女人，现如今是有的呀！不但有，而且据说还不少。无疑地将越来越多！为什么她们能够，我竟不能够？曹苪呀曹苪，你将自己的青春将自己的美貌浪费得太久太久，浪费得太大太大了！幸亏父亲及时地对你进行了教诲，幸亏父亲给了你这一本女人的尤其是漂亮的女人的启蒙教科书啊！否则将自己的青春和美貌浪费到哪一天为止！父亲呀父亲，亲爱的父亲啊，你的女儿成了中国的"娜娜"那一天，女儿一定保您过上真正贵族式的，是西方的贵族式的而非中国的"土老帽"贵族式的豪华生活！她在暗暗发誓的同时，内心里充满了一种女儿对父亲的亲情，她从未像此时此刻一样，感觉到自己是那么爱自己的父亲！

书掉在了地上，她按灭烟捡起书，不禁端详起扉页上左拉的画像来。她顿时爱上了《娜娜》的作者。她用她保养得极粉嫩的涂了红指甲的细长的手指，轻轻抚摸着左拉的画像，在内心里对他说着些温柔的情话——亲爱的，天才的法国男人哟，在我开始首先向我们这座城市里的有钱的中国男人们发动征服性的伟大战争之前，你凭你的《娜娜》已然首先征服了我的心呢！你为什么要将"娜娜"的命运结局描写得那样恐怖、那样丑陋、那样凄惨呢？这不好！很不好！非常不好！——她的手指在左拉的鼻子上刮了一下——你这本天才的书的结尾很不合我的意呢！难怪我的父亲告诫我千万千万不要受你这本书的结尾的影响！不是一切年轻漂亮的女人征服有钱男人的伟大战争都将以失败告终，对不对？你倒是回答呀你这对女人心怀歹毒的法国佬！你为你的书写出那样的结尾，是不是因为你觉得你竞争不过那些有钱的上流社会的男人，连"娜娜"的一个情夫都做不成而心里不平衡呢？我看你准是有那么一点儿！唉，多遗憾呀！一本天才的书却有这么一个不应该的结尾，真是叫人替你叹息呀！当时若有我这样的一个女人在你身边，一定会说服你改变原先的设想，不留下这个千古遗憾的！

她内心里忽然产生一种古怪的冲动,想要诱惑这个名叫左拉的一百多年前的法国作家。这一种冲动是我们根本无法理解的,也是我们根本无法分析的。她不但抚摸"他",而且吻"他"。如果"他"不是一帧照片,那么她肯定会勾引"他"上床的……

父亲——她在心里说——你的女儿将要俘虏的第一个有钱的男人,无论是大陆的还是港台的,无论是中国的还是外国的,应该是一个像左拉一样对女人的征服力抱有歹毒的偏见的男人!我要以我的征服力彻底粉碎他们的偏见,使他们爱我爱得发狂,爱到甘愿为我放弃男人们的最后一点儿自尊的地步,爱到甘愿像狗一样驯服地趴在我的脚旁,伸出他们的舌头舔我的脚的地步……

然而照片毕竟是照片,以"严肃而坚决地揭开人类的疮疤"为己任的法国自然主义文学大师,目光理智地注视着她,仿佛在对她说——不,你这个像"娜娜"一样对男人对社会具有腐化性的中国女人,我是绝不会变成一条狗趴在你脚旁的……

她内心里企图对"他"一施征服力的冲动一时得不到满足,于是转化成了想要多了解"他"一些的较现实的念头。

她便开始看作家简介——

　　……这时,让娜出现了。她是左拉家的洗衣姑娘。她年轻又俏丽,活泼可爱,使左拉很快便坠入了情网。四十七岁的左拉,竟然年轻了二十岁似的,完全沉浸在爱情的欢乐之中。让娜给左拉的后半生带来了温暖和活力,并伴随他度过愉快的晚年,直至他去世。他在他的最后一部小说《巴斯加医生》的首页亲笔题到——此书赠给我至爱的让娜。她给了我青春,给了我两个可爱的孩子。我写此书是让他们知道,我是如何地深爱他们的母亲……

哈！哈！虚伪的法国佬呀！——前市委副秘书长的女儿,不禁兴奋起来。仿佛一位律师,终于从一部什么最具权威性的大法典中,查到了足以将某一个罪犯绳之以法的根据似的!

哼,这就是男人!哼,这就是男人们!他们一方面像婴儿吮奶一样,贪婪地吸吮着女人的青春和美貌,一方面却还要诅咒那些他们幻想着占有却无法占有的女人们,将她们的青春和美貌,指斥成这世界上无药可医的瘟疫和灾害!

她最后一次吻了吻左拉的照片,接着就拿起剪刀将"他"从书上剪了下来,接着她这儿瞧瞧,那儿看看,打算将"他"贴在什么地方。她想,最好是贴在一个她能经常看见"他","他"也能经常看见她,而对"他"这个男人又非常尴尬的地方。谁叫"他"犯了对女人的青春和美貌的亵渎之罪呢! "他"理应因此而受到惩罚嘛!

最后她将"他"用胶水儿贴在了马桶座圈儿上,并且,随后解了一次大便。当她往下一按制动,马桶冲水时,一片水点儿溅了左拉一"脸"。

她笑了,这情形使她非常快感。

可敬可爱可恼的左拉先生,你这虚伪的法国佬儿,今后,你就永远在这儿进行反思和反省吧!直至你明白,女人凭了她们的青春和美貌,是完全有权利有资格分享你们男人在这世界上掠夺和霸占的巨大财富的!并有权利有资格指使你们成为她们的奴仆!至于"娜娜"的下场,那不过证明了你这种男人对女人的魅力的无奈和恐惧罢了!……

不错,《娜娜》这一部书的最后一页,昨夜曾使她感到害怕。但她依稀记得,恰恰是在最后一页,最后一行,有些极其强有力的文字,使她昨夜读到时既感到害怕,又因那最后一行字而感到大受鼓舞,感到一种前所未有的信心百倍的激情澎湃的所向披靡的无往而不胜守必固攻必克战必虏的昂扬气概!……

那是一行什么字呢? 似乎是几句口号,怎样的口号呢?

她实在不愿意重翻最后一页,却又想不起来。最后,还是不得不翻看了一眼。一看清那最后一行字,立刻就合上了书。

那最后一页的最后一句话是——进军柏林!进军柏林!进军柏林!

为什么不是伦敦,而偏偏是柏林呢?

她不甚明白"娜娜"这个法国女人当年是怎么样的了。也许因为柏林距离巴黎最近吧?

她自己的心底里,同时也高喊了三句口号——进军北京!进军北京!进军北京!

一种既豪迈又浪漫的想象,迅速地在她头脑中编织成为一幅雄壮的图画——浩浩荡荡的所谓"红粉兵团"或曰"丽人大军"正向北京挺进。为首者高擎大旗,那旌旗在风中,不管是东南风还是西北风,总之是在风中猎猎招展!显出旗上的六个大字是——"共产主义万岁!"——当然应被正确地理解为漂亮的女人们共有有钱的男人们的意思。高擎大旗的当然是首领,首领者当然非她自己莫属。当然还要有乐队。软绵绵的靡乐尤其对牢固坚定的东西具有摧毁性,京郊公路两旁的大树在软绵绵的靡乐中如同蜡树受到热能的逼灼一般,一株株一排排地软倒了。交通堵塞,一切车辆都停止了行驶。因为一听到靡乐之声,司机们的手臂早就都软了,把握不住方向盘了。她所统率的"红粉兵团"或曰"丽人大军",服装千绚百丽,五彩缤纷,款式样式,从最现代的到最古典的,全出自国内一流设计大师的灵感,并全系国内一流裁缝们的手工。北京城内有钱的男人们,从巨款到大款到小款,当然是要出城夹路欢迎的。可他们哪里还站得住呢!在美女如云的盛大且壮观的情形之前,在软绵绵的靡乐之声中,一片片地大失体统地瘫倒了,仿佛都被催眠了似的。只有瞪着一双双色眼干瞧着的份儿。政府当然是惶惶不安的,派出了大批的治安军警。可治安军警们也都是男人们组成的啊!既都是男人们组成的,也便一片片地都瘫倒了,完全丧失了阻止她的大军挺进的能力……

她正想象到开心得意之处,听到了敲门声。打开门一看,门外站着两名公安人员。

"你叫曹荶？"

"不错。"

"前市委副秘书长的女儿？"

"不错。"

"二十四岁？"

"不错。"

"那么肯定就是你了，请在这上面签个字吧！"

"这是什么？"

"逮捕证！"

"我说，你们搞错了吧？"

"小姐，我们没搞错。昨天，有四个男人被你邀来过，对不对？"

"对啊……"

"你用猎枪逼迫着他们喝酒来着，对不对？"

"对……可那是因为……"

"先别急着解释那是因为什么，以后有你解释的机会和权利。他们四人中，有一个因酒精中毒而死亡了，其家人对你提出了指控。既然肯定是你没错儿，那么请在拘捕证上签字吧小姐……"

两名公安人员之一，将他自己的笔拧开，朝她一递。

她接过笔，手就不禁地有些发抖，歪歪扭扭地在拘捕证上写下了自己的姓名。她的字，原本就写得不怎么样，这种情况下，写得更不怎么样了。

另一名公安人员，拿起拘捕证看了看，扭头问他的搭档："看得出来是她的姓名么？"

"马马虎虎还算看得出来。小姐，请伸腕吧！"

"干什么？"

"还用问吗？履行公事，得戴上这玩意儿呀！"

那玩意儿是一副手铐。

并非是一副亮晶晶的手铐，而是一副旧的手铐，早已失去了金属的光泽，表面发乌了。此前，不知用了多少年，多少年中又铐过多少男女的手腕了。

她顿时双腿一软，一屁股瘫坐在地。尽管没有什么软绵绵的靡乐之声响在耳畔。

他们一左一右地将她架了起来。

"我……我可以带上……那本书么？……"

"可以，完全可以……"

他们中的一个，替她从地上捡起了《娜娜》……

这位前市委副秘书长的女儿，就这样，因故意伤害致死人命罪，被判刑七年。司法部门鉴于在这一案件中，她首先是一个受害者，其次才是一个报复者、害人者，又加之她父亲替她聘请的律师辩护得当，对她予以了从轻量刑。

新闻媒介接到有关方面的指示，对此案件的报道是自抑性的。有的报纸根本未予报道，有的报纸仅仅在最后一版的最下角，发了一则不显山不露水的消息而已。

然而民间口舌却乐此不疲。相当长的一个时期内，这一案件成了老百姓街谈巷议、茶余饭后的重点"新闻"，越来越成为本市最大的一桩丑闻。何况原本便带有丑闻的性质。老百姓的想象力有时也是异常丰富的，起码绝不逊于前市委副秘书长的女儿在看了《娜娜》这一部小说的第十四五页之后，在被两名公安人员敲开家门之前那一种想象力。而且，老百姓有时异常丰富的想象力，一旦被空前地调动起来，往往会展开地无边无限，将中国共产党的所谓"高干阶层"，无论在位的抑或下野的，以及他们的子女们的德行、品质、生活现状，想象得越无耻、越腐化、越糜烂，越成为他们解气解恨非常快感之事。他们通常正是以此种方式发泄他们对现实的种种不满情绪的。几乎可以断言，中国老百姓中的十之七八,是都曾对于中国共产党的所谓"高干阶层"及其子女犯有过"诽谤罪"的。因为,倘真要他们拿出什么真凭实据来的时候,其实他们又是不大能拿出来的。他们的结论,往往靠的是他们的感觉和极端情绪化了的想象的推理。就生活的腐化、糜烂、堕落而言,无论针对中国共产党的某些所谓"高干",还是针对他们的子女,其实都并不像舞台上的剧目在天天公演着。仔细考察起来,这两个阶层的生活,实在是有着很大的相似之处的。大多数人,追求的都是一种较正常的较有质量的生活罢了。只不过"正常"和"质量"的前提,难免有区别而已……

但是,老百姓对所谓"高干阶层"及其子女的生活——或用老百姓的话说是活法——的想象的本能和兴趣,远远大于后者们对前者们的想象。后者们往往并不浪费时间和精力去想象前者们的活法,对于发生在老百姓中的"丑闻",也往往不大提得起津津乐道的情绪。"丑闻"在老百姓中发生的概率,肯定地也远远高于在前者们中发生的概率。但因为老百姓只不过是老百姓,"丑闻"也就往往算不上是什么新闻价值的"丑闻",仅仅是丑事罢了。老百姓对于津津乐道老百姓中的丑事,也是向来提不起多大情绪的。茶余饭后议论纷纷的时候,那情绪远没有掺杂着想象,津津乐道前者们中的"丑闻"来得高涨……

于是首先是前市委副秘书长本人,成了老百姓的丰富想象力的第一个牺牲品。一时间几乎全市的老百姓统统信之凿凿地接受了这样一种说法——不,这样一个事实——他的女儿并非他的亲生女儿,而是他的亡妻和别的男人通奸所生。于是他的妻子,当年那位可敬的中学女校长,也一并成了老百姓丰富想象力的第二个牺牲品。同时,还将一位当年负责过教育部门工作的,目前虽已退休,却仍在市人大任职的前市委领导人,似乎有根有据地编织进了老百姓的想象力的罗网。

这位前市委领导人现任人大常委大光其火,便找到前市委副秘书长问罪。

前市委副秘书长有口难言,委屈之至地说——这不能怨我啊!我没散布这个谣言啊！更没制造这个谣言啊！谣言是老百姓制造老百姓散布的,你应该去向老百姓问罪去制止老百姓继续散布啊!

对方一想,可也是的。向他问罪的确有欠公道哇。他不是也被老百姓的头脑,仿佛顺理成章地想象成一个与亡妻的私生女长期乱伦的老淫棍了么? 对方不禁竟有几分可怜起他来。

对方又一想,立刻又恼火起来,厉色打断了他的话:"还把我扯进去! 我正式告诫你,以后不许再在任何人面前,把我和你女儿这件丑闻扯在一起! 我和这件丑闻有什么关系? 明明什么关系也没有嘛! "

他赶紧解释:"老上级啊,您别误会,千万别误会。我不过是想说,天知地知,你知我……"

"老上级"猛地拍了下桌子:"还扯上我! 你就改不过口了么? "

"不扯上您啦不扯上您啦,天知地知,我知我女儿知。我一定替您向人们多多解释,我女儿她绝非我妻子和您……"

"老上级"又拍了下桌子。桌上的茶杯被震得跳了一下,倒了。他刚替"老上级"沏的一杯茶,洒了一桌面,流了一地。

"你和你女儿之间有什么见不得人的事,与我毫不相干! "

"老上级"腾地从沙发上站了起来,脸红脖子粗地指着他咄咄训斥,指尖几乎触到了他的鼻子。

"至于我和你妻子之间的事,也根本用不着你向任何人作解释! ……"

话一说出口,自己倒先犯了寻思——我怎么能这么说呢? 这么一说,明明无稽之谈的事儿,不是听起来倒像是确有其事了么?

结果"老上级"便愣住了。

对方愣住了,他倒恼火起来了。被人家闯入家,鼻子不是鼻子脸不是脸地没完没了地大加训斥,能不恼火么?

"老上级"的手臂,刚在他面前缓缓垂落下去,他自己的手臂抬了起来,指尖儿也几乎触到了"老上级"的鼻子。

"你说你说,我和我女儿之间,有什么见不得人的事了? 说话是要有证据,是要负责任的!今天你不把话说个明明白白,尽管你是我的老上级,我也要和你没完!不把话说个明明白白你休想出我家门!"

前市委副秘书长,忍气吞声多时,终于心底一股恼羞烦乱之火难以克制直冲脑顶,气势汹汹地发作了。

大夏天的,门开窗敞,二人在屋里你有来言我有去语地这么一嚷嚷,门外、走廊里、楼梯口、窗底下、院子当中,可就有许多人驻足聆听着了。驻足聆听者中不但有大人,还有些少男少女和一些孩子。当然,少不了也有那帮儿在前院儿后院儿当阿姨做保姆的本地和外地的乡下女人。她们停了就聚在一起,仰望着那窗口,指指点点,交头接耳,窃窃耻笑。孩子们不懂事,则拍手蹦高,大呼小叫:"噢,噢!吵起来喽!……"

偏偏地,两任前的一位离了休的老市长,七十多岁的一位共产党员,正独自在院子里散步,不禁就站住了,忍不住抬头冲着那窗口大吼:"你们他妈的吵吵什么?不觉得丢人现眼啊!光丢你们的人现你们的眼啊?……"

他这一吼,屋里边,前市委副秘书长和他的"老领导",顿时噤若寒蝉,悄没声儿地消停了。他们对那吼声是很熟悉的,并且不无敬畏。同时,想象到了外面此时会是一种什么情形。

"老领导"跺了下脚,低声愤言:"都是你那不要脸的女儿惹出来的一场丑闻!干部和干部子女的脸,让你们父女俩给丢尽了呀!"

为了最大程度地表达内疚和歉意,从对方一进门便立刻站立起来,并且始终站立着不曾坐下去过的前市委副秘书长,此刻内心里真是仿佛到了八面埋伏、四面楚歌、晚景凄凉、万念俱灰的地步。他脸上一副罪该万死的模样。

"老领导"说完那句话,瞧着他,不免又有些后悔,觉得自己把话说得太重了,怕他心理承受不了,改换了一种近于安抚的口吻又说:"你也别在我面前总站着了。这又何必呢,快坐下吧!"

于是前市委副秘书长默默地流出两行泪,失魂落魄地坐下了。

"老领导"深长地叹了口气:"都是做父亲的人,都六十多岁了,你的心情我是体恤的。何况,我有一儿一女,就是哪一天因什么意想不到的事儿栽进去一个,还剩一个保底儿。你却只有一个女儿……唉,唉,不说这些了,听起来像安慰你似的,其实我清楚,是根本安慰不了你的。按理,在这种时候,我本不该来登门问罪。又不是你制造的谣言,又不是你散布的谣言,我凭什么来向你问罪啊?可我也没法儿向老百姓去问罪啊!不过是觉得太窝火,来对你发泄发泄罢了……"

可怜天下父母心啊!万念俱灰、失魂落魄的这一位父亲,一面听着,一面流泪不止。

"如果没人信就好了,还偏偏似乎谁都信!谁爱信就信去吧,老伴儿不信就行呗,可老伴儿也信了,还顶数她最深信不疑。我老伴儿那人你又不是不知道,心眼儿小得没法比。你猜她怎么着?她把旧相册翻了出来,把我早年和你妻子在一起照过的照片都揭下来了!早年我主管教育口,你妻子是重点中学的校长,又是全市重点中学中唯一的一位女校长,又是教育战线多年的标兵、先进人物,在一起开会啦,视察啦,授奖啦,能不留下几张合影么?结果现如今就成了什么历史证据似的!当着大儿大女儿媳妇女婿的面审问我,还口口声声要晚辈们给她做主!还说早就看着你女儿长得像我!这几天就发展到了要和我闹离婚的地步!这明明是她的老年综合征在作怪么!可我能拿她如何?能真和她离了么?那一传出去,不是更让老百姓有编的了么?老伴儿已然深信不疑了,就随她信去罢!还有党呐,党不信就行呗!可党也开始对我半信半疑的了!你知道昨天谁来找过我了?纪委的人!拐弯抹角地,兜了一个大圈子,最后问我——那些传言,到底是真是假啊?我说,你们看呢?他们说,这我们哪儿清楚呢!你心里比我们更清楚嘛!你倒听听这叫什么话?我听了能不火么?我能不翻脸么?我就往起一站,指着门说——如果你们这算正式谈话,那么咱们干脆录下音来。他们就慌了,忙说绝不是什么正式谈话,不过是关心关心我,希望我能正确地对待老百姓,不要在心理上对老百姓产生什么抵触情绪。共产党的干部嘛,应该经受得住老百姓的猜疑。哪怕被老百姓的猜疑严重伤害了,也要打掉门牙往肚里咽!我一指房门,对他们下了逐客令——如果你们不是来进行正式谈话的,那么我用不着你们来关心,给我滚!唉唉,这些也不谈了。你如今自身难保,好比在水深火热之中。我跟你谈这些,你也根本顾不上同情我。还是说说小茹这孩子吧!这孩子小时候给我的印象不错啊!有礼貌,文文静静的,怎么长大了,反倒变得这么的……这么的……"

他不愿说"堕落"之类的词儿,可一时又找不到其他的较含蓄的词儿,只好沉默了。

他说上面那一大番话时,前市委副秘书长,似听非听的,一直在默默流泪。待到这时,他再无话可说了,前市委副秘书长却双手捂面,突然孩子似的呜呜哭了起来……

"老曹,别哭,别哭!共产党人嘛,要经得住事儿!不过就是因为自己的女儿生活空虚做出了点儿荒唐事儿嘛!你给我擦干泪,抬起头,要像个共产党人的样子嘛!共产党人,那即使遇到天大的事儿,也要理智也要冷静么!……"

前市委副秘书长用自己的双手抓住"老领导"的一只手,不胜其悲,哭哭泣泣地说:"我……我前几天刚刚教诲了她一番啊!我就她这么一个女儿,怎么,怎么偏偏赶在她愿意接受我的教诲的时候……我……今后可还有什么指望呢?……"

"唉!""老领导"又深长且沉重地叹了口气,"现在的老百姓,也不知是怎么了?一个个眼睛都好像长了钩子,专盯住了干部人家看!小茹她要是普通老百姓人家的孩子,也就没这么多谣言了不是?兴许老百姓还会因为这一点替她鸣不平,认为量刑不公,判重了呢!可就因为是咱们干部人家的女儿,却觉得判轻了!现在,咱们跟老百姓是理论不清了呀!共产党人和老百姓之间,怎么会变成这样了呢?怎么会变成这样了呢?……"

他大摇其头,分明地百思不得其解。

……

民间的口舌"媒介",像一阵龙卷风,越"刮"越甚。直"刮"得前院儿和后院儿某些人家,惶惶然整日里坐立不安。市委、市人大、政协、纪委、公检法部门,每天都收到许多群众来信,接到许多群众打来的电话——老百姓以种种强烈的激愤之词质问,难道仅仅判了一个前市委副秘书长的女儿就够了么?难道她那个圈子里的些个干部子女就不该判么?难道不正是由于他们的唆使,才导致出了人命么?难道不该也判他们个"幕后操纵"的罪名么?其时恰值第一次国内通货膨胀,物价高昂,持久不落。老百姓随时准备借题发挥,上街游行。市委被迫召开紧急常委会,统一了意志,做出了决议——抓!凡是有牵连的,一个也不放过。统统抓!该判则判,而且还要重判!给老百姓做出个"大义灭亲""法律面前人人平等"的样子,以暂息老百姓心头的种种怨气和怒气。公检法各部门,正期待着这样一个决议呐!不正是在老百姓面前树立司法权威形象的大好时机么?于是其后的一段日子里,公安局的警车,鸣着警笛,光天化日的,一次次地长驱直入,开入到前院和后院里来。于是搅得一些人家昼夜不安,心惊肉跳,闻警笛之声色变!预先获得风声的,自然逃之夭夭。逃了的,也就逃了。那没预先获得风声的,以及没来得及逃的,就在父母亲人们的泪眼的注视之下,被铐上双腕推推搡搡地捕去了,一一依法判了四年三年两年一年不等。天可怜见的些个干部子女,何曾受到过此等惊扰?

新闻媒介,那些日子可就开了禁了。"老记"们亢奋之至,虽没哪方面塞给"红包",也都东西奔波,忙得不亦乐乎!一会儿公安局,一会儿拘留所和监狱,采访执法人员,采访街头百姓,采访各级政府官员。摇动生花妙笔,紧锣密鼓,炮制出一篇篇大块文章。电台电视台也不甘落后,分别开设了"老百姓谈法制"和"警讯实况"两个专题节目。

老百姓们的话综合为一个字那就是——好!

各级政府官员们的话综合为一句那就是——共产党是能够取信于民的!

当事案犯们差不多都说——冤枉! 上诉!

他们的律师们都表示——此案有极其复杂的社会心理背景,特别案例应做特别处理……

媒介将他们的话一公布,他们有几家的窗子就在当夜被些自称是"老百姓"实际上是不是些"老百姓"谁也搞不清楚的人们砸了……

这么热闹的事儿当然少不了文人。于是他们比着"创作",有写电影的,有写电视剧的,有写长篇纪实的,有写章回连载的……

于是有在报上登广告炒卖创作成果的,有组织专题拍卖活动的,有在电视露面儿渴望寻找拍摄投资伙伴儿的,有因合作破裂打官司的……

于是又有社会各界名流准名流们,在报纸、杂志、电台和电视台就此案谈开去,谈到政治、经济、文化、社会、心理、党的作风、生活方式教育,等等,等等。

热闹一直延续到第二年春季。因为第二年春季感冒大流行,比流行歌曲、流行服装、流行过的任何商品任何时髦东西流行得还普遍还快。交叉感染,防不胜防。学生因感冒旷学,工人因感冒旷工,小贩儿因感冒摆不了摊儿,电台电视台节目主持人因感冒临时找替身……似乎只有两种人很难被感染——扒手和贼。或许连他们也并不能幸免,只不过仍凭着他们那份儿"敬业"精神,带病"坚持工作",且没人替他们宣扬罢了……

总之是外面的世界很美好,外面的世界很无奈。美好也罢,无奈也罢,热闹也罢,病毒性感冒也罢,都与前市委副秘书长的女儿不相干的了。"新生活就从这里开始!"她的眼睛每天要无数次看到这一条标语。因为它几乎无处不在,监狱的高墙上写着,狱室里贴着,她的耳朵每天要无数次听到这一句话。教导员每天从这句话开始对女犯们进行两次集体训导。女犯们互相用这句话告诫——老老实实接受改造,争取宽大,重新做人。她自己也逐渐学会了开口便说这句话,以证明她接受改造的态度的确是老实的。那一种"新生活"对于她才叫是度时如月度月如年呐!《娜娜》自然是被收去了。狱室中是绝对不允许存在有这样一本小说的。从入狱那一天起她开始不情愿地"阅读"另一本"书"——"寂寞"。此"书"肯定是迄今为止发行量最高的书。因为凡是在这地球上出生了的人,包括文盲,包括孩子,没有不曾读过它的。而在狱中读此书,尤其可以"精读""细读",尤其有利于领悟它的"要旨"。

然而前市委副秘书长的女儿,并没如当初宣判的那样,在监狱的高墙中熬过七个春秋。实际上她在第四个年头就出狱了。没有谁替她的提前释放四处打点八方活动,也没有什么权威人物替她说过情。外面的世界在这四年中变化很大,甚至极大。她早已被外面的世界淡忘了,连同由她而"曝光"的当年的那一桩丑闻。再说外面的世界中的真实的丑闻和捕风捉影的虚假的"丑闻"也一天比一天发生得多了起来。老百姓虽然一如既往地对现实心存种种不满,但眼睛也不再盯着特权阶层的丑闻,而只盯着物价了。她得以提前释放,公而论之,完全是因为她在狱中"表现良好"。她当过监狱中文艺队的副队长,编创的几个小节目受到过监狱方面的赞赏。

她出狱时才重新得到了《娜娜》。出狱后才知道父亲在她入狱后不久便抑郁而死了。她父亲的住房已经被公家收回,分给了一位年轻的市委办公厅副主任。东西没处放,一直堆存在前院的某地下室。幸而她自己的住处还属于她,使她仍有归宿,不至于流落街头。

她回到她那小窝,第一件事便是照镜子。从小圆镜中端详够了自己的脸,又站到穿衣柜前,从大镜子里端详自己的体态。前后左右,扭转着身子,端详了很久。除了文艺队演出前化妆时,她在狱中很少有机会能照照镜子。由二十四五岁而二十八九岁,她觉得仿佛是在一场梦中长了四岁。令她感到安慰的是,自己的脸看去并没有变得老了些,依然是一张漂亮女人的脸,只不过是由于脸颊清瘦而不显得面庞丰满了。青春放浪的痕迹似乎从脸上一扫而光了，多了种成熟女人的温良之美，起码使她自己看起来是那样。身材也苗条着，并没有发胖。这要感激在狱中接受"劳动改造"的好处。倘只有"改造"而没有"劳动"，她想——四年的囚禁光阴也许足以使自己变成一个肥婆了吧？

四年内没有主人的小窝，到处是灰尘。她用一整天的时间洗衣服、拆被褥、拖地、擦窗子。四年的改造，使她变得勤快多了。

晚上十点钟以后，她躺到了单人软床上。四年没躺过软床了，乍一躺上去，身子往下一陷，最初的感觉不是舒服，而是极不舒服。但那仅是十几分钟内的事，翻了几次身，调整了几次姿势，很快地就重新寻找到了软床毕竟比硬木板床舒服多了的感觉。证明人要习惯舒服的感觉，要比习惯不舒服的感觉容易得多。四年前她开始睡监狱的硬木板床，可是两个多月后才渐渐习惯的。

环视着窗明几净的小窝，品咂着重新成为它的女主人的体会，某种自信，又从她心中油然而生。说是小窝，其实并不小。两室一厅，实用面积近四十平方米。与中国城市居民普遍的居住条件相比而言，独身一人，甚至可以说相当宽敞了。只不过她是个喜欢将居住空间用各种各样有情趣却没有用的东西摆放得很满的女人罢了。

她吸着一支烟，开始看《娜娜》。左拉这一部书的纸页已有些变黄了，变脆了。而且，许多页上，留下了茶渍和油迹，以及男人的女人的或清楚或模糊的指印。分明地，这一部书在四年中不知被多少人翻阅过了。当然不是男犯女犯们。

她想——"新生活就从这一部书开始！"

四年中，"娜娜"这一个心目中至诚崇拜的榜样，经常使她梦魂牵绕。"娜娜"这一漂亮女人征服男人的伟大"业绩"，丝毫也没有对她表示过昭示力。恰恰相反，她是早已将自己想象为就是一个中国的当代"娜娜"了。伟大的征服者在发动伟大的征服"战争"之前，经受一个时期的被囚禁的屈辱，也许是上苍故意安排的对征服者的磨炼吧？唐僧取经不是还经历了九九八十一回劫难么？相比而言,四年的囚禁又算得了什么?! 何况我仍是一个漂亮的女人,甚至比以前别有一种漂亮了。即使在劳改阶段,那些男犯,那些男管教员们,包括那些女犯和女管教员们,不是曾以极特殊的成分复杂的目光打量过她的么？

一次,狱中来了一批视察者,约三十几人。工青妇教,各方面的代表人物都有。监狱方面非常重视,特命文艺队进行汇报演出。不但演给视察者们看,全狱男犯女犯必须同时陪看,轻病号也不例外,重病号需预先请假,准假后才被照顾。

那一次她不仅当"演员",还担任"报幕员"。

她化完妆,站起来一转身,才发现四十多岁的男管教、副队长站在她背后。她化妆时用的是一面手掌大的、水银剥落、影像模糊不清的小镜。所以并没有发现他站在她背后,更不知道他无声无息地站在她背后,悄寂地一直看她化妆究竟看了多久。他那一种不自然的表情反应告诉她,他已在她身后站了很久了。他的目光使她明白,这位四十多岁的外貌威严的管教副队长,其实也是一个面对女人的漂亮根本无法不动心的男人。她倒没什么不自然的,她镇定地带有挑衅意味儿地瞪着他。

"你这是怎么化的妆？为什么要把自己的脸搞得这么……这么……妖媚! ……"

他佯装出严厉,尽量掩饰起他内心里和眼睛里的尴尬。

"报告政府,我是一个天生的狐媚坏子,我拿自己的脸也没办法! ……"

她则佯装出忐忑不安且羞愧难当的模样,说得温良又无辜。

"你又动了什么不该动的心思？重化! "

他抛下这么一句,愤怒地猛转身离开了。

望着他的背影,她暗觉一阵得意。她进一步明白了,"又动了什么不该动的心思"的,当然不是她自己,而恰恰是对方。那么对方的匆匆离开,则意味着是"三十六计,走为上策"的逃脱了。她觉得自己仿佛是一位军事指挥员,在一场始料不及的遭遇战中,易如反掌地取得了彻底的战役性的胜利似的。

她又拿起那面手掌大的、水银斑驳的、影像模糊的镜子,独自观赏自己那张化了妆的脸——浓淡相宜,很秀丽,也很端庄。所谓"妖媚"二字,纯系无稽之谈。

她当然没有擦尽脂粉二次化妆。

临上场前,那位副管教队长对全体犯人、"文艺队"员训话。训了一通之后,猝然地盯着她严厉地问:"你,改妆了么?"

"报告政府,遵照您的批评,重化了一遍妆!"

女犯中那些农村来的,不知为什么,不叫管教员们为"管教",而叫他们或她们为"政府"。他们或她们虽多次予以纠正,却徒劳无益。她觉得这叫法有意思。有意思在于,她对他们或她们这么叫时,内心里竟能感到一种当面公然地嘲讽对方们的快感。不过这份儿快感须用表面装出来的畏懦和虔诚小心在意地包藏着。

"你怎么也叫起政府来了?"

"管教是代表政府对我们进行管教的。看到了你们管教,就想到了政府要把我们改造成新人的愿望和恩情。我们叫政府是打心眼里叫出来的,不这么叫反而觉得心里别扭。"

对方"嗯"了一声,分明地,对她的回答感到非常快意。那一时刻,她从对方盯着自己脸的眼睛里,经过分析得出了这么一个结论——这个外表威严的男人,因自己所管教的女犯中有一个年轻的很漂亮的女人,他想命她站在自己面前,她则必须垂臂肃立;他想命她坐下,她则不敢多站半分钟;他想命她抬起头,她则不敢仍低着头;他想命她低下头,她则不敢不低;他想命她望着自己时,她则不敢望向别处;他对她声色俱厉,她就不禁害怕;他对她和颜悦色,她就不禁受宠若惊……他内心里其实也是体会着一种很大的心理满足和很大的快感的。

那一天的汇报演出相当成功。整个"文艺队"是成功的,她自己尤其是成功的。在几百双眼睛的注视之下,她始终想象自己是"娜娜",想象着当时的情形,正是左拉所描写的,"娜娜"第一次亮相扮演爱神的综艺剧场。坐在前两排的,当然是那些视察者。男人多,女人少。她刚一出现在他们眼面前,听到他们中,更准确地说是他们中的女人中,有人情不自禁地发出了一声"呀",很低很低。然而绝不是她的幻听,那一声"呀"的的确确是发生于她们之中。她感到那一声"呀"的内容极其丰富。丰富的内容中无疑是包含了这样的感叹的——真想不到,狱中还有这么漂亮的女人!……

男人们中,当然是并没有谁发出一声"呀"或一声"啊"的。他们都矜持得不能再矜持,举止稳重得不能再稳重,表情严肃得不能再严肃。分明地,都在内心里一再地告诫自己,自己来到的是一个非常特殊的地方,自己观看的是一场非常特殊的"汇报演出"。自己是一位视察员,是视察员就得做出视察员的样子。但他们的目光,那种男人的在近距离内,以绝对优越的身份和绝对优越的心理观看一个很漂亮的而且化了妆的女人之时那一种目光,证明他们内心里都是非常喜欢漂亮女人的。年老的也罢,年轻的也罢,他们都是和那位管教副队长差不多的男人。在相距不到三米的距离内,她凭她那种敏锐的女人的直觉感到,她一出现在他们眼前,他们的身子似乎都不约而同地前倾了一下,他们的眼睛似乎都明亮了起来。其中一位老先生,居然还摸出花镜戴上了。她报完幕后,他们面面相觑,仿佛在互相询问——究竟该不该鼓掌。她在台上看得真切,自然是看出了这一点。她没有立刻退下台去,又向他们深深弯下腰去多鞠了一躬。按一般情况,也就是以往"汇报演出"的情况,只要在开始报幕前,说完"各位政府视察员好"这句话后,鞠一躬就可以了。但她当时暗暗打定主意,偏要在报幕完毕后多鞠一躬,以延长自己滞留在台上,更确切地说,是滞留在那些男人,那些来自监狱高墙以外的男人们眼面前的时间。她猜想,再滞留片刻,他们也许会报以掌声。每次听说有监狱高墙以外的人将要到来,不管是视察者,还是参观者,都会引起她内心里一份儿暗暗的激动。她都会颇费一番心思,为自己寻找机会制造借

口,争取能在什么地方看到。尤其渴望看到那些人中的男人。倘企图没
达到,她就会感到很沮丧、很失落,接连几天情绪大受影响,仿佛遭受了
什么利益方面的重大损失。倘终于看到了,倘不但终于看到了,而且还
是在不远的距离,甚至在很近的距离内看到了,她就会感到非常满足、非
常高兴,接连几天表情开朗,仿佛被嘉奖被减刑了似的。她异常渴望与
监狱高墙以外的人们接近、交流,哪怕只是瞬间的表情交流眉目交流。
"监狱高墙以外的人们",当然更是指男人们。在她入狱的第二年,也就
是七八个月之久以后,她这种年龄的这样的一个女人,对男人的渴望,对
性欢悦性刺激的渴望,曾以对她而言前所未有的极其苦闷的方式折磨过
她煎熬过她,那是一种根本无法转移的苦闷。如果那时她是在监狱的高
墙以外而非以内,她也许会从马路上勾搭回家一个只要自己并不讨厌的
男人。有时她对性的焦灼和渴望性的迫切要求,其强烈程度是甚于吸毒
者之需要可卡因的。在这一点上,监狱生活尤其使她备尝苦果,留下了
终生难忘的记忆。

　　正如她猜想的那样——在三米之内仰头观看她的男人们,身份绝对
优越于她心理状态绝对优越于她的男人们,也就是那些正襟危坐的男视
察员们,在她第二次鞠躬后鼓起掌来。当然并非是一致的掌声。那位戴
上了老花镜的老者率先鼓掌,于是其他的男视察员们随之鼓掌,于是女
视察员们,犹豫着的和并不犹豫的,也纷纷鼓掌。在男视察员中,有双眼
睛一望住她的脸就目不转睛。那是他们中最年轻的一个的眼睛。他看
去三十余岁,有一张白皙的女性化的面孔,仪表斯文儒雅,演出结束后,
全体视察员上台与全体"文艺队"员握手,照例说些"好好改造""重新
做人"之类勉励的话。当那最年轻的一个与她握手时,她佯装出受宠若
惊激动万分的样子,双手紧攥住对方的一只手久不放松。她感觉到他的
手在她的双手中抽缩了一下,但是她反而将他的手攥得更紧。她盯着他
的脸死看,看得他不知所措,窘迫异常。在那半分钟内,她仿佛感觉到,
实际上她已将他优越的心理建筑推倒了,而自己则踏在了他的心理废墟

之上,优越于他了。管教副队长从旁低声呵斥她:"至于激动成这个样子么? 还不快放开视察员的手!"她这才猛醒似的,装出亵渎了一位神明的罪过的样子,惶惶然地放开了对方的手。对方白皙的脸红极了。她内心的快感因此无以复加。脸红极了的对方却说:"没什么没什么,情有可谅!"那戴上花镜的老者亦凑过来,望着她的脸问:"我怎么觉得你像哪一位电影明星啊?"斯文儒雅最年轻的那一个,不假思索地,脱口便说出了一位电影明星的名字。她心中暗觉好笑,因为此前她自己从未觉得过,别人也从未对她说过她像那一位电影明星。老者却频频点头,连说"对对对"。又问她的名字,什么罪,判了几年。她一一作答,装出无地自容的样子,其实内心里一点儿也没觉得羞惭,充满着的是一种愚弄了对方们,愚弄了一些男人们,包括管教副队长在内的快感。同时充满着一种自己对自己的漂亮检阅或巡礼后的自信。如果我不漂亮,她想,情形才不会这么好玩儿呐,肯定是他妈的另一种局面。那老者抓起她的一只手握了握,还用另一只手在她手背上轻轻拍了拍,和蔼之至地说,姑娘你很年轻么,刑满之后依然算是年轻人么,洗心革面重新做人,完全来得及么! 她一边装出感动又虔诚的模样听着,一边在内心里骂:滚你妈的老东西,少跟我扯这些冠冕堂皇的大道理! 你那老男人的意识里这会儿存在着些什么杂念,骗得了别人骗不过我去! 但是她却掏出了一方预先准备好的白手帕,请那老者签名。老者丝毫也没犹豫,接过去便签了名。接着她又请那斯文儒雅的最年轻的一个签名。对方从老者手中讨过笔,便也签了名。于是"文艺队"的所有成员,也都纷纷嚷嚷着要求签名,但她们并没预备好手帕小本儿什么的,只不过是都枉自地嚷嚷而已。嚷嚷得管教副队长有些恼火起来,板着脸一通训。结果是只有她一个人获得了那一次"演出"的纪念。她将那手帕偷偷地一撕两片儿。签有老者名字那一部分,扔了。深夜,她将签有"小白脸儿"的名字那一部分手帕按在胸口,集中精力,一门儿心思只想着他的样子。她在似睡非睡的状况之下,凭着想象力,借助性自悦的方式,间接地和他做爱……

……这是娜娜一生中名声藉甚的时期,巴黎为之目眩。她在豪贵的领域更加目空一切。她尽情地炫耀她的奢侈,炫耀她对金钱的蔑视,令整个巴黎匍匐在她的脚下,使形形色色的男人甘愿为她奉献出万贯家财。纷至沓来的男人们,连同他们的财富,他们的地位,他们的肉体,甚至他们的名誉一起奉献,竟仅为有机会一近芳泽!娜娜还有最后一个愿望没有满足:她要重新布置她的卧室。她认为应布置成这样——屋子里全是茶红色天鹅绒。用银钉固定,缀上金线流苏,像帐篷一样直接连接到天花板上。这样的背景使她觉得既富丽堂皇又色彩柔和,可以形成一个华美的背景,更好地衬托她白玉般的肤色。然而卧室只不过是用来安置床的。只有床本身才能出奇制胜,令人心摇目荡。娜娜梦想有一张天下无双的床,让它成为王座、成为神坛,让巴黎所有的男人都在她至高无上的漂亮面前心醉神迷。这张床必须镶金嵌银,就像一件硕大无比的首饰,精工细作。宛如一个银架子上支起朵朵金色的玫瑰花。床头的花丛中,有一群小爱神,笑嘻嘻地探出头来,躲在床帏的后面,窥视着肉体之乐。她已经和拉伯戴特谈过她的打算,他保证给她带两名金银匠来。这张床大约要花十万法郎,穆帕将作为礼物如数送这一大笔钱来,她则答应让他在这样的一张床上与她试新……

在这一个夜晚,在这一个时刻,这一个今天刚刚出狱的中国女人,仿佛一夜之间长了四岁却似乎更丰腴更漂亮更性感了的中国女人,默读着左拉这一段细致的描写,内心里充满了对一个一百多年前巴黎娼妓生活的羡慕和嫉妒。

她暗暗发誓,一定要成为一个能与当年的法国女人娜娜朱紫同色、淄渑并泛的当代中国女人!

拉伯戴特是谁? 穆帕又是谁? 不管他们究竟是谁,有一点是肯定的——他们都是有钱的男人。

中国的拉伯戴特在哪儿? 中国的穆帕在哪儿? ——不管他们在哪儿,不管他们跻身于怎样的人群中,她都将找到他们!

斯其年中国的最初的几批拉伯戴特们和穆帕们,像春天沟塘里的蛙卵,已经在温浊的水里孵化成拖着长 "尾巴" 的蝌蚪了。他们在暴发的过程中聚敛起来的钱财便是他们的长 "尾巴"。他们拖着他们的长 "尾巴",得意忘形地招摇过市。与蝌蚪恰恰相反的是,蝌蚪的尾巴越变越短,最后完全消失,而他们的 "尾巴" 则越变越粗越壮越长,最后巨大过他们本身。他们只寻找两样东西——金钱和女人,和 "娜娜" 一样的中国女人,漂亮的中国女人。因了他们的存在,许许多多的中国女人,尤其那些漂亮的很漂亮的非常漂亮的中国女人,十之七八都在做着和刚刚出狱的这一个中国女人同样的梦,或可曰 "娜娜之梦"。在她们眼里,他们的尾巴,是可爱的尾巴、迷人的尾巴、这世界上最具男人魅力的最有价值的,甚至是划时代的唯一有价值的 "尾巴"。成为他们的 "尾巴" 的奴婢,乃是她们所追求的永恒的幸福。

因而我们几乎没有任何道理谴责前市委副秘书长的女儿,在她刚刚出狱的这头一个夜晚,便旧梦重温,又编织起 "娜娜" 式的幻想来。何况,正忙不迭地奔往一个极端商品化的时代之入口处的中国,对娼妓的观念是崭新的,极具特色的。中国的男人们渐渐发现,在一次次 "扫黄缉黄" 的大大小小或公开或潜秘的行动中,落网的女人和女孩儿中其实并没有能够算得上漂亮的。她们不过是一批批城市里好吃懒做的女性,或农村里靠出卖肉体从事原始 "服务" 行业以脱贫致富的女人罢了。另一类娼妓几乎是合法的。因为她们从不会出现在下等酒吧里,更不会与 "扫黄缉黄" 行动发生遭遇。她们是中国崭新的资产阶级或流氓资产阶级一族里的 "高档商品"。在中国社会的那一层面中,肉体与财物、美色与金钱与权力的交易,无论做得多么赤裸裸,只要不至于把自己搞到被告席上去,都是两厢情愿无人干涉的事。中国的"娜娜"们,不但已经大有人在,而且已经在辉煌地实现着她们的种种"娜娜"式的梦想和"娜娜"式的野心与抱负了。与前市委副秘书长的女儿相比,与这个刚刚出狱重温"娜娜"旧梦的女人相比,她们是一群捷足先登者。而她的梦想她的野心她的抱负,已然落空了四年。四年啊!四年中,我们公公道道地替她想一想,她该失去了多少成为中国的"娜娜"的机会和可能性啊!

她又将书翻到了最后一页——进军柏林!进军柏林!进军柏林!

全书最后一行十二个字,以及那三个惊叹号,仿佛一排十二架五十年代的美国造"黑寡妇"战斗机和三颗刚刚投下的重磅炸弹,出现在旧得变成了米黄色的书页的天空上,对她的视觉造成着极其强烈的吸引力。

那天夜里,她又做了一场梦。梦境和四年前她被捕的前一天夜里所做的梦差不多。当然,"进军柏林"也变成了她统率着"红粉兵团"沿公路向北京挺进的雄壮又浩荡的场面……

第二天上午她同样起得很晚。刚起床不久便有人来了。来人是市委后勤管理处的一位办事员,女同志,是来告诉她,她父亲家里边的一些东西,她打算怎么搬过来,如果她需要,可以替她派一辆车,还可以替她找几名民工帮忙。

"不过呢,说句不该说的话,我看那些东西如今值不了几个钱了,更没有你这儿缺的东西,倒莫如处理了,你省事儿,我们也省事儿……"

那女同志试试探探地说。

"处理了?怎么处理?"

她疑疑惑惑地问。

"就是卖了呗!你考虑考虑……"

"不用考虑。那就听您的,卖了。可我父亲去世时,你们为什么不替他到监狱通知我,也能算个理由保我出来一段日子。监狱对这种情况,是有规定性的照顾的!"

"这一点我们是知道的,知道的……"

"明明知道,却又连那么一丁点儿仁义都不愿尽,太不近情理了吧?我父亲毕竟当过你们共产党的秘书长吧?没功劳还有苦劳吧?"

"这你可误会了,也太冤枉我们了!不是我们不愿意啊,是你父亲他不愿意啊!他不愿意,我们怎么好做主张,故意违背他呢?"

"我不信。"

"你不信不要紧。你父亲有留给你的信,看了信你就会明白,不是我们骗你。我们当年也怕承担你这位女儿的怨言,要求你父亲在信中把这一点写清楚……"

那女同志从公文夹中取出封信交给了她。

信没封口。她心里更加疑惑,不理解父亲为什么竟不封口。难道,在一位父亲给自己女儿的这人生最后一封信中,居然没有什么属于隐私的,不愿被任何别人了解了去的话可写么?

她当着对方的面,抽出信纸,展开看了起来。

信很短,也没断行。是这样写的:

女儿,当你看到这封信时,想必你已出狱了,或是因生病保外就医的日子。但是,你已再也见不到父亲的面了……

倏忽间,她情不自禁地潸然泪下,滴在信纸上。毕竟是自己的亲父亲啊!一种牵动骨血之情的悲伤,使她真想掩面放声大哭一场。她竭力克制住悲伤,两眼噙泪将信看完:

……父亲平时对你教诲得很不够。现在想来,十分惭愧。希望你在狱中,老老实实地接受改造,重新树立起无产阶级的世界观和生活观,争取减刑早释,开始做一个新人。父亲是党的干部,一辈子兢兢业业,勤勤恳恳,任劳任怨,两袖清风。没什么所谓遗产留给你。那小木箱里,不过是些有纪念意义的小东西,它们会使你经常想念起父亲的。之所以没有通知你出狱,完全是父亲的意思,千万不要对任何人有什么怨言。

父亲绝笔

待到将这封信看完,她心里反而不怎么悲伤了。的确,这是一封可以做公开信发表的遗书。全信除了"你再也见不到父亲的面了"这一句话,其实再没有第二句足以深深打动她的心了。

她放下信,起身去洗了把脸,回到对方跟前,平静地问:"我父亲这封信,有别人看过了吧?"

对方尴尬地笑了笑,支吾地回答:"反正我是没看过的。但是,有些人看过了……"

"哪些人?"

"当年市里的几位领导……他们还指示《市委通讯》转载了你父亲的信……"

"他们怎么敢!这叫侵权!侵权懂吗?"

她挥舞着手臂嚷了起来。

"你别发火、别发火嘛!几位领导认为,这是一封写得很好的信,对于所有当干部的父亲们,都是有教育意义的,能提醒他们……"

"我要向他们当面提出抗议!"

"你这又何苦的呢?当年的领导们都没什么恶意嘛!再说,当年你们那些干部子女,把事情闹得满城风雨的,使领导们多被动啊!当年那是挥泪斩马谡啊!还不兴领导们找个台阶,较体面地挽回局面啊?再说,当年那么几位领导,如今也都退下去了啊!……"

对方表现出了相当良好相当可敬的涵养,每句话都说得那么有分寸又那么温和。

"那……这个,就是我父亲留给我的小木箱么?"

"对。"

"是不是还需要我给你打个收条呢?"

"当然得啦!"

于是她翻出纸笔,刷刷刷飞快地写了一张收条,一言不发地朝对方一递。

对方见没有继续向自己了解什么情况,也没有继续与自己交谈下去愿望了,认真夹起收条,也就识趣地告辞了。

她只将对方送至门口,连门都没出。她心里有气。在狱中她就听说,在她之后判了的那几个,因为父母都在官位,都只被关了很短的日子,就一个个从后门儿暗中放出去了。唯自己实实在在地被关了四年!还是因为自己"表现好"。

她也生父亲的气。老家伙!独生女儿被送进监狱去了,自己都活不成了,却还满信纸的革命词句!却还要把自己说得那么可敬那么完美!什么又叫无产阶级的世界观和生活观?现如今还有人头脑里信仰那种世界观甘愿一辈子过那一种生活的么?那这满大街的高级外国轿车都是为谁进口的?一幢又一幢的高级宾馆高级酒家饭店又是为谁盖的?老家伙!难道他不清楚自己的女儿出狱后最需要也最缺少的是什么啊!他的钱呢?他的股票和债券呢?为什么在信中竟只字不提?还要胡扯什么"两袖清风"!……

是的,她此时最需要也最缺少的是钱。钱!钱钱钱钱钱!而她昨天整理房间的过程中,只不过从这儿那儿收集到一百多元钱,是四年前自己散乱地留在房间里的。幸亏还收集到了这一百多元钱,否则中午饭怎么个吃法?才一百多元钱啊!这够吃几顿饭的?四年前,在这座城市里,买一个盒饭已经得四元多了!

她瞧着外边用旧格布包扎起来的小箱子更加烦恼,一脚把它踹到了床底下……

第三天，街道主任在派出所所长的亲自陪同下"拜访"了她，于是她有了份儿工作，在某街道工艺美术品厂粘贴麦秸画儿。那说是厂，其实不过是手工业小作坊。两间小平房里，拥挤地坐满了三十余名脂粉姑娘。年龄小的十七八岁，年龄大的不超过二十五岁，都是在历届高考中落榜的低层次人家的女儿。她们的爸爸妈妈，托人情"走后门儿"，行贿送礼，才有幸将她们塞入到这仿佛与"工艺美术"搭点儿边的街道小厂里来。世风日下，人欲横流，没有工作的女孩儿，是很容易被城市纸醉金迷、灯红酒绿的靡靡旋涡一口吞没了的。她们的父母们的良苦用心，实在是有着几分将她们"坚壁"起来的动机。这小厂是公安局的一位退了休的老处长一手创办的，并一直很负责任地兼任着厂长。所以，尽管这小厂的门面在繁华市街上，但城市里的小痞子和流氓以及专善于捕猎不谙世事的女孩儿们的好色之徒，都是不大有胆量敢对这一小小的"女儿国"进行滋扰的。

无疑地，在她到来之前，她们对她的"前科"，已经议议论论过许多了。但是分明地，她们又都很欢迎她加入她们的"女儿国"。谁都没流露出歧视她的意思，有的甚至还对她表现出几分虔诚的崇敬。仿佛她的"前科"，在她们想来，是某种了不起的人生经历。

厂长对她也不错，不久便让她当上了组长，并以宽厚长者的态度说：年轻人么，谁没跌过跟头呢？有些跟头，那是时代注定了非让某些人跌一下不可的。跌了跟头的人应该这么想——反正我不跌，别人也是要跌的。兴许我跌比别人跌好。我跌倒了能很快地爬起来，洗心革面，焕发出一个崭新的自我；别人跌倒了，可能就爬不起来了，可能就"一失足成千古恨"了。还说自己毕竟六十多岁了，精力有限了，想干也干不了几年了。可这小厂，经济效益不错，办起来不容易，倒闭了却简单得很。为了不使它有一天倒闭，总得有个人接他的班是不是？能指望那些十七八、二十四五的脂粉女孩们中的哪一个接他的班么？

这是她出狱后所听到的,最为使她内心感动的话。对方也成了第一个她并不从内心里怀有敌意的人。尽管明知对方曾是公安局的老处长,常使她联想起她那漫长的四年被改造生活。

她当时甚至被感动得低下头流泪不止……

不久老厂长又建议她换房子。并且,已然替她联系好了一位房主。地点不错,房子的条件也对等,比她住的房子还多一个七平方米的小厅。老厂长问她同意不同意? 如果同意,他愿为她代办好一切换房手续。

她明白他是为她好。她自己又何尝不愿离开那些既熟悉她又似乎早已打定主意老死不相往来的左邻右舍呢?

她表示同意了。

于是,在一个星期日,她从这座城市的北部,迁居到这座城市的南部了。新邻居们都对她很客气、很友好。因为人们对她的从前一无所知,却不晓得从哪方面探听到的,一致地认定了她是公安局的一位老处长的亲"侄女"。不消说,人们对她的客气和友好之中,包含有对一位公安局的老处长的客气和友好。虽然离休了,毕竟是当过处长的啊! 关键时刻在公安局那种地方说上一句话,肯定还是会起相当大的影响力和作用的。这年头,普遍的是人们活得心里越来越缺少安全感了,都觉得不定哪一天,自己也会猝不及防地同公安局的人不情愿地"来往"一下似的。真到了那一天,兴许就得通过她,劳驾她的那位老叔叔在公安局给说上一句好话啊。人们对她的客气和友好,甚至不无几分暗暗敬畏的成分……

于是,从此她是这样一位漂亮的单身女人了——二十八九岁,高干的女儿(人们不知根据什么,都相信她父亲是省军区的一位离休了的副司令员),还有一位在公安局当过处长的老叔叔。并且,她从事"艺术"工作。

其实,她每天的工作,只不过是将刷了各种颜色的、干燥处理过的麦秸,用小刻刀破成一把又一把很细很细的秸条儿罢了。而她的那些小姐妹们,就是用秸条儿,按照画工预先画出的底线,粘成一幅幅麦秸画儿。这种手工拼粘的麦秸画儿,在日本和东南亚,以至于欧洲某些国家颇受喜爱,销售前景十分可喜。于是有一天,那只有两间平房的小小街道厂,扩建起了一幢三层楼的外观抢目的厂房,成为中日合资的"工艺美术品公司"了。人员也从三十几人增加到了一百五十多人。而她,则不再整日用小刻刀破麦秸了,脱产了,成了办公室副主任。和另外三个人,每天上下班享受小车接送的待遇了。于是她的左邻右舍们,又不知究竟根据什么,认定了她是公司的副经理,并且是日方投资的全权代表,每月工资两千多元。当然,她的工资是提高了,但提高了以后,也不过每月只有三百多元。除了有所谓"灰色收入"的人,每月三百多元,在这一座城市就是不低的工资了。对于她而言,则低得可怜了。四年前,她哪一个月的消费,不在一两千元啊!何况现如今物价已经翻了几番。她简直是在被迫实践着"节俭"。她却什么也不向领导们解释,她高兴由人们胡乱猜测。当你被猜测得比你的实际身份要高许多,比你的实际生活水平要高许多的时候,一笑置之似乎确实是明智之举。

她默默地经受着时日的考验,极耐心极可钦佩地期待着理应属于一个漂亮女人的机遇。她经常在头脑中想象日方投资者的形象,但每次都不能够创造成功。因为她不清楚对方究竟是一位多大年龄的男人,公司上下也无人知道。合资完全是由老厂长一人促成的,只有老厂长一人见到过日方投资者的一位中国代理人。合同书签订的第二天,他心里高兴,在家中独自多饮了几盅酒,夜里引发脑溢血,猝然而死。在他生前拟定的,合资后的干部职务分工表上,她就已然被预先提拔为经理办公室副主任了。继任者基本上没有改变这个干部职务分工表。可以这么认为,它是被当作一份"遗嘱"忠实地执行为现实的。没有任何人对它提出任何异议,当然也没有任何人对她的被提拔说三道四。老厂长作为开创者对这个厂的功绩,仿佛使它具有了不可更改的权威性,同时具有了法律的意义似的。

那时她已经知道,在换房子这件事中,由于对方的住屋比她的住屋多了一个七平方米的小厅,所以对方索要了一万元补偿费。这一万元她那会儿是根本拿不出的,是老厂长签字做主,厂里替她交付的,而且注明了"永不追讨"四个字。老厂长至死也没对她谈过这件事,是在他死后,会计向她透露的。

她不明白老厂长究竟为什么对她这么好?为什么对她如此厚爱和器重?但是她心里对他更加充满感激了。

在别人看来,特别是在厂里那些小姐妹们看来,作为一个二十八九岁的女人,她前面的人生道路分明太值得羡慕甚至太值得嫉妒了。经理办公室主任是一位返聘的老女人。而返聘总是担当不长久的。由副主任而主任而副经理,只要她踏踏实实地工作,对她的职务表现得胜任愉快,步步高升似乎是顺理成章之事。

然而她并不因这一切境遇的顺利和幸运而沾沾自喜,并不觉得自己便有什么理由对今后的人生乐观起来。她从没有从她的"娜娜"之梦中醒来过。她也不是只一味沉湎于那一种梦幻之中,如同一头雌狮,她谨慎地蜷伏起自己的企图和野心,时刻准备一跃而扑,扑倒一只鹿或一只羚羊什么的。她的企图和野心,首先准备在日方投资者身上一试锋芒。她时刻告诫自己,她所面临的现实,其实不过就是她父亲几十年在官场上所面临的一次次选择罢了。所不同的在于,她父亲生前所面临的一次次选择,是纯粹意义的官场上的选择,而她自己所面临的,则是企业领域内的"官场"上的选择罢了。总之都不过是对官的选择,如果她真想朝这一条路走下去的话。可难道这一条路是真的值得一往无前地走下去的么?当上了总经理又怎么样?公司上边有"市经委"的"合资企业办公室"管辖着。"市经委"是局级部门,"合企办"是处级部门。在"市政委"下边,大大小小有一百多家合资企业呐。她所在的公司,按官的级别套,大到边儿了也只能算个副处级企业单位。客观点儿,不过能套个正科级单位罢了。她这位经理办公室副主任,充其量才是个副科级呀!难道一位副科级就可以使她忘乎所以,安于现状了么? 熬到了总经理的位置上又怎么样? "合企办"的两个办事员来公司"检查"工作时,连总经理在他们面前不是也得点头哈腰、满面堆笑的么? 在四年前那一个难忘的夜晚,父亲对她的谆谆教诲,不是早已为自己指点了迷津么?

和一个漂亮的女人对某一位大富豪的征服野心相比,这个只有一百多名年轻女工的所谓"工艺美术品公司"的小小天地,定是能够安顿得下她的志向的么?

终于地,日方投资者即将光临了。

二分之一年轻女工的心都为之骚动起来了!皆是有几分姿色或自以为有几分姿色的一向脂粉气十足的女孩儿。仿佛谁都是可爱的"灰姑娘",谁的脚都有机会穿进一双水晶鞋,谁都可能被一位来自日本的"白马王子"一眼相中一见钟情携往日本去做高贵的王妃似的。她们叽叽喳喳,喳喳叽叽,谈论着一个不厌其烦的话题——来自日本的"白马王子",究竟会对哪一种类型的中国女孩儿发生好感。仿佛即将光临的是一位日方采购员,提供给他选择的商品就叫"中国女孩儿"似的。

终于地,日方投资者大驾光临的那一天到了。女孩儿们一个个浓妆艳抹,花枝招展,使公司里一片粉面桃腮,花团锦簇。那一天她也非常着意地"包装"了自己一番。在这一点上她比那些女孩儿们要技高一筹,使她们相形见绌,黯然失色。她看去像一位光彩照人的影视明星。在她的想象之中,日方投资者是一位三十多岁的,中等身材的风度翩翩的贵宾。他的身后是一个在全日本极有名望的家族财团,资产至少应在几十亿美元之上,而他是他的家族财团唯一合法的继承人。当然,他也曾有一位漂亮的妻子,他爱妻子爱得要命。但是不幸得很,他的妻子死了,死于癌症或车祸或飞机失事,总之是死了。他的心当然也为之伤感破碎从此郁郁寡欢,错误地偏执地认为这个世界上再也没有值得他那么去爱的第二个女人了!然而在中国,在他所投资的这一家工艺美术品公司,在一大堆浓妆艳抹花枝招展的中国女孩中,他一眼发现了卓尔不群光彩照人的她！他觉得她那么那么像他死去的妻子,简直酷似得如一人。如果说还有什么不太像之处,那便是她比他的妻子更漂亮更性感更具有女人的魅力。于是他受伤了,心口中了爱神丘比特一箭。射得很深很深,想拔掉是根本不可能的了,除非连整个心也从胸膛里带出来抛留在中国……

光临的却非是一位日本的什么"白马王子",而是一位五十多岁的,又矮又肥又丑的日本老妇女。她既是来她投资的这个公司"视察视察",也是来这座从未来过的中国城市"观光观光"。这座中国城市没给她留下什么美好的印象,她觉得它交通秩序混乱,市民素质粗鲁低劣,卫生状况尤其饮食卫生状况令她恼火——因为她在接风宴上大快朵颐之后,不知哪一口吃得不合适,引发了肠炎腹泻难止。她对公司上上下下诸方面的状况,也这儿不满意那儿不满意似乎处处不满意横挑鼻子竖挑眼。这不但是一位又矮又肥又丑的日本老妇女,还是一位脾气古怪言语刻薄性情反复无常很难接待很难应酬的日本老妇女。总之一点儿也没有日本人自己宣扬的大和民族的女人身上该多多少少体现出些儿的美德。

她最最不满的地方是——公司里的女孩儿们使她看了眼晕,头疼。而总经理办公室副主任则使她觉得自己是在什么晚会上被别有用心地和一位影视明星安排在一起了。的确,老日本妇女衣着随便,随便得近于不成体统。走在大街上,很可能会被错当成哪一城市人家雇的洗衣买菜专干粗活儿的"老妈子"。

她问——女孩子们为什么一个个都像"小娼妓"似的?当时她们正围在她面前,都装出热情的笑脸,期待她说些什么表扬的话。尽管她不是"白马王子",而是"老帮菜",但那也得奉以笑脸啊！"小娼妓"三个字不禁使临时请来的翻译一愣。但她盯着他,以目光催促他快翻译。他望着一张张浓艳的笑脸,沉吟片刻,灵机一动,将"小娼妓"三字译为了"小妖精"。

她们一听,全体的,或者低下头去,或者背转过身去。

总经理听了翻译的话也不禁一愣。

身为总经理办公室副主任的她，赶紧救驾，说姑娘们为了欢迎她的光临，今天都特意将自己打扮了一番。

老日本妇女又说——对我的最好的欢迎，是让我看到她们在认认真真地工作着的情形，而我看到的情形并不是这样，她们仿佛都在推销自己。但我对她们是不是美不感兴趣。我要求的是，出自她们之手的每一件工艺品，都必须是美的。能赚利润的是公司的工艺品，不是她们的脸，更不是她们自己。要记住——这里是中日合资的工艺美术品公司，不是中日双方合股开的妓院！……

翻译将这一段话翻译了，总经理的脸红得像西红柿，鼻子都快气歪了，但努力克制着不便发作。

日本"老帮菜"侧目打量着她，挖苦地说："至于你，女士……"——她回头瞟了总经理一眼，皱了皱无纤毛根本而是在眉穹那地方画出来的两条细眉，口吻更加尖酸，"我不知道我们的总经理先生，为什么非需要你这么漂亮的办公室主任。为了经常使他获得赏心悦目的享受么？"

翻译又沉吟起来。

然而日本"老帮菜"瞪着他，又严厉地说了一句什么，大概是敦促他直译不讳的话。

她也瞪着他说："她怎么说的，你怎么译好了。谁让咱们中国比人家日本穷？穷就得承担人家的挤兑！"

在两方面的严正"要求"之下，翻译不得不如实翻译了那一段话。但是那段话大大超出了她的自尊的承受力。她以受到公然羞辱的、抗议的目光望向总经理，希望总经理在对方过分无礼的情况下挺身而出，以其人之道还治其人之身，维护她的，同时也是他自己的人格尊严。

总经理却讪笑着，全无她所希望的那一种打算。

忍无可忍，她端起一盆染麦秸的化学染料，扣在日本"老帮菜"头上，之后转身便走……

当天她便被当众宣布开除了。

尽管,每个人,包括总经理本人,其实都是想对那颐指气使仿佛不可一世的日本"老帮菜"像她那么来一下,但大家毕竟都隐忍住了。如果不开除她,对方就将抽回股份,那公司就垮了,总经理就当不成总经理了,一百多人就失业了……

就算是挥泪斩马谡,也非开除她不可了呀!

第六章

　　那天晚上,她独自逛入一家酒吧。七分醉三分不醉的,又逛到了一家舞厅去,发泄地跳到后半夜,并将一位舞伴儿带回了自己的住处。四年多将近五年的性寂寞性损失,一总地在那一夜获得了补偿。虽然是一个陌生的男人,但他相貌堂堂,高大,强壮,性欲充沛,并且极善于温爱女人,使她感到了近乎空前的满足。

　　当他用一只手臂搂着她的腰,仿佛在自己家里自己睡惯了的床上沉睡着了以后,她吸着了一支烟,用细长的手指撩拨缠绕着他那些天生卷曲的头发,在台灯的光下细细端详他的脸。这是一张线条分明的脸,是一张经得起她端详的、惹她喜欢的男人的脸。

　　于是她想——我真傻。我为什么不结婚呢? 尤其是在这种没有了工作的情况之下,我为什么不结婚呢? 我为什么要把自己"闲置"起来呢? 有钱的男人们并不只对没结婚的女人发生兴趣啊! 恰恰相反,他们对于结了婚的女人,对于别的男人们的漂亮妻子,其兴趣不是往往更大、其占有的野心不是往往更其强烈么? 何况,正如我不在乎结婚一样,我也是不在乎离婚的女人嘛! 我随时可以为有钱的男人离婚的呀! 只要有钱的作用,离婚不是已经成了一件很容易的事了么?……

事实上,促使她耐心地说服自己结婚的最主要的原因,并非是成了失业者,而是基于她对性的需要。这一种需要之对于她,在久经四年多将近五年的限制和压抑之后,一旦重新勃发,那一种强烈之极的来势,是她自思根本不可能靠了自己的主观自律心理,再重新将它禁锢起来的。好比一株被玻璃罩扣住的植物,一旦取下玻璃罩,它的枝叶直接享受到阳光与自然界的空气,便会恣肆而生,葳蕤而长,不复再可能用那玻璃罩扣住了。

于是她将他弄醒,伏在他身上,脸对脸地俯视着他,郑重其事地说:"我还算喜欢你。"

他说:"这我丝毫也不怀疑。"

"太自信了点儿吧?"

"不是自信不自信。好多女人都喜欢我,我心里清楚这一点。"

"你是干什么的?"

"反正不是当官的!"

"我知道你不是当官的! 回答我!"

"水暖工。"

"什么是水暖工?"

"就是维修下水道、暖气管的。"

"结婚了没有?"

"没有。"

"有对象没有?"

"没有。"

"想结婚吗?"

"当然。"

"想跟什么样儿的女人结婚?"

"漂亮的,尽管我是工人,但我的相貌在这儿摆着,是工人我也不能太委屈我自己呀!"

"那好，我也正想结婚。我的相貌也在这儿摆着，我也不能太委屈我自己。咱俩结婚吧！"

"……"

"觉得我还不够漂亮？"

"……"

"你看我这儿怎么样？已经是一个不错的家了吧？只要和我结婚，你就是这儿的男主人。给你三分钟的考虑时间。同意，就接着睡；不同意，就立刻穿上衣服滚你妈的蛋！"

赤身裸体躺在她床上躺在她身旁的水暖工，像一条小狗瞪着刚丢给它一个汉堡包吃，待它吃完了想将它抱在怀里消遣抚弄的陌生人，一时不知究竟该龇牙好，抑或该摇尾巴好。

"快做选择——滚，还是同意？"

"你……你是谁？干什么的？"

"我是谁并不重要，我是干什么的也不重要。如果你打算滚，何必多问？如果你打算接受我的建议，倒是该由我来问你最后一个问题——你叫什么名字？"

那水暖工便是当年的姚纯刚。他没有立刻就从她那儿滚蛋，于是他后来成了她的丈夫……

对于渴望配偶的男女，结婚是传统的游戏，然而又是人一生毕竟做不了几次的游戏。每个男女都是明白这一点的。所以不管他或她内心里怀着怎样的动机，在最初的时日里都会被新婚的甜蜜所陶醉。何况这一对儿正处于性狂欲躁的年龄。对姚纯刚而言，如此之意外如此之顺利如此之容易之便当之快捷地便成了丈夫，而且成了一个很漂亮的女人的丈夫，是他连做梦都不曾想到的。可以说他是懵里懵懂地就跟她结了婚，又懵里懵懂又乐不可支。他是个童男子，虽也曾干过扪香偎玉的勾当，但那都是肌肤之亲范围以内的勾当，从没敢深入到性关系的"禁区"。一方面是没遇到过无偿地对他彻底开放"禁区"的女人，另一方面是没遇到过姿色上乘的女人。非是姿色上乘的女人,他总觉得不值得自己冒险。怕被对方纠缠住,最后不得不做一个自己并不真喜欢的女人的丈夫,一失足成千古恨,结婚前甩不掉,结婚后更甩不掉,从此委屈了自己一生。在这一点上,他是个较理性的男人,并不"见腥就下口"。被曹苪带回她的小窝那一个夜晚,他获得了第一次性方面的满足。他将那一个夜晚看成一次性演习的机会。为了证明自己起码是一个"上等兵",他使出了一个养精蓄锐久矣的男人面对一个姿色上乘的女人,在那种时刻通常都会不遗余力的浑身解数。三分之一靠本能,三分之一靠性激情,三分之一靠从杂志和小说里读到过的性爱描写片段的间接经验。三个三分之一加起来,使他在一个很漂亮的女人的床上,表现得无懈可击和极其出色,起码使她感到是这样。她自然是和他相反的。既不是什么玉女更非淑女,但是她不得不在心中暗暗承认,他是和她发生过性关系的所有男人中,最令她心满意足忘乎所以的一个。总而言之,是最棒的一个,最不忍割舍最弃之可惜的一个。她想,照她父亲的话说,如果无偿地将自己奉献给许多男人,只为了换取一时一刻的一些小小的人生欢乐,确实是一种对自己的青春和美貌的浪费,那么完全地将自己的青春和美貌"闲置"起来,不同样也是一种不可原谅的浪费么? 何况在监狱的大墙内,她已被法律硬性地"闲置"了四年多的时日! 出狱之后,又被自己的野心要求着,靠了理性的限制,自己将自己"闲置"了半年多! 两段时日加起来,五年多啊! 与其一味儿地将自己"闲置"着,何如找一个临时的丈夫?而要找一个临时的丈夫,那么眼前身边的这一个,堪称是百里挑一的了。不是的么? 他年轻、高大、体魄健壮、相貌英俊,在性欲方面强盛得如同一头永远处在发情期的种牛。唯一美中不足的是他不过是一个水暖工。在认识他之前,她甚至不知"水暖工"是干什么的,连听说都没听说过。水暖工就水暖工吧,"过渡阶段"嘛,临时性质的嘛,万万不可以求全责备的呀!

　　当她以要么这样,要么那样的坚决无比的,没有调和余地的态度提出同他结婚的"合理化建议",当年的水暖工姚纯刚当时内心里顿起疑团。但他很快想通了——在立刻滚蛋与同她结婚之间,只有天字第一号的大傻瓜才选择前者。她会是一个杀人犯么?他判断女人的经验告诉他,当然不可能是的。当然也不可能是通缉犯。女骗子?他是城市中的"无产者",没有什么可被骗去的。他的全部"财富"是他的年轻和英俊,而这不消说是她根本无法骗去的。她既非杀人犯也非通缉犯又不大可能是女骗子,不是白骨精不是迷信故事里披了美人皮迷惑男人为的是要吃男人心肝的厉鬼,那么他干吗不同这很漂亮的女人结婚啊?何况她有两室一厅的一套房子。这么一套房子是他自思自己在十年内无论如何也弄不到手的,除非杀死某一房主或某一家子人强行占据。房子也是他结婚的最大的最现实的问题。一想到结婚这件事儿就不可避免地想到了房子问题,一想到了房子问题就愁得头痛,连结婚这件事儿都因此而变得不那么美妙了。尽管城市里现如今已有商品房出售,但最便宜的,一居室且无厅的,也得六七万元啊!别说六七万元,他这个水暖工连六七千也掏不出。没有房子,自己再爱得不行也爱自己爱得不行的女人,又怎么能跟自己结得成婚?有这么一套房子而且愿意同自己结婚的女人,他还没碰到过,不知在大千世界芸芸众生中怎么样才能将她寻找到,找到了也只怕绝没有眼前身旁这个女人这么漂亮。何况她这一套房子里已经应有尽有,处处显得舒适又温馨。婚后这里不就是自己的家了么?一分钱没花,一夜之间,很漂亮的一个老婆有了,宽绰舒适又温馨的一个家有了,所谓得来全不费工夫,这不是撞上了大运了么?一百个男人里有几个幸运者能撞上这样的大运?幸运宠爱着的男人一辈子又能撞上几次这样的大运?

当年的水暖工姚纯刚,也曾向往着能傍上一位女"大款"或富婆。如今的小伙子,十之八九都存在过这样的向往,都做过这样的美梦。他偶尔也向往向往,也做做,其实是很顺乎时代之潮流,很符合时代之精神的。否则,倒是未免显得迂腐,未免在观念上太落伍了。不过他的愿望的标准并不太高,能有个二三十万元的女人,在他看来就已然是"大款"了。这样的女人,只要容貌居中,又抬举他,他是随时准备"应聘"的。女人的姿色,属于男人的精神需求;女人的钱财,属于男人的物质需求。他这个"无产者"男人,一向就是这么"一分为二"地评价女人的。在"精神"与"物质"之间,他有时是一个"精神至上"主义者,有时是一个"唯物"主义者,观念经常摇摆,很不稳定,更谈不上有什么坚定性。但在本质上,他更多的时候是一个"精神至上"主义者。也就是说在一个姿色上乘的女人和一个其貌平平的女"大款"之间,他还是更愿做前者的丈夫的。当然啰,如果后者虽其貌平平却不仅有二三十万元,竟有二三百万元之巨的话,或者竟是一个大资本家式的富婆的话,他到底选择后者死乞白赖地"傍"将上去,还是仍义无反顾地去追求前者,那就是连他自己也说不大准的事儿了。因为他倘没有面临过如此艰难的选择,连他自己也说不大准的事儿,我们也就没什么极充分的根据,判断他肯定怎样或不怎样。我们只能就事论事,一事一议,实事求是地指出——和曹荇的结婚,在他觉得是非常走运非常幸福的事。于是从那一天开始,他便收敛了心思,不再做"傍"大款或"傍"富婆的梦想,整日里喜滋滋乐陶陶地沉浸在对她的甜蜜的温爱之中,觉得能同这么一个很漂亮的女人终生厮守、白头偕老,也不枉托生为男人一场了。

那么在这一点上,我们已经看出,他和她是有太大的区别了。于她而言,即使在成了他法定的妻子以后,也还是时时刻刻提醒自己,这一种夫妻关系,不过是她在追求终生幸福的"过渡阶段"不得不迈出的一步。迈出这一步,乃是为了退一步进百步啊!乃是一个追求终生幸福的很漂亮的女人的谋略啊!即使在夫妻俩耳鬓厮磨,卿卿我我,深吻软偎,翻鸾倒凤蝶乱蜂狂之际,她内心里依然会存在着隐隐的失落。甚至恰恰是在那样一些恣情肆欲之时,那一种隐隐的失落从性爱的迷乱癫狂中更加显现出来,好比潜艇升出水面。

唉唉,你这个可意的冤家!你这个相貌堂堂的水暖工哇!你怎么就不是一位年轻的大富豪呢？冤家，冤家啊，如果你是，我们又该算是多么美满幸福的一对儿呢？

每一次性爱的充分满足之后，她都要连吸两三支烟，静静地重新拼对起被性爱的风暴撕碎的野心和向往的帆。他几次地伏在她身上，双手搂抱着她婀娜的腰肢，将头枕在她丰满的胸脯上，问她想什么呐。她总是用手指缠绕着他那天生卷曲的头发，微微一笑，摇摇头说什么也没想，或者默默地还他极温柔极甜蜜的一吻，应付过去。他以为是她的习惯，日久天长地，再也就懒得问了。

按照她的要求，他们没有举行婚礼。但租了一辆崭新的气派的"奔驰"，在许多邻人们的目光的注视之下，各自穿上最体面的服装，双双坐入车里。"奔驰"车头，自然是披绸缀花的。她以此种方式，向邻人们宣告——她已经做妻子了。"过渡阶段"也要有个"过渡阶段"的样子，"临时丈夫"万不可以使别人看出来是临时的或往临时的方面去猜测。其实那"奔驰"只不过在市内兜了一大圈儿，最后又兜回到邻人们的目光范围之内，时间约等于在某大饭店举行一场隆重的婚礼的时间。她的目的达到了。人们接受了她由独身女子而妻子这一事实，同时接受了她的"过渡阶段"的"临时"性质的丈夫。接受的态度友好中带点儿羡慕，有谁看到一对儿金童玉女般的新婚夫妻的身影双出双入会不羡慕呢？

他们的最初的关系是如胶似漆的，仿佛彼此渴望了百年似的。她如同一块木炭被丢进了水盆里，每一个变为碳的同时形成的气孔，都最大限度地吸收着"过渡阶段"的幸福，或曰最大限度地吸收着一个"临时"性质的丈夫所能给予妻子的情爱和性爱。仿佛若不最大限度地吸收，便明显地吃了什么亏似的。又好比在过去的年代，一个孩子到卖糖的摊床前去买糖时的情形。如果孩子付的不是几分钱而是一毛钱，卖糖的往往更懒得细数糖块儿，也有意要装出慷慨的样子，会破例地对那孩子说："你抓吧！一把能抓去多少算多少。"于是那孩子便将五指分张到最大的程度，贪婪地伸入到盛糖的盆里……

她的贪婪之中包含有极大的补偿心理。五年多了,五年多了啊!五年前是由于男人们而被判刑入狱的,五年后她要从她的"临时"丈夫身上成倍地讨回她的损失。她需要得越多,则越发觉得自己的实际损失远比自己想象的巨大得多。她的需要的频繁和强烈,有时甚至使他暗暗惊讶,心有余而力不足。但他认为这是由于她太爱他了,他往往一边满足她一边还心里满怀感动。何况事实上一个女人对性的饥渴式需要又往往和对一个男人的爱那么相似,相似得连心理学家也难以区别。再说于她而言,这一种饥渴式的滥饮暴食般的需要之中,也确有那么几分爱他的成分。倘若他有着一千万元存款,那么她对他的爱无疑地准可以达到百分之一百。

然而一个家的内容毕竟不单单是性,做爱之余总还是需要做饭吃的,于是就少不了柴米油盐酱醋菜这类需要,于是又归结到了钱的问题。他原先是个挣得不算少的水暖工,每月工资三百余元。星期日和大多数晚上,再揽点儿私活儿,又可以挣三百余元。但是和她结婚以后,她坚决反对他星期日和大多数晚上再干私活儿,她要他天天晚上在家守着她、爱她。一想起服刑的四年多那些又孤独又空虚的夜晚她就不寒而栗。现在终于有一个自己不但不反感而且情有所钟的丈夫了,她岂愿再受孤独与空虚的煎熬?尽管是"临时"性质的。唯其是"临时"性质的,她才更要时时刻刻体会到他存在的价值和好处。

有一得必有一失。于是她不得不亲自出去挣钱,像蚂蚱似的,从这一个单位跳到那一个单位,从这一个公司跳到那一个公司。短则干上两三个月,最长也干不到半年的时间。因为没有她很喜欢干的工作。更进一步更彻底地说,她根本就不会喜欢上任何工作任何职业。职业和工作,对她实在是万不得已迈出的一步。好在是"改革开放"的时代,单位多起来了,公司也多起来了,为她蚂蚱似的跳来跳去提供了先决条件。其实,在钱多钱少的比较而外,她还有一个隐秘的动机——那就是希望在跳来跳去的过程中,有幸结识上一位"大款"。二三十万元在她看来,是不配被称为"大款"的。这一点她比她的丈夫的认知档次高多了。起码也得有二三百万元的男人,在她看来才算是一个有钱的男人。可这座城市"改革开放"的步伐太滞后,一些个体行业私营公司的老板,皆属些个小老板。连"中不溜儿大"的,也就是说有一百多万元的老板都不多。不多的几位,不是年轻而丑,就是年老而奸。她根本瞧不上他们。但是这并不等于说她洁身自好。实际上在跳来跳去的过程中,她和那些"中不溜儿大"的有钱的男人,年轻而丑的也罢,年老而奸的也罢,都发生过了性方面的关系。倒完全不是由于性的需要。家里有一个上乘的丈夫,在性方面为她提供的服务也是称职的,一流的,上乘的。是由于钱的需要。她厌恶他们,极其厌恶他们。如果将他们和她的"临时"丈夫姚纯刚相比较,她认为他们只配被视为劣等人。尽管他们是经理或老板什么的,而他不过是水暖工。但是她并不因厌恶而坚定地拒绝他们。只要他们给她的钱是她认为不低估自己身价的,那一种极其厌恶的心理便是她甘愿克服的了。在她和他们的目的各自达到以后,她则毫不动摇地辞他们而去,唯恐自己被纠缠住甩不开。这也是她频繁地蚂蚱般地跳来跳去的原因之一。在自己任由他们摆布的时候,她心底往往会升起一股不平,一种愤懑,却不是为自己。因为她觉得,在自己和他们之间,钱已经找平了关系。是为她的"临时"丈夫姚纯刚。这世界究竟他妈的是怎么回事儿了呢?他那么英俊那么相貌堂堂的男人当水暖工,而他们却当经理或老板什么的。她认为这世界是出了毛病了。我们也难怪她这么想,因为在现实生活中的情形确实如此——不仅仅是她这个女人,连我们也很难见到一位我们喜欢的个体行业的老板或私营公司的经理啊!我们有时装出喜欢他们的样子,尊敬他们的样子,也确实是因为他们的钱在我们和他们之间起作用啊!

有一位广告公司的六十多岁的瘦得像一根棍儿似的经理,曾雇用她当了一个多月的秘书。他招聘的原是一名业务接待员,见了她的面之后改变初衷。于是她成了秘书,于是某一天他在她临下班之前,暴露了他的"醉翁之意"。

她问:"你真想?"

他说:"真想真想。要不我能让你当秘书么?"

"希望我白奉献?"

"那倒不是那倒不是,我保证下个月给你加薪!"

"我怎么知道我下个月还愿意在你这儿当你的秘书?"

"这……我给现钱我给现钱!……"

"多少?……"

"二百!"

"二百?你到早市上去找一个摆摊的乡下女人碰碰运气吧。"

"我指的是一次。一次二百!"

"你以为我愿意和你有第二次么?"

"那……你说多少?"

"五百。"

"五百?咱们那打字员怎么样?二十岁还不到!够鲜嫩的吧?我每次才给她三百!"

"她在能不能使男人满足这一点上,她给我当学徒还不够资格呐。"

"好好好,五百就五百!别耽误工夫了,跟我走吧!"

就如同谈一桩买卖一样,双方都开门见山,直来直去。这已是她第好几次和雇佣自己的男人进行这一种内容的谈话了。第一次她还有几分羞耻感,不知该如何开口。不事先将钱数砍死,要在手里,怕被白白玩弄一次,吃了亏无处讲理。但她的那一位老板却比她坦率得多,两眼盯着她,手指在桌面上敲点着,很有耐心地说:"别不好意思。这没什么不好意思的。你要价太高,我也是完全能理解的嘛。商品时代嘛,一切都讲究一个市场经济的原则嘛!……"从那一天她开始意识到,其实许多人已经变得比她五年多以前更没有羞耻感可言了。她已经显得有些落伍了。五年多以前,她和男人们的关系,尽管混乱,尽管堕落,尽管无耻,尽管也有钱或物在起作用,但毕竟还没有堕落到、无耻到如同谈一桩买卖的地步。如果她也像现在被教成的这样在当年跟那些男人直言不讳,她想,连他们肯定也会脸红,吭吭哧哧不知说什么好的。而他们当年是被指斥为一些外表斯文的流氓的呀!当年他们给她钱给她物,那都是在事先或事后。在事先是作为情感的必要铺垫,在事后体现着希望维护住那一种关系的意愿,并往往包含有回报和取悦的成分。真的,回忆起来,她认为那绝不仅仅是"关系",多多少少的,总还有些许情感因素在内的。而且,当年的那些男人们,也尽量不将给予她的钱物和她与他们之间的"关系"扯在一起。她自己也尽量不将这两件事扯在一起,所以也不曾细想过吃亏不吃亏合适不合适的问题。

现在她却学会了这么想。因为现在企图从她身上获得色性满足和宣泄的男人们,首先摆出的便是要花钱买她一次或几次的嘴脸。一方面既要摆出花得起钱的嘴脸,一方面又暗存着"少花钱多办事""不花钱也办事"的鬼念头。

她觉得,好色的男人们不但多起来,而且在"德性"方面无疑是大大地"退步"了,对他们所要猎获的女人的态度,变得更加无耻了。她又觉得自己则大大地"进步"了,渐渐地懂得如何经营自己的色相和零售自己的色相了,再也不会凭一时的高兴一时的冲动,白白地向他们奉献自己了。她常想,在某位可能将自己的色相"专利"买断的有钱的男人之前,自己对自己经营点儿小批发小零售,也实在不失为明智之举呢!

她那六十多岁的、瘦得像根棍儿似的老板,将她带到了他的一处隐秘住所。住所倒是一处很不错的住所,然而"关系"却进展得很不顺。责任并不在她这一方面,完全在他那一方面。因为他那平素一向用补药滋养着的"性龟",缩头搭脑,使他达不到目的。

第二天她朝他要钱。

他冷笑着说:"你撇闪得我昨天一夜没法儿入睡,还想要钱?我不向你索赔精神损失就够给你面子的了!"

她也冷笑。一边冷笑，一边从襟怀里掏出一条裤衩，挑在指上让他看。他一眼看出那是他的，欲夺。她手疾眼快，赶紧又揣入了襟怀里。

接着她抱起了他桌上的一台电脑，抱着就走。她走到门口，想了想，站住了。

他说："没胆量抱走吧？"

她却不是没胆量抱走，而是要连打字键盘也捎上。

她说："你有胆量就找我要去。只要你敢。我连你的裤衩一块儿还你。"

她抱着它们，坐出租汽车回到了家里。

"临时"丈夫姚纯刚问她是哪儿弄来的？她说是老板的，允许她抱回家来学打字的。

过了些日子，没人找她要，她便将它卖到了寄卖店。人家给她开价四千。她说甭蒙我，再不值钱也是台电脑，才买不久，崭新的，怎么着也能卖八九千啊！人家就笑了。人家说这是名牌，一万也能卖出去。可那得有主机啊！说得她连连顿足，后悔当时没连主机一块儿抱走。又一想主机那么沉，想抱走也抱不走哇！于是也就不那么后悔了。

她将三千元存入到了自己"小金库"的存折上。剩下的一千多元，给"临时"丈夫买了一套较高档的西装和几盒"男宝"什么的滋补品。还剩下的三百多元，两人美美地"撮"了一顿。"撮"了一顿之后又去跳了一场舞。舞场内的红男绿女，似乎皆因他们这一对儿的风度翩翩而暗觉逊色，自愧弗如。那一晚上他们大出风头，实际上成了舞皇和舞后。她那长久被压抑的虚荣心得到了极大的一次满足。他也同样。回到家里，余兴未尽，放上一盘音带，又你依我偎地跳了两轮。当夜床上的"节目"，更是投入无比，那一番情浓爱切，实难描述。

她从来也不曾因自己背着他的勾当觉得有什么对不起他的。"过渡阶段"的"临时"丈夫嘛，依她想来，是不存在什么"忠"与"不忠"的。但她的每次勾当都了结得很"干净"，绝不留任何蛛丝马迹。她很照顾他的情绪,很照顾他的自尊心和他的心理承受能力。她认为如果自己做得不妥,使他知道了,那就等于严重地伤害了他了。她还是很不愿伤害他的。勾当多了,经验也就越积累越丰富了。瞒天过海暗度陈仓的,倒也从没引起过他的疑心。再说,一旦将"经济效益"确立为首位原则,"关系"倒也简单多了。一次一清楚,再次再议价,倒也没碰上过既没钱又死乞白赖地纠缠她的男人。她对这样的男人们非常严肃,非常善于用她的冷艳的面孔警告他们——请勿犯我! 我不是等闲女人,不是好惹的。而有钱的男人也不必纠缠她,只要给钱,纠缠的过程便多余了。

渐渐地,她那"小金库"存折上的钱数,一日日增加了,由一万而两万而三万。消费水平也提高了,生活的物质内容也丰富了。于是他认为该要一个孩子了。自然地,遭到了她的坚决反对。她从来也不曾反对过他什么,但在要不要孩子的问题上,她几乎同他闹到了翻脸的地步。

"可是我实在不明白,为什么一提孩子两个字,你就变得仿佛我存心谋害你似的?"

他困惑不解,甚至因而显出无比沮丧的样子。

"亲爱的,难道你不明白,一个女人,尤其一个漂亮女人,生了孩子之后,很快就会老的呀! 你愿意我早早地就老了吗?"

"可结了婚的女人都该接着做母亲吧? 漂亮女人也得做母亲吧? 难道咱们永远不要孩子啦? 那咱们到老年靠谁赡养咱们啊?……"

"谁说永远不要孩子啦? 不是不要,是晚几年再要! 晚几年再要还不成么?"

"那……到哪一年要?"

"你呀你呀! 我明白你心里怎么想的。反正要孩子也不是你生,是我生。所以你才不替我考虑,只管急着要。五年,咱俩再过五年没拖累的小日子不行么? 有了孩子拖累,夫妻间的性生活周期都受影响,这是咱俩的共同损失嘛! 五年后我保证给你生个大胖小子!"

"我要女儿!"

"好好好,那就给你生个大胖丫头!"

她很会哄他。

于是他也就不再提要孩子的事儿了。从此耐下心来,期待着五年后当父亲……

她则依然蚂蚱似的,东跳一槽,西跳一槽,更加强烈而焦灼地希望,在跳来跳去的过程中碰上一位很有钱的男人。平时听人们说道起来,似乎很有钱的男人有的是,似乎谁都认识几位。而真要寻找他们时,却会发现他们并不那么多,并不那么容易找到。尤其是一百万元以上的"大款",在这座经济始终不振的北方城市,数量恐怕只有市人大代表们的几分之一。也就是说,你可能不经意间便认识上了一位市人大代表,但你不经意间认识的"大款",却往往是吹牛者、冒牌货,充其量是个"小款"。

然而功夫不负有心人,曹荫终于认识了王相中。她私查暗访,最后确信了他是一位"大款"。时代发展得太快了。"大款"们虽在不断地产生着,但似乎总比不上漂亮的乃至很漂亮非常漂亮的女人们产生的多。他们是一个一个地产生着,而她们是一代一代地产生着,因为他们产生的基础乃是中国这个发展中国家的经济,她们产生的基础则是中国众多的家庭。她们十八九二十来岁就开始野心勃勃不择手段地参与对"大款"们的"猎获"运动了。这种现实日渐使她感到了竞争的空前剧烈。一个男人一旦成为"大款",立刻就会被一群美女所包围。她觉得时代的发展趋势对自己越来越不利了。再虚度几年光阴一无所获的话,她就人老珠黄了。于是她不得不降低自己的追求目标,拥有一千万几千万元的"大款"无缘相识,也就只能明智地退而求次了。于是王相中被她"相中"了。这是一种很无奈的决定,带有委曲下嫁的意味儿,甚至带有战略撤退的悲壮意味儿。她为了认识上他,先认识上了他的司机的小姨子的对象的什么什么亲戚,总之是八竿子也搭不上的一门子亲戚。她通过了耐性的考验,也精心设计了一些必要的情节和细节,为的是使他在还没见到她之前,便对她产生足够的兴趣。最成功最巧妙最奏效的一招是——她为他"垄断"的一个女孩儿充当义务化妆师和服装师,使那女孩儿每次见他时,化妆发式和服装都迥然有别于前一次。当然还教给了那女孩儿如何更加博得他欢心和满足的情爱技巧。他在每一次具有新鲜感新颖感新奇感的欢心和满足之余,免不了要询问那女孩儿"包装"自己的水平和情爱技巧大"进步"的原因,于是那女孩儿反过来又成了她的义务广告员和宣传员。那女孩儿自是对她满怀感激的。于是经由那女孩儿之口,她完全占领了他对一个女人的想象之阵地。于是他央求那女孩儿引见他认识她,而她则连续推托了三次。于是使他希望认识她的迫切心情成了对他的一种折磨。再加上有他的司机起着另一方面的广告员和宣传员的作用,最后使他到了严重的单相思的程度,不见到她则不知如何度日了。在这种情况之下她才开始见他。那一天她将自己"包装"得非常典雅,一举手一投足一颦一笑,也都端庄娴静得无可挑剔。仿佛一位不愿施铅华脂粉不愿接近丈夫以外的任何男人的少妇,又羞怯又局促又惶恐不安,似乎是从禁律严明的天国的一个家里背着丈夫偷偷溜到下界的一位仙子,为了医治他的单相思,她已是在冒天国之大不韪了。她只和他单独待在一起五六分钟就走了。呷了几口茶,交谈了几句。那也算不上交谈,无非是他问,她答。甚至干脆低着头,摆弄着手指,缄口沉默地点头或摇头……

于是他着魔了。他送给那女孩儿金戒指,送给司机名烟名酒,可怜兮兮地央求他们,无论如何,再成全他一次,再促成机会和条件,使他再见到她一次。

他再见到她时,诧异地发现她的头发剪短了。剪得非常短,削得也非常薄。那一种别致的发式,和她所穿的那条有背带的蓝粗布的旧短裙,白袜子,带扣绊的黑布鞋,使她看去宛如一名清纯的女中学生,而且是五四时期的。是的,除了发式很现代,她整个人儿焕发着一种五四时期新旧文化水乳交融的韵味儿……

第一次见面,她根本没允许他接近她。他一起身接近她,她就如一头警觉的小鹿似的,也防范地起身,装出想要逃开的模样。她伪装自己的技巧一向是相当高明的,以至于有时连自己也弄不清是否在伪装。

第二次她允许他隔着桌子抓住了自己一只手,只允许他抓住了一小会儿。

她走时,他轻轻扯住她的挎包带儿,说出一个日子,请她赏脸,陪他吃一顿夜宵。仿佛她如果不答应,他就会扯住她的挎包带儿不放。

她羞红着脸,点了一下头,算是答应了。

你不能不羡佩她伪装自己的技巧。装羞自然是一般女人都会的小伎俩,但装到真的脸红的水平,那就非是一般善于伪装的女人所能达到的了。

那一顿夜宵之后她大功告成。这第三次见面她才化了妆,化得很淡。在他的频频相劝之下,她喝了些酒。她有酒量,极限是半斤高度白酒。凭着这样的酒量,她是有实力向男人们挑战的。不过她那一天装出不胜酒力的模样。才几小盅低度洋酒过后,便脸红起来。她是个天生沾酒便脸红的女人。脸红不等于便是醉,这一点她自己最清楚。正因为清楚,她才不化浓妆。酒晕媚于浓妆,更显得人面桃花了不是?而且也能明显地传达给他一个"醉"了的讯号。妆化得很浓,酒晕的媚红嫣容,不是就衬托不出来了么?那一时刻她真是一双杏眼将乜斜,两朵红霞上面腮。把个王相中看呆了,瞅傻了,心猿意马,欲旌摇荡,早已不能自持。

于是他将表面看去似乎是醉了,其实内心里比他更清醒的她,带到了他的公司里。他不敢将她往家中带,因为家中有一个凶悍的老婆,也不敢将她往宾馆饭店带,因为那些日子"扫黄禁娼"正在风口浪尖上。好在他在公司有一间休息室。休息室里床、沙发、卫生间,应有尽有。

他一关上门,拉上窗帘,她就显出了荡妞淫女的本色。靠伴装出的醉意掩护,她将她那一种本色发挥得淋漓尽致千娇百媚。

结果是他恨不能融化在她身上。

对于他这一位"大款"来说,女人纯粹是宠物,是玩物。但是,那些太容易"垄断"的女孩儿，没有一个能长久地维系住他对她们的宠趣和玩兴。他往往觉得她们太"现代"了。"现代"得使他和她们的"关系"，无论在平常还是在床上，几乎全没了或可称之曰"游戏的奥妙性"的那一种成分。那些女孩儿也的确是些"现代"得不能再"现代"的女孩儿。她们如同一些又特殊又敏感的蚌，敏感得只要男人们轻轻一触碰她们，她们的壳就一下子张开到了最大的程度。而不像真正的蚌，一经触碰迅速将肉舌缩回蚌壳里，同时合紧蚌壳，非撬而不得开。当然，她们也不是"现代"得没了原则，敏感得没了区别。她们的敏感只对有钱的男人作出反应，她们的壳只为有钱的男人随时张开，她们基本上没有"意味儿"。或虽有"意味儿"，也只不过是本能的，先天的。并且一经被男人"实践"，就消弭了，退化了。一览无余地趋于同一简单化概念化了。所以她们那种若有若无的"意味儿"，是根本经不起王相中这位"大款"反复咀嚼和品咂的。他总觉得她们太像盒饭或方便面，充其量算是汉堡包、三明治、比萨饼什么的。他虽然容貌粗俗，在"消费"女人方面却又是一个挺细致人。他更喜欢那种沙锅式的、火锅式的、鸡尾酒会式的或高档自助餐式的女人。总之他宠厌了玩腻了"大排档"式的女孩儿们。

而她使他感到是一个一身兼备多种风味儿的女人。她一番似清炖沙锅，一番是麻辣火锅，一番如同一场专为他一个人举行的鸡尾酒会，一番好比是任凭他大快朵颐的内容丰富的自助餐。

她离去后，他暗暗发誓——若不变她为自己的老婆，枉有一百多万了！他简直无法再容忍她居然是别人的老婆了。这"大款"也有"大款"的危机感，到处"打野食"毕竟不是长久之事，它耗心思花时间费精力又损钱财。而且，他觉得自己早已将那些"大排档"式的女孩儿们分析透研究透了。她们的人生刚刚开始。她们的姿色，在她们自己看来，好比是"金边证券"，只会越来越升值绝不至于在这个刚刚开始的极端商品观念大泛滥的时代一朝贬值。她们不过是通过他在实习，在实习过程中吸取教训积累经验。他对她们的"垄断"不过是一种假象。她们一旦认为自己的实习期该结束了,一旦遇上了比他更有钱的男人,马上就会翻起脸来轻蔑他的。他已经四十七八了,他明白自己不太可能在聚敛金钱方面有什么大的发展了,明白这时代赏给他的机会,已经被他用得差不多了。他需要一个漂亮的老婆,取代他那个凶悍的丑老婆。每当他将这一念头流露给那些女孩子们的时候,她们无不装傻充愣,顾左右而言其他。

于是,曹荋的出现,又一次触发并坚定了他换老婆的念头。偷偷摸摸防着老婆背着人的拈花惹草的勾当,每每使他感到羞耻。转眼就会过五十的。一过五十,你不承认自己老,你装出年轻的样子,你毕竟还是一个年过半百的人啊!再有钱,也是年过半百的有钱的半老头呀!换老婆的事,不提到悠悠万事唯此为大的高度来认识,是不行了啊!只争朝夕只怕还都有点儿晚了呢!他不愿换一个二十来岁二十多岁的女孩儿当老婆。她们漂亮他也不愿意,她们非常愿意他也不愿意。因为她们大多是习惯于被宠被眷爱的。而他,却常常希望反过来,自己也被一个女人宠被一个女人眷爱。二十来岁二十多岁的女孩儿们,尤其是"现代"得不能再"现代"的她们,是没法儿又是老婆又是情人又是母亲的。她们最投入也扮演得最好的角色是情人,充当老婆的水平就已经次之又次之了。要希望她们同时还是男人、尤其一个四十七八岁的男人的母亲式的女人,那不是太难为她们了么?再说,自己毕竟是一位拥有百万余元的"大款",一位拥有专雇司机和私有宝马车的经理。老婆不但应该漂亮,还应该有风度。年龄太嫩了,一般是仅有风情,谈不上风度的。缺少风度,甚至完全没有风度,社交方面,"公关"方面,"大款"夫人的身份,岂非显得太轻飘了么?

在他看来,曹荋真是又漂亮又有风度!

何况她床上的风情,与那些女孩儿们相比,又明明是有过之而无不及。头枕着她那样的女人的胸脯小憩片刻,哪一个男人都会觉得自己变小了,变成孩子了。那是多么美妙多么惬意的一种享受哦!

他真恨不得第二天就能和她成了一对儿。他和她,一个有钱,一个有貌,难道还不该算是天设地造的一对儿么? 难道还不该算是比翼鸟连理枝般的一对儿?

他觉得自己仿佛灵魂出窍,绕着她身前身后,纠缠不舍地也随她而去……

和他的心情与心思恰恰相反。她离开他后,并没回家,而是到公园里去了。夜幕笼罩之下的公园里,清幽得如同梦境。她形只影单地坐在长椅上,坐了很久。她呆呆地望着眼前的池水,一阵悲怆涌上心头,忍不住忽然放声大哭。

她感到她的人生好暗淡、好凄凉。感到这世界对她不公平到了极点——它生出了那么多有钱的男人,派生出了那么多漂亮的女人,它将那么多有钱的男人和漂亮的女人捏和到了一块儿,使她们因了他们的几千万甚至几亿财富而显得更加漂亮,并且活得贵妇人似的、王后似的,却只将一个有钱的男人中的"小不拉子"留给了她这个漂亮的女人! 而且是她煞费苦心一招一计巧妙设计自己钓上钩的! 而且素质粗俗其貌不扬! 才是个有一百多万元的男人! 一百多万元啊,刚起步的档次啊! 还不够买两辆名牌车的呐! 他妈的这一座该诅咒的落后的城市! 它"改革开放"的步子也迈得太小太慢了啊! 要是迈得大迈得快,一往无前地迅猛发展,何至于连个拥有几千万私人财产的大老板都没派生出来呢? 也许并非没派生出来? 也许他们已经存在着了? 也许在这一天,在这一个晚上,正有比她幸运的女人钓他们上钩? 内心里的一切悲怆感一切凄凉感,归结起来其实只有五个字,那就是——失落和沮丧。这乃是高度得意和极度膨胀的获胜心理同时产生同时消退后的那种失落和沮丧。哭声和眼泪是这两者之间的巨大反差造成的结果。好比一名歌星、演员、作家或专利发明者,刚刚签完一份足以令自己欢欣鼓舞的合同,可是马上又意识到,别人签的合同,包括某些名气远不如自己的人签的合同,酬金岂止高出自己十倍百倍时的情形。想要撕毁合同吧,自己的付出将一无所获;承认这合同吧,自己分明又太亏了。何况这不是一次"小买卖",

是一次"大买卖",是终生合同。非是发生一次"关系"收一次"劳务费"那些小勾当的性质可比。要是能有一个人去商量商量请教请教多好啊,却没有值得如此信任的人了。是的,没有谁再能为她指点迷津了。曾经有过的一个人已死了,就是她的父亲。那一时刻她备感自己在这世界上竟是活得那么孤独。岂止孤独而已,简直可以说是孤苦伶仃啊!像一个没人疼没人爱没人呵护的孤儿……

她很晚才回到家里。

"临时"丈夫姚纯刚见她神色异常,关心地问她遇到了什么事?为什么才回来?

她撒了个谎,支吾过去了,接着便洗澡。幸而安装了热水器,洗起来方便。然而她却觉得无论怎么洗,身上还是有些黏黏的。那个强奸了她的男人的口水,仿佛已渗入到她的皮肤里面去了。

当丈夫在被窝里狎爱她的时候,她转过了身,冷淡地背对着他。

"你怎么不高兴了?"

他有些奇怪。

"我累了,别烦我!"

她将他挤出了自己的被窝。

"可……我有点儿想呢!"

"你想我不想!"

愚蠢的姚纯刚,直至那一天、那一时刻也没有怀疑她可能对他有什么不忠的行为,更没有意识到,自己不过是一个"过渡阶段"的"临时"丈夫。他只不过感到非常扫兴罢了。

正是从那一天开始,她暗暗做出了决定——没有离婚和没有再嫁之前,她的身体,应该更多地属于王相中这位有一百多万的男人,而不是更多地属于这一个"临时"丈夫了。但这并不意味着,她是开始为前者预先守节了。不,恰恰相反,她认为一百多万是绝对地不足以束缚她那样要求自己的。就情爱的愉悦方面而言,她当然地更倾心于后者,也就是她的"过渡阶段"的"临时"丈夫姚纯刚。他的胸膛是宽阔的,是运动员的那种胸膛。将头枕在他的胸膛上,听着音乐,一手托着小巧的烟灰缸,一手夹着一支细长的"摩尔"烟吸,对她来说一向是很安泰很舒适很惬意也很美妙的时光。而"大款"王相中是一个窄胸膛的男人——扁平,完全没有胸肌。但是肚子出奇的大,是脂肪堆积的结果。肉囊囊地鼓凸着,并且横向"发展"。从胸到腹的情形,如同搓衣板的一端扣了一口大号铁锅。是的,用铁锅形容很准确。因为他的肤色是褐黑的。经过日久天长烟熏火燎的铁锅扣过来,锅底儿便是那么一种颜色。她的"临时"丈夫姚纯刚的臂膀是有力的。有力而长,搂抱着她的时候,能将她搂抱得很紧很紧。臂从左边搂抱过来,左手竟能捂到她那一边的乳房。当然右手也同样能。她被他那样搂抱着的时候,尤其是在被窝里被他那样搂抱着的时候,内心里总有一种迷幻感。觉得仿佛是被两匹温柔的环,将他们牢牢地箍住了不可分开。每当她洗完脚,她也常喜欢让他抱上床去。有时他正在做什么事,稍一迟缓,她还撒娇作哕,装嗔怒状。连她自己都能感到,他抱她是抱得特别轻松的。"大款"王相中却是一个短胳膊的男人。其实不只胳膊短,哪儿都短。身材短,腿短,手指短,脚趾短,连他那男人的阳具也短。起码她亲身的感受是短的。和前者做爱,那快感每次都是异常强烈的,有时甚至达到两次高潮。而和后者发生"关系"的过程告诉她,成了后者的妻子以后,再也别指望体验性方面那种要死要活的快感和高潮了。虽然只有一次,过程也足可证明了。"大款"王相中也想向她显示男人的雄风,也想把水淋淋的她从浴室里抱到床上去,却没达到目的。一是他那两条短胳膊根本没有力气抱得起来她,二是他那肉囊囊的扣着的铁锅般的肚子太碍事。可他还非常逞能,结果和她一起摔倒了,磕青了她的膝盖。每天早晨,她一睁开眼睛,总能看到一张相貌堂堂的浓眉大眼的男人的脸,或者男人的宽肩阔背。当然是"临时"丈夫姚纯刚的。单就体貌而言,他是她所有体验过的男人中最令她眷恋不舍的一个。一想到成了"大款"王相中的妻子以后,每天早晨一睁开眼睛,首先将会看到一张长着两条短眉毛,一只巨大的狮鼻的粗俗不堪的男人的脸,她就浑身起一层鸡皮疙瘩。但是,要由一名水暖工的妻子,摇身一变而加入消费名品精品豪华商品的一小部分中国女人的行列,而过上那种不愁挣钱又能够大把花钱一掷千金万金的生活,就必须成为"大款"王相中的妻子。成为他的妻子,就必须首先能够从心理上生理上接受他这个"物质实体"之人,必须习惯于面对他的短身材短腿短胳膊短手指短脚趾窄平的胸脯肉囊囊如铁锅倒扣的大肚子,习惯于他那张长着两条短眉一只巨大的狮鼻的粗俗不堪的脸。不但必须习惯面对,还必须由习惯面对到习惯观赏。不但要习惯自己对他的观赏,也要习惯他那双充满色淫的眼睛对自己的观赏。不但要习惯他对自己的观赏,还要习惯他那双十指又粗又短生长着黑黑的汗毛的手对自己的爱抚,习惯他那张总有股浓重的口臭味儿的嘴对自己的昵亲咂吻,习惯他用某一只脚又短又肥的脚趾在她身体的某一敏感部位逗痒痒玩儿……是的,这一切她都必须作为前提予以接受,都必须习惯,都必须从习惯中教会自己体验出愉悦。正如人们在生活中常说的——如果要那样,必须要这样。

那么,她必须从开始反感同床共枕的丈夫姚纯刚起要求自己,她必须开始克服对他这个在"物质实体"方面堪称优良的男人的眷恋。在两个"物质实体"之间,她必须完全颠倒以前的心理的和生理的接受倾向,必须完全颠倒态度的和情感的亲逆从属。也就是说,她开始这样设想并说服自己——就让我假定这两个男人是两条不同的狗吧!如果"阿纯"——这是她对她的"临时"丈夫的昵称——是一条英姿勃勃的狼狗的话,"大款"王相中则好比一条丑陋难看的"沙皮"狗。尽管我曾很喜欢狼狗,其实我也是可以很不喜欢狼狗,要求自己产生对狼狗的反感,转而去喜欢"沙皮"狗的。"沙皮"狗不也是名狗的一个品种么?不是也有很多人以养着一条"沙皮"狗而引以为豪么?足见丑狗也有丑狗的可欣赏之处,可爱之处啊!

这女人是那么善于说服自己。每当她要下一个决心,她总能很成功地说服自己,并且"创造"出一套理论支撑自己的决心。

于是从那一天开始,"临时"丈夫姚纯刚,莫名其妙地、如坠五里雾中地遭到了自己爱妻的冷漠。他每每扪心自问,反省是不是由于自己做错了什么事,因而伤害了她的感情。反省也只能枉自地反省罢了,并没有改变她对他的冷漠。再说他左一通反省右一通反省,当然是觉得自己太无辜。不过他既不质问,也不流露委屈,更不表示抗议。他涵养极佳地承受着被冷漠的处境,更加殷勤体贴地在日常生活中关怀她、照顾她,更加谨小慎微地察言观色,曲意逢迎。

在一方糊涂一方明白的情况之下,日子就这样一天天地过着。

她一直未提出离婚,因为"大款"王相中那边还没离成。她认为离婚的难度在对方那边儿,不在自己这边儿。只要对方离成了,她自己这边儿是会较顺利的。她估计到她的"临时"丈夫会惊愕,会伤心哭泣,会哀哀乞求,会万分不舍痛不欲生。但也就是这些男人的表演而已。他绝不至于骂她绝不至于打她绝不至于和她闹个天翻地覆鸡犬不宁。虽然他只不过是一名水暖工,但却是一个较自尊的、顾脸面的男人。最后他一定会本着这样的一个原则——好离好散。夫妻不成仁义在。几年的"过渡阶段"的夫妻生活,她早把他分析透了,研究透了。

在她的提议下,由"大款"王相中暗地里周旋,花了五万多元,将姚纯刚办到了"华夏心理研究所"。她认为这样能为她提出离婚做好有益的铺垫,彻底解除她的良心内疚和情感负担。钱真是好东西。它不但能使一名水暖工摇身一变成为心理医学工作者,而且能在短短的两个多月后,由勤杂员继而摇身一变成为副所长,还同时拥有了与副所长的身份相适应的副高级专业职称和证书——心理医学副研究员。姚纯刚自是对妻子感恩戴德的。他并没往别处多疑多想,那不是太有负妻子对自己的一片爱心了么? 也没有推测到,在自己这种奇迹般的命运转变过程中,有钱在起着决定性的作用。他以为完全是由于她交际面宽广了,活动能量巨大了。心中不但感恩戴德而且钦敬有加自愧弗如:漂亮女人办事容易嘛！这年头,有些漂亮的女人靠自己的姿色什么事儿办不成啊！为自己的丈夫谋到了一份较轻闲的职业,有什么值得自己多疑多想的啊！……

"告诉你一个好消息。"

"你老婆松口了？"

我们的女主人公和"大款"王相中,这一次幽会是第二十一次。但是第一次双双在"爱人楼"抛头露面。接到他的电话,她拦住一辆出租汽车就匆匆赶来了。以前他们不敢到"爱人楼"来。他对他老婆心有余悸。她虽然没见过他老婆,但早已从他口中了解了许多。也时时存着份高度的警惕,唯恐在"爱人楼"这种敏感的地方,被他老婆觅踪而至,众目睽睽之下公演一场丑剧。所以她坐在车里始终在寻思——他的"大款"情夫为什么邀她到这里来？下了车之后她得出结论了——除了他将要当面告诉她他妻子已经同意和他离婚了,难道还会另有原因么？那么今天该是一个值得她和他在一起共同庆贺的日子了！"爱人楼"当然是最有庆贺意义的地方了！所以她一听他说"告诉你一个好消息"这句话,便喜滋滋乐陶陶地举起了酒杯。

"她没松口。她是根本不可能松口的。这一点我心里非常明白。你心里也应该明明白白。"

他的第二句话,使她举起的手和杯,定在了他和她之间。她万万没料到他又会如此说,听了第一句话之后的惊喜,和听了第二句话之后的灰心丧气,将惊喜从她脸上一扫而光。她的微笑顿时从脸上消失了,表情古怪地僵住了。

而他自己却擎起大杯,一口气饮干了一大杯冰镇扎啤。

"那你说告诉我一个好消息！"

"当然是要告诉你一个好消息啰！你急什么？"

他放下杯,又动筷子去夹海蜇皮。

她也抓起筷子,赌气猛拨了他的筷子一下,将他夹起的海蜇皮拨得掉了一桌子。

"你还有心思吃喝！我也告诉你,我再也等不下去了！"

两头儿做妻子,她眼泪汪汪地说。一半是促他,一半是心里话。的确,日子一长,她累了。两个男性"物质实体"对她的需求都那么大,对她的欲念都那么强,好像在占有她方面进行着一场孰胜孰败的竞争似的,使她常觉穷于应付,常觉要被拖垮了似的。

"你生气了？"

"人家天天都在想你！"

"真的？"

"你再不给我个说法,我就永远也不理你了。我要恨你一辈子！"

她任眼泪在脸上流,不拭。

"你说你想我,怎么个想法儿？"

他色邪地盯着她的脸,挑逗地问过后,吸起烟来。

"不告诉你！"

"那我也不告诉你。"

"爱告诉不告诉！告诉我也不稀罕听。你那王八蛋老婆不松口,对我来说,就没有什么消息算得上是好消息！"

"你不稀罕听,今天可就白来了。"

"不听不听！"

"告诉我宝贝,怎么想我？想到什么程度？"

他放下烟,隔着桌子抓住她一只手,用他的两手攥着,还低下头不停地亲吻着。

"你没听别人常说,人想人,会想死人的。尤其一个女人,想她的心上人……"

她凭着自己训练有素的高超的技艺,伪装出一副楚楚可怜的模样儿。

他严肃地仰起脸,郑重其事地问:"要是我永远也离不成婚呢？那我也拿我老婆没治啊!"

她相信了他的话,一把从餐桌上抓起了西餐刀,威胁地指向他:"你敢耍我,我就敢找机会杀了你!"

幸而他们是坐在单间里,否则她的举动定会使一些人目瞪口呆的。

他笑了,又亲吻了她的手一下,缓缓放开她的手后,盯着她的脸说:"这我就放心了!"

她一副咬牙切齿的模样,仿佛真会随时一跃而起,一刀捅向他心口。

他的话,他的前一句,等于是用一个大气球将她悬在空中,唤来五彩云霞环绕着她,却在她恍如成仙的想入非非的情况之下,弄破了那气球,使她朝一处冰窟口坠落似的。

他轻轻拍着指短而粗的双手,又说:"好,好,很好。今天我太高兴了。看到你动真格的,别提我这心里多高兴啦!宝贝儿,你一动真格的,我就相信我在你心目中的位置了。这对我很重要。要做我王大款的夫人的女人,光漂亮不行,还要有那种非嫁给我王大款不可的坚定劲儿!我很欣赏你刚才那句话……"

她困惑了,懵懵懂懂地问:"哪句话?"

"就是刚才那句嘛!你刚才怎么说的来着?你说——'你敢耍我,我就敢找机会杀了你',是吧?你这句话,让我见着了你真心属我的坚定劲儿!现在让我告诉你那个好消息——我不用和我老婆闹离婚了……"

"……"

"我原打算,给她个十万二十万的。房子,儿子,都归她。她不打算要儿子,那就由我抚养。她嫌钱少,我也可以咬咬牙,跺跺脚儿,再加给她十万!可现在,事情变得简单了,简单得不能再简单了。用不着舍去我那两套单元打通的六室一厅的房子了,更不用给她钱了……"

"她……她会那么心甘情愿?"

"她岂会那么心甘情愿啊!要想叫她真的同意离婚,只有一个前提,就是房子、儿子,一切家产和我那一百多万,全归了她!而一脚把我踹出家门去。现在么,她心甘也罢,不心甘也罢,情愿也罢,不情愿也罢,总之是碍不着咱俩的美事了!"

"她……"

"她死了。"

"你骗我……"

"这我能骗你么!今天早晨死的。更准确地说,是昨天下午三点半左右死的,我是今天早晨得到的信讯。一得到信讯我就到处打电话找你,好使你早一点儿听了高兴。可一白天到处打电话找不着你。你这么瞪着我干什么?……"

"你……"

她不禁心动过速,手脚发凉。

"你想哪儿去了!我知道你想问什么。想问是不是我杀了她,对不?我杀她干什么呀!杀人那是犯死罪的事儿。咱能干犯死罪的事儿么?没听说这么句话?法网恢恢,那是疏而不漏哇!我若杀她,还能和你恩恩爱爱地过下辈子么?咱俩不是海誓山盟了要白头偕老么?"

"那……"

"想问那她是怎么死的,对不?她不是到黄山去了嘛!你不知道?我并没跟你说过么?她忽然心血来潮,要将黄山、华山、泰山、峨眉山什么的都旅游遍。要在所有的名山大川都留下纪念照。还要到每一座名山大川的名刹古寺去还什么愿。这不是赶上儿子正好放假么,也带儿子去了。结果呢,在第一座山就出事儿了。从'鲫鱼背'下来的时候,天已经快黑了,就遭遇到了半路剪径的……"

"遭遇到了什么?"

"剪径。这你都不懂?就是拦路抢劫的。听说还真像那么回事儿似的,两个拦路抢劫的都黑布蒙面。不但抢了她的挎包,抢了她的高级照相机,还把她推下了山崖。你说她那么胖,上'鲫鱼背'干什么呀!这不是命里该着么?儿子亲眼目睹的呀!所以呢,我再也不用为离婚难这件事儿头疼了。小姐,再拿酒来……"

于是服务员小姐又端上了一大杯扎啤。

"暂时没你什么事儿,去吧。"

于是训练有素的服务员小姐微笑着深鞠了一躬,旋即退出。

"真没想到,会是这样……

她竟有几分替他老婆的不幸难过起来。

而他,看去自是如释重负的,擎起酒杯,又一口饮了半杯酒。

"难道这不是我能告诉你的最好的消息么。"

"……"

"说呀,是不是?"

"是……"

"这叫天遂人愿啊!老天爷体恤咱俩,所以亲自出马,替咱俩来了这么一个干脆利落的解决方法,为的是使咱俩这一对儿有情人终成眷属,对不?"

"……"

"说呀,对不?"

"对……"

"那,咱俩该不该举杯相庆?"

"……"

"怎么又不开口了? 本应高兴的事儿,你怎么阴阴郁郁的呢?"

"该……"

于是她赶紧也举起杯来。

"笑一笑。"

于是她笑了一笑。

"笑得甜蜜点儿嘛!"

于是她尽量笑得甜蜜,并和他撞了一下杯。他对自己老婆之死的幸灾乐祸,渐渐使她完全放下心来,完全相信他老婆的死不是他一手策划的了。如果是,他的表现肯定是悲伤。这是个常识性问题。他一点儿也不掩饰他的幸灾乐祸如释重负,恰恰说明不是。不是就好。真他妈的,我倒是替他老婆难过的什么劲儿呢?他老婆不死,我能这么顺利地顶替了他老婆,成了他夫人么?他说得不错。这确实是天遂人愿,天遂人愿啊!全世界那些大富豪们的老婆一下子都死绝了才好呢!那属于我的人生机会就多极了!……

她这么一想,便真的高兴起来,也有食欲了,于是动了筷子。

他夹了半只猪蹄放在她盘儿里。

"我不啃这东西,看着就够!"

她想把它夹回去。

他用自己的筷子按住了她的筷子:"哎,要啃要啃!这玩意儿有美容的作用!"

完全为了讨他欢心,她用手抓取着啃了起来。

"我也等不及了啊!"

"等不及什么?"

"瞧你问的!这还不明白么?你也得快点儿离!"

"我这方面简单,你希望多快就有多快!"

"那今天回到家你就提出来吧!"

"行!"

"算了,你今天别回家了!"

"那我在马路上过夜啊?"

"到我家里去!不,应该说是回咱们的家去!"

"我倒是很想去。我还不知道咱们的家什么样呢!可你老婆刚死,你儿子会怎么想?……"

"儿子不是还没回来么!我派公司的人替我接儿子了,叮嘱要带儿子继续旅游几天,冲淡冲淡儿子心里的悲哀……"

"真是这么想的?"

她也斜着他,故作媚态地问。

"你心里既然明白我究竟是怎么想的,还问什么!"

他弯下腰,从餐桌下抱起她一条腿放在自己膝上,也不用餐巾擦擦抓过猪蹄的手,就摩挲起她的大腿来……

第七章

　　姚纯刚回到家里没过五分钟,就有人敲门。他以为是妻子,开了门却见是邻居家的孩子。

　　女孩儿说:"叔叔,阿姨让我告诉你,她今晚不回家了。"

　　他不禁"噢"了一声。上班前精心打扮,下班后不按时回家,还让邻居家的女孩儿转告不回家了,这个"新动向"意味着什么呢? 联想到自己今天在所里的勾当,他第一次真正对妻子起了疑心。可自己的不轨那是极特殊情况之下的不轨啊! 天地良心,自己上班前是没揣着什么鬼胎的啊! 自己是一个被诱惑者,而非是一个诱惑者啊! 而她上班前那一番精心打扮,说明了她是企图去诱惑别人嘛! 两者的性质有区别嘛! 他本能地感到问题严重了。

　　"她怎么不亲自往家里给我打电话? "

　　"阿姨说往家里打了半天电话,没人接。"

　　"还没到我下班的时候,家里有人接电话岂不是见鬼了! 我说的是现在! 现在不管她在哪儿,只要还活着,就应该亲自往家里给我打个电话嘛! "

　　他竟气呼呼地,跟邻居家的女孩儿理论起来。仿佛那七八岁的女孩儿,是他妻子的一个小同党似的。

女孩儿眨了眨眼睛,一时不知如何回答他。

"不回来了?因为什么不回来了,总要讲清楚的吧?不回来她到哪儿去过夜?难道她别处另有个家不成?"

女孩儿委屈地嘟哝:"我不知道,什么都不知道。等阿姨回来你问阿姨自己好了!"

一说完,女孩儿就转身跑回家去了。女孩儿进了家门后,从门内挤出脑袋,以宣告式的口吻大声说:"我爸爸妈妈经常教育我不许乱掺和别人家的事儿!"

望着那邻居家的房门嘭地关上,他一时愣住了。愣了片刻,想想女孩儿的话说得怪有意思的,独自苦笑了起来。

他吃了昨天早晨剩下的几根油条,便百无聊赖地坐在沙发上看报。看着看着,那个脸像兔子的女人,就浮现在报上了,冲他嫣然地微笑着。并促狭地冲他挤眼睛。于是报上的大小铅字,一片片地模糊,一片片地淡去,一片片地消失。于是那张报仿佛成了她的一张肖像画页,而且是彩色的。于是他反对自己去想她就成为不可能之事了,也为时太晚了。

既然想到了她,他认为有必要给所长赵景宇挂个电话,向他汇报一下今天的"工作"。今天他毕竟以副心理研究员兼副所长的身份,独当一面地接待了一位心理咨询者啊!不主动汇报,如果那赵胖子询问起来,岂不显得自己太不敬业也太不识好歹了么?毕竟,依他想来,今天这件事是对方向自己提供的一次锻炼业务能力的机会,是一种栽培,是一种抬举。再说,他心里正有一种压抑不住的冲动,极欲寻找谁谈谈那个脸像兔子的女人。

他抓起电话就往赵胖子家里拨。接电话的是赵胖子的妻子,说丈夫不在家,说丈夫已经连续几天没回家了,说今天也未必会回家过夜,很可能又在单位睡了。

"小姚哇,你说我们老赵,啊?还那么敬业!没黑夜没白天的,一心全扑在工作上了。你说如今哪儿还有他那么无私的人了啊？家也不管了，老婆也跟着守活寡似的。不怕你笑话小姚，我们两口子已经好久没有过那个事儿了。前几天他身体不好，我陪他去看病，医生诊断他肾虚。我当时这个气呀！我这儿整夜整夜单枕独眠的，还告诉我们他那儿闹肾虚，你说如今这医生，啊？不是瞎诊断么！……"

那女人接着就喋喋不休地向他抱怨起来。听得他实在没了耐心，就将电话按断了，并随即往所里拨。不随即就拨，唯恐那女人反挂过来，跟他絮叨个没完。

拨了半天没人接，刚欲放下，那边儿接了。

"找谁？"——是年轻女性的声音。

"你是谁？"——他觉得奇怪。

电话立刻挂断。

他怔了片刻，又挂。通得又很快，却没人再接了。

"妈的！"

他骂了一句，觉着还饿，走到厨房去。寻寻觅觅的，搜索出了半碗凉粥，想兑开水喝了。拿起暖瓶，是空的。懒得烧水，凉粥凉喝了。喝到最后一口，才觉出馊味儿。一经觉出馊味儿，就反胃，就恶心。于是守着洗碗池，哇哇地呕吐起来。连刚吃下去那几根油条也呕吐出来了。

会是谁呢？

用凉水漱了漱口，归到沙发上坐着，他仍在猜测。那年轻女性的声音听来有些耳熟。虽然仅仅"找谁"两个字，但的确耳熟。倏忽地，想到了刚从大学毕业来到所里的小张身上。小张家在上海嘉兴，说起话来一口南方语音。他看了一眼手表，八点多了。她不值夜班，又去到所里干什么？而且是在所长的办公室里！谁给她的钥匙呢？没有钥匙，她又怎么能进入到所长办公室呢？除非学会了穿墙术！不对！赵胖子肯定也在！当然他也在他的办公室里。联想到今天大白天的，自己和那个脸像兔子的女人在所长办公室里胆大妄为地进行的勾当，他认为此时此刻，肯定地,正在发生同样"内容"的"办公室里的故事"。

他再次抓起了电话。

这一次刚一拨通,立刻就有人接了,而且是赵胖子本人。

"小姚吧?"

"对,我一直在不停地给你挂电话……"

"我刚回来没两分钟。"

骗人!——他心里说。

"有什么事儿?"

"今天的事儿。就是那位姓曲的女同志……就是我今天接待的那桩业务啊!要不要我电话里向你汇报一下?"

"不用不用。我当时不是说了嘛!——你办事,我放心啊!否则我能在你行动不便的情况之下,派车把你接到所里来么!"

"正因为你这么地信任我,我才觉得有必要及时向你汇报一下啊!"

"我说不用就不用。再者人家已经给我打过电话了。人家对你的业务水平评价相当高哇!满意得很呢!"

"真的?"

"当然真的。小姚哇,这桩业务可不是这一次就算完成了。我实话告诉你吧,这是一桩较特殊的业务。对方的心理问题十分复杂,非是一句话所能言明,是一例典型的心理紊乱综合征。需要的是特别细致的情感呵护、情感关怀,也将是一桩时间较长的业务。所以呢,你要做好长期的、全心全意而不是三心二意的,专为这一位姓曲的女同志的心理问题服务的准备。明白么?"

"明白!"

"没什么困难吧?"

"没有,暂时没有。"

"没有困难就好。什么时候有困难了,什么时候坦率提出来。这也是一次业务实践的机会嘛!在我们这一行,你虽然是个'半路出家'的,但我知道你还是很有上进心的,还是很努力提高业务水平的。可是光靠读大本专业方面的书籍是不够的,也是不行的,要理论联系实际。只有在理论与实际的联系之中,才会产生经验,才会变理性的知识为感性的知识,对不对?"

"对,对对……"

"我这儿正忙着赶写一篇论文,没事可挂电话了?"

"挂吧!"

于是赵胖子将电话挂了。

于是他也将电话放下了。他那种因为妻子夜不归宿而变得疑窦重重空前寂寞的心情,转瞬变得开朗了、愉快了。他吹了一声口哨,从容享受般地吸起烟来。他的心理患者,那脸像兔子的女人,在与他告别时,曾很诚恳地邀请他陪她去某一家高级饭店吃晚饭。他婉言谢绝了她的好意。当时她那双会说话的眼睛,"说"出了许多失望和沮丧,然而竟没能影响他改变主意。他一向是个守时下班回家的丈夫。他怕回家晚了,妻子对他起疑心。若能料到妻子今晚根本不回家,他就不会谢绝他的第一位心理患者的诚恳邀请了。谢绝那么一位多情的女人的邀请,他此刻认为,简直是一种不可饶恕的罪过啊!她那不仅是诚恳的邀请,几乎就等于是用眼睛在幽幽地请求啊!他的谢绝,其实又跟拒绝有什么两样儿呢!刚刚跟人家巫山云雨罢了,相互间的情欲之火还没彻底地熄灭呢,竟连人家的一片真心一番好意也当面拒绝,这不等于是下了床就板起脸不认人了么?多不是东西啊!叫人家心里会怎么看待自己呢?他这么想着就不禁内疚起来。

电话忽然响了。他以为是妻子打来的,赶紧一把抓起来,却并不是妻子打来的。

"是你么?"——仅仅三个字,他立刻就听出了是那脸像兔子的女人。

"是我……"

他双手抓牢听筒,很激动。

"到家了?"

"到家了。"

"按时下班回家了,当然也受老婆表扬了吧?"

她说完咭咭地笑。

"我非常后悔。"

"后悔什么?"

"后悔不陪你吃晚饭。"

"怎么又后悔了?"

"我妻子不在家。"

"她自己倒下班晚了?"

"不是下班晚了,而是今晚不回家了。也不给我打次电话亲口告诉我。电话是打到邻居家的,邻居家的女孩儿转告我的。"

"原来如此……那……你吃了没有?……"

"就算吃了吧。"

"一个人到外面吃的?"

"没情绪到外面吃。"

"自己做了一顿?"

"自己也懒得做。胡乱吃了几根昨天早晨剩的油条。觉着不饱,又喝了半碗凉粥。喝光才喝出馊味儿来,结果全吐了。到现在还觉得胃不舒服……"

"这怎么行!这怎么行!油条在摊床买的吧?肯定是在摊床买的。摊床上买的油条,隔夜就更不能吃了!还喝凉粥,又是馊的,胃里能舒服么!听我说,你现在立刻离开家,'打的'到华孚饭店去!就是全市最高级的那一家。出租车司机都知道的。我放下电话也去。我离那儿近,三五分钟就到。我在那儿等你,我再陪你吃一顿……"

"不不不,那倒不必……"

"什么叫'那倒不必'呢！人是铁，饭是钢，一顿不吃心发慌啊！早饭要吃少，午饭要吃饱，晚饭要吃好。这也是前人总结出的养生秘诀呀！你老婆不心疼你，我还心疼你呢！"

"我怎么忍心劳你驾……"

"别说忍心不忍心的话！我愿意，我高兴！"

"我的意思是，冰箱里有鲜奶，别的我现在也吃不下。待会儿煮两袋鲜奶喝，不是也挺好的么！"

"鲜奶哪天买的？"

"昨天晚上。再说是放在冰箱里的……"

"那，只好随你的意啰！"

"随我意吧随我意吧！"

"祝你今晚做个好梦。但可不许梦见我！"

她又哧哧地笑起来。

"这……我尽量自觉吧！……"

"要是梦见了。你会怎么样？"

"要是梦见了，那……我也拿自己没办法啊！"

"你这话是什么意思呀！"

"什么意思还用我说明白了么？"

"你坏！"

两个人，一人一句的，就在电话里相互调笑挑逗开了。直至他又听到有人敲门，才依依不舍地放了电话。

他想这一次可能是妻子回来了。他总觉得她会回来的。让邻居家的女孩儿转告她不回来了，似乎是她骗骗他，故意跟他闹闹别扭的小伎俩。他还想他得好好儿哄哄她。并不因那个脸像兔子的女人对他具有的空前强大的诱惑力，便减弱了他对妻子的眷爱热情。相反，正因为今天和那个脸像兔子的女人有了番特殊的回味儿无穷的性体验，他尤其企盼着和妻子做爱。好比在别人家里吃了别人的老婆做的客饭的男人，有时希望立刻再吃到自己老婆做的、自己吃惯了的那一口。在两相比较中，增加对两种回味儿的兴趣。

门外站的却是一位和他年纪差不了几岁的男人。

"您找谁？"

"找你。"

"您是……"

"公安局的。"

他的心倏地一紧。他没做什么犯法的事儿，这他自己最清楚。但他还是有些惴惴不安。因为他立刻联想到了那个脸像兔子的女人。莫非她犯了什么法？或者被哪一个与她发生过性关系的、身份不寻常的男人的老婆控告了，牵扯上他了？她可千万别制造出什么诈骗案情杀案啊！要是非让他写证言甚至上法庭作旁证，那可就绯闻传播名誉受损了！那自己和她今天发生的一次勾当，就太得不偿失了！岂非占了小便宜吃了大亏了么？老婆要不和他闹离婚才怪了呢！他妈的那个外表端庄实际淫荡成性的女人！他在心里暗暗诅咒她。一连串的推测推理，仿佛已然成为了事实。尽管他一分钟前，还和她在电话里调笑挑逗过……

"能……不能看看您的证件？……"

"当然可以。"

对方从西服兜内掏出证件递给他。

他刚接在手里，对方模仿他的口吻又说："能……不能进屋再谈？"

"请，请……"

他赶紧将对方往屋里让。

"随便坐，随便坐……"

待对方坐下，他才坐下。坐下后，才看对方那证件。

"您，给错了。这不是……"

那是一个什么公司的证件。

"错了么？还真错了。那么看这个……"

对方收回那个,又掏出一个递给他。

"这也不是……"

"对不起对不起……"

对方收回第二个,掏出第三个递给他。

第三个也不是。

于是,对方内兜外兜,左兜右兜,并加上皮包里的,总共出示给他十几个证件——大的、小的,横的、竖的,黑皮儿的、红皮儿的、绿皮儿的,还有三个金卡,国外的一个、国内的两个。

"你自己找吧!"

对方将那些证件全扔在茶几上,自己则架起二郎腿,吸起烟来。先似乎想吸他的烟,拿起他放在茶几上那盒"高乐"看了看,不屑地撇了撇嘴,丢下了。掏出了自己的一盒硬包装的"骆驼",并让了他一下。他摇了摇头。他看出对方从上到下,包括领带,包括皮包,无一不是国外名牌儿。持烟的手上,竟戴着三只戒指,分明全是金的,依次一只比一只大,最大的那一只是镶蓝宝石的。他第一次开眼,见到一个男人一只手上戴三只戒指。他寻思对方一准是位便衣。否则哪儿来的这么多证件啊!只有便衣才随时需要不同的证件掩护身份啊!他感到问题似乎严重了。来的不是民警,不是普通公安人员,而是便衣,还不说明问题严重了么?难道自己不幸被那脸像兔子的女人牵连进一桩什么涉外性质的案件之中了么?赵胖子,赵胖子,你他妈的害人不浅!我姚纯刚要是栽进"局子"里去了,你也逃脱不了干系!他暗暗叫苦不迭,更加惴惴不安。同时在心里诅咒赵胖子……

他从对方那十几个证件中,又随便拿起两个看了看,也都不是公安证件。一个上边写的是"董事长",另一个上边写的是某市"政协委员"的委员证。

"不看也罢。您想问什么,就问什么好了……我一定诚诚实实地回答……"

他替对方将那些证件收拢了,一总交还对方。

"如此相信我的身份?"

"相信相信……"

对方淡淡一笑,随即严肃起来,瞪着他开门见山地问:"受过贿没有?"

"没有没有!我们这种单位,没受贿的机会。想不两袖清风也只能两袖清风啊!"

"那么,行没行过贿呢?"

"这个嘛,也没有。两口人,无子女,求人处少,起码目前还没碰到什么非行贿不可的事儿……"

"两袖清风,既没受过贿,也没行过贿,这么说是个大大的良民啰?"

"良民是不敢当的。遵纪守法的一个公民而已……"

"倒买倒卖的事儿一定干过几桩吧?比如'拼缝'——也就是充当所谓中间介绍人什么的……"

"这……这倒干过的……"

"具体点儿,什么东西?"

"烟……还有酒……两次烟,一次酒……"

"肯定是假烟假酒啰!"

"……"

"得了多少灰色收入?"

"我……不太明白……"

"别装糊涂!就是问你提过多少成?"

"不多不多……三次加起来,还不到一万元……"

"参与倒卖假烟假酒的勾当,这是什么性质的问题?还自称是遵纪守法的公民!一万左右的灰色收入,还说不多不多!现如今许多国营企业的工人连工资都开不出来,知道不知道?"

"知道知道……"

"和他们比起来,你这纯粹叫不劳而获! 获的还是暴利,明白不?"

"明白明白……"

"先搁下这方面不谈,再交代交代你生活作风方面的毛病吧!"

"这个……这个……"

"不好讲? 难以启齿?"

"嘿嘿,男人嘛,谁也不敢大言不惭地说自己是百分之百的正人君子。我么,不太检点的事儿,不能说一点儿没有。不过,总体来讲,我认为,我认为自己……"

一切入"正题",他心虚了。由于心虚,而尴尬了。仿佛自己真的是在受审,一时局促忐忑起来。

对方突然哈哈大笑,在他膝上重重拍了一掌。

"姚纯刚呀姚纯刚,你真认不出我是谁了么? 你一开门,我可就一眼把你给认出来了!"

对方向他俯身,面对面望着他。希望那样子能使他尽快认出自己。

"那么,您不是……"

他仍认不出对方是谁,也一时不能从受审般的境况之中摆脱。

"我是孙克呀! 你中学时代的老同学孙克。不记得我了? 因为你小子把我给彻底忘了,我才冒充公安局的,唬你玩玩! ……"

"孙克? ……"

"中学毛泽东思想宣传队的,拉二胡的。你不是也会拉二胡么? 还是跟我学的呐! 论起来你是我的艺徒! 外号'灰鸽子'的孙克,想起来没有?"

"啊! ……啊! ……想起来了想起来了! 是你小子哇! 你他妈的变多了! 你可把我唬得够呛。我还当你真是公安局的便衣呐! ……"

他也哈哈笑了。心里却气得要命! 以笑掩饰。中学时代的老同学造访,又是教过自己二胡的艺师,心里生气也不好意思当面发作啊!

"我们二十四五年没见过面了吧?"

"是啊是啊,二十四五年了。"

"听说你当了所长了?"

"副的,管杂事儿的。没人愿意当,赶鸭子上架,由我混着当。你先坐着,我烧壶水。老同学相见么,我起码也得给你泡杯好茶啊!"

"甭客气。"对方拉住了他的手,"我刚宴过客,酒足饭饱。"

"那才要喝茶么!"

"宴客能不陪着客人喝茶么?坐下聊聊吧!"

"那,我可真不客气了!"

他本无诚意,也就顺坡下驴。

"生活得怎么样啊?"

对方以老首长见了自己当年的小警卫员那种又是关心又是居高临下的优越口吻慢条斯理地问。

"马马虎虎。比上不足,比下有余。自觉混得一般,也就极少和老同学们联络感情了。"

他回答得有几分失意。

"也别这么说。不算没出息。你那个心理什么所,好歹算是个处级单位吧?"

"不,局级,正局级。"

他信口就撒了个谎。说完了,心里又很瞧不起自己。觉得这个谎撒得其实并没有多大价值。

"那你就是副局级干部了嘛!中学同学中混到副局级的没几个嘛!毛主席诗词里有两句是怎么说的来着?——莫道昆明池水浅,风物识宜放眼量!对不?放眼量,往前看嘛!"

"往前看,更灰心了!哎,谁告诉你我的工作单位和我家住址的?……"

"前天我做东,请了当年的老同学们一次。一个通知一个,能通知到的都通知到了。去了三分之二还多!许多人都谈起你。你当年是咱们班的白马王子嘛!大家临散时有个如今像老大婶儿似的女同学悄悄将你的工作单位和住址告诉了我……"

"谁？……"

他的确极少和当年的同学们来往。但他却知道中学同学中如今已经有人成了中年学者、副教授乃至教授，获得过"五一"劳动奖章的企业家和跻身于高消费阶层的私企老板。他内心里一直有种自卑，像一条蛇纠缠着他，用毒液毒害着他，使他对他们充满了嫉妒和近乎敌意的冷漠。这一种自卑在他去年过了四十二岁生日之后，已然发展成了一种难以对人诉说的痛苦。他明白，他不像别人认为的那样更不像自己认为的那样，是个随遇而安淡泊自乐的男人。尽管他时时处处努力装出是那样的男人。但骗得了别人，却骗不了自己。

"谁呢？"一身名牌的老同学拍了拍脑门儿，"瞧我这记性，一时他妈的想不起来了。反正是个女同学。男同学谈起你的不多。你当年太使女同学们倾心，所以普遍的男同学都认为你当年间接侵略了他们讨好女同学们的愿望。不过你也别沾沾自喜。当年的女同学们都老了。看着那些个老大婶儿似的她们，如今谈论起你的时候，仍那么一往情深眉飞色舞神神乎乎的样子，我和聚会的男同学们只觉得那情形十分滑稽可笑，一点儿也不嫉妒你了！今天白天我忙得很。上午市里的一位副市长接见我，中午市经委主任宴请我，下午接受记者的采访，五点钟时我宴请一些业务方面的朋友……"

"这么说，你正春风得意？"

"想知道我这二十多年来的情况？"

"想……"

"猜你也想。那真是一言难尽！刚才你已经从证件上看到了。兼着十几个公司的董事长。摊子铺开了。买卖做大发了。小公司几百万元的资金，大公司几千万元的资金。大小公司加起来，多了没有，上亿元资金是有的。可不是国家的，也不是什么集体的，统统是我个人的。纯粹是我个人的。几乎每个月都有一笔大生意要做。你不愿做，人家找到你头上,非跟你做不可哇! 累啊! 每年至少有三四个月在国外。买卖做到国外去了,不出国不行呀! 当然也不全是为生意才往国外去,还因为我喜欢国外的生活,自由。人家可不动不动就搞什么'扫黄''打娼'之类的运动,人家比咱们文明了么! ……"

他内心里开始喷涌出一股股的妒意,它的成分越来越浓。他妈的这个孙克! 从前在班里可是个最窝囊的小子啊! 除了会拉二胡再无一擅长啊! 怎么的时代偏偏就看着这小子顺眼,把本该均赏于许多人的好命运,一总儿全都宠爱地给予了这个小子呢? 这太他妈的不公平了啊!

"那,你妻子和孩子,都跟着你活得很滋润吧? "

"你问我哪一个妻子? 哪一个孩子? "

对方的话使他一愣。

见他困惑,对方续吸一支烟,笑笑又说:"不瞒你,我已经换过五届老婆了。目前这一届,是位歌星,唱流行歌曲的。有一天我在一家饭店设饭局,她上前献歌儿。我一看女孩儿长得水灵灵的,娇娇俏俏的,就让手下人送了个大花篮给她。她也善解人意,免费奉献了三首歌。以后一来二去的,我对她,她对我,就都有了那种意思。现在她不到处卖唱了,只在家唱给我一个人听了。比我小二十一岁。结婚时还算是个女孩子嘛! 在家待不住,优越得太闷了。我想,也不能把她当成我养的一只鸟儿是不是? 就让她接管了我一个子公司,服装公司。原本是打算让她管着玩儿的,找点儿营生干呗。赔了赚了的,一年也不过就是八九十万块钱的事儿嘛! 给予她点干事儿的愉快呗,谁叫她成了我老婆呢。不料想她还真给我长脸,年终结算下来,非但没赔,还赚了四五十万元。赚了我倒愁了。我要那么多钱干什么哇? 多她赚的四五十万元,少她赚的四五十万元,对我已没了什么实际意义。我是怕她赚上瘾,一门心思都扑在那个服装公司上,到头来我好像又娶了一位子公司的女经理,而不是娶了一个老婆。现在的女孩儿,了不得。除了些个弱智的不算,个顶个都仿佛天生有经商的头脑。你要是给她们五六万元,一年后她们要不能把五六万元变成十五六万元我死去！她们一下海，天生的胆大又精明，赚了男人们的钱还保证男人们喜欢她们。要不怎么说中国阴盛阳衰呢？这也算是中国特色之一吧！我前几届夫人，也都一个赛一个的漂亮。咱是大亨了，咱干吗不专找漂亮的？结婚前都挺乖的，都对我多么言听计从俯首帖耳就甭提了！可一跟她们结了婚，她们就不是她们自己了。起初也和我现在这一届夫人一样，闲得慌，要帮我干事儿。软磨无奈的，能偏不同意么？可一下海，她们就发现她们那份儿天生的才能了。最后呢，就由我的老婆，变成我的女经理了。我要的是我回到家里，看着爱看，搂着喜欢，哄着温柔的老婆，不是一位又一位精明能干的女经理哇！后来我就用离婚威胁她们。可她们都不怕离婚，都说离就离。不过都有一个条件，她们经营的公司归她们。她们嫁我并非为实现这样一个目的。我敢肯定地说，她们是嫁了我之后才对她们自己自信起来的。我说要一个公司不就是要钱么？何必不直接要钱呢？要多少只管开口吧！一日夫妻百日恩。感情不错，好离好散么！你猜她们怎么说？我那第一届夫人说，那可不一样。钱是钱，公司是公司，公司是自我价值。我那第二届夫人说得更高明，又高明又狡猾。说你给我钱，不是等于企图用钱把我变成一个女寄生虫么？我要公司，是向你要一条帆船，我要当自己人生的船长！第三位夫人说的意思也差不多。只有第四位夫人例外，不要公司，只要了一百万块钱。既然人家前三位要的都是自我价值，而且就这么一个离婚的条件，我能不答应么？大亨就应该有大亨的慷慨劲儿，对不？我给了第一届夫人一百五十平方米的营业面积、一百万元的资金和七八名雇员。那是一处汽车配件商店，地址好，声誉也好，当然生意更好。一碗水端平，同样给了第二届夫人一百五十平方米的营业面积、一百万元的资金和愿意今后在她名下干的雇员。那是广告公司。对第三位夫人也不例外，雇员们凡能乐意归到她们名下去，我不强留，乐意去的一律开绿灯。不就是三四百万元嘛！一亿多元是一百多个一百万元啊！为曾经是我老婆的女人们奉献出去百分之三四，好比从一元钱里分出三分四分给她们,还至于我心疼?那我不成了吝啬鬼了么?所以我不心疼,奉献得高高兴兴。男人么!这也能使一个男人感到莫大的自豪和骄傲是不是?你猜如今怎么着?"

"如今怎么着?"

"才五六年的时间,我那前四届夫人中,有三位都成了腰缠好几百万元的女老板了,都买上了别墅住宅,都有了几辆私人汽车,也都再婚了。找的都是高级知识分子,博士、教授、中青年学者。不是高级知识分子当然已经完全不被她们看在眼里了。有了好几百万元个人资产的女老板,眼中还装得下小知识分子么?什么名牌大学毕业生、研究生,她们才看不上眼呢!我第一届夫人现在的丈夫,是中年经济学博士,某开发区特邀经济顾问。第二届夫人现在的丈夫,是位小有名气的作家,比她年轻四岁。她爱看小说,又喜欢在丈夫面前充当老大姐、小母亲,所以也就不计较她的作家丈夫名气小,互敬互爱的,很美满。俩男人我都见过,形象都比我强。如今他们都有孩子了。我们三家关系不错,常来常往的。节假日还一块儿去旅游。我现在是三个孩子的父亲,二女一男,最佳搭配,都是前三届夫人给我留下的。对了,我还没讲到我那第三届夫人和第四届夫人呐!第三届夫人我给她的是文化公司。她不喜欢整天和些所谓文化大打交道,尤其不喜欢和影视圈里的红男绿女打交道,就把文化公司变成了美容院了。'娶'了某大学分校的一位副校长,四十多岁的挺斯文的一个男人。你别那么瞪着我。我没说错什么话。这年头,谁有钱谁有资格'娶'人。女人有钱,女人就有资格反过来'娶'男人!就她婚后跟我不常来往了。连婚礼也没请我去参加。我这人讲道德也不去搅扰人家的好日子。退避三舍,藕断丝也断。人家丈夫是大学副校长嘛!总得替人家顾及到丈夫的声誉嘛!我那第四位夫人,就是那位不想要公司什么的,只想要钱的——至今还没再婚。她比前三位夫人年轻,如今才二十八岁。她说她干吗急着再婚啊!潇潇洒洒地过几年单身女富姐儿的生活很好哇。除了第三届夫人,我那前两届夫人,以及她们的丈夫孩子,经常和我现在的夫人孩子欢聚一堂。欢聚时当然总少不了我,而且总是以我为中心人物。我那第四届夫人爱凑热闹,也是必不可少的人物。没通知到她或忘了通知她,她还不高兴,耍小脾气。我们聚在一起,那才叫欢聚。关系挺乱。局外人根本搞不大清楚,究竟谁和谁是两口子,究竟哪个孩子是哪两口子的。我前两届夫人生意上有了难处,免不了还要找我来帮助解决。我呢,尽力而为呗。她们和我现在的夫人关系挺好,姐妹似的。有时候忙里偷闲的,都愿找个机会和我鸳梦重温。我现在的夫人睁一只眼闭一只眼,一点儿也不吃醋。我问她心里怎么想的。她说,理解万岁呗!证明你是个好男人,要不人家和你离了,还常来充当你的'点心'?这是有感情基础的嘛!有感情基础我就尊重。没有感情基础的话,现在娼妓这么多,你又是大亨,在离了婚的前妻们身上还能继续保持兴趣?你说我这么开通的老婆哪儿去找?什么叫'精神文明',这不就叫'精神文明'么?什么使我们的精神文明的?一个字——钱嘛!人有了钱,成了'大款''大亨'、大富豪,那物质直接地一下子就转化为精神了么!非文明不可嘛!想不文明都办不到了嘛!所以说,这万岁,那万岁,归根到底,钱第一万岁!钱可真是好东西!你有钱了,幸福就来找你了。你有钱了,离婚都能给你带来另一种愉快、另一种幸福。一个每月只挣几百元钱的男人,如果也像我一样,离过四次婚,那他的生活肯定支离破碎了,肯定一败涂地不可收拾了。可我,却觉着自己离一次婚,更年轻一次。我敢肯定,我前两届夫人的丈夫们,未必不知道他们现在的老婆,也就是我过去的老婆,跟我仍保持着不清不白的关系。他们不知道才怪了呢!但是钱可以使他们装作不知道,而且心甘情愿地装作不知道。作家怎么了?靠写小说,一年能从稿纸上刨出多少钱?还不是得靠老婆的公司作强大的经济后盾么?没老婆公司每年一百多万的收入,物价上涨他照样得叫苦不迭,心惊肉跳。博士怎么了?不是哪一位博士,都能顺理成章地娶一位富有的老婆。不高兴戴绿帽子,可以离么。女人有了钱,按自己的喜好再找个丈夫还不容易?过去,有钱的男人们常说,换老婆像换件儿衣服似的。现在,有钱的女人们也开始说换个丈夫像换件衣服似的了。谁有钱就才有资格'淘汰'对方么!我原以为,我前两届夫人,一旦和我离了婚,生意场上独当一面,肯定会操心见老的。没想到不是这么回事儿。她们倒好像越活越年轻,越活越滋润了。赚钱其实没什么诀窍。当你只有一百元,想用这一百元赚一千元的时候,很难很难,几乎等于白日做梦。当你有一千元,想用这一千元赚一万元,不采取坑蒙拐骗的手段,也不那么容易。可是当你有十几万元、几十万元,只要心思用在赚钱方面,只要瞧准了机会,利用足了各方面的条件,今天来讲,赚一笔大钱就不是太难的事了。除非你弱智。而当你有了上百万元的时候,尤其是当一个女人有了上百万元的时候,尤其是当一个知道如何讨男人的欢心,又确定对男人有吸引力的女人成了百万富姐的时候,那赚钱简直就像做游戏一样简单了。一觉醒来,可能几万元十几万元已经到手了。我和我前三届夫人们的关系,也非是一般的男女关系可比,还有一层经济关系。经济关系,是一切人际关系的基础嘛!这符合马克思的学说对不?我们经济上互利。有时一笔买卖,靠她们个人的经济实力吃不下,我就替他们吃。或者我拿大头,或者她们拿大头。我义气,她们也识趣儿。中国人,这个时代,哪儿那么多感情关系啊?纯粹的感情关系又是什么呢?谁解释得明白?友情也罢,爱情也罢,亲情也罢,一讲什么纯粹,就庸俗了、虚伪了。有了一层经济关系,那些关系才是牢不可破的嘛!经济关系,在人的一切关系中好比防弹衣两层布之间那层钢网。感情在外层,它在里层,就又美好又坚韧了。你说是不是?……"

不速之客除了偶尔吸一口烟,喋喋不休地尽说,听得个冒牌的"副局级"干部耳朵都竖了起来,频频地点头不止。这位大亨的自白,对他而言,不啻是一大番关于金钱与爱情的关系、男人与女人的关系的专题讲座。与他的妻子当年聆听她父亲的那一番教诲相比,真可谓异曲同工。

以前他曾听说过孙克这类当代经济神话中的人物,也从报刊上读到过介绍这一类人物的报道。不成想有一个活生生的这类人物,今夜不请自到,坐在了他的面前,将神话现实化了,而且是他在中学时期根本没大瞧得起过的一位同学。对方所代表着的那一种活生生的现实,使他的嫉妒一下子捕捉到了一个明确的目标。那一种嫉妒不再是一般的嫉妒。它来势凶猛,因为目标明确而增强了百倍。常言道嫉妒产生杀人的意念。那一时刻,杀人的意念在他的头脑中像开了锅的水一样沸腾。他真想冲进厨房去操起一把刀,一刀砍了他这位中学同学,或者活活掐死对方。

砍杀了对方活活掐死对方也还嫌不解恨,更想撕碎对方踏扁对方……

"你看我……"

"看你什么?"

"我的意思是,我到你手下去干点儿什么行不行? 或者不是直接到你手下,到你哪一个小公司去,甚至你介绍我到你前三届哪一位夫人的公司去干点儿什么行不行? 一个月不用给我开多了,开给我个两千三千元的我就满足了……"

他先撕碎和踏扁了的,不是对方,而是他自己,他自己的自尊心。

"你么,"对方眯起眼睛瞅着他,慢条斯理地说,"每个月两三千,你要的倒真不算多。"

他一听对方的话是有希望的话,马上笑了。笑相很讨好、很巴结,也很卑微。

"我有自知之明,没什么特长,敢狮子张大口么? 你不拒绝,我就感恩不尽了,还好意思再多要么?"

"你怎么知道我不拒绝你?"

"老同学嘛,这点儿面子你还能不给我?"

接着他就低三下四地哭起穷来。可怜兮兮地向对方倾诉物价上涨的沉重压力,每月入不敷出的拮据状况,看别人进入高消费行列的眼红,等等等等。有些夸张,但也基本上符合实际。今天晚上,在变成了亿万大亨的中学老同学面前,他觉得自己真是活得很可怜。两口子每个月加

205

起来，收入才一千五六，以往还一向满足于比上不足比下有余，真是活得太不觉悟太可怜了啊！

不料对方坚决又冷静地说："我当然好意思拒绝你。我怎么会雇用你呢？我不会雇你的，真的，不会。你就彻底死了这条心吧！倒不是怕大材小用了你这位副局级干部。何况你刚才当我面儿撒谎，你根本不是什么副局级。共产党选拔干部的标准再平庸，副局级的职位再多，也不至于物色到你头上啊！我是认为你不行，什么能力都谈不上，根本没资格做我的雇员。我的雇员那都是商界精英，个个年轻有为。随便拽出一个介绍介绍，都是名牌大学毕业的大学生，更不必说有的还是硕士、博士了。我每月给他们开三千五千的，那是因为日后他们每年能替我赚十几万元几十万元啊！可我雇了你，你能替我干什么？给我当司机？你不会开车，得现学。给我当拎包的？我有好几位秘书，显不着你。替我家养狗？我家那狗品种高贵，十几万买的呢！是我老婆的宠物。不许别人碰一指头，怕不干不净的人将不干不净的病传染给狗。你自己说你能替我干什么？你们这种人懒惰成性，志大才疏。还没当上大官儿呢，就先沾染了些拈轻怕重的臭毛病。大事干不来，小事也干不来，中国都快把你们这种人变成废人了！中国这商品时代的形势，才刚刚是个开始。往后这商品大潮汹涌着呢！到那时候，你们这些人，将是咱们中国第一等多余的公民！农民还会种粮种菜呐，农闲时还会到市场上去做点儿赚钱的小买卖呢！还可以打工呢！可你们行么？就算你们不在乎什么自尊心不自尊心了，你们那身子板儿行么？搞科技的，一项发明成功，或者接受奖金，或者卖专利，将来也大有用武之地。可你们又对科技一窍不通，基本上是科盲。你会用电脑么？"

"这……这我不会……"

"连电脑都没摸过，还想到我那儿去？"

"我……我可以学啊！"

"学？说得轻巧！四十多岁的大男人，我先出钱送你去学电脑？"

"你所指出的都对。我们这种人,的确是一身臭毛病,的确等于是废人,的确大事干不了,小事也干不了。可是看在咱们毕竟是中学老同学的份儿上,你还是考虑考虑我的要求,不,是请求。考虑考虑,啊?!"

他厚着脸皮期期艾艾地向对方推销自己,仿佛自己是最次最劣的货物。如果对方不要,就会一钱不值,只好扔到城市的垃圾场去似的。

"不,"对方瞪着他,无动于衷地大摇其头,"你要求我也没用,你请求我也没用。没用。什么时候你缺钱花了,四处借不到了,你倒可以尽管去找我。我会一甩手给你个千儿八百的。千儿八百的算什么? 我脚上这双鞋就一千多元。"

对方抬起了一只脚,让他欣赏脚上的鞋。

他献媚地左看右看,啧啧连声地说:"好鞋好鞋! 名牌儿就是名牌儿。和一般的鞋看着就是不一样。不是有那么一句话么,穷在头上,富在脚上。有钱没钱,戴什么帽子穿什么鞋,那是一打眼就能……"

对方落下脚却说:"得了得了,你小子别奉承我了。奉承我也没用。像我这么富有的人,什么奉承话没听过? 你几句奉承话就能奉承得我晕头转向么? 我不雇你,就是不雇你。我不雇对自己没用的人,这是我的原则!"

他妈的还有原则。

他恨不得一个大耳光朝对方扇过去。但脸面上,却尽量装出笑容。

那实在是一种当面受到羞辱后又不便发作的讪笑。

对方看了一眼手表。那表很厚,表链黄澄澄的,金光闪烁。他有次在大商场的名品专柜见过那种表,标价十三万。

对方说:"我得走了。原本只打算在你这位老同学家里坐上一会儿的,却待了这么久。时间对我很宝贵,探望你纯粹是浪费我的时间。但老同学嘛! 浪费时间也不能不见上一面啊,是不是?"

"那是那是……"

对方站了起来:"我还有事。本市有我的子公司,经理是我目前这届夫人的哥哥。你以后有急事用车,倒可以给他打电话。你一提是我老同学,我想他会给你安排辆车的。这是他名片……"

对方掏出名片夹,挑出一张,丢在桌上。

"这就走?……"

他真有几分依依惜别起来,仿佛要离开自己家的是鼎鼎大名的财神爷本人似的。

"能不能,把你的名片也给我留一张?"

"我的?我的就不必给你了吧?给你也没用。我行止无常,今天国内,明天国外,你按名片是联系不到我的……"

对方边说边往外走。

他只好相随着送出门,一直送到楼外。老太太似的,絮絮叨叨地说些送客的俗话。一层楼梯口的灯坏了,对方踩空了一脚,险些跌倒,嘟哝着骂了句:"你住这是什么鬼地方,如今现代化的猪舍还处处有灯光呢!"

送到楼外,对方也不跟他握手,也不跟他再寒暄几句告别的话,匆匆坐入小车里,小车转眼开走了。

望着远去的汽车,他希望那辆小车里有一颗定时炸弹,将小车在他视野内火光四射地炸上天空,将对方那肥壮的身体炸得东一块儿西一块儿……

究竟谁将他的工作单位和家庭住址"出卖"给对方的呢?对方究竟又为什么忙里偷闲地先找到他单位接着找到他家里,非要见上他一面呢?真如对方自己所说纯粹是感情的驱使么?送走那小子他开始对这一点产生了极大的怀疑。

如今四十岁以上的人们很需要某种精神和感情代偿,在现实生活中拥抱不到什么充实得了他们灵魂安慰得了他们感情的东西,便会从过去的年代里东挑西拣一些类似物。就像某些家庭的某些老太太,从柜角旮旯翻出了一个早年的包袱,必定如获至宝,打开来将些绸边儿布片儿摊一炕,重新评估它们的价值一样。于是乎"中学同学会""高中同学会""大学同学会""知青战友会""干校友人会"什么什么的应运而生。召集人往往是些大亨大款,能安慰得了人们的东西当然首先需要投资需要成本。于是他从社会想到人——难道那刚刚离开自己家的"财神爷",也心血来潮想当个会长什么的?想当他就当吧,这根本不必我姚纯刚批准啊!是了是了,他正是抱此目的而来的。毕竟我姚纯刚当年是班长啊!当年的班长健在,如今他要当会长的话,即使他认为自己最有资格,完全可以当仁不让,大概心理上还是难免有点儿取代者的不安吧?所以才来拜谒我实则为了使他仿佛做得厚道?妈的,成了大亨了,成了亿万富翁了,登他中学班长的家门,又二十多年没见过面了,却两手空空地就来了,连点儿见面礼都不带,什么东西啊!……不对了不对了,可那小子为什么对"同学会"这种事儿只字不提,哇啦哇啦夸夸其谈地尽说他自己而且当面羞辱我呢?姚纯刚啊姚纯刚,今天你表现得也太有涵养,太是个好脾气的人了!这是谁的家?这是你的家!你邀请过他么?没有!在你的家里,那小子没经你邀请就来了,来了就一屁股坐你对面,尽说些他自己活得如何如何得意的话,尽说些羞辱你是不可救药的废物典型的话,连你希望给他打工的虔诚又可怜的小小请求甚至是乞求都断然拒绝了,你居然还不翻脸不发火还陪着讪笑还说些言不由衷的阿谀奉承的话还低三下四不将他撵出去,你可究竟是怎么了呢?他是大亨是亿万富翁就使你在他面前无地自容连点儿起码的自尊心都替自己维护不住了么?嘿,你呀你呀!……

他疑团百结,越想越不明白。既不明白对方,也不明白自己了。若不是电话响了,他不知会呆坐在沙发上想到几时。

"是纯刚同志家里吗?"

电话那一端,一个女人的声音隐隐传来,仿佛距离他十万八千里之远。声音尽管远,尽管细小,但还是完全能够听得清楚的。他觉得似乎是那脸像兔子的女人的声音。似乎是,不太敢断定。

"对,我是姚纯刚,你是曲……曲……"

他想说出那脸像兔子的女人的名字,遗憾的是她虽然将自己的身子彻底交给过他一次,却似乎对自己的名字讳莫如深,至分手也没告诉他。所以他说不出来。

"得了,别曲、曲的了,能一下子听出我的声音,我就很高兴了!"

声音极为亲昵,亲昵中充满娇嗔的意味儿。

"当然听出来了! 我一听就听出了……"

一经断定对方正是那脸像兔子的女人,他心中对别人对自己的恼火顿时一扫而光。妈的,大亨成了富豪就得意忘形啊? 就以为不是大亨不是富豪的一切男人的生活就索然无味儿完全没有高兴的内容可言了? 老子不是大亨不是富豪,不也有一位漂亮的老婆么? 你用你那第五位也就是那位三流小歌星老婆换我丰姿绰约的漂亮老婆,我还不稀罕换呢! 老子不是大亨不是富豪,不也有漂亮老婆以外的女人意味儿无穷的女人上赶着缠缠绵绵地甜甜蜜蜜地追求和爱慕么? 那脸像兔子的女人的声音,仿佛能传导某种巨大的自信似的。这种自信一经传导到他心里,他又恢复了一个男人的一向良好的自我感觉。

"谢谢你还没把我给忘了!"

"什么话啊! 我哪儿能把你给忘了呢? 你在哪儿打电话?"

"不告诉你!"对方嘻嘻笑起来,笑够了又说,"在一个神秘的地方呗!"

"你的声音,对我是很大的安慰啊! 这会儿听到你的声音,我感到太……太幸福了! ……"

"真……的……呀……"

对方拖着长音问,长音拖出很嗲的成分。

"真的。我说的是真心话!"

他说的确实是真心话,至少有一半儿以上是真心话。他好感动于这一时刻她的声音带给他的美好。在平白无故地遭到一位大亨一位大富豪的当面羞辱和蔑视之后,她的声音带给他的美好显得格外宝贵似的。

"那你为什么不主动给我打电话?嗯?"

对方又嘻嘻笑起来。

"因为啊……怎么说呢……坦白说吧,我有心理障碍呀!我觉得咱俩关系搞反了似的,好像我自己是心理病患者,而你是我的心理医生……我这么说你不会产生什么误解吧?……

"喂喂喂,姚纯刚啊,对不起我不得不打断你啊!我想你一定是弄错了。我是你的中学同学曲素芬呀!从初一到初二,咱俩一直同桌,还结过'一帮一,一对红'呐,后来我下乡了,你留城了,咱俩就再没见过……"

原来不是那个脸像兔子的女人!他还以为是她呢!

曲素芬?……不错。他的中学女同学中是有个叫曲素芬的。他俩是从初一到初二一直同桌。他俩是结过"一帮一,一对红"。可是她下乡后,他再没见过她。妈的今天是怎么回事儿?平地里她怎么突然又冒出来了?她又凑什么热闹?……而且她干吗也姓曲哇!

"噢……曲素芬,曲素芬,闹了半天你是曲素芬呀!……"

"那你把我当成哪一个姓曲的女人了?"

对方的语调变得悻悻的了。

"老同学哇,对不起,真对不起,我单位里有位女同事和你同姓,约好了她今天给我打电话谈公事。你俩说话声音几乎一样。这真是天大的误会!……"

"单位里的女同事?不对吧?听你刚才的话,她不明明是你的一位女心理病患者么?……"

对方那种质问的口吻,仿佛是一位女提审员在审讯他。

他气得七窍生烟。妈的,究竟是同事还是一位女心理病患者,你管得着么!

曲素芬,曲素芬——他内心里默念着这个陈旧的名字,于是一个又矮又胖,脸圆得不能再圆,眼睛像金鱼一般朝外鼓突的丑姑娘,渐渐地从他的记忆底层浮现了出来。当年她常对他纠缠不休,不是往他兜里文具盒里书本里书包里偷偷塞情书,就是在她自己的日记里整页整页地写些多么多么爱他的既不害羞又热得发昏的话,而且还将日记给别的女同学看,而且不把全班男女生对她的耻笑当成回事儿。结果也常常使他成了众人耻笑的对象。当年她下乡离开城市的那一天,他内心里曾暗暗地快感极了甚至可以说幸灾乐祸极了。她怎么没"扎根"呢?但愿她别再像中学时期一样重新开始纠缠他滋扰他!连一这么想他都会不寒而栗。

"喂,二十多年没来往了,今晚给我打电话,一定有个什么特殊的原因吧?"

他的口吻一转而变得极为冷淡,企图伪装出亲热口吻,竟伪装不出一份儿起码的亲热。

"也没什么特殊原因。孙克到你家去过了么?"

对方的口吻也变了。不是变得冷淡了,而是变得有些不高兴了似的,遭受了他的伤害似的。

"孙克?哪个孙克?"

他一时未能将"孙克"这个名字和刚才坐在他对面的大亨联系起来。

"就是咱们中学的同学孙克呗!他现在可是一位财神爷了。怎么?他没去过你那儿?"

"噢,噢……那小子呀!来过了。胡吹神侃了一大通,耽误了我不少时间。我送走他没有五分钟。怎么?你跟他今晚有约会?"

他成心说出明显的不屑的意味儿,捎带着成心嘲讽了对方一句。

"我哪儿有资格跟人家约会啊!有资格跟人家约会的,那得是什么档次的女人啊!我只不过想了解,你们谈得还投机么?"

"想了解?为什么想了解?"

"这……你看你这个人!想了解就是想了解呗。还有为什么啊?偏问为什么的话,那……我不是总得有个给你打电话的借口么!"

"实话告诉你,我没跟他说什么。他呱呱呱地尽说尽说,我默默地礼貌地听着罢了。你想我们之间能有什么共同语言？所以也就谈不上投机不投机。你来电话之前我还在寻思，不知他小子究竟到我这儿干什么来了……"

"我猜结果就会是这样。你的工作单位，是我告诉他的……"

"你他妈的……喂，喂喂，对不起……"

"应该说对不起的是我……"

"别这样说别这样说，怎么着我也不该在电话里骂你，可你怎么知道我的工作单位呢？"

"这你就别问了。我不但知道你在心理所，还知道你当上了副所长呐。昨天班里的一部分同学聚会，是孙克召集的。他从南边儿回来……"

"南边？南边大了。地球以南都算南边儿！"

"具体我也不知是在哪一省哪一市。没人认真问，他自己也没具体说。他向每个参加聚会的同学打听你的工作单位和近况，谁都摇头。我见他问得情真意切的，就告诉了他。他当时记在小本儿上了，可是后来他喝醉了，喝醉了就开始胡说八道了，借着酒把你当众臭骂了一通。他说全班同学他谁都想念，就是不想念你。说非但不想念你，还恨你。说如果有机会见着你，一定当面臭骂你一通。说不因为别的恨你，就因为你在中学时期将全班女同学的心都笼络去了。说他当年就对这种现象愤愤不平。说他当年曾发誓，一旦出人头地，一定和你较量个高低……"

"打架？"

"不是，是要和你比一比男人的魅力。他说他当年教你拉二胡，不过是想沾你点光……"

"那能沾我什么光？"

"他成了你师傅，对你好的女同学，还能不对他也另眼相看点么？"

"这他当年可是打错了算盘。你知道的嘛，你们女同学并没有因为他自称是我学了二胡的师傅，就对他另眼相看嘛！"

"是啊是啊，这我当然再清楚不过了！所以他才记恨你么！我当时很后悔把你的工作单位告诉他。可后悔已经晚了啊！大家临别时，他说他一定要去你单位找你。同学们都劝他何必呢。他却说那就不去你单位了，去你家找你。我真后悔极了，真的。所以你刚才在电话里骂了我一句'他妈的'，我也并不生气。还是要向你解释，还是要向你表示忏悔，还是希望亲耳听到你对我说句原谅的话。当时已经是晚上八点多了，要不我当时就往你单位打电话通告你，好让你有个心理准备了。今天一早起来，第一件事儿我就是守在电话机旁，不停地往你单位打电话。终于有一个人接了，才知道你没上班，病了。我问到了你家的电话。白天往你家打了好几次，也没人接。好在孙克并没在你家里当面骂你，我也就放心了……"

"他昨晚那分明是耍酒疯，你又何必当真呢。我们虽然没什么共同语言，可互相还是很尊重的。大小我也是位国家干部，何况还是位搞心理学的学者啊。他那一类人，一旦财大气粗就得意忘形、就张狂，可内心里肯定还是很自卑的。在属于国家高干之列，同时又是特殊专业的学者面前，自己几斤几两，自己心里还是有数的，还是言行收敛、谦虚谨慎的……"

"那我信，那我信……"

对方说得极虔诚，话音里流露出对他的仰慕。

"曲素芬同学啊，你现在生活得好么？"

他有些被对方的忏悔和虔诚所感动了。

"挺好的挺好的。谢谢你的关心啊！"

对方的话音里竟流露出受宠若惊来。

"在什么单位工作啊？"

"菜市场。"

"有空儿的时候，到我家来玩啊！"

"只要你欢迎就行。"

"这是哪儿的话，怎么能不欢迎呢？"

刚才被大亨孙克击得粉碎的自尊心，渐渐地又恢复了。他想象自己真是一位局级干部，真是一位学者。口气，也随之变得很是矜持了。仿佛认为自己有理由以一种优越的口吻说话，起码有理由以一种优越的口吻跟在菜市场工作而其貌又丑陋的对方以一种优越的口吻说话……

他问，孙克的话是否全系吹牛，水分大到几比几？

她回答说绝对不是吹牛。说绝对没有水分。说千真万确，市里省里的领导，都分别接见了孙克，热情极了，只差没把那孙克供起来。还说："人家发到了那种档次，完全没有必要吹牛了呀！"

一个"呀"字，使他从对方那句话里听出了成分很高的羡慕的意味儿。

"这时代他妈的太不公平了！"

他不禁又悻悻然起来。那一种口吻，那一种语调，如同发自一个在社会最底层感受着巨大的剥削、受着巨大压迫的愤世青年之口。

话筒那端一阵沉默。

"中学时代，他孙克算老几哇？还偷过班费是不？个人卫生也很差。每次检查个人卫生，老师总派我守在校门口，堵住他，不让他进教室，怕他使咱们班减分儿。考试还经常偷看别人的答卷儿，有次被监考老师发现了，赶出了课堂。你记着这回事儿不？当年他的思想意识就不良，总爱跟你们女生黏黏糊糊的，对不对？……"

他终于有了一个机会，可以对一个看不见的听众大肆贬低刚被他送走、从内心里被他万分嫉妒的人。他真希望自己是在中央电视台的新闻节目中说那番话的，十二亿中国人都能听到他对一个经济暴发者历史劣迹的揭露。果而如此，那他妈的多么好！

电话那一端的中学女同学，却仍态度暧昧地沉默着。

"喂，喂，你在听么？你怎么不说话？"

他急切地希望，对方不仅仅是在听，并且也参与揭露。

"叫我说什么好呢？你讲的那些事儿，我全记不得了。你怎么对那些事儿记得这么清楚啊？……"

对方的口吻，使他感到，分明地，对方不是"全记不得了"，而是也和他一样，记得很清楚。只不过，不情愿卷入他从过去挑拣出来的话题罢了。

"因为现实太不公平，才勾起我对当年的回忆！"

他几乎在恼怒地对着话筒吼叫了。

话筒那一端又是一阵暧昧的沉默。

"喂，喂，我说曲素芬啊，难道你觉得现实很公平么？"

他妈的，一个卖菜的，怎么竟一点儿要求公平的自觉意识都没有呢？如果连卖菜的都觉得这世道本就应该这样，那中国不就完了么？他这么暗想着，如同许多忧国忧民的人士一样，内心里竟产生了一种对现实的无奈的悲观。

"也不能抱怨现实不公平。当年他下乡后，吃了不少苦。他吃的那些苦，不是当年赖在城里没下乡的人所能想象的啊！"

对方的话，使他觉得，仿佛是在揭露他自己当年的劣迹似的。当年他这位班长得以留城，乃是因为协助校方动员广大同学"上山下乡"有功。实际他当年等于参与了逼迫许多同学离开城市的"工作"，其中包括逼迫孙克离城。这也正是为什么二十多年来，他一直不与中学同学们交往的根本原因。他在心理上怕他们。此时他才不得不承认，孙克那小子记恨他，想寻找机会当众当面臭骂他一通，是不无理由的。对方见到了他，竟没臭骂他，甚至对当年之事只字不提，简直可以说是很宽大为怀的态度了。他仿佛被人开始揭露了。于是轮到他自己陷入窘况沉默着了。幸而对方看不到他那种尴尬的表情。

"当年他家生活多困难呀！按政策他本是可以留城的，可也被当年的些个王八蛋逼迫着下了乡。他下乡第二年，他那瘫痪在床的母亲就因为没人照顾早早死了。他弟弟也因没有家长管教，学坏了，犯了杀人罪被枪毙了。他当年没死就不错了是不？返城后这十多年，人人追求的是国营企业和机关单位,接着追求的是大学文凭、房子、职称、职务,都奔着起码混上个科长处长当当。可这些都与人家无缘啊!现实仍逼迫着人家这十多年里马不停蹄地'跑单帮',亏一把赚一把地'拼缝儿',处处赔着笑脸低三下四地'搭桥'。人家后来担的风险可比咱们多。你没注意到他缺少了一根指头么?那是'跑单帮'做买卖时,被黑社会团伙剁掉的。咱们都安安稳稳地过小日子这些年,人家又带着十几年的血汗钱,到南边图发展去了。炒地皮,炒房子,炒股票,人家都干过。人家是在南边儿发起来的。如今他的家还安在南边呐!人家此次重返故乡城,就是要见见当年的老同学、熟人、有恩和有怨的人,夸夸富。让所有的人都知道,人家混出个样儿来了。这种衣锦还乡的意识人人都会有嘛,可以理解的嘛,是不?再说,人家此次重返故乡城,基本上是以这么一种良好的原则处世待人——有恩的那一定要报恩,有怨的那一定要主动地高姿态地了结宿怨。人家毕竟不是没当面骂你么?那还不证明人家是坚持了人家的良好原则呀?当年我们两家离得近,我见他家境怪可怜的,不是主动去他家给他那瘫痪的母亲洗过几次澡么?老师还为此表扬我呐。可人家一直铭记到如今。我儿子去年没考上大学,在家闲待着,成了我的一块心病。人家一听我说,当即就定下了让我儿子到他在本市的子公司去。每月给开一千多元呐!我和我那口子的工资满打满算加起来不过才五百来元!人家这不成了我的一位大恩人了么?所以,思前想后,我悟明白了。做人,那还得保留份儿好心。好心,总有天会有好报的。不是没好报,是时候没熬到,你信不?……"

听着听着,在不知不觉中,他竟将电话放下了。

之后,他内心里空落落地坐在沙发上又长久地发起呆来。孙克那小子怀恨于他,的确是有一定道理的啊!他不禁开始反省。当年他这个班长,曾处处监视人家、欺压人家,无数次当众羞辱过人家。偷班费的事儿,后来查无实据,也许还是一桩冤案。可是当年是他动员几名同学打证言,非要将一项偷的罪名加在人家头上而后快。人家因此差一点点被开除,在学校里始终抬不起头来做人。偷的罪名从此还塞入了人家档案。"文革"中，他当了红卫兵的头头，又百般从中作梗，将人家排斥在"红五类"之外，使人家始终没戴上过红卫兵袖标……

三十几平方米的一个小单元，过时的旧家具，坐塌了弹簧的破沙发，修过的电视机和电冰箱——这一切都曾使他对自己的家心满意足过。然而如今，它们与别人家的同类东西比起来，早已成了令人惭愧的东西。一个中级职称，一把在单位并无任何实际权力可言的副所长的交椅（这把交椅坐得岌岌可危，坐得长久不长久还很难说。靠夫人的外交手段得到的总比不上靠自己的能力获得那么稳妥），一百四十多元的基本工资，外加四十几岁的年龄，和一个日渐与自己怀二心同床异梦，已开始夜不归宿，也许明天或者后天，就可能提出离婚的老婆………这一切组合起来，便是我姚纯刚目前的生活啊！他心里一时又充满了失落感。充满了对自己，以及对自己目前的生活和将来的生活萌发的沮丧、萌发的悲哀。它们形成一种巨大的恐惧。这种巨大的恐惧从未像今天这么真实过。因那个叫孙克的小子的造访，而更加真实、更加具体、更加咄咄逼人，甚至可以说使他感到有些狰狞，觉得自己仿佛被它咬住了脖子。从前那种比上不足、比下有余的较良好的自我感觉，仿佛不过是一个自己吹出来的、自欺欺人的肥皂泡。这会儿被别人给弄破了，变成了一滴油液似的肥皂水儿。而他厚着脸皮一言再言地乞求给孙克那小子当催巴当雇员，都被人家坚决地拒绝了！他如果预先知道对方到他家来，其实是要凭着强大的无与伦比的心理优势，当面引起他剧烈的嫉妒，藉以实施礼貌的，似乎富有人情味儿的，含蓄而文明的报复，他怎么也不至于下贱到还厚着脸皮乞求给人家当催巴当雇员的地步哇！如果他并不嫉妒，对方的报复目的当然不能达到。但是他做不到不嫉妒。他嫉妒得要命！嫉妒得想要冲出家门去寻找对方，一旦寻找到了就把对方弄死！寻找不到弄不死对方那么就干脆自己将自己弄死！他不但觉得他自己的内心里，而且觉得他的家的整体空间，都弥漫着稠厚的嫉妒。从内外两方面压迫着他，使他感到非常窒息,大张着嘴仍觉得喘不过气……

你能干什么?……

废人……

你什么时候缺钱花了,尽管找我。我可以一甩手给你个千儿八百的……

但我就是不能雇你。我绝不雇对我没用之人……

对方当着他面说的那些话,像一把钉子钉满在他心上。当时他的感觉不过是麻木,是麻木中的微疼。现在开始剧疼,开始流血了。而当年那个容貌丑陋的曲素芬,那个曾视他为"白马王子"的仰慕者,竟还要替孙克那小子的暴发史大辩其词!……

姚纯刚呀姚纯刚,你又干吗要在电话里和她啰唆半天呢?

这个夜晚真他妈的丧气真他妈的不吉利!

他起身去取来了半瓶酒。它是某一次所长赵胖子需要他陪客,宴桌上剩下的。酒倒是名酒,茅台。赵胖子当时说:"别不好意思,拎走拎走。这是货真价实的茅台,一瓶四百多元呀!"他当时本不愿贪那点儿小便宜的。觉得赵胖子自己不拎走,而当着客人的面,用一种近乎于命令的口吻鼓励他拎走,分明是没从内心里尊重他,是在些客人面前存心将他当成一个小角色对待。酒是赵胖子当时强塞给他的。赵胖子其实对心理学很没兴趣很轻蔑的。这一点他这个副所长比谁都清楚,赵胖子自己有时也不否认。赵胖子不过是借心理所这一条船,扬起风帆驶往自己的海域。赵胖子什么时候会把他一脚踢开呢?赵胖子要借心理所这条船驶往哪里呢?几年之后,赵胖子也会成为孙克那么一位大亨么?他觉得自己这么想是有根据的。因为近一年来,赵胖子与港台富商们过往甚密。谁也不知赵胖子是怎么和他们建立起关系的。他们当然不是因为心理有问题才认识赵胖子的……

烟已没法儿使他情绪镇定,而酒也没能。

……

219

当他醒来时,已经是第二天上午八点多了。他是被一口凉水喷醒的。一睁开眼睛,首先看到的是妻子的脸。她含着第二口水,鼓起两腮,正欲又向他脸上喷。

"别……"

尽管他明明已经醒了,妻子还是将第二口水喷在了他脸上。

他抹了下脸,坐了起来。他竟合衣在沙发上睡了一夜。沙发前一堆呕吐的秽物,散发着令人恶心的气味儿。

妻子看了看已空的酒瓶子,苦笑着说:"你就以这种方式向我证明,序幕已经拉开了么?"

"什么……什么序幕?……"

他口齿含糊不清地反问。

"离婚的序幕啊!先是处处故意摆出不打算正经过下去的姿态,接着是冷战阶段,再接着把这个家搞得我没法儿回来……"

"你!强词夺理!倒打一耙!"

"我强词夺理?我倒打一耙?你设身处地想一想,如果咱俩换过来,你是我,我是你,你从外边兴冲冲地一进家门,见自己的丈夫醉醺醺地睡在沙发上,一只脚搁在茶几上。吐得满地肮脏,你的心情会如何?好,好,让应该到来的事情,早些到来吧,幸亏咱俩没孩子……"

"没孩子是你的问题!"

他仿佛终于盼到了一个可以正面冲突正面较量的敌人,立即反戈一击。

"好好好,是我的问题。你别老虎似的冲我吼,我承认是我的问题行了吧?我有罪,我该死……"

妻子一边说,一边脱光了衣裙去擦身。衣裙袜子往沙发上乱扔。乳罩扔到了他脸上。"大款"王相中是个像某些女人一样喜欢往身上洒各种香型的香水儿的男人。她可不想被"临时丈夫"闻出自己身上有别个男人的异味儿。离婚要离得占理。她想,丈夫说得不错,她很善于倒打一耙。刚回到家里,自己不是已经动用倒打一耙的战略战术,占了三分理了么?这个序幕的拉开不是对自己很有利么?而且等于是他拉开的……

他则又隐忍地、屈辱地保持着沉默了。同时赶紧清除自己的呕吐物。明明地,他有充足的理由向她提出疑问、质问和抗议的时候,她三言两语地,往往就将道理全扳了过去,"转败为胜"。结果使他处于有理说不出、有理也似无理的境地。于是他只有本着"和为贵"的夫妻原则争取较体面的妥协。

"卫生间的灯坏了,你知道不知道?"

"知道……"

"知道!你还好意思说知道!知道为什么不买个灯泡换上?"

"心里是想着来的。可工作一忙,忘了……"

"那证明你老了。你说怎么办吧?"

卫生间的门被推开了一条缝,传出她在半明半暗中的解手之声。

"什么怎么办?"

"别装糊涂!你老了,我可没老!我不喜欢老夫少妻的关系!"

"可我才比你大几岁!"

"那证明你未老先衰!"

"诽谤!我未老先衰?你太昧良心了吧?哪一次在床上我没把你侍候得死去活来的?"

"你又吼!我跟你好声儿好气儿地说话,你总恶声恶气地冲我吼个什么劲儿啊?夫妻间连话都没法儿好好说了,还能长久过下去么?"

他被她的话噎住了。从卫生间的门缝儿瞪着她蹲坐在马桶上的身影,恨不得将她拖出来揍一顿。

"你不拿好眼色瞪着我干什么?干么?对享受女人的身子都轻车熟路了,对女人解手还惊奇呀?"

他气得一脚将卫生间的门缝踹严了。

冲马桶的水声……

突然她尖叫着从卫生间冲了出来,赤身裸体冲到他跟前,但是却双手叉着腰。浑身上下,附着棉花团似的大量的肥皂沫。

她叫嚷:"连马桶堵了你也不弄弄吗?"

"我还没进去过,我怎么知道堵了!"

"你!"

"你一回到家里,就这也不对那也不对,就找茬儿跟我吵。"

他以一种悲哀的口吻说,那种表情看去活似一个受气包儿。

"哼!"

她双脚水淋淋的,显然马桶里溢出了水。

"亲爱的,往后你脾气好点儿行不? 我头疼得厉害,你就当你照顾我一次吧。谁家的马桶没堵过哇,什么大不了的事儿呀,我自己通通不就完了嘛……"

他显出更加可怜的样子,低声儿下气儿地说着些希望获得体恤的话。他的心情已经够糟的了,他不愿今天晚上仍在沙发上睡。倘若他真将她激怒了的话,那么他就甭指望晚上睡在床上了。何况他现在感到饿极了,他还等着她做顿有汤有菜的饭给他吃呢。

他望着她,努力使自己的目光温柔又哀怜。

她张了张嘴,没再说什么,一声不吭又进了卫生间。他的"哀兵政策"似乎使剑拔弩张的局面有了和平的转机。

他头确实很痛。清除尽了自己的呕吐物,他又开始涮拖把拖地,拖过了地自觉自愿地收拾屋子。几天没擦过灰了,哪儿都一层灰。他企图像一位好丈夫那样自我表现一番,为的是讨妻子个笑脸。明明有理他妈的变成了没理,那就索性装出没理的样子吧! 不就是妻子一夜未归么! 这有什么呢? 两夜三夜、四夜五夜未归,从根本上说不还是自己的老婆么! 好比谁家的马桶都堵过是一样的事儿嘛! 如此这般的些个事儿,一当成是微不足道的小事,细细一想,可不就是小事儿一桩嘛! 何况,妻子昨夜是否真的和别一个男人睡在一张床上,不过还是他的猜疑,并没有什么确凿的根据。而自己和那个脸像兔子的女人之间发生的勾当,却是无论怎样抵赖也发生过的事儿。即或妻子昨夜真的和别一个男人睡在一张床上了,两厢抵消,不是也等于自己和自己的老婆谁都没背叛过谁么?

妻子终于从卫生间出来了。她擦身后,又穿上了脱下的衣裙。见他在收拾屋子,脸上也就有了几分宽恕之色。

"早上吃点儿什么?"

"你做什么我吃什么。"

"炸酱面吧。家里没菜了,只好吃炸酱面。"

"行。"

"昨天家里来客人了?"

"没来。"

"那这桌上的名片是谁的?"

她将小坤包里的东西一股脑儿倒在床上,一边点数钱钞和各种票据,眼睛一边瞅着那名片。它反面儿朝上,她嘴里试着想拼出反面儿的英文。可毕竟还没到那水平,拼不明白。

"来是来过一个人,不值得一提的一个人。我中学时代的同学,班里最没多大出息的同学。到南方发了点儿财,说在咱们市还有个什么子公司,给我留下张子公司经理的名片……嘿,这类人,不过是赶上了时来运转的年代,要不一辈子得在社会最底层压着……"

他忽然觉得自己第一遍并没有将地拖干净,于是转身去取了拖把来又拖。仿佛要将"不值得一提的一个人"留下的看不见的脚印,从绝对清洁的意义上拖得一干二净。

而她整理完钱钞和票据,拿起了名片。

"这家公司我听说过。"

"唔?"

"它的母公司确实是一家资金雄厚的个体公司。"

"唔？"

"那老板至少有上亿元的资产"。

"唔？"

于是他们以互相研究的目光彼此注视。在他的注视之下,她渐渐地微笑了。

"你笑什么？"

"我笑你。"

"我有什么好笑的？"

"你太……"

"我太怎么了？"

"你太那个啦!"

"太那个是什么意思？"

"你自己内心里明白。"

"我不明白!"

"你明白。"

"不! "

他狠狠将拖把掼在地上,真的咆哮起来了。

"你不吼就不会说话呀？好,就算你不明白,那么让我来告诉你,你是多么可笑。人家有一亿多元个人资产,可你却说人家是'不值得一提的一个人'。如果有一亿多元个人资产的人都不值得一提,那么你不是就更不值得一提了么？你多大言不惭啊! 你怎么就能有这么良好的感觉,在自己老婆面前说一个有一亿多元个人资产的男人不值一提？"

"住口!"

他觉得出自她口中的根本不是话语,而是钉子。她只要一张口,它们就会一束束地喷射,带着强劲的力度。于是他又觉得自己变成了一只刺猬似的,全身被射满了钉子。许多钉子射透了他的身体,而另外许多钉子则射在他心上、射在他肝上、射在他咽喉里,总之是射在人体最娇贵最要害的器官。他感到她比孙克那小子更可憎,对他所造成的伤害,也比孙克那小子造成的剧烈得多⋯⋯

他扇了她一耳光。

她捂着一边脸,瞪着他,目光愕然又委屈。而她的嘴,却在冷笑。这就使她的脸,那一时刻看去特别古怪。仿佛已不再是她的脸,更不再是他所熟悉的爱看的一张脸,而是由两个别的女人的脸上下拼成的。

他凶恶地斥骂她:"你这个不要脸的女人!你这个荡妇!你这个婊子!说,你昨天夜晚陪哪个狗男人鬼混去了!你当我是什么?当我是你的性操练场哇?我是你法定的丈夫!你以为我是大傻瓜,心里什么都不寻思啊?别忘了我是搞心理学的!你在我身上操练得轻车熟路了,好在别的狗男人床上花样翻新对不对?我掐死你!"

他咬牙切齿凶神恶煞般向她扑去。

她机敏地一闪身,逃到卧室去了。他扑至卧室,她将门关上了。

他如同一只刚从麻醉枪下苏醒过来,发现自己被关在了笼子里的狼,一会儿呼哧呼哧地喘息着蹿入客厅,摔碎一两件小东西,一会儿又呼哧呼哧地喘息着蹿至卧室门前,挥起拳头擂门,飞起脚踢门,发出可怕的咆哮。他在厨房里操起菜刀,欲砍卧室的门,可举高了,却没往下砍⋯⋯

后来他就双手抱着头,一动不动地坐在沙发一角,无声地哭泣⋯⋯

他哭够了,又跑到卧室门口去,哀求她开门,哀求她出来,说些自己不够冷静、望她宽恕的话,还啪啪扇自己的脸⋯⋯

"咱们和好吧,和好吧!我骂你那些话都是气话啊!我不该打你⋯⋯我承认我自己无能。我承认行不行?可我愿意无能的么?我不当什么狗屁副所长了!我也要想办法调到哪一个公司去⋯⋯⋯当个经理助理,或者副经理,每月挣几千元钱⋯⋯我会去求我那位成了大亨的中学同学,他会欢迎我替他工作的⋯⋯真的⋯⋯你开门吧⋯⋯我已在门口给你跪下了呀!⋯⋯亲爱的,我们近来为什么总是要互相争吵呢?

我再也不对你吼了……我保证！你一不高兴,你一用那种瞧不起我的眼光看我,你一对我说些轻蔑的话,我就感到六神无主,感到世界末日马上要到来了,感到活得太死皮赖脸太没意思了……"

他真的跪下去,伏在卧室的门上哀哀哭泣。

经久,门无声地开了。她的双腿刚一出现在他眼前,就立刻被他紧紧地抱住了。那情形,如同一个遭遇到海难的落水者,于将要灭顶之际,紧紧抱住了一块礁石……

一股女人对男人、妻子对丈夫的怜悯的温情,顿时软化了她的心。她眼中一热,滚下几滴泪。她情不自禁地用双手捧起了他的脸,泪汪汪地俯视着……

第八章

这一白天,他们都待在家里。彼此厮守着,谁也没出过门。

十点半左右,他才吃上她做的早饭。自然是炸酱面。他吃得很香,接连吃了三大碗。

"饱没饱? 没饱我再煮点儿?"

"饱了,饱极了!"

"我看那是因为你饿极了。"

"对,我饿极了。"

"我不在家,就饿着呀? 就不能自己动手做点儿什么吃呀?"

"能。"

"能? 能还饿着!"

"不想吃自己动手做的,就想吃老婆给做的。不管做什么吃,老婆做的都比自己动手做的吃着香。"

"你呀,你被我惯坏了!"

吃过了实际上等于是午饭的早饭,他们就身偎着身,头挨着头,躺在床上说话儿,仿佛并没吵闹过似的。那一种双双慵懒的亲热劲儿,正如老百姓常说的——两口子吵架闹着玩儿。

"昨天赵胖子非用车把你接到所里去,为什么事儿?"

"还能有什么事儿!找上门儿来一位心理病人。赵胖子赶鸭子上架,交给我负责接待了。暗中说是为我好,给我一个业务实践的机会。"

"就你?你也能替别人解除心理病症?"

"是啊,所以我说他是赶鸭子上架么。我觉得自己还需要别人来帮着解除心理病症呐!"

"我看也是!男的女的?"

"女的。"

"多大年纪?"

"和你差不多的岁数。"

"漂亮么?"

"还行。"

"还行就是漂亮的意思啰?"

"不丑的意思。女人味儿挺足的。"

他原本想撒谎说是男的。但为了引起妻子的一点儿猜疑和嫉妒,就实话实说了。近来常是他因了妻子的什么话什么行径而疑心重重妒意多多,他感到自己太吃亏了,感到于自己不公平。他也企图使妻子尝尝猜疑和嫉妒这颗苦果的滋味儿。

果然,她一下子翻过身来,双手撑着床,支起上身,一只随时准备蹿扑的猫一样瞪着他。

他得意地笑了。他故作一副莫测高深的样子,以矜持的口吻说:"亲爱的,你别这么瞪着我。这件事和人家是男是女没任何关系。"

"那和什么有关系?"她仍猫似的瞪着他。

"只和所里的经济利益有关系。"

"她长得什么样儿?"

"谁?"

"我还能问谁?那女人!"

"脸像兔子。"

"脸像兔子？哈哈哈哈……"

她笑起来。在床头搁板架上，摆放着一只大白兔，绒布做的。她将它拿在手里，端详着，边笑边说："脸像兔子？……"

他这才想到，她是属兔的。因此她喜爱兔子，他本是无意之中说出"脸像兔子"这句话的，没料到会使她发笑。他不明白为什么一个女人听说另一个女人脸像兔子大觉开心。他感到被羞辱了。毕竟，昨天使自己受到空前巨大的诱惑，并和自己在所长赵胖子办公室里的床上云雨癫狂的并非一只兔子，而是一个脸像兔子的女人，是真正的女人。女人和兔子是完全两回事儿的东西。何况他已经开始认为，一个女人的脸像兔子未必不可爱。

她看出他被她笑得有些窘，也多少有几分不悦了，便忍住笑，伏在他身上问："你生什么气啊？"

他反问："我的话有什么值得笑的？"

她不正面回答，再问："腿呢？"

他说："我又不是体操教练员或选美评委，注意她的腿干什么？"

她仍不正面回答，将一条腿缓缓抬起，笔直地竖立着，一边自我欣赏，一边继续问："比我的腿更吸引男人们吗？"

他恶狠狠地说："她没有双腿！她是一个残疾人，坐轮椅！这你满意了吧？"

他的恶狠狠的口吻自然是装出来的。这会儿，有漂亮的妻在枕畔身旁，他又觉得自己是一个十分幸福的男人，是一位十分幸福的丈夫了。就算是中央广播电台和中央电视台同时都在宣告世界末日即将到来，他也不会相信也不会觉得有多么可怕了。他的目光不禁望向妻子那条笔直竖立着的腿。他望着，终于明白，原来在这个世界上，他最爱的女人大约永远是他漂亮的妻子。她等于是他最宝贵的财产。即使他成了一个一文不名的穷光蛋，一个无家可归的流浪汉，只要有他的漂亮的妻子在身旁为伴，一文不名的穷和无家可归的流浪，都不算是什么不幸的事了。他望向妻子那条腿的目光，顿时充满了欣赏和赞美的成分，并且顿时变得温柔极了可爱极了。

"宝贝儿，"他又说，"在我眼里，没有一个女人的腿，比你的腿更美，对男人更具有吸引力。"

于是他不由得在心中将妻子的腿和那个脸像兔子的女人的腿加以比较，比较的结果是妻子的腿更令他一瞥而怦然心动。因为那脸像兔子的女人的腿尽管也修长，可是肌肉太紧，肤色也不够白。而妻子的腿既修长又丰满，膝部以上白得像白绸，柔软得仿佛没有骨骼，简直可以卷起来似的。当他和妻子做爱的时候，当她用她那双柔软得仿佛没有骨骼的双腿夹住他的腰的时候，他每每觉得自己变成了妻子的一部分。那会儿就是有一支枪筒抵着他的太阳穴，他也不愿从她身上爬起……

"别耍杂技了！"

他示意她将那条笔直竖立的腿放下，她乖乖地顺从了。再说她那条腿也竖立得累了。她的腿缓缓放下但还没放到床上时，他坐起来托住了她的腿，继而搂抱住了它，从上至下又从下至上地亲吻着，用自己的脸贪恋地偎贴着……

她咻咻地笑，眼睛开始亮得炯炯发光。双唇一充血，变得非常红润。她全身一下子释放出了大量的性讯号。她娇声嘀嘀地说："你到厨房拿刀去！"

他一愣，奇怪地低问："拿刀干什么？"

"我把我的腿砍下来。要不你一搂抱住人家的腿就不放开，却不理睬人家这张脸了！"

他笑了，这才恋恋不舍地放开了她那条腿。临放开之前，还轻轻在她大腿内侧皮肤最白皙最润软的地方轻轻咬了一口，使她夸张地尖叫了一声。

"疼嘛！"

她咻咻地又笑,模样儿更加淫荡。最淫荡之时也是最可爱最美之时——这一点,是这个女人和许多女人不相同的地方,也是这个漂亮的女人和许多漂亮的女人不相同的地方。正是在她最淫荡之时,她那漂亮女人的一切可爱之处一切美点,都极端地生动起来,更加显得眉黛唇红,更加显得明眸皓齿,更加显得人面桃花,梨窝浅显……

于是他情不自禁地俯下头。却未等他吻到她的唇,她已双手捧住他的脸,狂吻起他来,吻得他喘不过气儿,仿佛要把他的内脏由他口中吸吮到她口中,吞咽到肚子里去。他懵懵懂懂的,迷迷幻幻的,就被她扯入了熊熊的欲火堆里。甚至搞不清楚,自己的衣服,究竟是自己脱光的,还是被她剥光的,更不明白她是怎么一下子变得赤条条的了。在对面墙上,挂着一小块壁毯,早已着满了灰尘,他和她都曾说过几次该洗洗了,却谁都懒得洗,仿佛"该洗洗了"完全是说给对方听的。上面的图案是太极八卦图。他觉得那据说包罗万象的图中的两条鱼,开始扭动起来,并且由肥壮变得苗条起来,活跃地扭动着互相绞缠起来。

他似乎一下子对八卦图有了全新的领悟。它刺激了他,使他无比亢奋,使他体内的每一根最细微的神经和每一条最细微的血管都膨胀了起来。他觉得自己仿佛变成了雄伟的巨人,浑身充满了淫力。他闭着眼睛,想象着在他身下发出一声声快感吟叫的并非只是他的妻子,还是那脸像兔子的女人,是由两个他所喜欢的女人合成的一具躯体,温软又鲜活,在床上不停地扭过来又扭过去。这一种想象也使他自己的快感到了极点。他不愿睁开眼睛,唯恐一睁开眼睛想象就消失。而只有在那种想象中,他才觉得自己正进行着的事配说成是"做爱",否则只不过就是一次"房事"而已。

"看着我……看着人家嘛……"

她在吟叫的间歇娇语呢喃。

他佯装耳聋。

他就是不睁开眼睛。

“哎呀，什么味儿？”

经她一说，他也闻到了一股焦味儿。他不得不睁开了眼睛，垂身床下，却仍压着她，目光四处寻视，以为是自己将没掐灭的烟头扔在了地毯上。

“不在地上！在台灯旁！”

他抬头一看，竟是她的薄丝裤衩罩在了烟缸上。烟缸里暗燃着的一截烟蒂使它冒起烟来。他扯下那不幸的东西，蹿到厨房，丢在水池里，放一股水浇湿了它。

重新躺在床上，他从刚才的想象中回到了现实中，一时又充满了困惑。

“为什么？”

“嗯？”

“为什么大白天的，你忽然……”

“是我忽然，还是你忽然？”

“反正……我觉得是你挑逗我的结果……”

“我挑逗你的结果？这人哎！”

她噘起嘴，佯装嗔样，背转过身去了。

“看你，又要小脾气了不是?!”

他将她的身子扳了过来。

“刚才……好么？”

“好。”

“真好假好？”

“当然真好！我觉得好不好，你还看不出来呀？”

于是他倦倦地笑了。毕竟是一次倾心竭力的“战役”，他感到自己消耗极大，仿佛整个身体都变轻了。

于是她也倦倦地笑了。那“战役”对她无疑是拼力招架的一次，她也感到自己消耗太大，也感到仿佛整个身体都变轻了。

这将是最后的一次了——她内心里忧郁地想。尽管抛弃他,早已是她坚定的、绝不打算改变的意志,但她内心里还是难免有几分忧郁。她是早已习惯了将他,更准确地说,是将他的身体,当成自己非常熟的一件东西了,而且认为是她的全部"生活必需品"中,质量最上乘的一件东西。他妈的——她又惆怅地想,生活真他妈的不遂人愿。有的男人,你和他们在床上做爱那份感觉好得没法比,简直和吸毒一样是任何其他的事物所不可替代的,可是他们下了床是一个极平庸的丈夫,每个月只能挣二三百元钱。在这个时代,每月只能挣二三百元的丈夫,又和一个穷光蛋一个笨蛋有多少区别?而有的男人,他们能确保某个成了他们老婆的女人过上贵妇般的生活,但他们又体态丑陋,容貌猥琐,连做爱的方式都是可憎的,与强奸犯与流氓歹徒没什么本质区别的。尤其令她感到沮丧的是,他们有的还是阳痿的患有性功能障碍的男人。那位大款王相中便是这样的男人。原来他使女人在性方面儿获得起码的满足,一向靠的不是男人的天生的本事,而是性亢奋药品!

在床上,还是"过渡丈夫"姚纯刚好;在床下,却是"大款"王相中更符合自己依靠男人的原则——所谓"鱼与熊掌不可兼得",所以她内心里才暗暗地忧郁,暗暗地惆怅。和自己的"过渡丈夫"的这最后一次做爱,于她,仿佛是一种诀别般的仪式,仿佛是"最后的晚餐"。现在,"最后的晚餐"结束了,她内心的忧郁和惆怅却更浓重了……

"宝贝儿,你怎么了?"

他低声问,温存地爱抚着她。

"我……舍不得和你分开……"

她无意中说出内心里的实话。

"那好,我高兴陪你躺着。你愿躺多久,我就陪你躺多久……"

他并没认真咀嚼她的话。

她说:"我爱你。"

他说:"我也爱你,宝贝儿。"

她说:"不知为什么,我只想哭。"

他说:"最近几天里咱们总闹别扭、总吵架,都算我的不对,我作检讨行不行?"

于是她噙着泪笑了。

她的泪当然是为自己而涌出来的。女人如果又迷人又自私,又漂亮又虚伪,那是男人根本无法辨识的。何况他又根本不属于那类"眼中揉不进沙子"的男人。

她欠起身,伸长胳膊去取烟盒,倏忽间噙着泪的眼睛炯然一亮——她又看见了那张名片,是她将它带入卧室放在桌上的。

于是她的手没有去碰烟盒,而是拿起了那张名片。

于是一个崭新的打算,也可以说是一个更富有进攻性的计划,开始在她头脑中渐渐形成着。它驱散了由于将不得不抛弃"过渡丈夫"所感到的忧郁,同时驱散了将要成为一个虽然是"大款"但容貌丑陋并且性无能的男人的老婆所感到的惆怅——正如中国的文人和中国的官员们常说的那样,一线希望的曙光升起在这女人的头脑的地平线上。她顿时又觉得这世界这人间非常的可亲了,它为她预备下的机会原来是这么多!"山穷水复疑无路,柳暗花明又一村"啊!……

"亲爱的,跟我讲讲你那位有亿万资产的中学同学的情况行不?"

她伏在他宽阔的胸膛上,一边摆弄着那名片,一边撒娇地说。

"行,有什么不行的!"

其实听了她的话,他心里不情愿极了。

"他其貌不扬,起码和我——你的丈夫是没法儿比的。"

"我不想听这些。"

"我可是实事求是地说啊!绝没有半点儿自我欣赏、贬低别人的成分!"

"那也不想听!"

"你想听哪几方面?他是真有一亿多元资产还是假有一亿多元资

产？"

"不听不听！这用不着你介绍。我知道人家是个人物，有一亿多资
产也是真的！"

"这也不想听，那也不想听，究竟想听什么？"

"我说出来你可别不高兴，心里醋劲儿劲儿的！"

"说吧。反正他再有钱，也不能把你——我的老婆变成了他的老婆，
我醋劲儿劲儿的干什么？"

"他有家室了么？"

"这还用问？都离过四次婚，结过五次婚了！"

"是过他妻子的女人都很漂亮？"

"当然！"

"那能证明他什么？一个好色的男人而已嘛。还他妈的特爱记仇。
中学时我得罪过他，他竟记了二十多年！哎，你为什么对他发生这么大
兴趣啊？"

"女人嘛！哪个女人对特殊的男人没有点儿好奇心啊！怎么？你不
愿说给我听呀？不愿说拉倒。我困了，不理你了！"

于是她又噘起嘴，背转过身去。

"我说给你听，说给你听！"

于是他就从孙克的中学时代讲起，娓娓地讲到那亿万大亨的性格，
为人处事的方式，几次离婚结婚的……总之将保留在自己头脑中的支离
破碎的记忆，和对方昨天晚上喋喋不休地自述的那些事儿，像说书似的，
有启承有转合地细说端详。对于他，一半儿是为哄她愉快，一半儿是为
了练习练习自己的讲述能力。他想，自己虽然称不上是心理学"家"，起
码也该算是个心理学从业"者"啊，那么今后嘴皮子方面的功夫，不来个
大大的提高是不行了。当那个脸像兔子的女人，露出一排整齐的白牙轻
轻地咬着下唇，微眯着眼睛定定地含情脉脉地凝视自己时，自己不是讷
讷发窘么？如果她再那么凝视自己时（他们当然还会也还必须常见面，

这是所长赵胖子交代给他的一项工作嘛！），自己倘能滔滔不绝，侃侃而谈，那将多好！那在那脸像兔子的女人的心目之中，自己又该是一位多可敬的心理学"者"一样神采奕奕啊！何况，在讲给自己老婆听的过程中，也能不失时机地"埋汰埋汰"那个洋洋得意的大亨孙克。如果完全没有机会"埋汰埋汰"对方，他内心里觉得像塞了一块油腻腻的脏兮兮的破抹布，堵得难受……

老婆头枕着他的胸膛，小猫儿似的乖。小手指在他胸膛上划来划去，分明地是在写着些他凭感觉无法判断的字，也分明听得格外用心……

晚上，她为他亲临厨房，烧了几道拿手菜，还主动提出陪喝几盅，似乎显示着她对他的良好表现的犒赏……

他怎么也料想不到，她在他的酒杯里放了五六片儿碾碎的安眠药片儿。

第二天，当他睁开一次眼睛时，已是下午三点多了。身旁没了老婆，他以为她去上班了。他想起来，可头晕得厉害，眼皮像坠了铅似的沉，挣挣扎扎地坐起来几番，都又支撑不住倒了下去。于是又陷入酣睡……

结果是夜以继日，夜以继日地酣睡了三十多个小时。待到他再一次睁开眼睛，已是又一天的上午七点多了。

他刚穿好衣服，电话响了，是所长赵胖子打来的。

"喂，纯刚么？"

"是我……"

"我说，你小子昨天到哪儿去了？"

"昨天？昨天哪儿也没去啊！"

"亏你还好意思说哪儿也没去！那为什么不来上班？害得人家曲女士在所里等了你好久！我交代给你的工作，你就这种吊儿郎当的态度哇！"

他清清楚楚地听到，赵胖子在电话的那一端，重重地拍了一下桌子。

"可是……"

他企图分辩几句,却欲辩无词。

"别他妈'可是'不'可是'的!我是为你着想!我是给你一次锻炼业务能力的机会,你小子别把我的好心当成驴肝肺!让我在曲女士面前觉得尴尬。人家是位有身份的女士,自尊心不容伤害的女士!你小子给我听着,八点半以后,人家今天还会准时来咨询、来就诊。我今天还有重要的事务活动,没空儿陪人家。如果人家又白等了你很久,一切本所的信誉损失和经济损失,将概由你个人负责!你掂量着办吧!"

赵胖子几乎不容他插话,粗声粗气地训斥了他一通,就将电话挂断了。

耳听着电话挂断后发出的忙音,他握着话筒,怔愣了半天。昨天?……昨天是哪一天?……我他妈的怎么会有一天没去上班呢?怎么会让人家曲女士昨天在所里白等了我好久呢?这不是太对不起人家了么?也难怪赵胖子发脾气。昨天到底是怎么回事儿呢?

他呆呆地望着挂历上的日期,努力回想自己怎么竟会搞"丢"了一个日子……

于是他恍然大悟,原来自己将"昨天"整个儿夜以继日、夜以继日地酣睡过去了!奇怪呀,为什么会酣睡过去一个日子呢?对,对,对对,昨天的……头一天的……晚上,妈的!日子乱了,自己的头脑怎么也乱了?什么昨天的头一天晚上,就是前天晚上嘛!……

前天晚上老婆"皇恩浩荡"地屈尊亲临厨房,为自己炒了几道菜,还兴致勃勃陪自己喝了几盅……

于是前天晚上的情形渐渐回想起来了。于是妻子当时腮绽桃花,梨窝浅显,娇笑频频的媚态历历在目……

自从"通货膨胀"无限制地"膨胀"到普遍的人们家庭里,直接"入侵"到人们的最"形而下"的柴米油盐生活"领域"中,自己再没度过像前天晚上那么百般受宠的一个晚上!

唉唉,好时光太少了!

"通货膨胀"使许许多多的人整天都气不打一处来,都不太有心思正经过日子了,都改变了活法似的——今朝有酒今朝醉,管他明日泣与歌……

两间屋子都很乱。仿佛在他酣睡时,被刑侦人员仔细地又毫无禁忌地查抄了一遍。皮箱敞在沙发上,像河马张开的大嘴。酒和菜仍摆满桌子,如同要引发他重温前天晚上的狎爱种种柔情纤纤。厨房里,一块面包泡在洗碗池,遭到一层红蚂蚁的覆盖……

他仿佛能听到它们噬啃面包的声音——刷刷刷,如同蚕食桑叶一样……

"妈的,哪儿去了?"

他不快地自言自语,一转身看见台笔座儿移到了电视机上,细长的笔杆穿着一页写满了字的纸,像一片升起的帆,不知要将那船型台笔座驶向何边?又像一面白旗,不知在向谁向什么势力示降?……

他跨到电视机前,倒背双手,弯腰看纸上的字——像一位视力不佳的首长,在什么博览会上细看说明书似的。

那些字很潦草,七脚八叉地如同一行行排得不齐的虫豸:

亲爱的,不要找我。因为你根本不可能找到我,也根本不可能猜到我的去向。该回来的时候,我自会回来的。乖乖地一个人生活一段日子吧!要用最大的耐心等我回来。

我会带给你一个意想不到的大惊奇的。

吻你千百次!

他将那台笔座双手捧了起来,像捧一件高级的工艺品。他这儿望望,那儿望望,没更好的放处,原地转了个圈儿,最后又放回到电视机上了。

他不想扯下那页纸,更不想将它撕了揉了扔进纸篓。他最怕在自己家里也产生孤独感寂寞感被遗弃感。在家以外的世界,他早已觉得自己是一个孤儿是一个弃儿了！从小长到大,千真万确,只有一个人似乎是从内心里亲爱他的。而且是在最短的时间里滋长起来的一种亲爱,也分明包含有娱爱的成分,还分明地首先取决于他的相貌堂堂。至于妻子对他的亲爱,那不过是她在家里自悦的方式罢了。何始何终,完全由她自己的心情掌握着,忽风忽雨,倏雷倏电,毫无规律可言……

谁知道她什么时候才会回来呢？

那页纸意味着是她留给他的一份儿"精神冰淇淋"。被孤独感寂寞感被遗弃感压迫得神经衰弱之际,看上一遍也是会多多少少提供给自己一点儿慰藉的啊！

他退到沙发那儿,在敞开的皮箱旁缓缓坐下,呆望着那片"帆"那面"白旗",反复咀嚼和分析上面一行行虫豸般的字,觉得写的尽是些甜蜜的话,于是对她的出走也就放心了。何况他早已习惯了她的擅自行动归走诡秘,不再"拍案惊奇"了。她永远是一个"自由精灵",而他不过是一个被她的咒语降服了的"鬼役"罢了,而且仿佛是一个等级很低的"鬼役"。这一点乃是他们夫妻关系中的一款条约。他对此一向激不起丝毫的抗争意识。

电话又响了。这次不是赵胖子打来的,是那个脸像兔子的女人打来的。

"姚老师吗？"

其声如莺,嗲嗲的,有那么一种特别暧昧的甜腻劲儿,还有那么一种特别性感的妖媚劲儿。一个三十多岁的女人用那么一种语调说话,是会使一个男人顷刻酥掉半边身的。

他立刻就听出了是她的声音,一时倍觉受宠若惊,还倍觉歉疚,像借了她一大笔钱长久还不起似的。

"哟哟,是你呀！千万别叫我老师。不敢当不敢当,实在是不敢当啊！"

生平第一次被人家称作"老师",嘴上一味儿地谦虚着,心里边已是飘飘欲仙了。

"您听出是谁了？"

"听出来了,听出来了! 那还能听不出来? 你不必开口说话,只消轻轻对着话筒吹口气儿,我就会知道是你!"

"那……那您说我是谁呀?"

"你是……"

已经和人家有了那种勾当,再称人家"小姐"或"女士",未免太是存心掰生,也未免太有假装正经之嫌。直呼其名,也是万万不可以的。一切女人都必很反感和她们有过那勾当的男人对她们直呼其名。这一常识他还是知道的。她让他说出她是谁,明摆着也是在居心调皮地对他进行测验嘛!

尽管明知妻子不会突然而归,他还是心中有鬼地回头望了望房门,用一只手拢着嘴,压低声音说:"你是一只……"

"老师您坏,您想骂我是不是?"

话筒那端,她那种莺语般的,嗲嗲的,暧昧而又性感的声音,掺进了几许嗔怒。然而他听出来了,她的嗔怒分明是一种声音的伪装,而且立刻就作出了判断——她其实希望他一听就能听出她的嗔怒是伪装的。

"我哪儿会骂你呢! 我是想把你比成一只……"

"比什么,您说您说!"

"让一切男人都爱不够的大白兔!"

"不嘛,是小白兔嘛!"

顿时,他另半边身子也酥了。

"好好好,是小白兔是小白兔!"

他一迭连声儿地纠正着自己的"错误",扯着电话线本能地往沙发那儿退,刚一退到沙发跟前,身子软得站不住,不由自主地便倒了下去。

"妈的,这个女人! 只靠声音就能把一切男人摆平了!"

他无比愉快地想着,就势仰躺,头枕沙发扶手,将电话放在胸上,并在心里组织着备用的调情话语。

"老师,您表现不好……"

"我明白我明白。昨天我不得不去参加一次重要的研讨会……"

"我这名患者,对您来说,还不如一次研讨会重要啊?"

"你别误会,当然是你对我来说更重要啦!你在哪儿给我打电话?"

"在我家里。"

"怎么,今天不到所里去了?赵所长给我来过电话,说你今天还要继续到所里接受心理分析呀!我已准备到所里去呢!"

"可我不想到所里去了。"

"怎么?对我不信任啦?"

"老师,您也别误会。我这会儿头疼得厉害,可是我又非常需要您……您能到我家来么?"

"这……不太方便吧?……"

"放心,没什么不方便的。我的家长期以来,只有我一个人。来吧,求求您了!这会儿是我心里最紊乱的时候,除了您这位心理专家,谁都安慰不了我的!"

"我去我去!既然是这样,我当然义不容辞!我的小兔兔,快告诉我你家的住址吧!"

"老师,还是您告诉我您家的住址吧!我立刻派车去接您!"

"你有车?"

"一辆破车,您将就着坐吧!反正能把您送来就行呗!"

他告诉了她自己家的住址后,便开始细细地刷牙,刮胡子,洗脸,用老婆的吹风机吹头发,接着翻出最体面的一套西服穿上。对着镜子自我端详,越端详越发地觉得自己相貌堂堂,简直称得上是一位美男子。

他自己格外满意地坐在沙发上,优哉游哉地吸着一支烟,又不禁从内心里涌起一股对赵胖子的感激之情。倘非是赵胖子委以重任,自己哪儿有缘分勾搭上那个脸像兔子的女人呢?她有私车,还雇得起司机,那么证明她是个有钱的女人无疑了。起码比这座城市的各条马路上每天骑着自行车来来往往的女人们有钱吧？否则，即使买得起一辆破车，也雇不起一名司机啊！他想，但愿赵胖子以后能多多地派给自已如此这般的"工作"！并且用一些上进的话，激励自己要很好地从那脸像兔子的女人身上总结宝贵经验。说不定会在以后的"工作"中巴结上一位亿万富婆呢！如今些个年轻貌美的女子既然一个个都那么容易地就傍上了一位位"大款"，自已怎么就不能傍上一位亿万富婆呢？美女能，美男为何不能？否则，父母不是枉给了自己一副上等的皮囊么？关键是要从此以后发奋图强，多读些心理学方面的书。这时代，有钱的女人肯定来说心理都是不大正常的。金钱能使女人异化嘛！但是再冒充心理学副研究员显然是不行的了。要混到职称，一定要混到职称！必要的话，哪怕借万把元钱买一个高级职称呐！舍不得孩子套不住狼啊！……

正想入非非之际，听到外面汽车喇叭响，立刻明白是她派来接自己的车到了。

出了楼口，第一眼看到的，竟是一辆崭新的、黑色的大轿车，仿佛一匹黑骏马。尽管，他对外国的高级轿车一概地说不出型号，但是只从外观，也能看出那辆黑骏马般的大轿车绝对是一流车。他想到她在电话里说她的车是辆"破车"，犹犹豫豫地不大敢靠前了，怕自己给自己闹出一个大尴尬。

车窗无声降下，司机探出了头，是位五十多岁的老司机，以研究的目光上下打量他。

他一时不知所措地将脸转向别处。

老司机问："先生您是姓姚吧？"

他回头望望，身后并无另一个男人。对方明明已经将他的姓都问出来，他竟仍没把握确定那辆车就是来接自己的。他在梦里都没坐过眼前这么高级的轿车啊！

"我问的正是您呐！"

"我？对对对,我也姓姚！"

老司机笑了,又问:"心理研究所的？"

"对对,心理研究所的……"

"那就上车吧！不是只接您自己么？"

"对对,只接我自己……"

这时他发现,一些男人和女人,或从对面的居民楼的一扇扇窗子里探出身,或站在各家的阳台上,都在望着他和那辆来接他的车。

从他搬到这儿来住那一天起,从没有一辆如此庄严气派的大轿车开到这儿过。

他完全猜得到那些望着的男人和女人们此刻心里都作何想法。

妈的,来接老子的！只要老子愿意,那一个风情万种的女人准高兴天天派这辆车来接老子去上班！嫉妒死你们！

他往后抚了抚头发,挺挺腰,精神抖擞地踏下了楼口台阶……

车开上马路,他搭讪着问老司机:"师傅,这是辆什么车啊？"

"公爵王。"

"很贵？"

"那要看针对什么人而言了。合人民币一百多万,你说贵不贵？"

他从车前镜中,看到了自己的一条脸——中下方那一部分,包括了鼻尖和上唇那一部分。上唇翻起,仿佛试图包住鼻尖似的。他知道,这时自己的双唇正形成鸭嘴的样子。一旦自己的心理受到猛烈的冲击,他的双唇就会不禁形成鸭嘴的样子。小时候就有的毛病,如今仍没改掉。

老司机接着说:"可是对某些有钱人而言,一百多万,不过是何足挂齿的事呀！"

车前镜中,他的上唇翻起得更高了。

"这车,是你女主人的？"

"完全归她用,您说是不是她的？"

"师傅,她雇下你,每月给你多少钱啊？"

"不多，才三千。"

妈的！他妈的！不公平！太不公平了！难道这世界上从此就没有公平了么？——冒牌儿的心理学副研究员心里暗暗骂了起来——你这个脸像兔子的骚货！一个为你开车的半老头儿，你每个月就给他三千元！是我姚纯刚每个月工资的十几倍啊！而我姚纯刚是用什么方式在为你服务啊？你怎么就不问问我每个月挣的工资够花不够花呢？亏你还假惺惺地开始叫我"老师"！……

他发现映在车前镜中自己的鼻子，那被很多男人和女人所公认的美男子才配长的充分显示阳刚之气的鼻子，像她这辆"公爵王"一样属于一流的鼻子，几乎被气得歪向了一旁！

他在心里对自己无比同情地说："人啊，男人啊，像我姚纯刚，一样怀才不遇的可怜的男人啊，如今还有法子体面地活着么？姚纯刚啊姚纯刚，我的老朋友，看看你过的是什么日子吧！以往的日子统统都不必去细说它了，单说今天吧！一睁开眼睛老婆留下页'公开的情书'离家出走了！接着那脸像兔子的女人派来辆庄严气派的'公爵王'刺激你！为了这一刺激异乎寻常的猛烈，之前还要骗你，撒谎说派来的是辆'破车'！再接着一名为她开车的半老头儿也气你！每月的工资三千元是你每月工资的十几倍，听那口气还不满足！你说你招谁惹谁了？干吗这社会偏偏要和你过不去，偏偏要时不时猛烈地刺激你一下子呢！……"

老司机是个不甘寂寞的人。由于姚纯刚坐在后座上，老司机注意不到他脸上那种难看的表情，自言自语地絮叨着："除了每月三千元基本工资，另外我们女主人还经常奖励红包。我们女主人对下人挺体恤挺关照的，一高兴就奖励红包。每月总共加起来，怎么也能拿到五千六千来元。比上不足，比下有余呗！"

五千六千来元！那就不止是他每月工资的十几倍，而是二十多倍了！上帝啊！我姚纯刚嫉妒我姚纯刚心理不平衡我姚纯刚想破口大骂，这他妈的能怨我太缺乏涵养么？

他恨不得嚷叫起来——老家伙别他妈的絮叨了！快闭上你的臭嘴好好儿开车！……

"姚先生，敢问您这位心理学专家每月工薪多少哇？"

"我么，彼此彼此！"

"五千六千来元？"

"也就是这样吧。偶尔还能多点儿也有限，多不到哪儿去了。"

他心里却说——老家伙！我咒你明天就生病，后天到医院一检查就得癌！而且是晚期！

"哎呀呀！"老司机一边开车一边摇头，"姚先生啊，您是专家，我是开车的，咱俩儿挣一般儿多，可就太委屈您了不是？没想到没想到！……"

听对方那口气，分明地，与其说是替"专家"姚先生委屈，莫如说是替自己倍感知足更恰当。他似乎还从对方的话中品咂出了一种幸灾乐祸的意味儿。

车里没什么随手可以抓起的东西。如果有，他恨不得抓起来就朝对方后脑勺上砸！

"老师傅，话也不能这么说。专家也罢，司机也罢，性质上都是为人民服务的嘛。再者，钱这东西，够花就行呗。挣得太多了，就免不了要攀比着加入高消费者的行列，那人不就成了金钱的奴隶，消费行为的奴隶了么？……"

自己听着自己说出的冠冕堂皇的话，都感到一阵阵的恶心。可是不这样说，自己又能怎么样说呢？

"知识分子说出话来就是不一样！姚先生，现如今有您这种思想觉悟的人可不多喽！难怪我们女主人似乎对您特别地……"

"特别怎么样？"

"我这人大老粗，没多少文化水儿。一时还真选不中个恰当的词儿，咱们就用个普通的词儿吧！我觉得我们女主人对您特别地……感兴趣！……"

245

他细细地品咂"感兴趣"三个字,觉得不但怪刺耳的,还怪有损于自尊心的。

"你是想说她对我特别地那个……另眼相待的意思吧?"

"不不,不完全是另眼相待的意思。另眼相待包含有敬重三分的意思是吧?"

"是的。"

"那用另眼相待这个词儿就更不恰当了。我们女主人结交的知识分子多了,现如今知识分子有什么值得敬重三分的? 一向是他们敬重她、巴结她、攀附她嘛! 巴结不上攀附不上一个个还沮丧得不行呢! 相比较而言,还是我刚才用那个词儿更恰当——'感兴趣'……女人对男人感兴趣,才是男人的运气嘛! 女人如果敬重一个男人,男人不就没戏了么? 是不是这么个理儿姚先生?……"

老司机说罢,朝车前镜瞥了一眼。

姚纯刚赶紧将脸一侧,唯恐人家看出他满脸的窘相。

他觉得那"没有多少文化水儿"的"大老粗",分明地是个眼里藏不住沙子的"细人子"似的。仿佛早已将他和她的关系估摸了个八九不离十,只不过不便点破罢了。

此时车已驶到了市郊。

姚纯刚不禁有些奇怪地问:"老师傅,咱们这是上哪儿去呀?"

对方回答:"瞧您问的,还能上哪儿去? 到我们女主人那儿去呗?"

"她不住市里?"

"市里当然也有她住的地方。不过她今天为了要接见你,昨天晚上特意赶回到别墅这边儿来住的。看见前边那片树林了么? 就在树林后。"

三五分钟后,车已接近了那片树林。但见林梢掩映深处,隐隐地露出些琉璃瓦顶和巨大的铝锅似的卫星收视天线。

车从公路拐上一条幽幽的单行车道,姚纯刚看见了一座石牌楼。"富豪别墅村"五个镀金大字,在阳光下熠熠闪耀。在那牌楼的后面,是别墅村的正门,正门的两侧,是粉色高墙,高墙之上,拉着几道电网。墙里墙外的"爬山虎",贴墙爬上电网,并在电网上开出一朵朵紫色的白色的红色的喇叭花。

不待车至门前,感应门自动向两侧收缩。车头刚驶入门内,呼地一声,一条大狼犬蹿上了车头,将姚纯刚吓得一颗心差点儿没从嗓子眼儿弹出去。

老司机回头对姚纯刚说:"姚先生,别怕,别怕。这条狗跟我太亲,每次都以这种方式欢迎我。"——降下车窗,又探出头对狗说,"帅克,想我了吧?下去,我车里有客人,别这么没礼貌。"

那狗仿佛听懂了他的话,冲他呜呜了几声,乖乖地蹿下车,规规矩矩地蹲在了年轻的警卫身边。

年轻的警卫这时走到车旁问:"丁师傅,求你的事你没忘吧?"

老司机笑道:"吴大班长嘱托的事儿,敢忘么?"——说罢从车窗递出了几本书。

年轻的警卫接在手里看时,老司机问:"是这几本吧?"

年轻的警卫说:"对!是这几本。我最爱看金庸的武侠小说了!冷兵器在手,可比我身上带这玩意儿使男人威风多了?"——说着拍了拍佩戴在自己腰际的小手枪。

老司机就说:"那好,以后我只要在书摊儿上见着成套的,一定给你买下一套!"

"这几本总共多少钱?"

年轻的警卫问时掏出了钱包。

"你快拉倒吧你!咱俩谁跟谁呀?你这不是寒碜我嘛!"

老司机佯装出有点儿不高兴的样子,并将车徐徐开动了。

"公爵王"无声地在一幢三层别墅楼前停下。老司机回头对姚纯刚说:"姚先生,您先别下车。"

于是姚纯刚老老实实坐着不动。

老司机自己却先下了车,替他打开门后说:"姚先生,您现在请下车吧!"

姚纯刚生平第一次被这么正经八百地礼待,下了车,有些受之不安地嘟哝:"老师傅,您这又是何必呢? 您太客气了,我心里反而不自在。"

老司机说:"姚先生,您心里自在不自在,我可就顾不上考虑了。我们女主人要求我们做下人的,一切都得讲个规矩。没有规矩难成方圆是不? 这院子里是个最讲规矩方圆的地方。我们女主人兴许正从楼上往下瞧着呢,如果被她瞧见我这开车的连个起码的规矩都不懂,那我非挨训不可!"

姚纯刚四面望望,见这院子能有半个足球场那么大。高墙下遍种花木,缀青布绿,散紫翻红,一片片碧翠欲滴,一簇簇开得欢盛开得热闹。一名园工正操着大剪刀咔嚓咔嚓修剪不止。

别墅前的草坪正中,立着一尊高高的断臂维纳斯,看上去是汉白玉的,在阳光下洁白得耀眼。维纳斯背后是水池,银珠四射地正喷着水。远处是另一幢别墅,显然归另一位主人,两地间有竹篱笆分隔着。那边的草坪上,一对儿少男少女在打羽毛球。那少女穿白色短裤,两条长腿充满青春活力地不停运动着,挥拍的姿态敏捷而又优美。她胸部高耸得如同山峰。一束扎成马尾状的金发,随着左奔右跃,一扬一飘。姚纯刚不禁看得就有些着迷。

老司机说:"那是美国的。"

姚纯刚说:"难怪一头金发。吃牛排喝牛奶长大的女孩子,发育得就是好!"

老司机说:"我指的不是那女孩子,那女孩子是纯粹的英国种,那男孩子是她家收养的中国干儿子。我指的是咱们这边儿的草坪,女主人从美国买的,飞机运来的。中国的草坪还能这么绿?"

姚纯刚一下子红了脸。

老司机却不理他的窘态,走向那名园工,讨了一束剪下的鲜花,匆匆走回来递给姚纯刚。他说："拿着。要是一会儿见了我们女主人，两手空空多么不带劲儿！"

姚纯刚更窘了，不好意思接，心里非常别扭地说："算了吧算了吧！借花献佛，显得多那个呀！"

老司机说："那个什么呢！总比两手空空强吧！我们女主人对一些小事是挺在乎的。我是为您好，别让人家外国女人觉着咱们中国男人什么不懂啊！"

"难道她不是中国女人？"

姚纯刚的心理又受到了猛烈的刺激，于是他的双唇便又努成了鸭嘴状。

"大概连她自己也搞不清自己究竟该算哪国女人。她有四五个国家的绿卡呢！姚先生我得给您提个醒儿，一会儿在我们女主人面前，千万别做出你现在这副怪模样儿！"

"多谢多谢！这个醒儿提得很及时，很有必要！"

姚纯刚脸又刷地红了，几乎一直红到脖子。然而双唇却似乎不受大脑控制了，没能立刻恢复正常。

老司机又说："姚先生，您走时，我就不能送您了。"

姚纯刚说："这儿好像也不通公共汽车呀，那我可怎么回去呢？"

老司机就笑了。笑罢轻描淡写地说："离市区二十多公里，哪儿能让您走回去呢！除非是我们女主人生您的气了，成心治您。她还有辆'凯迪拉克'，另外还雇着位司机。'公爵王'接客，'凯迪拉克'送客，她一向都是这样。"想了想，压低声音又说，"开'凯迪拉克'那小子会来事儿，是我们女主人的心腹。坐他的车您可别像坐我的车似的，话到口边得留三分，明白？"

姚纯刚不无感激地说："明白明白。老师傅，您可真是位大好人啊！"

老司机又笑了，半开玩笑半认真地说："我猜我们女主人的午觉还没睡足，一般每天中午她至少要睡两个小时。要不然我也不敢陪着你在这儿瞎嘞嘞,反正你进去了也得在客厅等。姚先生,您要是真觉着我这人靠得住,以后一旦成了我们女主人的密友,还请您在女主人面前多多关照! 您如果抬举我,我当然也是很愿做您的……做您的心腹了。这年头儿,谁不需要一两个心腹呢? 是不,姚先生? ……"

老司机说完了,嘿嘿地又笑。

一番话将姚纯刚说得身轻如羽,仿佛就要腾空飘起似的。但是又心里美得不知怎样答才得体,也只有奉陪着嘿嘿傻笑。

望着老司机将车倒向车库,姚纯刚才将那束鲜花持在胸前,举足蹑蹑地踏上台阶。

这时的他,宛如刘姥姥进了大观园。但是那《红楼梦》中的刘姥姥,进了大观园并不觉得见人矮三分。非但不那么觉得,她反而评评点点,谈笑风生,玩笑也开得,洋相也出得,逗别人乐,自己也落得不乐白不乐。在凤姐、王夫人乃至贾母面前,她都能够自由起坐,想说的话开口便说,想放的屁没顾忌地就放,无拘无束,倚老卖老,全没半点儿谨慎约束着。她又是何等的不卑不亢,何等的本色,何等的潇洒,何等的"大家风范"啊! 哪里是这时的他所比得了的?

自卑像一把看不见的刀,从他坐入"公爵王"起,似乎就开始一刀一刀地"阉割"着他。此刻是早已把他那点儿美男子的自信,一向支撑着他在女人们面前感觉良好的那点儿自信,彻底地"阉割"掉了。他觉得自己仿佛不是来与一个对自己"感兴趣"的女人偷欢窃娱,也仿佛非是她在电话里娇声嗲气儿地请求他来的了。倒觉得自己活像一个穷讨饭的,不知怎么一搅和,鬼使神差的,就讨到了一座王宫前似的。而那宫里的女王,七竿子搭不上八竿子够不着的,还跟他"沾着点儿亲似的"。他不知道这种"沾着点儿亲似的"关系,能否真的被那位脸像兔子的女人,也就是这儿的"女王"所稍微看重……

妈的! 他在心里骂道——男女之间已经发生了那种事儿的关系,怎么竟变成了一种"沾着点儿亲似的"不疏不近的关系了呢? 他自己先就没法儿解释清楚自己的心理了！

在这个被粉墙加电网圈起来的地方,在这个中国领土上的地方,这一个相貌堂堂的中国人,不但感到自己活像一个穷讨饭的,而且感觉自己活像一个从外国流浪来的穷讨饭的,几乎羞惭得懵里懵懂,不辨东南西北了。

其实这儿也只不过是一处中外合资的花园别墅区。与其他城市附近的花园别墅区相比,并没有什么天壤之别。这儿的有钱人,也不见得就更有钱。

但是这样的地方,毕竟是姚纯刚以前所不曾身临其境的,连在梦中都没有身临其境过。如果不是已经被接到这儿来了,他根本不晓得在距这座城市二十多公里、远看有山近看有河、风光宜人的好地方,建了十几幢别墅专供一些高等人也就是有钱的富豪们居住。

姚纯刚站在台阶上趑趄不前。

他不禁地回头寻找,仿佛自己是一个孩子,是被那老司机领来的,一个孩子,人家不牵着他,手他独自不敢乱闯似的。

老司机拉下车库的升降门,冲他挥挥手,那意思是叫他放心大胆只管进去。

他这才鼓起勇气,举步蹀躞地走入别墅。

一层是大厅。除了楼梯那儿和门那儿,三面全是皮沙发。纯毛地毯的图案鲜艳美丽。天鹅绒窗幔将一扇扇窗子装饰得极具浪漫情调。高贵的紫色使人的灵魂里也不禁充满浪漫情调,浮想联翩,兀自地心猿意马。

大厅里没人,静悄悄的。他站了一会儿,觉得总站着也不是回事儿,刚想在最边儿的一只沙发上落座,却听到一个女人的声音在问:

"您是姚先生吧?"

他听到这一声问,屁股还没挨到沙发,立刻又站直了双腿、挺直了腰。循声望去,见一位二十多岁的俏丽姑娘伫立楼梯上,也正望着他。

251

她腰系一条花围裙,分明是女佣。

他立刻道出自家姓名,并掏出一张名片给那姑娘看。

姑娘接过去看了看,还给他。说女主人等他等得已经有点儿不耐烦了,请他跟她上楼。

看来二层是起居室,有许多房门。每扇房门都被雕花的木框环绕着,雕花各不相同。门上方长翅膀的小天使也都姿态各异,妙趣横生。左右两排门之间,是一张台球桌,两根球杆斜放球桌两端,五颜六色的台球归成整齐的三角形,似乎在期待着有人开局。

那姑娘推开一扇门,脸上毫无表情地向姚纯刚做了一个"请"的手势。

姚纯刚以为那脸像兔子的"女王"就在那间屋子里,平静了一下呼呼乱跳的心,正了正领带结,脸上相应地做出一种勉强够得上是矜持的微笑,尽量抖擞起精神,一步迈了进去。屋子里却空荡无人,更没有什么脸像兔子的"女王",只不过是一间较小的客厅。说较小,当然是相对于楼下的大厅而言。但也足有一百多平方米,装修得更加考究。猩红色壁布被木框分割成许多等份,每一等份都极富弹性地凸起着,会使男人们联想到女人穿了猩红色紧身裤的富有弹性的肉体。沙发也与一楼的沙发不同,不是皮面儿的,而是刺绣绚丽的缎面儿的。每两只沙发间,竖立着一个造型不同的工艺品架。上面摆着一些古典风格的或现代风格的,玉石的,金属的或黄杨木的工艺品,大多数是裸体的女人。似乎要向客人证明,尽管主人也是女性,但比男人更懂得欣赏女人的裸体。迎门的那面墙,是巨大的鱼缸。十几条高贵的金龙鱼和银龙鱼,仪态万方悠然自得地游着……

姚纯刚不无困惑地望着那姑娘。

她却低垂着眉眼,脸上依然毫无表情,口吻近乎冷淡地说:"姚先生请先在这儿坐会儿。如果听到音乐声,您就可以自己上楼去了。"她一边说一边为他沏茶,之后低垂着眉眼转身便走……

"等等姑娘！"

姚纯刚唤住了她。而她在门口扭回头，有几分诧异地冷眼望他。

"姑娘……"

"请称我小姐。我们女主人顶反感别人叫我们姑娘。"

"小姐，你不能把我撇这儿不管了啊！"

此时的姚纯刚，内心里那种暗幽潜晦，偷香窃玉的激动、冲动、灵魂儿颤巍巍地亢奋与生理上急切切的渴望，早已被耽阻得荡然无存了。他觉得真是索然透了！内心里剩下的只是越来越强烈的屈辱感和若不克制着很容易就会爆发起来的恼火。

"姚先生，我们女主人是严禁我们做下人的不经她允许就替她陪客人的。哪怕一会儿都不行！"

姑娘说时，眉梢向上扬起，嘴角浮现出一丝冷笑。于是她脸上就有了一种毫无商量余地、六亲不认似的倨傲意味儿。

姚纯刚哭丧着脸说："我不是请求你陪我。我是担心如果楼上的房间也很多，如果一会儿你们女主人不站在门口迎我，我怎么才能见到她啊？让我挨个儿房间敲门总有点儿不妥吧？"

姑娘说："楼上是什么样子，究竟有多少房间，我也不知道，所以无可奉告。因为我是负责打扫一层大厅的。二层三层归另外的两个人打扫。我们女主人今天已经放她们假了。要不我连二层也是不敢擅自带您上来的。我们这儿规矩很严，违犯了规矩，轻则挨训，重则被解雇。我可不愿因为先生您挨训，因为先生您被解雇……"

他从她脸上似乎又多多少少看出了种轻蔑的意味儿。

"可是……"

"您先请坐下……"

于是姚纯刚坐下了。

"您先请饮茶。希望您能表现出点儿起码的耐性，少安毋躁。我们女主人在上层很有耐性，您在这儿急也白急，急也没用嘛！"

姚纯刚张了张嘴，还想说什么，却一时什么话也没说出来。他已经根本不知道说什么好了。

"我明白您的意思。但是我想我刚才对你讲清楚了——三层上什么样儿，究竟有多少房间究竟有多少扇门，我也不知道。我不可以擅自带您上去的。听到音乐声，您就自己上去。我们女主人这么交代的，我也只能告诉您这么些了……"

姑娘说罢，向他微微一鞠躬，脚步轻盈无声地走了出去，并将门在身后无声地掩上了。

——表现出点儿起码的耐性，少安毋躁，少安毋躁，急也白急，急也没用……

姚纯刚用姑娘说过的话，反复在心里劝解着自己……

他突然抓起那杯茶想摔在地上，却烫了手。自己对自己的劝解没起作用，疼倒起了镇定作用。

他又在心里对自己这么说——姚纯刚啊姚纯刚，我的老朋友，你为什么要生气呢？你究竟有什么资格生气呢？又是在生谁的气呢？生那个脸像兔子的女人的气么？凭什么生人家的气？人家派车把你接到人家的别墅来，这是对你的多么大的抬举啊！又是多么地给你面子啊！你是谁？你是心理学副研究员么？你不是的！除了父母给你的这副上等皮囊，对女人你还有什么可取之处？你再就一无可取之处了嘛！你连能讨女人们欢心的起码的一点儿幽默感都没有！你连和女人调情时都显得那么口拙舌笨，话语低俗卑微，毫无机智可言！就你这样一个男人，你还有资格感到被冷落被怠慢了？而人家是一个什么样的女人！人家除了在市里有高级住宅，在这儿还有一幢豪华别墅！人家还有两辆豪华轿车！人家还雇着两名司机、几名年轻漂亮的女佣。尽管他见到了她们中的一位，但是依他想来，她们个顶个儿都应该是年轻漂亮的！何况人家不是一位普通的中国女人！人家有四五个国家的"绿卡"呢！就凭这一切，人家还不兴冷淡你一会儿，怠慢你一会儿吗？姚纯刚啊姚纯刚，我的老朋友！在家里的时候，放下人家给你打的电话后，你不是陷入过一种梦想么？你的最大的梦想不就是巴望着有机缘傍上一位名副其实的女富豪么？明摆着她怎么也应该算得上一位女富豪了呀！连给她开车的一个半老头子，还不是她的心腹，每月都能拿到五六千元。你如果"傍"上了她，每个月还不得给你万把元的零花钱呀？你已经和她有了那种特殊的关系，连给她开车的那个半老头儿都看出来了，她对你很"感兴趣"，这是一个多么好的开端，这是一个多么难得的基础，你这会儿怎么还满心的恼火满肚子的气呢？你不就是没能立刻见到她么？兴许这是她有意在对你进行"考核"的小伎俩，存心对你调皮一次呢？哪个女人对她喜欢的男人没这样过呢？你可千万千万别表现欠佳影响了她对你的兴趣酿成大错啊！……

姚纯刚啊姚纯刚，你要少安毋躁少安毋躁，舍不得孩子套不住狼。何况并没到舍出孩子的地步，何况你也没孩子，只不过使你多等了一会儿！……

少安毋躁，少安毋躁姚纯刚，即使在这儿等上一个小时两个小时十个小时，你也应该心甘情愿高高兴兴地等！

我们的"心理学副研究员"这么一想，顿时气也顺了火也消了，甚至开始认为自己有许多硬邦邦的理由心花怒放眉开眼笑了。如此看来，"转换思维"这句话，在某些时候、某种情况之下，还真是万应灵丹呢！

茶杯经他刚才猛地那么一举，茶都泼光了，手也烫红了。他对着自己的手吹了几口气，又想何不给自己再沏一杯茶喝？既来之，则安之，不喝白不喝。于是就走到女佣取出茶叶的柜子那儿，打开柜门一看，见格子上不仅有名茶种种，还有咖啡，还有饮料，还有中外名酒。一发现酒，他不想喝茶了。他并非酒徒。但是那一瓶瓶中外名酒，尤其那一瓶瓶外国名酒，对他还是顷刻间产生了巨大的吸引力。"XO""人头马""路易""白兰地"，面对着一瓶瓶此前只在电视广告中才见到过的外国名酒，傻瓜蛋才还想喝中国茶呢！

于是他开了一瓶"XO"，斟了一小杯，先缓缓地呷一小口，品了品滋味儿，接着一饮而尽。

随即又斟了一小杯"人头马"，擎杯在手，刚欲饮，望着另外那一瓶瓶名贵洋酒，忽然改变了初衷。心想若这样一小杯一小杯依次饮将下去，不但可能还没品饮全就醉了，而且多么麻烦！于是换了一个特号大杯，先将小杯的酒倒入，放归原处。继而一瓶瓶地开，一次次地斟，为自己兑起"鸡尾酒"来。说是兑"鸡尾酒"，不过是想凑满一杯罢了。当然兑的就很没水平，一概地失了原色原味儿。混混沌沌的一大杯，不成个样子。那特号大杯已斟满，却仍有几瓶没兑过。他便先饮三大口，饮去小半杯，接着兑，直至将所有的名贵洋酒都兑了个遍，这才心满意足。擎着溢溢盈盈的一大杯酒，膝盖不打弯儿的，一小步一小步地走到了鱼缸前。膝盖不敢打弯儿，擎得不稳，脚步稍快，就怕杯中的酒晃出来。

他靠着鱼缸站定，一面俯视着里面雍容富贵的大金龙鱼和大银龙鱼，一面从容缓饮。他听别人议论过，说一瓶"XO"一千多元，一瓶"人头马"二千多元。在高级饭店里要上一杯，那也得一百多元。除非是"大款"，一般人断断消费不起的。不是"大款"也偏要消费，那就是"二杆子""憨大头"，自己和自己过不去，拼着十天多半个来月的工资自己"宰"自己一把了！这儿虽然不是什么五星级酒店，但是内部装修之豪华，据他想来，档次比什么五星级酒店的总统套房大概也低不到哪去！何况总统套房再豪华也不过就是套房。套房嘛，至多三四间罢了。而这儿是整整一幢别墅。想象自己此刻正是在什么五星级的总统套房里，大概不见得是胡思乱想做白日梦吧？又估算自己擎着的这一大杯酒，特大号的杯啊，也许是饮低度果酒的吧？满满一大杯，四两不足的话，三两肯定有余。那么，少说也值五六百元吧？何况一开始已喝了一小杯，兑到半截儿还喝了三大口呢！统统估算在内，值六百元只多不少！

今天是什么日子？

今天是一个特殊的日子——六月二十三日！姚纯刚啊姚纯刚，我的老朋友！你这位出生在贱民中的"白马王子"啊！你要记住这个特殊的日子！你应该牢牢记住它！它值得你牢牢记住它！因为此时此刻，你正处在一种贵族的日常生活环境中，手中正擎着一大杯贵族们日常才喝得起的名贵洋酒！而且非是一种，是十来种兑在一起享受着！一小口就是二三十元！一大口那就是五六十元！如果你能使那脸像兔子的女人长期地保持着对你的"兴趣"，那么你就有资格经常到这幢豪华别墅里来！来时坐"公爵王"，走时坐"凯迪拉克"。如果你能使那脸像兔子的女人一辈子保持着对你的"兴趣"，那么你就差不多已经是这儿的一位男主人了！身份和权力仅次于那脸像兔子的女人的男主人！到那时，看那个把你从一楼引领到这儿来的那俏丽的小妞儿，还敢不敢对你一副带搭不理的样子！肯定地，她在你面前也得时刻提醒她自己必须谨怀"下人"心态的吧？如果你命令她陪你睡觉，谅她是绝不敢说半个"不"字的呢？若稍敢不从，即刻解雇！这年头，这时代，要寻找一个洁身自好守身如玉的姑娘已实在他妈的不容易了！可是要找一个每月给她几千元钱，根本不必她干什么具体的杂务，只要求她服侍一位自己这么相貌堂堂脾气特好而且出身于贫民对"下人"深怀有阶级感情的男主人的漂亮女佣，那还不比在自由市场上买到条活鱼更容易呀？何况，据他想来，漂亮的女佣们其实十之八九都是准备着受雇不久便陪富豪阶级的男主人睡觉的。对她们的男主人，十之八九其实都具有"舍得一身剐，敢把皇帝拉下马"之当仁不让精神的。这时他就联想到了一个刚刚时髦起来的词儿叫"卖点"。就是说你要是喜欢钱，你就得先搞搞清楚，自己有什么可卖的。不是自以为可卖的东西，那不配叫形成"卖点"的东西。形成"卖点"的东西是那样的一种东西——你一吆喝一招徕，甚至根本不必吆喝不必招徕，只消传达出想卖的暗示，人们就会趋之若鹜，争先恐后，纷至沓来，竞相拍出一大沓一大沓的预订金，还唯恐做不成第一位买主。他认为如今的漂亮妞们，倘若"开发"自身"经济潜力"，追求自身达到一类"卖点"之目标，当然应该确立在演艺界、文艺界，比如当影星、歌星、服装模特什么的。退而求其次,便是"傍大款""轧富豪"了。这个"轧"字,也是他从别人的侃谈中听来的。于是他请教,进而知道了原本是上海话中的一个字。知道了老上海人一向管交女朋友叫"轧女友",或者干脆说"轧女人"。好比北京男人说"泡妞儿",又好比香港影视中的男人们说"摽马子"。为此他还查过字典。于是弄明白了"摽"字的意思是"紧紧将什么东西拴在某种器物上"。而"轧"字的意思则是"有预谋地通过精心策划的方式与人建立使对方难以摆脱的亲密关系"。以后他便对上海话中的这个"轧"字记忆非常深刻了,觉得比北京话中的"泡",香港话中的"摽",用得都更是地方,都高妙得多。而且显然还包含有一层"男女平等",甚至包含有"以阴克阳",运用"阴"之"矛",专攻"阳"之"盾"的"反潮流"意味儿。想想吧,既然男人有史以来就不以"泡妞儿"和"摽马子"为耻,女人怎么不兴反其道而行之,以"傍大款""轧富豪"为荣呢?但是男人们熬成位"大款"使出浑身解数挣成位富豪,往往也就到了为人夫为人父有老婆孩子的地步了。如果统计一下便会知道,全地球上的光棍富豪,肯定还不到他们中的百分之二三。漂亮姐们破釜沉舟义无反顾地"傍"他们"轧"他们,手段即使高明,精神即使可嘉,自信即使充沛,勇气即使可钦敬,往往都是"短期行为",捞不到什么"正果"。有他们的夫人他们的子女建立起的坚固的"统一战线"防御着她们的"入侵",往往会使她们的策划彻底破产,竹篮打水一场空。白白赔了"卖点"却并未达到预期之目的。所以呢,据"心理学副研究员"姚纯刚推测,将来的一种"大趋势",可能是些有姿色的女孩子,都宁肯去给"大款"们充当"秘书",或者从长计议,以"女仆"的身份将自己潜伏在富豪家里。这固然有点儿委屈自己,但绝不至于前功尽弃。只要善解人意,常讨富豪欢心,每月的工钱总是会到日子就给算一次的。倘拖欠,有《劳动法》维护着权益呢!倘一旦被富豪们抱到床上去了呢?那么自己岂不就由"战略防御"转入"战略反攻",变被动而为主动了么?表面看起来是富豪在他的家里"轧"了自己,实际上还是自己在富豪家里"轧"了富豪。既不必承担"轧富豪"之不光彩之被人说三道四的名誉损失,又达到了"轧"牢不放的目的。多么得意呢?到了那一种"战略反攻"阶段,只怕是他们的夫人和子女,也是拿自己无可奈何,只得畏惧三分了。否则,扯着"轧"了自己的富豪上法院去!全社会的同情心,必是一边倒地倾向于被"轧"的自己这一边无疑!

姚纯刚的这一系列想法,其实是由那名俏丽的女佣而产生的。如果她不俏丽,不对他一副带搭不理的态度,他头脑中也就不会产生以上的想法。可她偏偏俏丽可人,偏偏还对自己这位她的女主人派"公爵王"接来的尊客带搭不理的,他也就不禁地对她揣测起来了。

这儿的主人尽管是富豪,但却是女的呀!那么以她这么俏丽可人的姑娘,甘居篱下做女佣,图的又是什么呢?莫非这幢别墅除了那个脸像兔子的女人,还有一位男主人?这种揣测一生,他不免又有点儿心灰意懒了。倘仅仅做一位住别墅的女人的"应召男郎",意思总归不是那么太大。他缺少的不是婚外性游戏的刺激,而是钱啊!要做"应召男郎",那还莫如到某些歌厅舞厅去寻找"卖点"。据说有几分帅气英俊的男人,哪怕像他似的胸无点墨又毫无幽默感,在那些灯红酒绿纸醉金迷的糜烂场所,也是可以遇到些芳心寂寞的"大款"婆娘或患"性短缺症"的富豪夫人,将自己的时间和身体卖个好价的。一把一交易,完事儿就点钱。那又是多么利索,多么符合"市场规律"之原则!

没把那个俏丽可人的女佣揣测明白,自己倒又想得来气想得恼火了。

他妈的,在电话里说"可是我非常需要您""来吧,求求您了!""这会儿是我心里最紊乱的时候,除了您这位心理专家,谁都安慰了不我的!"……

可是现在自己来到她的别墅了,十万火急地诚心诚意是来安慰她的!从心理到精神到肉体,不计较得失不讲什么钱地想给予她巨大的一概需要的"安慰服务",她却使自己在这儿备受冷落地干候着。还要看那名傲慢无礼的俏丽女佣的脸色！他妈的要是自己一旦在这儿获得到了足以受尊敬的资格，瞅个冷不防首先就强奸了那俏丽女佣才解恨！大不了用那个脸像兔子的女人的钱赔偿点儿"身心损失"罢了！……

他越想越气，越气越想不开，又陷入了最初的思维怪圈儿。他连看着鱼缸里的鱼游得那么自由自在，都恨得咬牙切齿起来。

他妈的，居然让老子在这儿干等了一个小时多了！

连饮入口中的名贵洋酒，也觉着苦巴巴的品质低劣了。

一气之下，他将杯中的酒倒入鱼缸里了。金龙鱼们和银龙鱼们，见有异色倾注水中，误以为是特殊的食饵，纷纷围拢来大张着嘴，一口口争吞。吞过的，受用不了，困惑地就掉头游开了。但是并不游远，围着那异色的水中"迷雾"周旋。

他觉得好玩儿起来。也受几分平民"白马王子"对富豪阶级之高傲女人的报复心理驱使，走到酒柜那儿，放下特大号的酒杯，专选那种无色的名贵洋酒，左手抓起一瓶，右手抓起两瓶，咕咚咕咚兜底儿全倒入鱼缸里。将空酒瓶放归原处，他就退到沙发那儿，坐下吸烟，赖以消磨时光。眼望着鱼缸，见到些金龙鱼和银龙鱼纷纷往鱼缸四角避，内心里快感得简直没法儿形容……

"我们下人""我们女主人"——从老司机和那俏丽女佣口中说出的这类话，此时仿佛是录在他的耳膜上了，由于他的心理按键起了作用，又响在他耳中了。

"下人""女主人"这些话，此前他只从电影和电视中听到过。而且只从外国片、港台片，反映解放以前的事儿的国产片中听到过。怎么在今天，一些个从一九四九年十月一日那一天起"从此站起来了"的中国的男人和女人，又开始学着说起来了呢？而且说得那么自然，那么顺理成章，那么发自肺腑似的呢？好像早在一百多年前就习惯了这种"下人"和"主人"的尊卑关系。钱啊，钱啊，钱真是他妈的厉害的东西！真是这世界上顶顶厉害的东西呀！倘那脸像兔子的女人没有钱，没有成百上千万元甚至亿万元之巨,他们会发自肺腑似的心甘情愿似的宁肯自贱地称自己为"下人"么?会口吻效忠地尊称那脸像兔子的女人为"女主人"么?或者,尽管她有的是钱,资财逾亿,若每月给他们的钱不能使他们心满意足,他们会觉得在这儿"服务"于她是幸运的嘛?

"姚先生,您要是真觉着我这人靠得住,以后一旦成了我们女主人的密友,还请您在女主人面前多多关照!您如果抬举我,我当然也是很愿做您……做您的心腹了……"

老司机最后对他说的这番话,及时地敲响了他的心理警钟!

哎呀呀!姚纯刚啊姚纯刚,我的老朋友,你刚才都做了些什么呀!你往人家鱼缸里倒酒,倘若恰巧被哪一名佣人撞见,你又该作何解释呢?你又能作何解释呢?

望着有几条鱼已经侧歪着身子,游得松懈无力了,他心中又不禁有几分不安。

忽然他听到了一串清脆美妙的音乐,一下子条件反射地从沙发上站了起来,精神亢奋地拔脚便往外走。

刚一推开门,却见那名俏丽的女佣,正蹲着擦拭门外一人多高的仿古大瓷瓶。

她就那么蹲着,手中的抹布还在机械地擦拭着,仰脸冷眼望他。

他说:"音乐响了!你听!这不是在响着么?你们女主人终于向我发出了召见的讯号,现在我可以上楼去了吧?"

她无动于衷地说:"那是八音盒的音乐在响。我们女主人召见你的音乐,应该是舒伯特的C大调幻想曲。听过么?"

他如同被兜头泼了一盆冷水,只有呆呆摇头的份儿。

"那你一会儿就能欣赏到了。不过曲不终,你是不可以上楼去的。"

她不再理他,又低下头去继续擦拭。

"可是为什么?!为什么非得曲终我才……"

他有些忍无可忍地叫嚷起来。

俏丽的女佣又蹲在那儿仰脸冷眼望他。

她慢条斯理地说:"姚先生请您雅静。动不动就大叫大嚷的客人,在我们这儿是非常不受欢迎的,既不会受到我们女主人的真诚欢迎,也不会受到我们下人的礼貌对待。"

她的话比她脸上的表情比她眼中的目光还要冷,仿佛每一句一出口,都带着一股逼人寒气。他不禁打了个寒战。当然不是身子打了个寒战,而是心里打了个寒战。

"这么说我还要等下去?"

"对,您还要等下去。"——她站了起来。

"只能等下去?"

"只能等下去。但是您如果不愿再等下去,觉得再等下去纯粹是浪费您的宝贵时间,当然也可以不告而辞。没有人会阻拦您的。"她一边的嘴色浮现出了一丝冷笑。这就使她那张俏丽的脸上的表情更加阴冷了。这就使她眼中投射出的目光更加含有极度轻蔑的意味了。俏丽而阴冷而轻蔑,使她当时的样子高傲冷艳。

他真恨不得立刻向她扑过去,将她按倒在地,三下五除二扒光了衣服,以最凶悍的暴力强奸了她!这念头一方面是由于她的高傲冷艳确有种特殊的魅力确有凛凛动人之处,而更主要的是由于她目光中的轻蔑。她——一个"下人",他——一位她的主人派车接来的客人,他实在是不明白她为什么一开始就对他抱有种不想掩饰的轻蔑。他觉得她心里甚至还对他有种没道理的憎恨似的……

"好,那我就等!"

他自己也冷笑起来,一转身朝楼梯走。

"姚先生,你干什么去?"

"我有重要的东西忘在一层了!"

他说着,已经踏下楼梯,转眼到了一层,用目光四处寻找。

"姚先生,您究竟在寻找什么?"

"一束花！"

"一束花？"

"对！是我见了你们女主人时，要献给她的一束鲜花！"

"我见着了。"

"在哪儿？快给我！说不定舒伯特的C大调幻想曲就会响起来的！"

"我已经把它清除出去了。"

"清除出去了？！"

"对，像清除垃圾一样，清除出去了。它现在肯定在外面的垃圾箱里。如果您仍想将它当面献给我们女主人，可以自己从垃圾箱里扒垃圾捡回来。"

"你！"

姚纯刚瞪起了眼睛。他举起一条手臂，一根手指直指向她的脸。她的个子差不多比他矮一头，但是当时站在最后一级楼梯上，于是他们的高度就平等了。而他们之间相距也不过就一步远，他的手指尖儿几乎触到她的鼻尖儿了。

"你们当下人的，怎么可以……"

他的语气非常严厉，完全是训斥的口吻。他本想说："你们当下人的，怎么可以把主人的东西随便乱扔！"——话说了一半，意识到自己并非这儿的主人，一厢情愿地以主人自居未免显得过分滑稽可笑，一时便不知道接下去的话该怎么说才好了……

她岿然不动地站在那最后一级楼梯上，低视着目光，定睛瞧着他的手指，俏丽的脸上依然是那副高傲冷艳的样子。仿佛瞧着的不是他的手指，而是一条丑陋的"毛虫"。可是又根本不怕"毛虫"，并且确信那"毛虫"也断然不敢胆大包天地冒犯她真往她脸上爬似的。

她的样子使姚纯刚顿时英雄气短了，一时更加不知该往下说什么好了。

而她目光一眨，眯起了眼睛，又眈眈地注视着他的脸。同时她一边的嘴角再次浮现那种使他的自尊心受不了的冷笑。她仿佛在以她的表情说——先生,何必激动?我在恭听呐!

"你!……你给我捡回来去!"

姚纯刚终于憋出了这么一句话。

"姚先生,"她开口了,那一种冷冷的语调中含有的轻蔑意味儿更明显了,"请允许我提醒您:第一,你是没有任何资格在我面前颐指气使斥我为下人的。我是这儿的管家,连我们的女主人也不经常在我面前摆主人的架子,而且遇到棘手的事总是将我视为最可信赖的参谋。我穿这身普通女佣的衣服,我擦那个大花瓶,是因为我今天闲得腻歪,自己为自己找点儿事干罢了。女主人不在这里的日子,我是全权代替她,在这里行使主人的权力的。而我们的女主人,每年至少有三分之一的日子不在这儿。第二,你要当面献给我们女主人那束花,我一眼就看出,是我们的花匠从院子里那些俗常花上剪下来的。如果你根本舍不得花钱买一束配献给女人的花,你见我们女主人时是可以两手空空的。每一个男人每一次见她,都要带一束花。你们男人们以为她喜欢花,其实她根本不喜欢花。你们男人一走,她就吩咐将花扔出去。明年,连院子里那些种的花,也都要连根拔掉。第三,如果你现在还觉得自己很需要那束花,你得自己到垃圾箱里去捡。我自从成了这儿的女管家,只往外边清除过东西,从没有从垃圾箱里捡回过什么东西。我不会养成这种讨厌的恶习的……"

她说着,姚纯刚的手臂渐渐往下垂着,待她的话说完,他的手臂已经垂到自己的腿旁了。

如同蜡人儿的手臂被火烤软了而垂下去,再也抬不起来了,非抬起来一定会折断似的。

"对不起……"

他口干舌燥地嘟哝出了三个字,声音小得几乎只有自己才听得到。

而这时三层楼上传下了音乐。钢琴和提琴,形成着忧郁优美的旋律。

"听,你听!……"

他一副大惊小怪的样子。仿佛此前一直是聋子,从没听到过音乐。

"不是我听,是您听。"

俏丽的女佣——不,俏丽的女管家冷冷地留给他这么一句话,缓缓转身,从容不迫地上楼去了。

但是姚纯刚并不能断定便是那脸像兔子的女人召见自己的讯号。只得紧跟在女管家身后,一边低声下气儿地说:"管家……"

"管家是这儿的下人们对我的叫法。我不认为您这么叫我也体现着对我的恭敬。"

"小姐,小姐您贵姓?"

忧郁优美的旋律在回响着。

"我并不愿和您结交,所以您没有必要知道我姓什么。"

"那么我也就只有叫你小姐了!但是亲爱的小姐……"

她在楼梯上站住,回头狠狠瞪了他一眼,而他仿佛觉得她通过自己的双眼向他发出了一对儿镖器似的。

"不对不对,我用词不当,请务必多加原谅!尊敬的,我十二分尊敬的小姐,我是想问,这音乐究竟是不是你刚才说过的——那什么'特'的什么曲?"

她笑了。第一次笑得不那么冷,也不含有那么显然的轻蔑意味儿。他感到她这种笑证明她已由轻蔑而开始对自己多多少少产生点儿怜悯了。

"姚先生,我已经告诉过您一次了,没记住是您的智商有些成问题。这可就不关我的事儿,我没有义务反复告诉你。"

"小姐!大姐,你看我年长你十几岁,我反过来叫你大姐行不行?如果你高兴我叫你阿姨也行啊!请多指点,请多关照!"

她又笑了,笑得已经很是开心了。

她戏弄地说:"那么您就叫我阿姨吧!我不反感您叫我阿姨。甜甜地叫我几声阿姨,我就告诉您这音乐是不是什么'特'的什么曲!"

忧郁而优美的音乐旋律在回响着……

"阿姨,我的好阿姨,快别耍着我玩了,求求你告诉我吧!我承认我是个徒有其表的'土老帽'还不成么?"

说时,他已紧随她身后登上了二层。

于是她转身瞧着他,将手中的一块绒布朝他一递,仿佛大为恻隐地说:"别急!误不了你的好事,误了我负责。你先替我擦一遍另外那只大瓷瓶,我全告诉你。"

他犹豫了一下,只得接过绒布,蹲下他一米八的伟岸身材,委曲求全,从上至下地擦起来。

而她,斜倚着楼梯栏杆,一边欣赏着那忧郁而优美的音乐旋律,一边女监工头儿似的看着他擦,手指还同时在楼梯栏杆上点着拍子。

"姚先生,好听么?"

他连连说:"好听,好听!"

"知道舒伯特么?"

他羞愧无比地回答:"不知道,我很少欣赏音乐。我承认我不是个有起码音乐修养的人。"

"你倒挺坦率的。男人坦率,也就不失为有一点可爱之处了。记住阿姨告诉你的,这是奥地利杰出的作曲家舒伯特在其短促生命的最后一年——一八二八年初创作的。属于他所喜爱的《流浪者》一类的作品。全曲分三个乐章。现在我们听到的是第二乐章,是一首著名的变奏曲,抒情性很强。主题来自作者的歌曲《请问候我》。现在我们听到的已经是第三乐章了。听,活泼的快板,进行曲风格的主旋……乖孩子,现在你可以上楼去了。"

姚纯刚如同听到了对自己颁布的特赦命,丢掉绒布,站起来就往楼上蹿……

"等等!"

她低声唤住了他。

"到我跟前来。"

他有些狐疑。尽管如此,还是表现得像一个乖乖仔似的,极其顺从地走到了她跟前。

"弯下腰。"

他更加狐疑,但是极其顺从地弯下了腰。

"闭上眼睛。"

他极其顺从地照办了。

他感觉有什么柔软又沁凉的东西触印在他额上,知道是她吻了他的额头一下。

"好了,睁开眼睛吧。"

于是他睁开了眼睛。四目相对之际,他红了脸。而她脸上却毫无羞涩。仿佛她是医生,他是患者。她吻他,是一位医生为一名患者看病的祖传方式似的。

他刚想挺起腰。

她却嗔怪地说:"你急个什么劲儿。音乐不是还没终止么! 我只叫你睁开眼睛,并没叫你改变姿势呀!"

于是他又听话得一个大孩子似的,继续在该叫"阿姨"的女人面前弯着腰。

她从兜里掏出一方洁白的手帕,在他额头上抹了几下,之后展示给他看——洁白的手帕上染了一片红,是她的芳唇一吻后留在他额上的鲜艳口红。

她说:"瞧,这要不替你擦尽了,见了我们女主人,成何体统! 现在去吧,阿姨祝你好运!"

他立刻向楼上蹿去。他像一头动物园里的饥渴难耐的老虎或狮子,终于听到了饲养员开铁门喂食的动静,恨不得连肉带送肉的饲养员一块儿吞吃掉似的。

他那一米八以上的大个子在楼梯上绊了一跤,下半身还在楼梯上,上半身却已扑在三层楼与楼梯相接的柔软的地毯上。他听到那俏丽的女管家在二层发出哧哧的窃笑,然而已顾不得理会那笑声了……

他身体还扑倒着,头已经抬起来了——看到的是两扇对开的门。三层的举架,比一层二层高,起码高出一米半。所以,虽然是相等的面积,却显得空间宽阔了许多许多。那两扇对开的门也非是寻常之门,而是他在西方电影里见过的那类镀得金光灿灿的宫廷式的内门。它们半掩半开着,什么"特"的什么曲,仍从门内飘出着。从两道门之间的分距,他正巧能看到一个背影,端坐在一架钢琴前。分明地,是那脸像兔子的女人的背影。她着一袭桃红色睡裙。睡裙显然是极高级的丝质的,长长的裙裾透迤在墨绿色的地毯上。睡裙透明得像塑料薄膜,使她那白皙的肤色清晰可见。红映白,白衬红。那情形使他望呆了,伏在那儿竟忘了应该爬起来……

有什么东西准确地击中他的后脑勺。他回头一看,那俏丽的女管家无声地跺了下脚,正对他做手势,意思是促他快爬起来。一个工艺品丑娃娃脸朝下伏在楼梯上,与他伏在楼梯上的姿态几乎一模一样。他记得那丑娃娃原是悬在二楼梯口墙上的。显然,女管家是用它击中他后脑勺的。

于是他爬了起来,并且捡起了那个丑娃娃拎在手中。

而这时什么"特"的什么曲已经终止。半开半掩的门内,仍回旋着钢琴的余音。红映白,白衬红的背影,却已从钢琴前消失。但是他还能看到一段粉红色的裙裾,好比一截"水袖"坠在墨绿的地毯上,使人想象那"旦角儿"在堂皇之至的对开门后正演着死亡……

他脚步蹑蹑地走到了门前,怯怯地不敢贸然地长驱直入。

左门旁伫立着一尊石像。男性。头部急剧地扭向右方,好似在注视着谁,在倾听着什么。那卷曲的短发和络腮胡须,环绕着一副神态凶恶紧张和冷酷无情的面孔,而扭转的头颅又加强了他面孔上的表情,表情中还充满了对任何人都不予信任的猜疑。从眉头紧皱的两眼中,投射出咄咄逼人的威严。而那双永远不会眨动的石眼的后面,似乎孕育着什么活的东西,使人不禁会得出结论——那活的东西肯定是一个男人的空虚、不安和企图报复的强烈欲念。

他当然不知道那便是雕塑艺术史上久负盛名的《卡拉卡拉》。只不过不是原件,而是复制品罢了。

右门旁也伫有着一尊石像。女性。不过不是伫立着,而是半坐半卧在黑漆木座上。"她"裸着全身,微微低垂着头,一只手臂弯曲着,撑住额角,而另一条手臂垂在木座下。她的两只乳房丰满而硕大,仿佛只要轻轻一碰,便会溅出乳汁来。"她"的眼睛微闭着。脸上的表情忧郁,困惑,沉迷不醒。但是,"她"那仿佛在漫长的黑夜中颓废着的女性的躯体,既非娇弱的,也不是慵懒的。恰恰相反,那女性的躯体婀娜健美,刚柔兼具,显示出旺盛的撩拨人心的情欲和蓬勃不可遏制的生命力,看去光洁富有弹性,而且非常温爱似的,使人觉得"她"一旦醒来,必将焕发出征服千万男人并使他们心甘情愿其乐无穷地沦为奴仆的魅力!黑漆木座上,还刻着几行诗:

> 我睡着,
> 但我具有生命的火焰,
> 只要你叫我醒来,
> 我将与你说话。
> 睡眠是甜蜜的,
> 成为顽石更是幸福,
> 不见不闻,无知无觉,于我是幸福,
> 不要惊醒我,啊,但还是不要惊醒我……

望着"她",姚纯刚这位以"平民白马王子"自诩的男人,灵魂里顿时

269

波涌起一种强烈的冲动，几欲扑过去投入到"她"怀里，轮番捧住她那丰满硕大的乳房尽情吸吮。他觉得心中有团火在熊熊燃烧，而口中干渴极了。又觉得"她"酷似那个脸像兔子的女人，猜想是她请了名家以她自己为模特雕塑的。他猜想得不错，事实正是那样。而这一猜想，又使他灵魂里产生了一种恨不得扑过去尽情蹂躏"她"、奸淫"她"的邪恶之念。之后……之后他想扼死"她"，由于"她"使他感到了种种屈辱和卑贱。但是那另一尊雕像仿佛在用以目光警告着他、威胁着他，仿佛他的行为稍微放肆，首先被扼死的将必是他自己无疑……

"我亲爱的朋友，你已经来了么？"

是那脸像兔子的女人的声音。不复再是他从电话里听到的那种甜腻腻的、嗲嗲的、充满暧昧意味儿和性感意味儿的声音了，也全没了半点儿放浪调情和居心挑逗的成分了。此时此刻，她的声音庄重、朗亮，温爱无限而又拒人千里似的，如同一位女神在天堂跟他说话。

"是的是的，我……我一直在耐心期待着您的召见……"

他不禁地对她称起"您"来。一阵诚惶诚恐的紧张，如同电流通过他全身，并在他两腿弯那儿加强了电压，使他双腿微微颤抖不已。他觉得自己似乎是一个芝麻粒儿大的小官，第一次被宣入皇宫，马上就要叩见的是慈禧、是吕后、是武则天，稍有不慎，脑袋就会搬家似的。

"我的朋友，进来吧！"

他脚步蹑蹑地畏缩不前地走到了那两扇对开的门前，从门缝挤了进去，身体尽量不碰到门。好像它们是绝对神圣的，是他的俗体碰不得的。碰了就无形中亵渎了神明，会遭到神明的严惩似的。又好像它们是通了电的，而且是一千八百伏的高压电，身体一碰到，自己顷刻间就会被击焦似的。

现在他终于见到门内的全貌了。那一厅式的巨大的空间，竟是无窗的拱顶空间。拱顶之上绘着许多长翅膀的裸体仙女，她们无比亲昵地嬉戏着，互相爱慕地欣赏着。只有一个是黑发仙女，其余皆是金发仙女。

那黑发仙女坐在漂亮的秋千上,连两腿之间环护着女人羞处的那一团纤毛,都绘画得一丝不苟非常逼真。她左右各有一名仙童,一名仙童的双手握着秋千索,另一名仙童的双手推在她肩上。两名仙童的翅膀都呈扇动状,胖乎乎的身体都浮在空中。那秋千刚刚荡起,她一条腿下垂着,脚儿略向后勾着。而另一条腿似乎是随着秋千的荡起而踢扬。于是那一只脚就绷得很直,几乎和腿部的线条无曲无伏地连在一起。他只朝拱顶看了一眼,不但立刻就看出了那黑发仙女便是那脸像兔子的女人,而且一览无余地将整个拱顶之上美轮美奂宛若仙境的情形都看清在眼里了。她脸上的表情放浪不羁,喜悦若狂,细眉飞纵,明眸怯睁,鲜润而性感的樱唇张开着,似乎在发出开心的叫喊。而一对儿金发仙女,这一个搂着另一个的肩,另一个揽着这一个的腰,都伸出手臂笑指着她。在她和那些金发仙女们之间,在茵绿的草地上,在河流中,在岩石上,乃至在树上,或蹲,或卧,或人立着,或四脚朝天翻滚着,或泅在水中仅仅露出头和水蟒似的鳄鱼似的脊部,或隐避地栖踞在树上窥视着伺机有所扑猎的,尽是些丑陋瘆人的怪物。说它们是怪物,乃因为它们的头都是人头,而且一律是男人的头。从画图中看,虽然它们一个个显得丑陋凶恶,有的甚至还特别狰狞,但又好似都已经被仙女们降服了驯服了,骨子里深藏着对他们娇美的肉体之伤害吞吃的仇恨与对她们的神通的敬畏与恐惧。这两种相互抵牾的心思,使它们的面孔皆是扭曲变形的,人面上都呈现出兽脸的怪态。

在四壁上,也有一些仙女。她们的下身隐没于四壁的平面中,而上半身从四壁的平面上凸探出来,各个裸臂袒乳,手持利剑、投枪、战斧、弓箭、矛戟各类武器。她们以等距离显现着,仿佛一旦认为必要,随时会从四壁的平面中一跃而下……

没有窗子,也没有灯。但是这儿那儿,高高低低的有许多烛架。五颜六色的粗大的蜡烛插在上面,发出五颜六色的光。那些光环向中央辉映,形成虹霓般的彩霭。

除了那架三角钢琴,还有一张床。一张他只从西方古典电影中见过的,帝王和他们的王后、爱妃们才配在上面云雨交欢的床。另外还有一把可与王座高阔斗贵的大座椅。那脸像兔子的女人正端坐其上。她和他刚才从门隙窥见到的背影已有所不同。但也就是略有所不同罢了——只不过头戴了一顶神冠。据他想来那应该被视为神冠。神冠上插着一柄染了色的鸵鸟毛。左手还执着神杖,金光闪烁。其实,在他看来是神冠,是神杖的东西,乃是她平素里闲极无聊,有时组织佣人,有时邀了客人举行化装舞会或自编自演一些小戏用的道具而已……

但是那大座椅上铺着的虎皮却是一张真的虎皮。谁也不晓得她是怎么弄到手的。

这时她开口说话了:"男人,我所感兴趣的你这个男人,既然我们曾一度两相愉悦,肌肤相亲,而且发生了实质性的性爱关系,你又是应我之请被我派车接来的,你为什么还要显得这般局促呢?"

美男子姚纯刚嗫嚅地嘟哝:"不,我没有……我不局促……"

但是他又的的确确处在相当大的局促之中。岂止是局促,简直就是有些惴惴不安。他企图做出轻松愉快的笑脸,也的的确确是竭力地笑了一下,却连自己都感到笑得那么不自然,脸上现出的是一种卑贱谄媚的讪笑。

脸像兔子的女人说:"男人,你不感到局促拘束便好。我对你感兴趣,你在我这里便就像在自己家里一样自由自在。"

他低声说:"是的是的,我是像在自己家里一样自由自在,比在自己家里还自由自在呐……"

脸像兔子的女人说:"你能这样很好。那么你这头脑中还没有什么文化作祟的英俊男人,就请走上前来吧,到我身边来,宝贝……"

于是他迈着僵滞的步子向她走去。才走了几步,双腿便不听支配了。在距她尚有十几步远处,他不由自主地双膝一屈,跪了下去。于是他就跪着一点点向前移动双膝,一寸寸一尺尺向她匍爬过去……

她以高傲、庄重而又充满兴趣的赏玩的目光望着他,并温爱地笑着。某些豢养宠犬的女人,当她的宠犬向她们摇尾巴,或者后腿立起来,用两只前爪向她们作揖时,她们便是那么温爱地笑着的……

他终于是靠双膝匍爬到了她跟前,仰起脸乞怜乞爱地望她。

而她缓缓向他伸出了右臂。在红睡裙的映衬下,她那裸至肩头的右臂,光润洁白得不可置信。仿佛是上等的象牙,又经最高明的艺术工匠仔仔细细地打磨过了一百遍似的,光润得连一根毫毛都看不到,洁白得又简直有些晃眼。她的本意,当然是恩赐给他捧吻她那纤纤玉手的机会。

然而不知为什么,他似乎根本不敢触碰她那只同象牙似的纤纤玉手……

他又趴将下去了,捧住了她的一只赤脚。她的双脚也是那么白皙那么秀美,十枚趾甲涂得艳红。这就使它们看去也好似用象牙精雕细琢的工艺品。她的右脚伸向前方,脚跟并不踮起,轻若一羽般地匍匐在墨绿色的地毯上。这就使那秀美的脚儿的润白和趾甲儿的艳红,被衬托得具有了对男人足以勾魂摄魄的妖媚之态。她的左脚收向后方,脚尖儿点地。只有双腿修长的女人,坐着的时候腿脚才能那样。那是一种优雅又放浪的姿势。

姚纯刚这一向以平民阶级中的"白马王子"自居的英俊伟岸的大男子,怀着一种崇拜得灵魂战栗不止的卑微心理,忘乎所以地吻着那脸像兔子的女人的脚。吻她的脚踝,吻她的脚背,吻她那涂得艳红的脚趾甲儿。如同一个被判了死刑的罪孽深重的人,在临刑之际吻亲自为他主持忏悔祈祷的至尊至圣的教皇本人的脚,仿佛那种痴吻可能将他的灵魂从地狱拯救到天堂似的。

他的这一举动,是她并不曾料到的。最初的瞬间,她有些愕然。微微蹙起了眉头,像兔子的白脸上,呈现出了一种反感的愠怒的表情。但是片刻之后,那女人的心理就接受了他的痴吻。一切女人其实都是非常高兴看着一个男人样子卑微地跪在自己面前的。哪怕他是她所十分厌恶十分鄙憎的。那时她的女人心理也还是会感受到一种满足一种快感。女人的骄矜一方面是她们赖以对付男人的盾,另一方面又是最容易被男人的卑微相所击破的。若男人以高傲去碰撞女人的骄矜,那么女人的娇矜则便越发坚韧。而男人若以卑微示怜于女人的骄矜,则她们的骄矜之盾就会软化如泥了。这乃是由于就大多数女人而言,灵魂里天生地就具有一种母性的成分。这一种女人灵魂里的母性成分,几乎也是天生地期待着某一时某一刻被某一个男人彻底摧垮的。恰恰此际,她们似乎觉得自己的魅力强大无边,这一心理特征乃是女人最本色的心理特征之一。它在某些情况之下使她们变得宽厚仁慈,在某些情况之下亦使她们变得愚不可及。

而姚纯刚当然非是脸像兔子的女人厌恶和鄙憎的。她对他的兴趣在今天达到着最饱满的程度,而且其高潮正分秒俱增着。她在两天前就为今天对他的邀见做了精心而又周密的策划。她一会儿要好好儿地肆无忌惮地在自己的别墅里消遣他。通过对他的消遣,过把玩乐一个自己感兴趣的男人的瘾,好比某些小女孩儿通过摆布小动物体现她们对它们强烈的兴趣一样。当他跪在她面前双手捧住她的一只脚痴吻不止之际,她的愕然,她心理上顿时产生的反感和愠怒,只不过是由于太出乎意外所引起的罢了。但是他那男人厚润的、有弹性的、温软的双唇痴吻在她脚上的感觉,毕竟是那么美妙得令她心灵欢畅愉悦的一种感觉。于是她也就心安理得地情欲荡漾地享受起那一感觉来……

他痴吻够了她那只朝前伸出着的脚,又双手抱住她那向后收着的脚痴吻不止。她也就方便于他,收回了朝前伸出着的脚,将那一只原本向后收着的脚主动奉送在他怀里。同时,她那只伸展给他,原本期待他像绅士吻贵妇的手一样优雅吻之的玉手,缓缓垂下,顺势放在他头上,充满温爱地抚摸着,由头渐渐抚摸至他的脸颊。

"哦——我亲爱的朋友,我敢肯定你来时细致地刮过脸了,完全是为见我才刮的么?"

"是的……完全是为了你才刮的……"

"哦！我亲爱的朋友,你使我倍感荣幸呢!"

"不,不对。你在取笑我……倍感荣幸的是我……不是你……"

他说着,忽然就低声哭了起来。那啜泣和眼泪的成分是相当芜杂的,绝非几行文字所能分析和描写得清的,所以我们也就不必浪费笔墨了吧。

原来她身穿的并不是一件睡裙,而只不过是象征性地在她白皙的玉体上缠绕了几圈儿的透明的红绢,也只不过在胸前斜缠了一圈儿,在腰间横缠了一圈儿。她执着"神杖"的那一只手臂,连同肌肤洁白润泽曲线优美的那一肩膀,都彻底地裸在红绢的缠绕之外。那一边的乳房,丰腴饱满得如同充足了气的半球似的乳房,也彻底地裸露在红绢的缠绕之外。而红绢的另一端,在她腰际紧束了一圈后,搭在她的另一条裸臂上。她赤裸的两臂的腕部,臂弯以上,各戴着红色玉石的腕镯和臂镯。这女人的身体实际上是裸着五分之四甚或六分之五,而被红绢缠绕着的五分之一甚或六分之一,透露而显得妖冶邪媚的诱惑性,似乎比肉体彻底暴露的部分更加强大。

他受到她的抚摸,自然领会到了那是一种惬意的表示,也是一种恣惠的表示。于是他的双唇得寸进尺地,肆无忌惮地渐渐吻上了她修长迷人的腿,并且以他的脸颊去亲偎,厮磨软玉温香的感觉使他魂荡神迷。他灵魂颤抖,继续哭泣着,被那种由豪华富贵所烘托的女人的妖冶邪媚完全征服了。那一时刻他想象自己是她的一名情奴和性仆,因自己命中出现了如此幸运如此幸福的转机而万分激动……

"够了,我亲爱的朋友。你的眼泪和口水已经弄湿我的腿了。请站起来吧……"

他贪婪不舍地放下了被他捧着一截象牙似的捧在怀里的那女人的腿,有几分不怎么情愿地站了起来。他暗暗告诫自己,一定要,千万要竭力克制住自己灵魂里那股凶猛的冲动。一定要,千万要在她面前扮演好

"乖乖仔"的角色。一定不能,千万不能使她因自己而产生半点儿不悦。他对自己居然哭了起来感到非常满意,尤其对自己流出了许多真实的眼泪感到非常满意。他相信她对他的眼泪的真伪是看得出来的,明白她不是那种竟会为一个男人硬挤出来的泪水而感动的女人。伙计你的表现很不错!简直可以说棒极了!——他在心里暗暗对自己予以鼓励。想象刚才的表现,最重要的是被她惬意地愉悦地分明非常快感地接受了的表现,是他和她的关系中的历史性的时刻。他觉得这一历史性的时刻,似乎预示他在这幢豪华富贵的别墅中,已经快接近某种特殊身份赋予的特权了。当一旦拥有了那一种特权,以后的人生将多么绚丽多彩醉幻美妙哇!那时他将以百倍的轻蔑报复他的老婆多年来对他的精神压迫和心理虐待!姚纯刚你那些年过的是多么屈辱的生活啊!你又何尝不是你老婆的情奴性仆呢?做情奴性仆也要追求更高的层次啊!水往低处流,人往高处走么!看来男人的帅劲儿和女人的美貌,只要自己肯于"走向市场化",原来是同样不愁吸引不到买主的!至于老婆,他妈的,百倍地进行了报复后,当然是要离婚的!非离不可!离了就长期地住到这幢豪华富贵的别墅里,从此与眼前这个女人形影不离朝夕相守!做情奴性仆就做情奴性仆!怎么活还不是一辈子呢?再说做眼前这个妖冶妩媚的女人的情奴性仆,问问全中国的男人,又有哪一个会摇头不愿意呢?非但并不委屈自己这位"白马王子",反而还是自己一辈子的艳福桃花运啊!……

他正这么漫无边际东一念西一念地幻想着,正在由他自己的幻想编织成的憧憬里美梦成真似的浪漫着,她又微绽樱唇开口说话了。

"我亲爱的朋友,我健美的金钱豹,我今天还邀了一些对你颇感兴趣的人儿。当然,她们对你的兴趣,完全是听了我的介绍,受了我的影响,你愿意看在和我的情分上,给她们与你欢娱一场的荣幸么?"她说时,星眸勾魂地乜斜着他。

他怎么能说出不愿意的话呢?在这幢豪华富贵的别墅里,在这妖冶妩媚的女人面前,他此刻又有什么资格说不愿意的话呢? 在他刚一走入进来的时候,在他不由自主地双膝跪地爬行向她的时候,在他双手捧住她的脚儿轮番痴吻的时候,其实他就已经自行地将一个男人最起码该有的那一点儿自尊从自己的灵魂里驱赶出去了,扫除得一干二净了。此时此刻的他,已无异于一具英俊帅气的行尸走肉,意味着生命的东西,只不过是情欲和性欲罢了! 但是他现在对于一个男人,具体说是对于他自己这一个男人的生命,似乎悟透了一种最最符合"现实主义"原则的、崭新的认识观念——只有汹涌的情欲和旺盛的性欲已足够了。对于他,和对于她,足够足够的了。当然,前提是必须加上她的别墅她的"公爵王"和"凯迪拉克",以及她的悉数金钱……

他还没来得及作出多么愿意的表示,她却已缓缓举起一双玉手轻拍了三下。他这才注意到她的指甲却并未染红。他暗想这个因为妖冶妩媚而可爱因为富豪而可敬而高贵又不知究竟因为什么而使他感到可畏的女人真是有点儿不可思议啊! 她为什么染趾甲儿却不染指甲儿呢? 正在他想不大明白时,奇迹发生了——一面墙壁活动起来。首先是从墙壁上探出半截身子的那些神,连同她们手中的各种兵器,无声地徐徐地就缩隐到墙壁里去了,由立体的而变成绘画式的了。接着那面墙壁本身无声地徐徐地从正中裂开,并也向两边缩隐……

姚纯刚看得目瞪口呆。更加使他"友邦惊诧"的是——墙壁的那一边,竟是另一种"仙境"。当然,那不过是由一块块巨大的彩色玻璃构造成的室内花房,只有顶部的玻璃是无色的。有色的玻璃"滤"进的有色的彩色,和无色的玻璃透进的自然光,交相辉映,氤氲成颇具神秘感的红烟紫气。没有花,全部是绿色植物,仿佛室内密林一般。忽然,不知从哪儿涌来了"白雾",很浓很浓的"白雾"。其实,那也不是什么"白雾",不过是干冰制造的假景象罢了,就像干冰在舞台上制造的假景象一样。全部三层楼,与同样面积的楼顶平台,被那脸像兔子的女人别出心裁地搞成了私家歌舞厅。一切都是她亲自设计的,由本市一流施工队施工,本市一级舞台美术师监工。金钱在这一点上，又一次雄辩地证明——它能使任何人的奢极豪最的想法，变成梦幻成真的现实。

"白雾"出现的同时，从"密林"的深处，几队"仙女"飘逸而至。她们也跟那脸像兔子的女人一样，身上缠绕着赤橙黄绿青蓝紫各色薄绢。身体五分之四乃至六分之五的部分裸露无遗。薄绢拖地，一片肉色炫目。

须臾间，她们一队队趋近前来，将个如呆如痴的姚纯刚团团围拢，一个个对他搔首弄姿，浪态百出，媚姿种种。

那脸像兔子的女人又轻轻拍了三下手，仿佛很郑重似的说："姐妹们，大家看我擒获的这头金钱豹儿如何？"

她们中一位身上缠绕着紫色薄绢的"仙女"说："大姐，这痴郎刚才吻你脚吻你腿的傻样子我们都偷看到了。哪里配称作什么金钱豹儿？简直就是只被你宠惯坏了的猫崽子嘛！"

于是她们都嘻嘻地哧哧地哈哈地笑起来，有几位甚至笑弯了腰。另一位身上缠绕橙色薄绢的"仙女"竟笑盈盈地将薄绢从身上扯下来，完全地裸着身子，用那薄绢拴住姚纯刚的脖子，一端牵在自己手上，疯狂地扭动腰肢，手舞足蹈。

姚纯刚懵里懵懂，如坠五里雾中，恼也不便恼，逃也不敢逃，只有讪笑着任她们摆布的份儿。

那脸像兔子的女人，安详地坐在铺陈了虎皮的椅上，望着那情形也愉悦地笑。

而另外一些女人便齐发抗议："先看'电影'！大姐我们要先看'电影'，之后再一块儿进行下一场游戏嘛！"

"小妹你别太浪了！他可是大姐为我们大家弄来消遣着玩儿的！你首先就拴住了他脖子算怎么回事儿？打算独霸呀！"

"那可不行！豹儿也罢，猫儿也罢，从现在起他是属于我们大家的！是不？大姐！"

"姐妹们，当着我的面儿，把我感兴趣我所宠爱的男人说成是属于你们大家的,未免太反客为主了吧?"

脸像兔子的女人听了被她称为"姐妹们"的女人们的抗议,也严肃地板起脸向她们表示自己的抗议。都是抗议,她们的抗议叽叽喳喳,而她的抗议平静又含蓄。但有一点却是相同的,都是在演戏给姚纯刚看,也都是在演戏为她们自己进行娱乐获得开心。事实上,此时的"白马王子"姚纯刚,已成了由她导演的一切穷极无聊的闹剧和淫戏之中的一个角色。唯一的一个男主角,一个英俊的丑角。她确信他是甘愿由她任意摆布的。并且确信,不管他配合得好或不好,表现得乖顺或不乖顺,到了这场戏正向高潮发展的阶段,也只能由她任意摆布了。虽然她在电话里佯装出恭而敬之又甜蜜挑逗的口吻尊称他为"老师",但是她对他的分析和研究,是比他对她的分析和研究准确无误得多也细致深刻得多。实际上,她是将这个金玉其外,败絮其内,徒有其表又自我欣赏的男人,当作一块生日蛋糕打算分切给那些被她称为"姐妹们"的女人来共享的。而这一天又确实是她的生日。她对自己的生日一向是很看重的,一向挖空心思来进行庆贺的。庆贺这一个生日的形式,因为他的存在,她自认为是最别开生面的一次。再进一步直白地说,在她的这一个生日,她早已打定主意,要慷慨地将她"感兴趣"的这一个男人,当成一种祭品,一种纯粹的性祭品,祭献给被她称为"姐妹们"的女人。她认为一位拥有亿万资财的女富豪,是有权将一个又英俊又没出息的男人当成性祭品的。只不过她并不想太轻率地就将他丢给那些女人们。那样这场戏的情节不是太平淡太不好玩了么?她的"姐妹们"也都是些有钱的男人和有权的男人们的夫人、准夫人、情人或姘妇。奢极豪最灯红酒绿的日子,像早就使她自己过得腻歪了空虚了一样,也早就使她们腻歪和空虚到无法忍受的程度了。她急需刺激。她们也急需刺激。只有刺激才会使她自己和她们觉得肉体里还有被叫作灵魂的那种东西存在着,仍觉得肉体还是有生命气息的。她一心要把今天这一场戏导得情节跌宕,具有冲击力,具有强烈的刺激性。

听了她的话,她们又一片声地叽叽喳喳叫嚷起来,七言八语,急赤白脸:"大姐,你太不够意思了! 你怎么可以出尔反尔呢?"

"对呀! 大姐你怎么出尔反尔呢? 你明明说过,这小子今天是可以属于我们大家的开心之物嘛!"

"大姐,这就是你的不对了! 不就是一个你感兴趣的男人嘛,又不是一颗王冠上的钻石,你还舍不得呀?"

姚纯刚被那些全裸或半裸的女人们围拢着,听着她们说自己像说一只受主人宠爱的小猫或小狗,男人的起码的自尊心非但没有复苏,反而更加麻木彻底泯灭了。此时他头脑中产生出了一套对自己非常有说服力的逻辑……妈的,做一个女人的情奴性仆是做,做一些女人的情奴性仆也是做。既然我的"女主人"不计较不在乎,我又计较个什么劲儿在乎个什么劲儿呢? 与其说她们在摆布我玩弄我,又何尝不等于是我这个男人在游戏这些女人观赏这些女人裸或半裸的肉体呢? 他笑着,身子不停地前后转着,头不停地左右扭着,目光和理智被周围的肉色绢色搞得迷迷瞪瞪晕晕乎乎。迷迷瞪瞪晕晕乎乎地想象着自己是一位帝王,而脸像兔子的女人是他的游戏念头层出不穷的王后,而她们不过是些平素里被他的綦爱宠幸得惯善放纵与调皮的妃子。他想起了一首歌里的两句歌词——"我愿做一只小羊儿偎在你身旁,让你的鞭子轻轻抽在我身上……"

哦,这一种使人情旌招展欲火熊熊的欢娱! 这一场他长这么大从未玩过的游戏! 他的雄性之根无比坚挺起来。他亢奋得真想引吭高歌,就歌唱:"我愿做一只小羊……"

其实,类似的游戏,在这幢豪华的别墅里,大约每个月都是要举行一次的。只不过以前被"公爵王"接来的不是他,而是另一些使那脸像兔子的女人"感兴趣"的男人罢了。区别在于,区别仅仅在于,她由着自己的高兴,将他们叫作她的"雄狮""威武的东北虎""高贵的梅花鹿""凶猛的鹰""熊猫憨憨"或"猎犬朋克"等等。如今她对他们的"兴趣"早已消弭。他们也就再也没有资格踏入这幢别墅了。作为对他们的犒赏，除了她给他们起的不同的绰号，他们还都从她那里得到过一大笔钱。她在这一点上倒是很慷慨大方的。他们靠了她给予他们的钱，是足以娶老婆养孩子过小日子的。她从不在那些素质较高的男人层次中物色目标。她一向对他们并不"感兴趣"。认为和他们在一起进行类似的游戏，肯定是难使自己尽兴也不会好玩儿到哪儿去欢娱到随心所欲的程度。不知为什么，她从精神上到心理上都极端鄙视素质较高或自以为素质较高的男人。和他们在一起，她时常觉得自己也男性化了。就如同男人和男人在一起似的，"兴趣"索然。她甚至会经常向他们提出些古怪的问题，比如——这世界上从古至今最小的度量衡单位各是什么，曾在哪一世纪哪一国家哪一民族颁布过，又是在什么时候废除的？比如——龙有几个儿子？分别都叫什么名字？而龟是龙的第几个儿子？龟的神职名字是什么？比如——古建筑飞檐上的兽头叫什么？为什么在那每一个兽头上又都悬着一只铃似的东西？比如——"无限"这个词究竟是外来语还是中国古语沿用至今？植物是不是也有雌雄之分？"造爱"和"做爱"是前一种翻译更确切还是后一种翻译更确切？……

她常用这类古怪的问题使他们被一问一愣，再问再愣，自愧学识浅薄，汗颜津津，在她面前羞窘得无地自容。而她的脸上，这时就会呈现出毫不掩饰的轻蔑，并且对于受过高等教育的男人，极尽尖酸刻薄的诽语谤言。她和他们在一起的唯一快感就是当面挖苦他们嘲讽他们轻蔑他们。当然他们的脸皮也就被锻炼得很厚了。全部中国的所谓文化素质较高的男人中，至少有三分之一脸皮本来就是很厚的，也至少有三分之一在"商品时代"渐渐变得脸皮厚了起来。一个时期她这儿曾是他们的"沙龙"。但是她很快就对他们厌烦透了。尤其厌烦他们在她的别墅里吸着她的名烟，喝着她的名酒，大快朵颐地享受着她提供的丰富的自助餐，坐而论道，自命非凡地发表种种治国上策和救国良方。后来她就再也不愿见到他们了。她使他们全部地一劳永逸地从她眼前消失的方式很聪明。她分发给他们每人一个制作精美的卡,类似某些五星级饭店向常客发的"贵宾优待卡"。她告诉他们,只要向把守院门的门卫一出示卡,就可以被顺利放行,长驱直入。却又让那俏丽的女管家交代,通告各个门卫,凡出示那一种卡的人,不管身份多么特殊,不管以前来过多少次,不管他们早已对来者熟悉到什么程度,一概地坚决地拒之门外,好话说尽、恼羞成怒也拒之门外。为了使门卫们能保证在这一点上恪尽职守、毫不动摇,她让女管家每月每人补发给他们二百元"岗位精神津贴"。并且,将别墅中几部电话号码全都改变。有好几次她吸着烟,站在二层的某个窗口,或三层花房的某株植物后,望着大门外某一个曾自以为最受她待见的男人,带着她亲手而又佯装出关系特殊非常亲近的样子暗送给对方的卡,竖眉瞪眼,舞胳膊顿脚尽说尽说,而门卫似听非听,仰起脸望天的情形,她每每乐不可支。当然,如今他们是一个也不来滋扰她了。她轻蔑他们鄙视他们,似乎也有她的一番道理。因为她觉得,他们在精神上,既不可能上升到像他们所津津乐道的"精神贵族"的境界,也不可能再具有平民们的义气风格和相濡以沫的朴素的同甘共苦的意识。他们的精神尴尬地夹扁在真正的"贵族"和平民们的两种精神优劣之间,自己却什么意义上的精神都没有的……

但完全没有男人的日子是使她寂寞难耐的,甚至使她感到了生命枯萎的迅速和无可奈何。男人是她必须常服的"维生素"和"养命宝""青春宝"之类滋补品。对于这个女人,男人本身似乎便是适宜于她的营养激素,使她生命力勃勃盛盛,使她玉貌不衰红颜常驻,使她永远年轻似的。

于是从那以后,她将物色的视野和猎捕的目标,转移向了平民男子群中。用她自己的话说,是"从穷小子中寻觅胡同王子""到大排档去品尝风味儿小吃"。她需要的是他们健壮的体魄,强烈的情欲,种马般的性能力。不是他们的思想,不是他们的心灵,更不是他们的所谓"文化修养"。后几方面,依她看来,恰恰如同装酒的瓶子盛点心的盒子。她需要的乃是最实在最本质的东西。起码她自己是这么认为的。从她的角度，她把这叫作"对平民男子的择优扶贫举措"。从他们的立场，她把这叫作"无产阶级男子对贵族妇女的有偿服务"。姚纯刚非是第一个有幸被她"择优扶贫"的"胡同王子"，当然也不会是最后一个。以前的几个，先后结束了对她的"服务"，"光荣退役"了。她并不认为他们是些被侮辱与被损害的男人。恰恰相反，她倒是认为他们永远地应该对她感恩戴德。而事实上也正是那样。她成了他们一辈子都忘不了的女人。她在他们的内心深处盖上了她的印章，好比马的主人在马臀上用烧得通红的烙铁烙上了私人所有的标志，马臀一旦被烙上那样的标志，那一处就至死也不会再生毛了。他们的内心也是如此，至死也不会再真的爱他们的妻子了，不管她们多么爱他们。男人的心一旦被女人以商业的方式垄断过，那就好比某一类商品曾被标定为名牌似的，以后再跌价，那种曾被标定为名牌的历史，也必将时时在他的"人性场"上作祟。正用得上那句诗——"曾经沧海难为水，除却巫山不是云"。

至于她的那些"姐妹们"，那些"大款"、富豪、"暴发户"们的夫人、情人、"小蜜"、"姘妇"、金屋藏娇的"妾"式的女人，是她经过较严格的面试、考验才获得她的信任，被她凝聚到自己身边的。热闹也是她所需要的。而一个可以肆无忌惮地放纵色情的豪华之所，乃是她们所需要的。各得其所。因为她们到一个女人这儿来，尤其是到她这么一位名副其实的富豪女人这儿来，拥有她们的男人是一百个放心的。夜不归宿他们也不至于犯什么猜疑。凡是他们打来电话询问的时候，她总是以庄重得不能再庄重的口吻反问："怎么，我们姐妹在我这儿聚聚，您还要进行干预么？怕我这儿派不出车把她给你送回去？……"

于是他们往往也就打着哈哈，说几句闲扯淡的话，很识趣儿地放下电话了。他们其实很愿意他们合法拥有或非法拥有的女人们，与她有称姐道妹的亲爱关系。他们都明白，这一种关系今后也许会有极大的利用价值。而那些女人们利用他们的这一心理，从他们那儿获得最大限度的宽松政策。她则利用他们这一心理,既庇护着她的"姐妹"们,又长期维护着自己别墅里的热闹得以持续。

在中国,在九十年代中期,在一部分中国人不但先富起来了而且成为"暴发户",成为一掷千金面不改色的"大款",成为千万亿万富豪之后,荒淫无耻和花样翻新的糜烂现象,在某些以金钱至上为最高原则的地方,无论那些地方打着"公"的招牌或围着"私"的界线,常常夜以继日、夜以继日、无日无夜地上演着、泛滥着。绝不比世界上任何最荒淫无耻和糜烂透顶的地方差劲儿。

"好了好了,安静下来姐妹们。我看,我们还是按'节目单'进行吧。接下来,的确是应该先看'电影'的。至于我的这位亚种'姚大卫',是不是可以由你们'共同拥有'一次,咱们待会儿看对他的'兴趣'如何再议。"

于是她们又叽叽喳喳吵吵嚷嚷,都道是对他的"兴趣"大极了,简直已大到刻不容缓的程度了,何必再议!

姚纯刚听她们一个个神采飞扬风情万种地急急切切地表达着对他的"兴趣",听得很高兴。他想,一个男人使如许多漂亮的女人发生兴趣,真是值得自豪的事儿呢!他不解的是——怎么她们在说"兴趣"二字时,相互地挤眉弄眼、皆做怪相,并且都心领神会地窃笑不止呢?他哪里明白"兴趣"二字,在她们之间,其实是"性趣"的隐意。

脸像兔子的女人,听着她们叽叽喳喳吵吵嚷嚷,始终嫣然不躁地微笑着。如同一位对孩子们极有爱心又极有耐性的托儿所的阿姨,听着孩子们由于一时亢奋而没了规矩嘈杂忘形似的……

她的宽容她的耐心终于使她们安静下来了。

于是又一面墙壁上的幔子朝两边分开,现出了投影屏。

于是姚纯刚从投影屏上看到了自己——看到了自己在别墅的台阶前从老司机手中接过那一束由花匠剪下来的花枝的情形,看到了自己踏入别墅那一刻脸上充满嫉妒表情的傻样,而且呈现在屏幕上的是他的大特写。结果他脸上的嫉妒表情成倍放大,几乎明显到了可以被影视评论家推崇为"经典特写"的地步。看到了自己怎么样被俏丽的女管家引上二层楼,请入小会客室;以及怎么样偷酒饮;怎么样将酒倾入鱼缸里;又怎么样和俏丽的女管家吹胡子瞪眼睛;怎么样在二层至三层的楼梯上扑倒;怎么样一进入这三层的如幻之境便不由自主地双膝齐跪,爬向那脸像兔子的女人;怎么样双手轮番捧住她的脚痴吻不止;怎么样得寸进尺地从她的脚吻到她的腿上;怎么样一边痴吻一边浑身战栗,泪流汩汩甚至还淌下了鼻涕;以及她怎么样用红绢擦自己腿上被他吻过弄脏弄湿的地方……

而且,居然还有清清楚楚的原声!

那些对话,在他和老司机说时,和俏丽的女管家说时,和她——脸像兔子的女人说时,他并没有感到多么滑稽可笑。这也许是因为他说时只能看到对方脸上的表情,看不到自己脸上的表情。而出现在屏幕上的情形则就完全不同了。像所有第一次从银幕上或屏幕上看到自己形象的人一样,他的眼光是格外挑剔的,怀疑偷拍的摄影师肯定居心不良,企图通过每一个画面故意将他丑化。而实际上当然并没有一名什么摄影师偷拍,不过是监视器的自拍被放大到了投影屏上。那些"情节"一经配有对话,竟变得完全故事化表演化了,而且具有了喜剧甚至是黑色幽默喜剧的"风格"。于是他感到自己也就被"角色"化了。多么可笑多么可鄙多么猥琐的一个"角色"啊!他伤心透了,窘得希望地上裂开一道缝,一头钻进去才好。他完全搞不明白了,为什么那老司机、那俏丽的女管家、那脸像兔子的女人,都似乎是正派得不能再正派的"正面人物",连同他们口中说出的话,都是那么有分寸那么合情合理又那么符合他们各自的身份。而唯独他自己看去既是"主角"又是"丑角"似的!而唯独他口中说出的话,无论是一整句还是半句,配以他当时的面部表情,竟具有了无不令人捧腹的效果。倘他真是一位演员,真是一位相貌堂堂却偏擅长饰演喜剧角色的演员,那效果当然是极其值得自己感到欣慰甚至欣喜的。但他并非是一位演员啊!他也不是在演戏啊!他觉得仿佛有一位堪称"大腕儿"的编剧,以最严谨的创作态度,字斟句酌地为他写定了台词,极准确极生动地规定了他的神态和表情,而他从"公爵王"上一下来,就是按照那部他根本不曾见过的"剧本"赋予他的"角色",去说、去讪笑、去惊异、去发呆发愣、去偷酒饮、去使坏往鱼缸里倒酒、去诚惶诚恐地下跪、去痴吻一个女人的脚、去卑琐地自尊完全被粉碎地哭着、喃喃喁喁地嘟哝着些个语无伦次的连自己重新听了看了都几欲遮目掩耳捂面的"台词"或"潜台词"……

如果自己是演员多好!如果这会儿是在观看以自己为"主角"的样片或完成片多好!

然而都不是啊!

与那俏丽的女管家"对戏"的片断,似乎更以"台词"之"精彩"而妙趣横生,博得了那些女人们一阵阵起哄的开怀朗笑。

斯其时她们已将他扯倒在地,她们自己则横伏竖卧在他周围。她们中的一个,就是那身绕紫色薄绢的,将他的头搂抱在她怀里,一边观看一边哧哧地笑,并且一会儿与他耳鬓厮磨起来,一会儿与他喁喁私语几句撩拨挑逗淫话儿。已将橙色绢从身上扯了下来全裸的那一个,则将一条玉腿压在他胸口,用脚趾儿玩弄他的一只耳朵,进而"抚"上他脸颊,见他并没显出反感,更进而用脚趾儿在他双唇上轻轻来回划着。她的脚趾甲儿也染了,和她从身上扯下的薄绢同色。她的脚儿散发着一股香水味儿。尽管很芬芳,但他的嗅觉一向对香水味儿太敏感,终于忍不住,打了一串儿喷嚏,结果溅了许多唾沫星在她脚上腿上……

于是又引起一阵哄笑。

她自己却没笑,非但没笑,反而花容顿凛,美目一嗔,其言咄咄地问:"哎,小伙子,你没有艾滋病吧?"——她的头发剪得像男中学生一样短。

姚纯刚赶紧声明地说:"没有没有,真的没有,我怎么会有艾滋病呢!"

那身绕紫绢,将他的头搂在怀里的女人,这时也便板起了脸,替他不平地说:"唾沫怎么会传染艾滋病呢? 得男人和女人之间干那种事儿,才配传染上呐!"

头发剪得像男中学生一样短的女人更加不高兴了,反唇相讥:"你以为你有常识啊? 唾沫不传染,外国的男女影星们,怎么都拒绝演接吻的戏?"——她是她们中年龄最小的,看去仅有二十五六岁。

身绕紫绢的女人振振有词:"你就那么信报上登的那一套哇? 你看过的哪一部外国电影里没有接吻镜头? 他们在银幕上吻得都不愿分开呢! 再说他的唾沫溅在你脚你腿上,能怨他么?"

头发剪得像男中学生一样短的女人说:"哟,姐姐,你这么护着他,他已是你干儿子了呀?"

身绕紫绢的女人恼怒了,从怀里将姚纯刚的头猛地朝外一推,姚纯刚的头和另一个女人的头咚地撞了一下,撞得二人各抱着自己的头哎哟不止……

身绕紫绢的女人柳眉倒竖,杏眼圆睁,呵斥道:"小骚货! 再跟我耍贫嘴,我撕巴了你!"

头发剪得像男中学生一样短的女人见年长于自己的对方真的火了,明智地转攻为守。她扑哧一笑,娇声说:"姐姐,我跟你逗着玩呢,你可千万别生我气呀! 你撕巴了我,你们还哪儿找一个经常逗你们开心的小妹呀? 再说大姐也不会眼看着你撕巴了我不加干预的啊!"

身绕紫绢的女人不禁地又笑了,用纤纤细指朝那"小妹"额上一戳,怒消气散地说:"哼,你这张嘴呀,一会儿可恨,一会儿可爱,我还真有点儿舍不得教训你呢!"

那"小妹"趁热打铁地又说:"姐姐,你若不认他当干儿子,我可就不礼让了,要抢先认下这个又乖又帅的大干儿子啦!"

其他女人们就笑她。其中身绕黄色薄绢的女人向她刮着脸皮说:"没羞! 人家比你大七八岁呢! 喜欢儿子自己生一个不好?"

那身绕黄色薄绢的女人,是所有这些荡妇淫女之中,外表看去最为庄重也似乎多多少少还保留着点儿羞耻的一个。她的脸像观音一样娴静祥俊。

姚纯刚匪夷所思地望着她想——这么好的一个女人,怎么就变成了一个淫邪的女人了呢?

身绕紫绢的女人说:"好好好,那咱们就让小妹抢认下这个又乖又帅的大干儿子吧!电视连续剧《唐明皇》咱们不是都看过的么?论年龄,安禄山可比杨贵妃大多了,杨贵妃还不是照样儿认下安禄山为干儿子?"

于是众女人都说:"给小妹面子,我们不争我们不争!"

"小妹,反正你是他干妈,那你可得让他都管我们叫姨了!干的湿的我们倒不计较,叫姨就成!"

"快把你干儿子搂过去吧!在我身上依依偎偎的,搞得我心里怪不自在劲儿的!"

于是那"小妹"便扯着姚纯刚胳膊往自己怀里拽,而那些女人们也嘻嘻哈哈地将他往那"小妹"怀里推……

在这个由"拜金主义"涤荡一切观念地空前泛滥朝"金钱至上"的社会汹涌过来的时代,拥有着这些如花似玉的女人们的男人们,都因全力以赴地疯狂地向这个畸形的时代掠抢和聚敛金钱而殚精竭虑倦怠不堪了。几乎可以肯定地说,中国当今最有钱的男人中,最把金钱看成神圣之物,"悠悠万事,唯此为大"的男人中,十之七八是"性疲软"的男人。因为对金钱进行巧取豪夺这种营生,乃是天下最消耗男人们的"精气神儿"之"业",也是一切的壮阳药对他们都无济于事的。"性疲软"必导致"性心理危机症"。所以他们才一定要垄断某个或某些他们喜欢或哪几方面使他们"感兴趣"的女人。而她们一旦将自己出售给了他们或"寄卖"给了他们,一旦明白了他们作为她们所依傍的男人,除了他们拥有的金钱,其实并不能带给她们另外的任何"荣耀",甚至连她们对性的最起码的需要也不能满足,她们便处于选择的尴尬之境了,才体会到了"鱼与熊掌不可兼得"的空前的遗憾。既不愿嫁给没法儿为她们挥金如土的男人,又不可能直接和金钱做爱,于是便被逼出了一种策略,寻找"第三类接触"的途径和方式——亦即用垄断了她们的那些男人们的金钱,去从另一些男人身上赎买"性趣"。对于她们而言,如果说金钱是"熊掌","性"是"鱼",那么她们则好比见了"熊掌"早已打不起精神,终日里满脑中都是思想着饱餐活蹦乱跳的鲜鱼的猫儿。

而姚纯刚便是她们得到的又一条"鱼"。

今天她们的"性趣"都特别高涨!

她们都觉得他是一条足够她们共同分享的"鱼"。她们除了独食某一条"鱼",还经常共同分享某一条"鱼"。独食有独食的"性趣",共同分享有共同分享的"性趣"。独食能"吃"得饱"吃"得好"吃"得从容,共同分享能"吃"得热闹"吃"得欢娱无穷"吃"出够刺激的"故事情节"来。某些时候、某些情况下,她们对后一种方式的"性趣"是比对前一种方式的"性趣"更强烈的。今天她们各自的状态便是这样……

"都给我安静一会儿!"

突然,她们的"大姐",发出了极严厉的一声断喝。

于是她们刹那间变得鸦雀无声了,一齐都目光怯怯地、困惑不解地朝那脸像兔子的女人望去。以往,她从未在她们"性趣"盎然情绪饱满的时刻进行严厉的制止。以往她总是如同一位在欣赏"性趣"方面具有极优良的极高的修养的观众,独自包场看演出或"艺术总监"看彩排似的,安详地欣赏她们由着"灵感"由着"性趣"即兴发挥的种种"节目"。

脸像兔子的女人根本不理睬她们的诧异,目光定定地瞪向投影屏。她的表情看上去很恼怒。一张白脸因恼怒而拉长了,两只眼睛因恼怒斜竖了起来,结果使她的脸更像兔子的脸了。

她们刚才只顾摆布着她们的"鱼儿"胡说乱闹,"性趣"都并未集中在投影屏上,现在她们的"大姐"那一种恼怒的样子,都着实地让人有些暗暗吃惊,都不晓得投影屏上出现了什么使她恼怒的片断,于是又一齐将目光望向投影屏。

原来,投影屏上,那俏丽的女管家,正吻着姚纯刚的额头……

姚纯刚从脸像兔子的女人那一句断喝声中,从那些女人们惴惴的缄默中,也同样感到了某种不安。他的目光也随着那些女人们的目光望向了投影屏。一望之下,他的不安不但顿时具体明了,而且顿时扩大了十倍。他的样子也惴惴怯怯起来。

脸像兔子的女人,手拿遥感器,一按,再按,于是投影屏上的"纪实片断"飞速倒掠,从她认为值得再欣赏一遍的地方重放起来……

"等等!"

她低声唤住他。

"到我跟前来。"

他有些狐疑,尽管如此,但还是表现得像一个乖乖仔似的,极其顺从地走到了她跟前。

"弯下腰。"

姚纯刚看到自己极其顺从地弯下了腰。

"闭上眼睛。"

他看到自己极其顺从地闭上了眼睛。

于是他看到了那俏丽的女管家吻他的情形。当时他觉得她只不过吻了他一两秒钟。没料到从投影屏上所显示的情形估计,她的红唇吻在他额上至少有三四分钟那么长久!她吻罢他之后,四目相对之际,她的眼神儿和他的眼神儿竟都是那么无限温柔那么脉脉含情那么"心有灵犀一点通"似的!

他妈的!他心中暗暗叫苦不迭。见鬼的摄像机!见鬼的投影屏,当时自己并未存心用那种眼神儿注视俏丽的女管家呀!也并未觉得她当时的眼神儿像投影屏上出现的那样啊!

脸像兔子的女人又开口了。

她以调侃意味儿特浓的语调说:"姐妹们,请都表现出一点儿起码的欣赏热情好不好?我真替你们的无动于衷感到羞耻。难道罗密欧幽会朱丽叶时,随便和心上人儿的女管家调情一番,不是很精彩的插科逗哏么?"

那些女人们却依然全体鸦雀无声地缄默着。

"怎么?都拒绝我的请求?"

她终于微笑了。

于是那将姚纯刚搂抱在怀里的"小妹"犹豫片刻,使别的女人感到有些冒失地轻轻拍了几下手儿……

"还是我们的小妹最给我面子!"

脸像兔子的女人立即予以表扬。她脸上的恼怒,也似乎渐渐被微笑驱散了。如同阳光驱散乌云。微笑在她脸上漾开,使她的脸看去又光彩照人灿然生辉了。

她的话音刚落,身绕紫绢被称为"姐姐"的女人,也凑趣儿地拍起手儿来。

于是女人们都纷纷拍起手儿来。

投影屏上出现"雪花","电影"也就在掌声之中结束了。

不待都想重新嬉戏娱乐起来的女人们受了一次小小压抑的胡闹欲望得逞,那面墙壁上的帷幔缓缓合拢了。

脸像兔子的女人拿起了"大哥大",对着说:"小妤,你上来一下。"

片刻,那俏丽的女管家出现在众人眼前。她站在门口那儿,朝一片肉色几缕绢围拢姚纯刚这一个男人的情形扫了一眼,便将目光望向她的主人。

姚纯刚看出,显然,她并非如她自己说的那样,从没上过这第三层楼。对于她扫了一眼的情形,她也显然地早已司空见惯。仿佛不过是她的主人养的一群猫或一群狗聚在一起打滚儿相扑着玩彼此舔毛似的。

她那张俏丽的脸上一副见怪不怪的漠视模样儿。

脸像兔子的女人也不唤她到自己跟前去。

脸像兔子的女人冷冷地问："管家,我那些宝贝鱼们的情况怎么样?"

她肃立着,以一种奇特的平静口吻回答："我想它们是应该活得很好的。"她那种奇怪的平静口吻,与其说传达出的是管家对主人的忠心和恭敬,莫如说使人听来隐含着某种醋意和敌意。若不是她在那儿唯命是从地肃立着,她回答主人的口吻,是足以惹任何一位主人生气的。

脸像兔子的女人说："你是那么想的么? 但是我很为它们的情况担心,你立刻给我去观察一下,而且要立刻回来告诉我。"

俏丽的女管家说："您叫我来就为这事儿?"

脸像兔子的女人说："对!"

她那一个"对"字,也隐含着某种醋意和敌意。区别在于,因为她乃是主人,那仅仅一个字的语气中,还包含着不容再多问什么的权威意味儿。

姚纯刚当然非是一个自小儿就缺碘的男人。他听出来了,那脸像兔子的女人和她俏丽的女管家之间的醋意和敌意,十之八九是由于他所产生的。于脸像兔子的女人那一方面,他完全能够理解。不要说是她这样的女人,就是一个家里雇了"小阿姨"的普通市民女人,看了前来幽会自己的男人,被所雇的"小阿姨"所吻,也是未免要醋意大发分外恼怒的呀! 但是于俏丽的女管家那一方面,他则有些难以理解了。她有什么资格因了一个男人对她的女主人产生醋意呢? 更有什么资格甚至对她的女主人隐含敌意呢? 她不是对他说,她是她主人的许多方面的全权代理者么? 如此受主人宠幸和信赖的女管家,怎么可以对主人有隔腹之妒有尊卑不分之敌意呢?

他正想不明白,俏丽的女管家不明智地又多问了一句。

她问的是:"主人,有这个必要么?"

这一问,使脸像兔子的女人难以容忍了。

身为尊贵主人的女人骂道:"混蛋! 叫你去看你就去看! 啰唆什

么？再啰唆收拾了你的东西滚你的！"

又是一阵鸦雀无声，半分钟内静得使人感到窒息。被"小妹"搂抱在柔臂温怀里的姚纯刚，不但清清楚楚地听到了她的心在她丰软的胸中的跳声，似乎还听到了她腹中有股内气咕咕地回响了一阵。

有的女人在望着这幢豪华富丽的别墅的女主人，有的女人在望着那肃立门口、挨了斥骂的女管家，姚纯刚也望着女管家。他见她那张俏丽的秀色可餐的粉脸儿刹那间苍白了，随而又由白转青，她垂着的双臂分明地是在发抖……

"还不快去！难道我的管家是个聋婆子么！"

身为主人的那高贵的女人，化妆得光彩照人的脸上，本来就兔脸似的五官，分得太散的五官，一时间似乎分得更散了，眉又挑了起来，一双杏眼又斜竖了起来。

俏丽的女管家猛转身离开了……

女人们彼此挤眉弄眼，有的幸灾乐祸，有的意味儿深长地用胳膊肘你拐我一下我撞你一下，有的则耸动肩头表示遗憾……

那身绕紫绢被称为"姐姐"的女人，告诫地对其他女人悄说："'兔儿夫人'今天气儿不顺，大家都多少约束着几分才好，可别让她一个翻脸不认人，把咱们都从这兔儿宫里赶出去！"

一个腮有美人痣的女人不以为然地说："我宁愿被赶出去，也不愿约束着点儿自己！到这儿来就是为的尽情放纵嘛！小孩儿盼过年似的盼了一个多月，才终于盼到这个欢聚的日子，还不许放纵不是太专制了么？是不姐妹们？"

几个女人先后附和她的话。

一个说："就是！我那位先生，现在是生意越做越大，床上的本领却越来越差劲儿了！每次都给我来'一分钟小说'！只比一分钟短，绝不比一分钟长，搞得人一次次半饥不饱的！今天我就是为了来大吃一顿'自助餐'的！"说罢睥睨着姚纯刚，又补充了一句，"可惜就他一个男人，我还真怕待会儿争不过你们呐！"

她的话，她睥睨着他那一种贪婪的目光，使姚纯刚心里发毛，有些不寒而栗。觉得自己仿佛是一只小乳猪，一会儿她们就会将他捆绑了，活活地架在火上烤熟了，抢着一刀一片儿地削了吃。

另一个女人说："我那位表现更差劲儿，连'一分钟小说'都谈不上！又半个多月不着家了。南中国的干活去了。自己明明不行，身边还总换'小蜜'！我又不是他明媒正娶的老婆，凭什么为他守贞节呀！"

第三个女人张张嘴想说什么，却欲言又止，长长地叹了口气。

在中国，在九十年代，"改革"的"雨季"后，生出一片片"狗尿苔"来。其中男人有之，女人亦有之。正应了那句话——"播下的是龙种，生出的是跳蚤"，甚至一开始播下的就是跳蚤卵，起码在数量上半对半，绝不比"龙种"少。于女人而言，一时将自己商品化，零售、寄卖或批发给有钱的男人，除了糜烂和堕落，其实别无选择。这些变相的娼妓式的女人，一方面以珠光宝气华服丽裳炫耀于世人，尤其得意洋洋地炫耀于平民女人之前；另一方面，内心里的生活热忱，其实又早已被奢极豪最的日子蛀空了，连娼妓也有的那一点儿女人的自尊都没有了。娼妓们更多的时候，希望别人当她们是正经女人；而她们更多的时候，则希望别人，尤其希望男人们，将她们当成最放荡最无耻的娼妓看待。过一把糜烂和堕落之瘾，乃是她们最大的也是最本能的最"女人化"的"精神追求"。

姚纯刚听着她们的话，自己脸上一阵阵发烧一阵阵泛红。他不禁地暗想——中国这样的女人多起来，有钱一批批培养这样的女人一代代宠养这样的女人的男人多起来，中国他妈的可就玩完了！又暗想——玩完就他妈的玩完吧，关我屁事儿！别的男人们用钱宠养着的女人此时此刻都围在我身边，也算是时代对我姚纯刚的极大关照嘛！

于是他在她们的摆布之下也就不再那么扭捏那么不自然不知所措了，似乎也完全能够理解她们了。他反而觉得她们还不够放纵，还不够淫荡，还不够无耻，胡闹得还不够劲儿不够刺激。他明白了——对她们而言,糜烂和堕落乃至毫不要脸,其实不过便是美妙的疯狂。他企盼着她们再玩出什么新花样儿,再制造一个使他意想不到的高潮……

俏丽的女管家又出现了,仍肃立在门口那儿。

她望着她的女主人说:"那些鱼的情况仿佛都不太好。"

"仿佛?"脸像兔子的女人起身离开了大椅,拖着长绢缓缓走到女管家跟前,一字一顿地问,"仿佛是什么意思?"

"它们……它们都沉在鱼缸底儿不动了,有的还翻肚儿了……"

"那你还说仿佛都不太好!"

"可是……可是两个小时前它们还……"

"我交给你的主要职责之一是什么?"

"养好那些鱼……"

"你失职了,你懂么?"

"我想,也许不是我失职的原因造成的……"

"住口!当着我的客人们这么没规矩,还分辩起来没完没了!不是你失职难道是我自己失职不成么!"

俏丽的女管家垂下了头。

那将姚纯刚搂在自己软臂温怀里的"小妹",将艳红的小嘴儿贴向他耳朵说:"你看,由于你淘气,人家挨训了吧?眼看着那么漂亮的小姐代你受过,你愧不愧?"

姚纯刚低声说:"愧。"

"小妹"又悄问:"那你该怎么办?"

姚纯刚说:"要不我亲自替她讲讲情儿?"

"小妹"一笑:"那你才是大傻瓜呢!你一讲情儿,'兔儿夫人'不更来气才怪了呢!讲情儿也得由我讲!"

于是她大声说:"大姐,不就是几条鱼么?别难为小好了。就算她失职,您也给小妹个面子,宽恕了她吧!"

脸像兔子的女人沉默有倾,终于缓和了语气对管家说:"好,我就看在小妹的面子上,宽恕你这一次,去为我们张罗晚餐吧!"

那俏丽的女管家,悄没声儿地倒退着离去了。

脸像兔子的女人,拖着长绢,踱到她的"姐妹"们跟前,瞧着那"小妹"笑道:"每次都是按年龄轮着,最后一个才能轮到你,这有点儿不公平。今天我改改规则,第一轮先让着你这小字辈儿,你高兴吧?"

看得出,她对那"小妹"格外的有种亲情。

那"小妹"顿时眉飞色舞,一跃而起,扯着姚纯刚的一条胳膊拽他起来,并说:"傻小子,大姐已经发话了,还不快跟我走!迟走一步我姐姐们就先下手为强了!"

身绕紫绢的"姐姐"立即说:"小妹,大姐批准第一轮先让着你,也不等于我们就没权利观赏观赏'姚大卫'的庐山真面目啊!这是两回事儿么!……"

不待姚纯刚寻思明白她们的话,有所反应,众"姐妹"齐发一阵叫嚷,趁那"小妹"还没将他拽起来,便争先恐后地又将他扑倒了。如同几只雌狮扑倒一头雄鹿,抻胳膊按腿的,顷刻间将他身上的衣服扒了个精光……

于是姚纯刚真的成了一丝不挂的"大卫"。她们嘻嘻哈哈地笑着,前后左右围着他"欣赏"。

脸像兔子的女人则从旁"欣赏"着她的"姐妹"们的恶作剧。她左手的掌心上,托着一个小巧玲珑的玉石烟灰缸,五指或伸或屈,看去仿佛儿瓣细长的白百合儿力难自胜地举着一枚青果儿。右手的拇指和食指,轻捏着一根粉色的昆烟,吸一口,吐出一缕淡雾,双眼快意地眯着。

于是那同样裸着身子的"小妹",则便向众女人们作揖哀求,央告她们别把姚纯刚弄傻了,别将她"第一轮"的优待搞得"没劲儿了"。

脸像兔子的女人朝姚纯刚脸上吹送过去一缕烟,以摆地摊儿的兜售一件什么东西的口吻对那"小妹"笑道:"好个不害羞的妹子!你大姐替你们物色的男人,哪一次在'质量'方面使你们失望过?当姐姐的先要耍他,就那么容易把他弄傻了?"

于是众女人们更加放肆无忌,这个扯过姚纯刚猛亲一阵,那个搂住他狠咬一口。他身上这儿那儿,便留下了许多红色的唇印儿和深深浅浅的齿印儿。

姚纯刚已真的被弄得有些半傻不傻的了。他的头脑中只有一个思想是清醒的了——任她们摆布任她们摆布,千万不要顾惜什么他妈的男人的尊严千万不要感到屈辱千万不要发火,伙计你既然打定了主意从此要"傍"这个脸像兔子的富豪女人,那么你今天就得替她争气。人家用"公爵王"把你接了来,可不是让你来当着人家的面儿大扫人家"姐妹"们的兴致的!何况她们一个个的冰肌玉肤花容月貌,哪一个不配你这穷小子好好儿的去温爱!这是你的造化你可不能不识她们的抬举……

在被女人们捉弄的过程中,他不断地用以上那种思想反复告诫自己,双手捂着羞处,也回报着笑。他笑得如同一个被大人们逗得极开心的三岁娃儿,笑得那么天真烂漫又是那么幸福欢欣似的……

那"小妹"见央告不起作用,改变了"战略",推搡开她的"姐"们,扯了姚纯刚的手就逃。在一阵嘻嘻哈哈的哄笑声中,她引他逃入了一个房间。那房间的整扇门是幅巨大的油画,古色古香的画框便是门框,画的乃是鲁本斯的《劫夺吕西普的女儿》。姚纯刚其实进到这儿来不久便注意到了那幅画。肥腴的女人,强悍的男人和挺颈扬蹄的骏马所组成的那幅画,显示了一种势不可挡的动乱之感,正和这儿的放纵胡闹之气氛相一致。但是他绝没有想到它是门。

他和那"小妹"进了门,见是一间温馨的卧室。一切照例是那么豪华富贵。门的左侧,地面深凹下去,砌成了一个浴池。满池温水蒸发着微微的水汽。水面之上漂着无数花瓣儿,被泡得弥散着遍室芬芳香。门的右侧,是一张大床,看去松软得能把人陷没。

门的背面也是一幅巨大油画,却不是竖幅的,而是横幅的。画的中段在门上,左右两部分画在墙上。门一关严,画就连为一体了。乃是委罗奈斯的《春》。画中全裸的维纳斯像上几个世纪威尼斯的贵妇一样,肥腴的身体肉色鲜艳,臂上和腿上有金链子在闪闪发光⋯⋯

姚纯刚乍一从"动乱"中逃到这静幽的密室,反而更加不知所措了。他暗想自己对那个脸像兔子的女人的一种看法原来大错特错了——她不是"缺爱"的女人,更不是个缺少"性给予"的女人,而是一个想泡在"爱"的"浴液"中就可以什么都不做整天泡在"爱"的"浴液"中的女人,而是一个对"性游戏"玩厌了却又找不到什么更好玩儿的游戏的女人。正好比海狮顶球,不是因为最喜欢顶球,而是只能获得到球,被训练得最习惯于顶球了。那么又是谁又是什么将她训练成了目前这样一类女人呢?金钱当然对于某些女人会具有教唆的功能,但除了金钱,也许还有另一位更高超的"教练"吧?⋯⋯

他正这么傻乎乎地胡思乱想,呆头呆脑地站在那儿发愣,那"小妹",却已经悄无声息地踱下到浴池中去了。清水没腰。她往胸上肩上撩了几次水,咬着下唇,期待地定睛望着他⋯⋯

姚纯刚在那幢别墅里一住就住了十几天。他忘了日子,忘了家,忘了不知哪儿去了的老婆,如同吃了"忘忧果",没日没夜地和那些女人厮混,"乐不思蜀"。

但是,他没忘单位,没忘自己的顶头上司赵胖子。

他和赵胖子通了一次电话,汇报说"按照客户的要求",他天天到"客户"家里进行"心理服务",希望"领导"正确估价他的"工作态度",别当他是"无故旷工"。

赵胖子在电话里对他大加赞赏,热情洋溢地说:"好哇,纯刚!把心理服务进行到'客户'家里去了,真是好极了好极了呀!纯刚你带了个好头儿么!'客户'需要你服务多少日子,你就全心全意地服务多少日子嘛!我对你的唯一的要求,就是要保证使'客户'一百个满意!现在有些行业,不讲'全心全意'四个字了!但我们要讲!要发扬之光大！……"

得到赵胖子的赏识，他在那别墅里住得更加心安理得了。只不过时常觉得被那些女人们搞得太累，睡眠不足，每每稍感力不从心。但是伙食很好，营养是完全跟得上的。她们也不是丝毫不体恤他，常一块儿陪他听听音乐，跳跳舞，看看录像。一早一晚，也有轮番陪着他散步聊天儿的。脸像兔子的女人，还格外爱惜地吩咐俏丽的女管家，每天熬了各种滋补汤亲自端给他喝。

因为她在第一天代自己挨过，当众受训受辱，他对她一直心怀深深的歉疚。有次她端滋补汤给他喝时，他正躺在床上。见她脸上的表情不像以往那么冷冰冰的，他向她表达了早想寻找机会对她表达的那份儿歉疚。她听了一声未吭，但是似乎也接受了他的忏悔。这竟使他色胆顿增，行为鲁莽起来，紧抓住她一只手，一下子将她扯倒在自己身上，搂紧她就是一阵雨点般急骤的亲吻。她很快挣脱，怒瞪着他，抡圆胳膊给了他一记响亮的耳光！那一耳光几乎将他半边脸扇麻木了。而她则不停甩自己的手，肯定地，她的手也麻木了。他两眼乱冒金星，一边耳中嗡嗡作响，晕头晕脑地望着她，仿佛一条狗，在跟主人撒欢儿之际，被当头击了一棒，不明不白的样子。她却又突然抡圆了另一条胳膊，紧接着给了他另半边脸一记响亮的耳光！于是他的另半边脸也麻木了。又是一阵两眼乱冒金星，双耳都嗡嗡作响起来。而她则又不停地甩自己另一只手。

她"哼"了一声，猛转身便走。她走到门口站住，又猛转身走到他床边，将滚热的一大碗滋补汤泼了他一脸一身……

"记住，你他妈以后少跟我来这一套！"

他的确记住了。她再送汤时，他都不敢正眼看她一眼了，唯恐避之不及，如同被主人打怕了的狗。而她也不屑于正眼看他，放下便走。他甚至不敢喝她送的滋补汤了，怕她掺了毒药毁他。她一走便倒入马桶，冲得一干二净，也不敢对任何一个女人说，担心传到脸像兔子的女人那儿，引起难平的风波。他更不敢亲口对脸像兔子的女人说，怕反而引起她对他而不是对她的女管家的恼怒。何况也没法儿说。明摆着是自己自讨没趣儿的事嘛！自讨没趣儿之事从谁那儿也寻求不到庇护啊！

被那些女人们冷落一旁时，他常想以后怎么才能与那俏丽的女管家搞好关系呢？往后的日子长着呐，起码也得维持在一种和平共处的状态吧！如果她不是他牢牢"傍"住她的主人足以利用的人物，便是足以彻底践灭他的美妙向往的人物。总之对于他和她的女主人的关系朝什么方面发展，她似乎都是一个绝不可以忽视的，其作用可好可坏，吉凶难测的人物。但是他左思右想也想不出什么能改善自己和那俏丽的女管家关系的良策。这成了他的一块心病，成了他在这豪华富贵的别墅里过着养尊处优灯红酒绿的日子却常常挥之不去的最大烦恼……

正如老百姓的一句话——"天下没有不散的宴席。"女人们今天走一个，明天走两个，渐渐地都走光了。他轮番做过了她们每个的"丈夫"，和每个人都同床共枕过几次。但是他不知道她们中任何一个人的真实姓名，相处时只能按照她们之间的叫法，称她们"三姐"或"五姐"。对她们各自的经历、各自的居址、各自所隶属的男人们的情况，更是一无所知。她们自己讳莫如深，守口如瓶。他也相当识趣从不敢当面问她们，也不敢贸然在她们之间交叉刺探。

最后一个离开的是那"小妹"。所有的女人们说走便走了。尽管走时无一例外地拥抱他、吻他，但分别得都很潇洒，甚至都显得很急迫。仿佛在一个旅游点儿玩儿够了，巴不得尽快离去，到下一个旅游点儿玩更能使自己心跳的内容。她们拥抱他吻他时，使他感到，其实她们对他已经既无兴趣也无"性趣"了。他心里产生了一种被最大限度地榨取过后又被匆匆抛弃的失落。她们和他分别时的那种亲昵，分明都是装出来的。他看得出，那又完全不是为照顾他的情绪才装出来的，而是都为了在"姐妹"间显出某种"作派"才为自己装出来的。区别仅仅在于有的装得真些，有的纯粹是一种分别方式上以讲究点儿为好的敷衍……

只有那"小妹"在分别时对他有点儿依依不舍似的。

　　头天晚上她和她"大姐"和姚纯刚一块儿又看录像。她们接连看了两部,都是外国片。先看的是《冷酷的心》,后看的是《查泰莱夫人的情人》。看《冷酷的心》时,她还不住嘴儿地吃各种零食,吸烟,擎着高脚杯一会儿呷饮一小口一会儿呷饮一小口地品酒。每逢投影屏上出现男女情爱的镜头,便指着说几句荤素掺杂的笑话,逗得她的"大姐"不禁地捶她一拳或扭她一把,嗔斥她是"小淫娃子"。看《查泰莱夫人的情人》看到一半儿,她沉静了。尽管她已声明在先,十多年前就看过了,再看不看都无所谓。姚纯刚不知她究竟芳龄几何。有次他问过她,她调皮地一笑,没个正经样儿地回答说:"八十一了!"此后他就没再问过。她和她的"姐"们,在姚纯刚看来,都是些有点儿魔幻般的女人,都是些最不易被男人猜中年龄的女人,也都是些深谙化妆之道的女人。化妆掩盖了她们的真实岁数。今天这几位看去清纯少女似的,显得另几位年长了些。明天情形又反了过来,年长些的变得清纯少女似的,看去清纯少女似的那几位,又化妆得仪态万方的庄重夫人一般了。他甚至搞不清楚,她们之间的"姐妹"关系,究竟是以年龄顺排的,还是以其他的什么资格顺排的。看《查泰莱夫人的情人》,看到康司丹斯终于决定离开男爵查泰莱的古老庄园,拎着一只旧的小皮箱,义无反顾地去追寻她的梅洛斯时,那"小妹"嘤嘤地哭了。开始她哭得似乎还有些害羞,惹得她的脸像兔子的"大姐"嘲讽起她来。

　　身为"大姐"的女人将一瓣橘子塞入她口中,同时伪装出一副大惑不解的样子问:"人家康妮和她的情人在那儿'水深火热'地做爱,你在这儿看着哭个什么劲啊?"

　　那"小妹"便将姚纯刚扳倒在自己怀里,双手捧着他的头,嘴对着他的嘴,将口中的橘瓣连同口水吐入他口里,就像捧着痰盂吐入一口痰似的。随后她将姚纯刚推开,泪眼盈盈又满肚子委屈气不打一处来似的回答了三个字是——"我嫉妒!"

　　"你?嫉妒?"——她"大姐"不以为然地无声一笑,将自己盘累了

301

的双腿伸直,微微抬起,用示意的目光瞧着姚纯刚。他立刻就明白了她这道由目光发出的具有命令性的"指示",于是驯服地将身子趴下去,一滚,滚到了她抬起的双腿之下,而她便将双腿落在他胸上。

那"小妹"见她"大姐"这么着了,也适时地改变了自己双腿朝后蜷着的坐姿,也将双腿朝姚纯刚身上放。于是仰躺着的姚纯刚,从胸至颈的上半截身子,便成了两个女人并排四条腿的垫子。幸亏她们的腿都称得上是秀腿,倘是被四条肥腿压着,姚纯刚呼吸就成问题了。他将头转向投影屏,一边看一边听两个女人说话儿。

"小妹"说:"我就是嫉妒!一百个嫉妒一千个嫉妒!嫉妒得恨不能杀了谁!"

脸像兔子的女人说:"不就是男女间那点儿事儿嘛!那点儿事儿你还没个腻歪没个够哇?这年月,女人只要有钱,男人算什么稀罕东西?做爱算什么有意思的游戏?不过是保持咱们女人体形优美的一种古老的健身运动罢了!"说着用脚踹踹姚纯刚的胸,"咱们腿下垫着的不就是一位健将级的陪练运动么?你要是又来了冲动劲儿,那大姐立刻回避,任凭你由着性子和他在这儿瞎折腾!"

"小妹"说:"我才不是嫉妒康妮和她的情人之间那种勾当呢!我嫉妒的是你!"

这时,投影屏上,赤裸的男人和赤裸的女人一刚一柔两个肉体互相吸附难舍难分的做爱片断已告一段落。女人快感的夸张的呻吟,男人粗重的火车头排气似的喘气,也暂时消停了下去。胸毛黑乎乎一片,手上胳膊上汗毛浓密的梅洛斯,正在态度认真地往康妮那优美迷人的女性胴体上摆鲜花瓣儿,情形像一个孩子在起伏不平的地方对拼图或摆多米诺骨牌……

姚纯刚和将双腿压在他身上的两个女人不一样。他基本上是一个不读书的男人,更正确地说,基本上是一个不读文学作品的男人。当然,这种男人,其实反而更是些对秽淫的色情的足以引发男人官能冲动的文字需求最大的男人。他也不例外。他对那一类文字的需求此前主要通过一个途径获得满足,便是像嗅觉极其灵敏的猫狗似的,从书摊上寻觅据说由于"内容涉黄超过容忍限度"的"禁书"。一旦寻觅到哪怕比定价高出几倍,往往也会一咬牙一跺脚倾囊买下,于是那类书便成了他一有空儿则手不释卷百看不厌的读物。那时他仿佛变成了一头食蚁兽,而构成书中那些遭禁的章节的文字,好比一队队隐蔽在页码之间的蚂蚁,是一个也逃不过他的眼睛的。他用眼睛"吃"起它们来,那简直是狼吞虎咽饕餮扫荡式的。这是他作为男人极不易被人窥到的另一面。他的外表近傻气的厚道,将他的另一面遮挡得很严。以至于欺骗了不少女人,使她们误以为他在男女之情欲方面,是个先天"缺少根神经"的男人。但他的另一面,也不过就局限于寻觅并拥有那类"禁书"。而《查泰莱夫人的情人》,作为一本书却是他闻所未闻的。当年这一本书的遭禁,虽然纷纷扬扬地构成了一阵社会热点话题,但他在当年是个远离任何社会热点话题的"待业者"。或者反过来说,当年的任何社会热点话题,都是排斥他这个根本没有起码资格关注的"待业者"的。到今天为止,他对色情读物的需要仍是他满足自己意识方面的淫欲需要的基本方式。尽管录像机已经进入千千万万中国人的家庭,千千万万中国男女对色情二字的不言而喻的兴趣,早就由阅读方式"飞跃"到了影视阶段,而他的需要却还停留在原水平上。他那位对他来说"一半是海水一半是火焰"从"蜜月"期过去以后便徒有其名的妻子,坚决反对他从两人并不宽裕越来越不宽裕的生活费中口挪肚攒地节省出一笔钱买什么录像机。她的理由是——"何必?太贵!有台彩电看就可以的了!"而她的实际考虑是,录像机对她是完全多余的。她觉得如果花几千元买一台录像机,为的是欣赏什么在电影院里或在电视里看不到的电影"经典片""文艺片",对他们两口子的生活而言,未免奢侈得太可笑了,有冒充趣味优雅之士的滑稽成分。如果仅仅是为的满足心理方面意识方面对"色情"对赤裸裸的性行为的观淫需要呢,那么那不过是他一己的需要,而非他们共同的需要,更非她个人的需要。这女人对一切优雅艺术一概地逆反。什么电影、文学、舞蹈、音乐,一旦被赞之为优雅,她便统统地不屑一顾了。在那女人的思想中,形成了一种对优雅爱好的极度的轻蔑,甚至是憎恶、是仇恨。轻蔑、憎恶和仇恨,早已在她内心里根深蒂固。她认为对优雅的爱好,不过是一部分因为有钱而且自以为有资格对另一部分人进行的公然的合法的心理压迫,以及一部分一心巴望着摇身一变成为富人,却注定了永远在财富方面发迹不成富人,而又企图在某一点上揪着自己的头发,勉为其难地将自己"提高"到和富人们相同的人的装腔作势,是自欺欺人,甚至固执地认为也是一种社会的病态现象丑态现象。她这种思想的形成,与她早年那段放荡不羁的寡廉鲜耻的生活经历有直接的关系。早年与她有过亲密交往的,无一不是权贵子女,无一不优雅。他们穿优雅的服装,说优雅的话,过优雅的生活,欣赏优雅的艺术,甚至连他们或她们的样子,也无一不是优雅的。他们处处都显出比绝大多数、比百分之九十五以上的中国人有教养的姿态。仿佛他们或她们的优雅、教养,乃是先天赋予的,百分之九十五以上的中国人根本可望而永远不可及的。可是在公众的眼睛所看不到的某些地方,他们或她们,当年却是另一类人。粗俗不堪,庸俗透顶,比当年的她自己更放荡不羁更寡廉鲜耻。看黄色录像,模仿黄色录像里的方式做性爱游戏,群奸群宿,甚至群奸乱伦,纸醉金迷而又竞赛着似的纵欲。在公众的眼睛所看不到的某些地方,他们或她们的不优雅没教养,是绝对超出于庶民百姓的贫乏想象力的。他们将一个女人抱起来摔在床上或干脆按倒在地扒光衣服的时候,绝不比流氓歹徒强奸女人那种野蛮逊色多少。她甚至时常觉得,自己当年的放荡不羁寡廉鲜耻,完全是在耳濡目染之中受了他们或她们的教唆。她对优雅的轻蔑、憎恨和仇恨,也意味着是对当年那些先拉她入伙,影响她,教唆她,占有并玩弄她的肉体如己物,而后又排挤她,抛弃她,报复她,使她被关进监狱的男女的轻蔑、憎恶和仇恨。这一点在她内心里也是根深蒂固的。时代到了今天,她对于"优雅"二字是更其轻蔑,更其憎恶,更其仇恨了。什么是他妈的优雅呢? 她常常暗想,自问自答——交响乐固然优雅,但若不是富人,若起码不是较富的人,几百元一张的门票买得起的么? 倘一个月的工资不吃不喝了,尽数而付去买一张门票的话,那便不是疯子必是傻子了! 她明白,某些豪华商厦里出售的高档服装,哪一件穿在自己身上都会使自己顿增高雅。但哪一件她也买不起。婚后虽然她也拥有了两三件千元以上的服装,但哪一件也不是她的“过渡时期”的丈夫给她买的,而是别的男人们给她买的。代价仍是她自己的肉体。在大饭店里耳听着轻音乐,大快朵颐地享用着美食,理所当然天经地义地接受着风姿绰约的服务小姐们彬彬有礼耐心周到的招待,优雅不优雅呢? 自然没的比优雅! 优雅的环境,优雅的氛围,优雅的服务和优雅的消费,但这一切生活内容也无情地排挤她抛弃她了。因为她钱包里没有那么多钱,所以也便理所当然天经地义地不配了! 每当她看着成双成对的优雅的男人和优雅的女人踏下名牌轿车或钻进去,满脸洋洋自得地出入于某些霓虹灯闪烁的高楼广厦,她心里除了轻蔑、憎恶和仇恨,还能有别的么? 那些地方她婚后也是去过了几次的。由于抗拒不了那一种巨大的吸引力,去过上一把“优雅”的瘾。但并不是她的“过渡时期”的丈夫陪她去的,也不是自己单独去的,是别的男人们请她去的。代价仍是她自己的肉体。她现在已经沦落成一个贫穷得只剩下了自己的姿色和肉体的女人了! 她的姿色她的肉体便是她唯一的财富、唯一的“不动产”。物价天天在上涨,各方各面既刺激着她又引诱着她的消费,分明地一天天一部分一部分地距离她越来越远。远得她无论如何再也接近不了似的。而芳龄日逝,姿色月减,她唯一的财富唯一的“不动产”却又分明地一年比一年更加贬值、急剧贬值!

她认为,如今那些看去很优雅的男人和女人,在公众眼睛所看不到的地方,其放荡不羁寡廉鲜耻,一点儿也不比当年她所熟悉的那些男女们差劲儿。区别在于,只不过仅仅在于,这个时代专为他们和她们提供的、公众的眼睛所看不到的地方已经很多很多了,简直太多太多了。在那些地方他们和她们才原形毕露,女人都像职业妓女,男人都像职业嫖客,如果嫖客也有"职业嫖客"这一说的话。而且在那些地方,他们和她们的行径是不受法律监督,更不被法律干预的。因为那些地方,完全可能是他们和她们用钱买下来的,包括卖身给他们的女人赊身给他们的女人,或"傍"她们的男人甘愿充当她们面首的男人。这一点是与当年区别最大最不相同的……

她进而认为,其实一切男人和女人,骨子里都是一样的。嘴里说向往优雅的一切,从生活方式的一切到官能需要的一切,心里渴望的却是放荡不羁寡廉鲜耻糜烂不堪的一切。不愿体验嫖客那份儿满足那份儿快感的男人已经不存在,内心深处还愿当淑女而不愿当妓女的女人已经所剩无几……

关键只在于有没有钱,是不是"大款""富豪"或"款姐""富婆"。如果是,一个男人几乎可以每天嫖一个不是妓女的女人,可以像嫖妓一样地对待她。如果是,女人可以每天换一个情人,每天都可以像康妮和她的梅洛斯一样沉湎陶醉在"水深火热"的性游戏中……

那自以为早已将现实"分析"得透透了的女人的思想,毫无疑问是刻薄的甚至是恶毒的。她既对一切优雅的事物不屑一顾,也对一切色情的东西反感之极。但是这绝不意味着她的洁身自好。恰恰相反,为了钱或为了一件自己喜欢的服装,她随时又随便地典当自己这一旧习依然如故在所不惜。有一次,她仅仅为了一支据说是法国的口红而和一个刚认识了几个小时的男人上床,过后连自己的衣服是怎么被那男人三下五除二地脱光了的过程都回想不起来了。她反感色情的东西乃因色情太是她典当自己的稳操胜券的惯技了。好比一名高级厨师最不愿翻一下的书必是什么《烹调指南》一样。这当然就使她的"过渡时期"的丈夫作为一个正当年的男人那种古老的官能需求大受局限。所以他在脸像兔子的女人的这幢既豪华富贵又仿佛与世隔绝的别墅里倍感眼界大开,一部接一部观看充满色情的录像带的兴致,是与轮番同女人们做爱的劲头一样高涨的。

脸像兔子的女人听了那"小妹"的话,蛾眉微耸,凤眼连翻,盯着她问:"那么说你恨不能杀了的那个谁,就是你大姐我了?"

"小妹"也不管不顾地又问:"凭什么你是女富豪,又有别墅又有车,银行里还存着一个多亿一辈子花也花不完的钱?而我只不过是一个半老头子的'小蜜',连每个月的零花钱还得嬉皮笑脸地向那个半老头子伸手要?都是有模有样、姿色八九十分以上的女人,而且我比你还漂亮,我比你还年轻,凭什么你的命就那么好,我的命就这么糟?这世上还有没有个公平啦?我不嫉妒你嫉妒谁!……"

姚纯刚听她说得太露骨也太伤人,唯恐她惹得那脸像兔子的女人勃然大怒,红颜顿翻,将她和他自己一并赶了出去,不禁地暗中在她大腿上皮肉最嫩处使劲儿拧了一把。

不料她尖叫起来,用腿跟儿在他胸口连捣不停,耍着脾气骂他:"该死的,你倒是使劲儿拧我干什么?再不老实地当我们的软垫儿,一脚把你踹一边儿去!"

脸像兔子的女人非但没有勃然大怒,反而手一掩口,扑哧一声儿笑了。笑罢,也斜着姚纯刚问:"是啊,你倒是使劲儿拧她干什么?"

姚纯刚装得很无辜似的说:"我没拧她呀!我始终在聚精会神地看录像嘛。我无缘无故地拧她干什么呀?"

"小妹"就更加恼火,又用脚跟儿连连踹他胸口,并且也在他身上到处乱拧,口中不依不饶地嚷着:"你撒谎!叫你装相儿!叫你拧了人还不承认!……"

脸像兔子的女人有意护着姚纯刚,用一条腿挡着那"小妹"的手,哄着她说:"算了算了,小妹你就饶了他吧!即或他拧你一下,那肯定也是为你好嘛!"

"小妹"又任性地冲她的"大姐"耍起脾气来,尖声锐嗓地嚷:"我不明白你的话,他拧我一把还不承认,怎么就反倒是为我好?!"

当"大姐"的啪地甩手扇了她一耳光,同时训斥道:"你嚷什么你!你当我是你那个糟老头子哇?我可不吃你这一套!再嚷个没完没了把你撵出去!"

话一说完,人已站起,怫然而去。

"小妹"则捂着被扇了一耳光的那边脸,泪盈盈地发愣。

姚纯刚坐起来瞧着她说:"看,怕你把她惹恼了,结果你还是把她惹恼了。你得承认你不太懂事儿吧?"

那"小妹"却从身旁的托盘里操起一柄削水果的刀,朝姚纯刚身上便扎。

姚纯刚就地十八滚,滚得离她远了些才惶惶地站起来,冲她大吼:"你疯啦?!……"

她也霍地站起来,将手中的刀举得高高的,一副完全失去理智的模样,咬牙切齿仇恨满腔地说:"不错!我是嫉妒得疯了!疯子杀人不偿命,今天我先杀了你这个男婊子!"

于是她向姚纯刚扑过去……

于是姚纯刚转身便逃……

幸而地方够大,要杀人的一时扑不到杀不着,被杀的兜着圈子逃,逃得从容不迫,并没有陷入死到临头的险恶绝境。在姚纯刚,倒觉得怪好玩儿的。他逃窜之间,还有心思逗她:"追呀追呀!只要你能追上我,我闭上双眼一动不动地挨你的刀!"

但是他放松得过了头,一不留神,一脚踩在放水果的托盘上,结果那托盘在地毯上滑雪板似的向前滑去,使他两腿一劈,身子失去平衡,重重地摔了个仰八叉。而她已追至近前,不待他翻身起来,早已扑住了他,并立刻骑在他身上,将刀竖举在他心口窝上方。

他这下子不再觉得好玩了,大惊失色,仰视着她,结结巴巴地说:"别,你千万别,你干吗非要杀我不可呢?……"

他心里当然明白,她并不仇恨他。她没有什么仇恨他的原因呀!他不过就是拧了她一把,也不至于惹得她非要对他白刀子进去红刀子出来哇!她不过胸中压抑,找茬儿在他身上宣泄宣泄罢了。可她万一要是一刀扎下来,巧巧地正扎在自己的心脏上,他岂不是死得也太不值太冤了点儿么? 就算她手下留情,不往他心口窝儿那儿扎,一刀扎在他肩膀上胳膊上,大热的夏天,伤口难愈,皮肉之苦也是不好受的啊!

她瞪着他,举着刀,一副恨不得就一刀扎下去却又不敢贸然下手的模样,胸脯儿由于急促的喘息而剧烈起伏,眼泪儿扑扑地直往下掉……

她口吻发着狠地说:"你以为我不敢杀你是不是?"

他讨好卖乖地说:"你当然敢啰! 可你就真舍得杀我呀!"

她骂道:"放屁! 你当你是我一个宝贝儿子呀!"

然而她的手臂抖抖的,已经垂软了几分。

他看她的理智是开始恢复了,无奈又无能地苦笑着说:"我虽然不是你一个宝贝儿子,可一夜夫妻百日恩啊! 咱俩在这儿同床共枕不止一夜了吧? 我对你和你那些姐妹们不一样,你对我也和她们对我不一样,这一点天知地知你知我知,你就一点儿男女之情都不念啊?"

他这么一说,她的手臂就更抖了,眼泪也往外涌淌得更凶了。

他又说:"如果你非得出口什么恶气不可,那就随便你在我身上割一刀,见点儿血,出出气吧!"

于是她就丢开刀,双手捂脸,又嘤嘤地伤心哭泣了。

这时那脸像兔子的女人回到这儿来了。见状先是一愣,随即一边走过去,一边拍手笑道:"好戏好戏,怎么一忽儿你们两个又排练起悍娘子驯夫了?"

姚纯刚有苦难言似的说:"你快别笑了,她刚才还要杀我呢!"

脸像兔子的女人便双腿朝后一蜷,坐在他身旁,捡起那柄小刀,用一根手指儿试了试刀锋,撇嘴一笑又说:"这刀不快,再者也太小,哪里就能杀死你这么个大活人? 即或真杀死了,也肯定是一股寸劲儿。"

她说完,将刀朝"小妹"一递:"你要还想杀他,就杀给我看。没个人儿看,杀人游戏也是没多大意思,和做爱的游戏一样的没意思。"

那"小妹"将头一扭,不理她。

她却并不觉得没趣儿,就地一滚,滚开去,从地毯上抓起一个苹果,又一滚,滚回来,重新蜷腿坐了,自顾认认真真地削那苹果。削好了,自己却又并不吃,用两根尖尖的手指提着,悬在姚纯刚口上方,一本正经地说:"吃个苹果,压压惊吧!"

姚纯刚明知她在存心捉弄他,便不用手接,而是绷着腰劲儿,只将上身挺起,张大了嘴去叼。为的是自己耍自己,逗她们高兴。果然,她将苹果再往上一提,使他叼了个空。腰那儿绷不住劲儿,上身咚的一声又倒下去。

于是那脸像兔子的女人咯咯笑了,笑得那么愉快。她将苹果降低至他的口能够叼到的高度,鼓励地说:"好乖乖,再来一次,再来一次!"

姚纯刚又一叼,她又将苹果往上一提,使他又叼了个空。

她就又咯咯地笑。一个无聊之际存心找乐,一个怀着卑贱之念有意奉迎,重复多次,终于将那板着面孔做冷美人儿状的"小妹"也逗乐了一声。

于是她将脸转向"小妹"说:"我还以为你一辈子再也不笑了呢!"

"小妹"难为情地说:"我干吗那么和自己较劲儿!"——猝然将苹果掠了去,咔嚓咬一大口。

当"大姐"的盯着"小妹"脸说:"我刚才的话一点儿没错,他就是为你好才拧你的。"

"小妹"咽下一口苹果,讥讽地说:"他究竟是不是为我好,你怎么知道?你是他肚儿里的蛔虫呀!"

当"大姐"的用手指点了"小妹"的额角一下,教诲地说:"你这丫头,一张利嘴忒不让人了。明知自己错了也不肯认错儿!"——又用手指着姚纯刚的额角问,"哎,你自己说,是不是为她好?是不是怕她激恼了我?"

姚纯刚没想到她执意要替自己讨回个公道,内心里竟对她感激不尽起来,也就不再憋着满腹的委屈了,用一种听着似乎有点儿伤心其实是趁机卖乖的语调说:"人家根本不识我的好心,我有什么办法呢?"

"小妹"却将苹果悬在他脸面上方,弄得苹果滴溜溜转,不无醋意地说:"你别甜嘴巴甜舌的了,你分明是为她好!"

当"大姐"的白了她一眼,笑道:"这话就怪了,怎么反而是为我好了呢?"

"小妹"说:"怕我的话激恼你,怕你被气出种什么病来,还不是为你好呀!"

当"大姐"的说:"得了得了,我也不想跟你争了。我送你一句话,你听不听?"

"小妹"说:"大姐指点我今后学得懂事点儿,我敢不听么?"

当"大姐"的也不计较她那种分明带刺儿的口吻,自顾悠悠地说:"别人富贵前生定,妒什么? 前世不修今受苦,怨什么?"

"小妹"翻了翻白眼:"就这话呀? 七八十岁的老太太都会说!"

"大姐"说:"可老太太们未必都知道这话是谁传下来的。"

"你知道?"

"我当然知道! 是济公活佛的圣训!"

"所以你就借了那叫花子的话来训我? 训我,我也还是嫉妒你! 反正我每次离开你这儿,心理就不平衡好几天!"

"这我明白。我还明白,也不只你,凡来过我这儿的女人,没一个不嫉妒我的。只不过她们都将嫉妒深深埋在心底,绝不会说出口罢了。她们是越嫉妒我,越要跟我亲密跟我好。这世上的事儿就是这么怪。来过我这儿又不嫉妒我的女人,我想是没有的。有,肯定就是个傻女人了。傻女人能来我这儿么? 凡来过我这儿的,一个比一个心眼儿多,一个比一个处世精明。所以说不嫉妒我的女人,终归还是没有的。"

姚纯刚此时已将"小妹"手中的苹果夺了过去,一边吃,一边品咂着那脸像兔子的女人的话。暗想这女人把别的女人对她的嫉妒看得如此清楚,也真是够不幸够悲哀的了。一个女人再是富豪,明知和她关系亲密的每一个女人心底里都埋藏着对她的嫉妒,又该会感到在这世上活得多么孤独呢?可居然还会将她们视为姐妹,和她们友爱相处,保持着那一种不真实的亲密关系。可听她的话,又并没有什么哀怨的成分在内。这样的女人真是有点儿不寻常了。他竟不知同情她好,还是嫉妒她好了。又想自己心底里其实也是埋藏对她的嫉妒的,其嫉妒的强烈程度,绝不比从她这儿离开的那些女人们弱。她是否也已看得一清二楚呢?果而是的话,他搬入这幢别墅企图做第二主人的勃勃野心,今后又该如何地一个步骤一个步骤去实现呢?她的话竟使他不禁地犯开寻思了……

那当"大姐"的又对她的"小妹"说:"小妹,我来到这座城市落脚,咱俩首先认识。在后来认识的众姐妹中,关系处得最亲,这一点你是知道的。我喜欢你心里有什么,嘴里就说什么。你这种女人,心里有的想法,嫉妒也罢,仇恨也罢,天生的是窝藏不久的。所以和你这样的女人相处、交往,其实是最安全的。而且,我还一直感激着你……"

那"小妹"仍骑在姚纯刚身上。只不过渐渐骑得老实了些,不再像骑着匹奔马前仰后合屁股一颠一颠的了。她默默地听着她的"大姐"分析她、评价她,缓缓将脸转向"大姐",一副无所谓的模样儿。

当"大姐"的说:"你这么看着我干什么?我没出口的话全写在我脸上呀?"

"小妹"说:"我想,我没什么值得你感激的。我还在想……"

她话到唇边,后半句不说了。

当"大姐"的追问:"还在想什么?"

她犹豫片刻,索性摊牌:"还在想你把心里要当面对我说的话说完了,接着会以怎么一种难堪的方式羞辱我,赶我走。"

当"大姐"的无声一笑,在她腮上扭了一下,注视着她说:"第一,你确有值得我感激之处。你忘了?有一次你在我这儿住了一夜,我把我的经历,一股脑儿全如实告诉了你。过后我暗自追悔莫及,千叮万嘱,希望你别传播给别人。"

"小妹"说:"我可以发誓,我并没传播给任何人。平心而论,你对我,比我对你好、比我对你亲。起码我嫉妒你,而你并不嫉妒我什么。我也没什么值得你嫉妒的。"

当"大姐"的说:"小妹,你用不着发誓。我知道你没传播给任何人。如果你传播了,哪怕仅仅传播给一个人了,我也会意识到的。我这人在这方面特别敏感。一个女人能像你这么配信任,那就是很难得的了。凭这一点,你还不值得我感激么? 何况,我心底里也一直埋藏着对你的嫉妒……"

"我?……你嫉妒我?……"

"小妹"又翻白眼,并从鼻孔里喷出一声冷笑,弦外之音仿佛是这么一句话——别挤兑我玩了!

当"大姐"的表情郑重起来,口吻也相当郑重了:"小妹,你别做怪相儿。我是嫉妒你,嫉妒你比我年轻,比我漂亮。你才二十多岁,男女之间的事儿就都看透了,精通了,稔熟了,这多好! 这就再也不会上男人们的当了,而最善于使男人们上你的当了! 你到了我这种年龄,对于男人们来说,那就不是女人,是一个永远让他们琢磨不透的女精怪了! 不过你可别骄傲,别得意。你今后还要虚心向我学着点儿。我呢,也要对你更亲,拿你当亲妹子对待,从高从严地调教你。我知道我这个女人其实算不上漂亮,不过身段好,不过肌肤好,不过比许多漂亮女人更白皙。一白遮百丑呗。有时我对着镜子端详自己,很懊丧我怎么就长了一张兔子脸呢? 可爸妈给的,有什么办法呢?……"

她苦笑起来,揪着姚纯刚的一只耳朵问:"哎,是不是觉得我的脸像兔子?"

他正倾听着她的话,也正有所寻思,冷不丁被她揪着耳朵一问,顺口就说出了一个字的实话:"是……"

话一出口,心中顿时惴惴不安。

她却笑了,还笑得很由衷似的。

那"小妹"也笑了,笑得大有幸灾乐祸,不笑白不笑的意味儿。

脸像兔子的女人却收敛了笑容,以一种恢复了自信和自豪的口吻又说:"但是,以一个女人的综合实力和绝对优势而言,我是成千上万的形形色色的男人们梦里都想做我忠实奴仆的那一类,而小妹你只不过是某些男人们希望你做他忠实奴仆那一类。打一个比方再进一步说,我如同一棵绿荫葱茏的大树,成千上万的形形色色的男人们,梦里都想变成'贴树皮',就是那一种一旦贴在树上,揪都难以揪下来的丑陋的大树虫。要把它们从树上弄下来,据说得用烧得通红的东西烫它们。而小妹你的生存情形和我比恰恰是反过来的。你自己恰恰好比是'贴树皮',你只能往看起来像一棵大树的男人们身上贴。但是男人们今天都是善于伪装的。有时你以为他们是一棵大树,在你看来他们仿佛绿荫葱茏,其实他们的树干已经朽得中空了,衬托他们的绿叶有相当一部分是假的,是他们为了伪装自己而粘在自己身上的,比如你目前正贴住的那一个。他明明只有四五百万,可是他骗你,自我吹嘘有四五千万。他明明有家室,可是他骗你,也自欺欺人地说自己是个鳏夫。他明明已经六十七岁了,可是他骗你,也自欺欺人地说自己只有五十四岁。而对于你,小妹,更可悲可怜之处还在于,你明明知道他在以上几方面一直将你当成一个缺心眼儿的傻女孩儿似的进行着拙劣的欺骗,却又不能够戳穿他。不是不忍,是不敢。怕一旦戳穿了他,使他恼羞成怒起来,干脆一脚将你从他身旁踹开。那你就成了这座城市里一个一无所有的女人。虽然年轻,虽然漂亮,但是一无所有。他今天将你踹开,你今天晚上就没住处,没知心朋友,没工作。实际上你也不想有工作,你已经习惯了终日吃喝玩乐而不必想钱从哪儿来的生活。那么你只能去当娼妓。而目前本市又在严厉进行'打黄扫娼'。当娼妓相比之下虽然来钱容易些,但又是太冒风险的事儿。一不谨慎就会被扫到劳改队扫到监狱里去。你豁不出来自己,不敢冒那份儿险。转而再贴上一个什么男人呢,那又需要充分的时间去重新物色。中国如今真正称得上是'大款'、是富豪的男人毕竟不多。反正据我看来绝不比这座城市的公用电话亭多。而像你这样的女孩子,也就是那些瞪大了一双猎狗似的眼睛,正在搜索着,正在各显其能地往有钱的男人们身上贴着的女孩子、女人们,保守点儿估计,大约多得足可以编成一个集团军。这就出现了一种非常矛盾的现象,套用纯商业名词叫作'供大于求'。在这种'供大于求'的情况之下,你毕竟已经贴上了一个,或者按时下的说法叫'傍'上了一个,比起那些一心想贴一心想'傍'还没目标、还没着落的,你又不能不感到自己是较幸运的。所以你对你贴上你'傍'上的那个糟老头子的心理也是极其矛盾的。你有时讨厌他甚至憎恶他对你的占有,但有时候又觉得他何尝不也是你的一种占有呢?最使你感到沮丧的是,作为占有者和被占有者,他对你来说的确太老了。老得从年龄上讲有资格当你爷爷。用一棵老朽得主干中空的树来形容他,那是一点儿也不过分的。尤其是,以一个男人而言,他那男人的东西早已不中用了。实际上从你的角度讲,可以认为他是一个应该报废了的男人、一个残疾男人。正如你在姐妹们面前也公开承认的那样,靠药物,靠你对他的人为刺激,他那男人的东西最多也只能坚挺起一分钟左右,而你每次的感觉和感受,不过像读'一分钟小说'。'一分钟小说'是没有什么所谓高潮不高潮的。所以你每次和姐妹们到我这儿来,对我为大家提供的任何一个男人,都表现出要求没完没够的贪婪和饥不择食,甚至背着大家独自偷食。我是体谅你的,姐妹们也是体谅的,都不愿当面笑话你。但背着你的时候,实际上你已经成了姐妹们之间的笑料。也许只有我不曾把你当成笑料……"

那脸像兔子的女人,一句接一句只管不停地说着说着,说得极快,说得不假思考话语便滔滔不绝自行地从口中一泻而出似的,完全不给那"小妹"插一句的空隙。她的表情越说越严肃、越冷峻。使姚纯刚不敢放肆地制止她,也使她的"小妹"不敢打断她。但是那不得不被动地听着的"小妹",如同一个被扯掉纱布,被当面指点着丑陋得可怕的疤疤拉拉的烧伤者。脸色一阵羞红,一阵恼白,又一阵红,又一阵白。终于,她紧抿着的嘴,仿佛被谁的两只看不见的手,扭住腮帮往两边扯,双唇变形,又长又扁,快要包不住牙齿了却仍竭力严紧地抿着。于是她那漂亮的脸也随之变得不那么漂亮了,甚至也变得丑陋了……

姚纯刚内心里很是同情起她来可怜起她来。他想那脸像兔子的女人真是太不给她这个"小妹"留半点儿面子了,真是一个用话语伤人的惯手和行家,真是一个并不老的老辣女人,真是一个外表温柔而实际上内心恶毒的女人!在他这个旁听者听来,她的话简直像从口中喷出的一束束钉子,锐利而又在毒液里充分浸泡过的大钉子,一束束喷射在她的"小妹"身上。而她竟然还一口一个"小妹"叫得怪亲似的。他觉得那"小妹"仿佛已经体无完肤,遍身流血不止了似的……

那"小妹"的嘴终于抿不住,双唇一咧,哇地大哭起来。涕泗滂沱,号啕之声哀哀,足以令耳闻目睹者心惊肉跳。姚纯刚顿生惜香怜玉之情。他极想立刻坐起,将她搂抱在怀里,温爱有加地抚慰她,软言款语地哄她,一百遍一千遍地吻她。但有那脸像兔子的女人在旁,他却又哪里敢。而且,分明地,那女人对她"小妹"的长篇大论,也是将他这样的男人捎带着抨击到了的。他仿佛觉得有几束锐利的钉子,也是喷射在自己身上的,刺伤度极深,也是在汩汩地淌着血的……

"不许哭!"

那脸像兔子的女人猛喝一声,一双凤眼随之瞪圆了,目光咄咄的烁烁的,像一头就要张牙舞爪扑人咬人的豹子的环眼似的。

那"小妹"猝然间受到她那一声喝的威慑,一时被惊吓住了,哭声戛止,但是嘴却仍丑陋地咧着。她抹了一把脸,也不管抹在手上的是鼻涕多还是眼泪多,接着就在姚纯刚穿着的睡衣上揩手。十几天里,他几乎从早到晚的都是睡衣。因为他周围的女人们也是如此,有时甚至连睡衣都仿佛懒得穿,身上的布片儿绸片儿绢片儿,绝不比一万多年以前的古猿人身上的兽皮树皮缀得多。她们似乎都有裸癖。起码在这幢别墅,每天和他一起胡闹的时候是那样。他任由她的手不停地在他的睡衣上揩,仿佛根本没注意到似的,目光集中在早已吃得没了形没了状的苹果上,装傻充愣地继续啃……

"我的话还没说完,你倒是放开嗓子嚎什么?你给我悄没声地听着,我的生活很淫乱、很糜烂、很放荡,在常人看来,很荒唐、很无耻,完全是荒唐无耻的寄生虫生活。但你过的生活也并不比我好到哪儿去,咱俩彼此彼此……"

"别说啦!……"

那"小妹"尖声叫嚷,充满了哀求的成分。

"听着!……"

当"大姐"的又猛喝了一声。

"大姐,求求你,替我保留点儿自尊心吧!"

那"小妹"双手捂面,又无法抑制地哭泣起来。

"你还有自尊心?"当"大姐"的冷笑了一声,"你还配有自尊心么?你自己一点儿都没有了的东西,我怎么替你保留?我想说的话,谁也不能阻止我不说完!哭也罢,怒也罢,都不能!何况我是在我自己的别墅里。何况你在我这里白吃白喝白玩儿了十几天,何况你已经来过我这里不止十几次了!你得报答我一次!我现在要求你报答我的方式,并不过分,无非就是现在要求你悄没声儿的,老老实实地听我把想说的话全说完!我的淫乱、糜烂、放荡、荒唐、无耻,是真真实实的,无顾无虑的。只要是在我的别墅里,我就可以毫无顾虑得无边无际!因为我有一亿几千万!所以我有资格,有资本过荒唐无耻的寄生虫生活!在所有一切人的生活中,尤其女人的生活中,我目前最喜欢的就是这一种生活!虽然有时候也不免厌烦,但相比之下还是最喜欢的、最习惯的、最适应的生活。在这一点上,我和你也是彼此彼此。但是你过的淫乱、糜烂、放荡、荒唐、无耻却是虚假的!因为你实际上是既没有资格也没有资本过这一种你最喜欢、你最习惯、你最适应的生活的！就连你和你所贴你所'傍'的那个糟老头子在做爱的时候，那情形也是虚假的！那也叫做爱么？那糟老头子还能做得动那种力气活么？你对他那三下两下能满意得了能满足得了么？可你每次还必须在他那皮皱肉松的身子底下扭来扭去，对着他那张老脸故作多情，装出种种虚假的滑稽可笑的怪样子，发出同样是完全装出来的，一听就是故意夸张的，似乎无比激情似乎无比冲动似乎快感得不得了的弱呻娇叫。因为你必须那样、必须伪装、必须以此博取他的欢心。因为你住的是他的，吃的是他的，喝的是他的，穿的是他的，出门得坐他的车，每月的零花得朝他要，要时还得看他的脸色好不好。在这一点上咱俩可太不同了。我是寄生虫，但我寄生在自己的一亿几千万上！而你这条小小的可爱又可怜的寄生虫，只不过寄生在一个趁点儿钱，钱却并不很多的糟老头子身上。他和你在做爱的时候也是虚伪之极的。他自己就能冒着全身的劲儿实干那三下两下，自己又哪里有什么激情有什么冲动有什么快感可言？但是他也得和你一样，强装出很行很有能力的样儿干那种自己心有余力不足根本不再干得动的活儿，也要装出某种与你的神情相应的虚假神情，也要装出与你相应的虚假的哼哼和呼哧呼哧的粗喘。你们如此虚假做爱的情形，连想一想都会使我感到作呕！而你自己也不得不承认，在我这儿，爱尽管不过是文娱活动，性尽管不过是游戏，做爱这种事儿，尽管不过是程式是仪式，但又是多么欢悦，多么开心，多么别出心裁，多么刺激，多么生动，多么肆无忌惮，多么令你兴奋，令你满意，令你满足，令你快活无比快感无穷！……"

姚纯刚一边听一边不禁地想——真是个淫荡透顶无耻透顶的女人啊！这些话，稍微还是一个知道多少要点儿脸皮的女人，是不可以也不会当着一个男人的面儿侃侃而谈的呀！可是她却根本不避讳他的存在，说得那么直截了当那么开诚布公又那么无羞无耻！简直等于是根本不把他当一个男人看，甚至根本不把他当一个人看！一个女人，即或心里是那么想的，话也不该那么无羞无耻地说出口哇！但转而又一想，她是谁呢？她是这别墅的主人！她是这儿的女王！她不是一般的女人，她是有一亿几千万的女人呀！这样的女人，当然太有资格也太有资本过她目前最喜欢过的这种淫乱的、糜烂的、放荡的、荒唐无耻的生活了！当然太有资格也太有资本不将一个男人当男人看甚至不将一个男人当人看了！他又是谁？不过是一个在这座城市的穷人堆周围混日子，一个不经意就会掉进穷人堆里的男人啊！这样的一个男人，还配一个有一亿几千万，像她似的姿色犹存风韵犹在的女人当成一个男人当成一个人看待的么？他哪儿配享有如此殊荣啊！正如她说的，自己若能贴上她就算自己三生有幸祖坟大冒青烟紫气了！自己也确确实实地，在这十几天内连在梦里都幻想着成为她的忠实奴仆啊！……

但是他一点儿也不敢使她看出他心中有所联想。他竭力装成一个白痴，仿佛全部的心思都用在对付快吃光了再也没处下口的苹果。他装得很出色。起码自以为自己那时刻看去是比白痴还白痴的。

在他联想种种，并因了自己的污浊联想以及不争的心态而鬼胎忡忡之际，不经意间，发觉"小妹"已停止了哭泣，正伸手去抓那柄水果刀。她脸上是一种森冷得可怕的表情，仿佛要与什么同归于尽似的。

她的"大姐"却抢先将那柄水果刀抓了过去，握在自己手中，刀尖对向她心口窝，冷笑着说："把你分析得透透的，你气得不行是不是？恨得心肝儿直颤是不是？羡慕会变成嫉妒，嫉妒会激发杀人的念头，小妹你打算一刀杀了我是不是？"

那"小妹"目不转睛地瞪着她的脸，用比"大姐"的表情更加森冷的口吻说："我不是打算杀你。杀你我得偿命。你的命高贵，我的命低贱，我偿命对你也是没法儿补救的损失。我不那么缺德。既然你当大姐的已经把我的命分析得活不如死，我还不如干脆死了的好！"

她说着就夺那柄刀。

当"大姐"的及时向后闪身，移开去几步，又将刀尖对向自己心口窝，一捅，嘴里发出"噗"的一声，佯装死状，缓缓倒下。

"小妹"却并未再被她逗笑,一撩腿从姚纯刚身上翻下,仍欲夺刀。

当"大姐"的就将刀朝身后一掷,那刀无声地落在远处的地毯上。

"小妹"不肯罢休,一条蛇似的向刀爬去。

当"大姐"的对姚纯刚命令道:"你替我治住她!"

姚纯刚一个鲤鱼打挺坐起,双手及时地环擒住"小妹"的足腕,拖住了她,使她无法再向前爬。

"小妹"也猛地坐起,另一只脚朝姚纯刚胸口便踹,接连狠狠踹了数脚。他却任她踹,双手环擒住她足腕不放,哪里敢稍微松懈了手劲儿。

"小妹"猝然扇了他一耳光。

他还以几声嘿嘿的讪笑。

于是"小妹"接连地扇起他耳光来。每一记都扇得那么凶恶,脆响声声。他一边脸被扇得火辣辣的,红光烂漫。然而他却任她扇,仍还在嘿嘿地讪笑。既不敢在那脸像兔子的女人的监视之下,对她的命令掉以轻心,也不敢对那"小妹"的迁怒施威发火,以怒制怒。

于是那"小妹"伏下头便咬他手。下口之狠,似乎非将他的手咬断不可。

姚纯刚忍疼不禁,哎呀哎呀叫了起来。

那当"大姐"的从旁看了咪咪直笑。笑够了,板着脸训斥姚纯刚:"没用的东西!你若是制不服她,立刻就给我滚!"

她这话才使姚纯刚急了,性子也激起来了。他腾出只手,攥住一缕"小妹"的秀发,将她的头使劲儿朝后扯。

那"小妹"不得不松了口,颈子被迫后倾,脸儿被迫仰起,怒不可遏地说:"王八蛋男人,你胆敢这么对待我!"

姚纯刚低头一瞥,见自己一只手背上,已然留下了两排深深的血牙印儿,他苦笑着说:"我不敢也得行啊!你大姐就是命令我活活掐死你,我也不能不服从啊!"

他这话,当然的,既有替自己开脱的成分,也有讨好那脸像兔子的女人的成分,甚至后一种成分更其多些。

那脸像兔子的女人从旁望着,大加鼓励地说:"这么做就对了。看来你还是能够不必帮着就会单独制服一个小女人的。"

姚纯刚受到鼓励,心中没了顾虑,一搡,将那"小妹"搡倒,随即骑在了她身上,并用自己的双手,将她的双手牢牢按住。

"小妹"仿佛投降似的,双臂曲在头的两侧,双手且被牢牢按住,于是没了女人的起码的张劲儿,只有两条腿徒然地乱蹬乱踹的份儿。蹬踹了片刻,奈何不了姚纯刚,也就彻底认输,渐渐安定了下来。

此时她脸上只剩下了一种表情,那就是屈辱之极的表情。眼泪从她的两只眼角儿,泉流似的往下淌,渗入进羊毛地毯。

她悲哀地仰视着他说:"如果她命令你当着她的面强奸我,你也服从?"

他则平静地说:"我没有选择的余地。在我心目中,她是我至高无上的女王。我做她的奴仆,还只怕自己不配,怎么能违背她的命令?"

但这种无耻的话,则已是百分之百地在讨好在取悦于那脸像兔子的女人了。

"小妹,你还生起我的气来了?"

不知为什么,不知她心里究竟怎么想的,总之她一时间又变成另一个人,变得极其和颜悦色了。

那"小妹"却仍不理睬她。

这当"大姐"的女人宽厚地一笑,将她的"小妹"被撕破的睡衣扯了盖住"小妹"的胸腹,并将"小妹"弓着的双腿按得伸直了下去。

她又温言款语地说:"其实,大姐开诚布公地谈论了你那么多,无非是要拯救你嘛!"

那"小妹"终于睥睨着她挖苦地说:"大姐的意思是,想做我的上帝啰?"

她极其自负地笑着说:"不错,大姐正是要做你的上帝,一来表彰你对我的经历守口如瓶,二来奖赏你毕竟是听完了我想对你说的话。小妹你读过《圣经》没有?"

那"小妹"没好气地回答:"我才不读《圣经》呐,有那工夫我钻研透了女人这本经,好不好?"

当"大姐"的依然笑道:"女人这本经嘛,那是活到老学到老的一本无形无状的经,可不是一时半会儿就能钻研透的呢!不过咱们以后再探讨女人这本经。你先听大姐谈谈《圣经》。根据那《圣经》上的记载,上帝真要拯救什么人,几乎总是先将那个人的命运对那个人点拨一下,所谓'惩前毖后'的意思吧。有资格充当谁的上帝的人不多。有资格充当谁的上帝的女人更不多,我就是有这种资格的为数不多的女人之一。我生平第一次动了拯救谁一下的恻隐之心。因为我早就怜悯着你了,只不过当面从不愿对你有所表示罢了。何况你的生活和那个糟老头子解不开理还乱地搅到一起。我这当大姐的也应负一份难以推卸的责任。记得你当初犹豫着下不了决心到底'傍'他还是不'傍'他,曾信赖地征求过我的看法。我不但没劝阻你,反而促使你最后下了决心去'傍'他……"

她说得相当中肯。姚纯刚从旁听着,竟一时难以判断她是又在演戏,又在耍弄人的情感玩儿,还是诚心诚意地在表示忏悔。这女人瞬息万变,显然非是姚纯刚这种智商的男人想要看透她的内心活动便能看透的。

那"小妹"听了她的话,连吸了几口烟,沉默有倾,口吻冷静又缓慢地问:"那你打算怎么拯救我?替我天天做祈祷?或者要求我从今以后天天向你这位上帝做祈祷?"

当"大姐"的淡淡一笑:"我要真是上帝,绝不管人的灵魂的事儿,也绝不去瞎操心人的肉体堕落不堕落。不堕落活着还有什么意思?其实人的灵魂和肉体,男人的女人的都一样,最最缺少的不是别的,恰恰是堕落的自由和权利。我给你这个,这个能帮你彻底改变你的活法儿,其他一切都比不上这个的作用。都是白扯!"

她一边说,一边将一只手背往脑后。她离开之前,长发原本是披散着的；再回到这儿时，长发已在脑后挽了一个髻，却没用任何饰物结住，只在那髻上横插了一枚发针。她的手就是去从髻上抽下那枚发针，发针一经抽出，那个髻顷刻间垂下，瀑布似的长发，便又披散着了。她晃了晃头，令人莫测高深地笑着，同时将那枚发针放在"小妹"胸口。

"小妹"不解地问："这是什么？"

她仍令人莫测高深地笑着，抓了"小妹"的一只手也放在"小妹"胸口："你自己拿起来看嘛。"

于是"小妹"将那枚发针拿在眼前细看，姚纯刚也好奇地将目光盯视过去，这才看出那根本不是一枚什么发针，而是搓成发针形的细长的纸卷儿。

"小妹"嘴角微微一撇，撇出一抹受到捉弄而又"大度能容"的冷笑，幽默且暗含讥讽地说："上面写着指引迷津的锦囊妙计，还是句蒙事儿的谶言？"

那当"大姐"的却不再说什么了，只是令人莫测高深地抿着嘴儿微笑，只是用目光默默地促"小妹"快看。

"小妹"将纸卷儿缓缓展开，看了一眼，往旁边一丢，满脸不屑地说："不就是一张三万元的支票么？我又不是穷到了沿街讨饭的地步，向你伸手要过。你还是留着赏你那些佣人吧！"

当"大姐"的并不在意"小妹"的尖言刻语，笑问："不要？"

"小妹"愤愤然地说："不要！"

当"大姐"的又说："你看花眼了，那不是一张三万元的支票。三万元对你有什么用？我又怎么能赠得出手？不是等于自己往太低了按下去自己的身份么？"

那张支票正巧落在姚纯刚身边，他犹豫一下，拿了起来，细看一眼，顿时血液倒流，心动过速。

他惊叫出一句短话是："三十万元！"

"什么？三十万元？"

那"小妹"倏地坐了起来。

姚纯刚却还拿着那张支票,两眼盯视在上面,眼神儿直勾勾的有些发呆。

当"大姐"的轻声说:"宝贝儿,你的眼睛也成问题,也看花了!不是三十万元,更不是三万元,是三百万元。你们两个倒是都数清楚上边几个零啊!"

那"小妹"怔了怔,一时猛醒,首先是要将烟掐灭,烟灰缸明明就离她不远,她身子左转右转却没看见,心急之下,竟把烟朝姚纯刚一条大腿上按下去。

姚纯刚那时刻已经整个被妒意袭击懵懂了。不错,他的的确确地是等于突然遭到了一种又巨大又猛烈的妒意的袭击!三——百——万啊!他长这么大,还是第一次亲手接触到一张三百万元的支票,而且是一个女人白白送给另一个女人的,笑盈盈地毫不在乎地说送给就送给了,就如同女人们之间相互送给某些小东西联络小感情似的,而且不管对方多么傲慢无礼,说了些多么噎人的尖言刻语,依然地照送不误。这种匪夷所思的事,若非自己亲眼目睹,而是别人讲给他听的,他是绝对不会相信的!他嫉妒得几乎想要将那张支票塞入自己口中,嚼几嚼咽进自己肚子里,使它归了自己所有!连烟头按灭在他大腿上那一种灼痛,都没使他有所感觉没使他有所反应……

"小妹"一把从他手中将那张支票掠夺了去,趴下身去,将支票按在地毯上,将眼睛凑近了看。一边看一边数:"个、十、百、千、万、十万、百万……是三百万,是三百万!"

她像一只伏着的猫似的,扭回头望她的"大姐",似信非信地说:"归我了?"

当"大姐"的郑重地点了一下头。

"点头不算正式回答,你得说一句明确的话!"

"我刚才不是已经说过了么?"

"刚才说的不算。这会儿你得重说！"

"好,那我就重说——这张三百万元的支票归你了,完全归你了。你可以将它变成一个存折,以你的名字存在全市任何一家银行。你如果想先取出十万花花,现在就可以到任何一家银行兑换。"

"你听明白了没有？""小妹"一根手指朝姚纯刚一指,"你说！你听明白了没有？"

姚纯刚眨了眨眼,傻兮兮木讷讷地说:"听明白了。"

"她是不是说白送给我了？"

"是。"

"你也亲眼看到了,你也亲耳听到了,那么你就是一个在场的证人了！"

姚纯刚转脸去看那当"大姐"的,两眼充满了乞怜的目光,一副受了严重伤害的模样,仿佛正在巴望着她再次将一只手背到脑后去,再次变戏法儿似的从头发中抽出用支票搓成的纸卷儿也给予他。

当"大姐"的笑着对"小妹"说:"你呀,区区一张三百万元的支票,值得你大惊小怪的么？还非逼着我这宝贝儿替你做什么证人,你没看出你已经把他搞得半傻不傻的了！"

她说着,一只手真如姚纯刚所巴望的那样背到了脑后……

他赶紧伸出自己的双手,做出受宠若惊的捧接状。

然而她却只不过用自己那只手去挽自己的长发,将披散着的长发又挽了个髻,这才发现他在伸出着他的双手。她有些奇怪地愣了愣,转瞬也就明白了什么,笑着用自己那只手在他的双手上拍了一下,就应付过了他那种乞怜性的乞讨,不再理睬他,将目光望向了她的"小妹"。

不料那"小妹"腾地跃起,迅速向后退去,反应之敏捷,犹如一只跳兔儿。

"你怕什么？我又不想把支票从你手中抢回来。荣华富贵眼前花,无常一至万事休,这也是济公活佛的圣训。三百万,刚刚是我每年利息的零头,难道我又给了你还会又舍不得么?"

当"大姐"的也缓缓站了起来,又说:"那些姐妹们都走了,明天你也该走了。闹腾了十几天,我希望清静些日子了。你再不走,我该烦了。"接着将自己的目光望向姚纯刚,一脸严肃地交代,"宝贝儿,今天整个下午,一直到晚饭前,你都要全心全意地陪我这小妹!要陪得她快快乐乐的。要让她高兴而来,乘兴而去!她要你怎么陪她,你就必须怎么陪她。她有半点儿不高兴,我唯你是问!"

她说时,姚纯刚低头垂臂,不停地答应着:"是,是。您放心,您尽管放心⋯⋯"

她话一说完,转身便走。望着她的背影走出去后,姚纯刚徐徐扭头,不禁的又将目光望向"小妹"。

"小妹"仍在低头看支票,一边仍喃喃地数着:"个、十、百、千、万⋯⋯"

姚纯刚嫉妒得一颗心像被无数虫子乱钻着像被无数耗子噬咬着像被一只无形的大手攥紧着。他回味着那脸像兔子的女人刚刚交代过的话,不但内心嫉妒得痛苦万分,而且暗暗愤慨得火上浇油了。三百万元!三百万元啊!他妈的闹着玩似的她就给了那小荡妇一张三百万元的支票,却只在自己伸出去乞讨的双手上轻轻拍了一下!难道这十几天内,她、她的那些姐妹们所恣欲共享到的种种快活和欢娱,不都是他姚纯刚一个男人带给她们的么?她不但什么都没给他,反而像吩咐一个奴仆似的板着脸跟他说话!是可忍,孰不可忍!但是转而又想,自己不是一心想要成为她的忠实奴仆,唯恐她并不抬举他,并不将他当忠实的奴仆看待么?主子对奴仆说话,不是正应该体现出主子的威严么?她以那么一种语气跟他说话,不是充分地证明了她已然视他为一名奴仆了么?明明是自己有理由觉得欣慰的事儿,自己怎么反而绕来绕去地想不开了呢?至于她是不是已然视他为一名忠实的奴仆了,那得看自己的努力啊!不就是三百万元么?她不是说了么,刚刚是她每年利息的零头呀!有什么值得嫉妒的呢!她不是说让她的"小妹"明天走么?她不是没说让他也明天走么？那么岂不就等于默许他明天还可以继续留下来的么？她不是说她希望清静些日子么？那么她既然默许他继续留下来，也就等于是希望他整天陪伴左右分享那份儿清静了不是？自己处处表现忠心的机会还在以后那些日子里嘛！兴许自己离开那一天，她给予他的不是一张三百万元的支票，而是一张四百万五百万六百万元的支票呐！对于一位有一亿几千万之巨，每年增加一亿几千万的十分之一利息的女富豪，区区几百万算什么呀！兴许她根本就不让自己离开这幢别墅了，那不就意味着自己一跃而由她的忠实奴仆的身份上升为她的情夫了么？一位女富豪对待自己的情夫，难道还会比对待自己的一个既无血缘关系也无亲戚关系的什么"小妹"吝啬不成？他这么一想，胸中顿觉豁然开朗，仿佛一阵大风澄清了胸宇，什么嫉妒、什么愤慨、什么委屈之感不平之感失落之感，都被一扫而光了似的……

"哎，小妹，我刚才也不是真想把你怎么着，也跟你大姐一样，只不过是逗着你玩儿呢！你不至于恨我吧？"

他一边轻描淡写地说着，一边搭搭讪讪地向"小妹"凑过去。

"小妹"却已将支票折起，仔细地揣入睡衣兜里了。她也迎着他走过来，一副心花怒放、眉开眼笑的模样儿。

"什么？我恨你？你当我没被强奸过呀？我那老家伙几乎隔一天强奸我一次！只不过他老朽了，没男人的实力了！每一次都惹得我干着急，气得我想要反过来强奸他！"——她迎到他跟前，双臂一展，搂住了他脖子。随之身子一纵，将双腿盘在了他腰际，就好比一只懒猴，将自己攀悬在一棵树上似的。她眸子晶亮；脸上神采奕奕，如同刚吸足了可卡因什么的，精神状态处在梦幻和现实之间，一时不知是该向梦幻翱翔，还是该向现实降落。又如同一个电影里的外星美人儿，刚刚充足了能源，浑身有拔山填海的劲儿，却又不知道该朝哪个方面去使。

"抱住我！"

她做出一种妩媚的表情，声音激动得有点儿颤抖。而他心里十分明白,不是别的什么原因使她变得如此可爱,使她如此激动,而是那三百万元钱的一张支票!他完全看得出来,她其实已经是在竭力抑制着自己内心里的巨大喜悦了。用她自己的话说,此前她是一个连零花钱都得朝一个糟老头子伸手要的女人啊!忽然地,做梦也想不到地,轻易地便成了一位"款姐儿",这一种巨大的喜悦的冲击,来势又是多么猛烈啊!她没被冲击得发疯,已然证明她够理智够冷静够有抑制力的了!

他顺从唯恐不及地将双手互扣在她那浑圆的肉感的小屁股下边,毫不费力地,稳稳地托抱住了她。

于是她的手臂放开了他的脖子,顺势一收双手捧住了他的脸。"你强奸过女人吧?"

"没有,我哪儿敢呢!"

"那你要强奸我的时候,怎么干得那么在行?"

"我不是说过了嘛,我那是成心逗你玩儿,也逗你大姐开心!"

"什么大姐不大姐的,这会儿别跟我提她!提她败我的兴!"

他嘘了一声,不安地向门那边扭过头去。

她的双手立刻又将他的头扳了过来,正正地和她脸对着脸。

"干吗一提到她,你就肝儿颤似的?你和她签了卖身条约了?"

"哪儿的话,她毕竟刚刚给你三百万啊!你的话不小心让她听到了,总归是不太好吧!"

"我才不怕她听到呢!不是我死乞白赖朝她要的,是她心甘情愿白给的。她想过一把充当别人的上帝的瘾,是我给了她一次这样儿的机会!拯救我一次就是她出的这个价码儿,价码儿一点儿都不高……"

他又嘘了一声,悄悄说:"我甚至怀疑她这儿安装了窃听器……"

联想到自己刚来那一天,一些惭愧的举动不但被录了像,被录了音,而且被重播给那些女人,包括他正托抱着的这"小妹"看,他认为有理由防着一手儿。

她哧哧笑了,笑得在他身上一颠一颠的,笑够,亲了他一下,了如指掌地说:"宝贝儿,放心吧!她这儿我来过的次数太多了。你还没回答我的问题呢!"

"我已经回答了呀!"

"胡说,你那是狡辩!你不承认当时真想强奸我?"

"我……承认,我承认……"

她眼睛瞪得大大的,盯牢他的脸几秒钟,使他猝不及防地又吻他。这一吻深而且长,几乎吻得他喘不过气儿,差点儿窒息……

她满足于那一吻后,双手仍捧着他脸,眼睛瞪着他的眼睛说:"我喜欢玩被男人强奸的游戏!你既然将那个兔子精的话当圣旨,那么我喜欢的游戏你也得喜欢,咱们现在就玩儿去。玩个翻天覆地慷而慷!有首歌儿里不是唱,爱就爱个死去活来么?"

于是在她的"口令"下,由她指引着,他双手托抱着她,进入到一间密室里……

她一进去便洗澡。足足洗了半个多小时才从浴室里出来。出来时也不披条浴巾,就那么赤身裸体地站在镜子前,一边自我欣赏地照着一边吹头发。他看着她洗得更加粉润的光身子,一时竟没有多大情绪强奸她,连他自己也对自己感到奇怪起来。

她说:"这个房间才是我在这儿的房间。先前咱俩胡闹过的房间,其实都不是我在这儿的房间。每个经常来这儿的姐妹,都各有各的房间。当然也有公用的房间。我们真正喜欢真正觉着对心思的男人,才往各自的房间带,否则一般只往公用的房间带。你记住,你今天可是将要和我在我自己的房间游戏……"

听她那语气,仿佛她是将一种殊荣恩赐给了他,而他还不大配似的。

"那,她为什么要对你们这么好呢?"

"好?好个屁!我们是租她的房间!"

"我不信。她还在乎你们的房钱不成?"

"爱信不信!她当然是不在乎的。有一亿几千万还在乎我们给她的那点儿房钱么？可我们也都是个个要脸面的女人，不多少意思意思，不是突然地领个男人来心里也不踏实么？再说她这幢别墅常空闲着。空闲着也是白空闲着。她还迷信，认为一幢偌大的别墅空闲久了就会生出邪物，莫如送我们个人情，方便我们都领着男人经常光顾，替她冲邪！她的鬼心眼儿，瞒得过别的姐妹，岂能瞒得过我！"

"你呀，你这小妹呀，她已经给了你三百万元，还从你嘴里讨不到半个好儿？"

姚纯刚觉得她未免尖刻了，不禁地替他主观臆想中的主子说起公道话来。

"她那也是要用三百万元替自己破财免灾！"她用梳子在梳妆台上使劲儿敲了一下，同时猛地朝他转过身，"刚才我洗澡的时候想起来了，去年有一个姐妹带来的男人会算命，推算了她的生辰八字看了她的手相后，说她今年夏季有大劫数，也许命当归阴，唯一避开的法子是破财免灾。当时她被吓得面无人色，结结巴巴地问那得多少？我记得当时那神道道的男人掐着手指说，'一百万'三个字的谐音是'一败完'，不吉利；'二百万'三个字的谐音是'挨败完'，也不吉利。都破了财也终究还是难免'败'难免'完'的恶兆在内，'三百万'三个字的谐音是'散白完'，有大灾大难统统黑云散去归于命运大白化为完结的意思……"

姚纯刚望着她那种煞有介事根据确凿的模样，将信将疑，脸上一时不知该做何种表示才是。倘若表示信了，自觉有背叛主子之嫌，倘若表示不信呢，又怕面前这小妖精对他发难。他便无可选择地显出十分暧昧的态度来。

"你怎么不说话了？"她冲到床边，用梳子在他头上狠敲了一记，"你怎么不替那兔子精主持公道了？"

他揉揉头上被她敲过的地方，尴尬地嘿嘿笑道："你们姐妹之间的一点儿误解，我哪里好随便说什么呢？一句话说得不应该，不就落下挑拨的罪名了？"

"你！你倒真会做人！"梳子又在他头上狠敲了一记，接着她双手往腰际一抔，气得噘嘴瞪眼睛。

"小妖精，你欺负我老实是不是？"他一纵身，来了个漂亮的腾跃动作，从床上蹦到了她跟前，拦腰将她抱起，摔在床上。那床的弹性极强，她的光身子在床上颤悠不止。她引诱地瞧着他，这才神色一变，哧哧地笑。

他一扑，压在她身上，同时按住了她双手。

"现在不嘛，你也得去洗洗嘛！"她的话儿娇得没比，使他顿时就酥麻了。

"我这就去洗，这就去洗……"他有些不舍地吻了她一阵，在她的催促之下，不那么情愿地进到浴室去了……

原来她已经替他放满了一浴缸水。他将自己整个没在水中，只露出一颗头，舒舒服服地泡着。他在心里对自己说——姚纯刚啊，老伙计，待会儿你有多大能耐可要全使出来啊！是英雄是狗熊，可全看那小妖精满意不满意了！她若感到快活癫狂够了，你一套她的话儿，她兴许就会将她那位"大姐"的经历一股脑儿都竹筒倒豆子似的讲给你听，那你就能号准她"大姐"的脉，对症下药，投其所好，变被动为主动了。用缰绳牢牢地勒住她，从此驾驭她，由忠实的奴仆而情夫而丈夫，岂不就顺理成章水到渠成稳操胜券了么？……

他泡得惬意，寻思得自信无比，竟那么渐渐地睡着了去……

忽然他的头被一双手使劲儿按在水里，连呛了几口水，待他的头左摇右晃地摆脱了那双手，终于又浮出水面时，却见那小妖精的光身子站在浴缸旁。

"妈的，你想要我的命啊？"

他怒不可遏。

"妈的，你成心吊我的胃口不是？"

她也竖着眉瞪着眼。

"你滚！你给我立刻滚！从现在起，我再也不想见到你！"

她说罢转身便走。

姚纯刚愣了片刻，马上便想明白了她恼火完全是有道理的。欲火中烧的人，无论男人抑或女人，独自被撇在床上长候久等的滋味儿毕竟不是个好滋味儿！这种滋味儿他不是没领教过。以前他的老婆一不顺气儿，就常使这一招儿来报复他。在这儿的十几天内，那些以做爱为游戏以淫荡为能事的女人，也每每用这一招儿捉弄着他玩儿。他暗恨自己的没出息，不禁用拳擂了自己的脑袋一下……

他急忙离开浴缸，胡乱擦了擦身上的水珠儿，赤着脚走出浴室，却见那小妖精正穿衣服……

他一把夺下她手中的衣服，抛在地上。随之抓住她一条手臂，将她一拖便揽入了自己怀里。她用另一只手当胸推他，而他的另一只手也便抓住了她那只手，并将她的两条手臂都扭到了她背后。

"小妖精，你倒是穿衣服干吗？"

"放开我！"

"你好大脾气！"

"你要我！"

她竟扑簌簌掉起眼泪来。

"小妹，我就喜欢你掉眼泪时的模样儿！"他说完便吻她。她将脸儿扭来转去，不受他吻。其实他最后这句话不是什么逢场作戏的话，而是内心里的真话。尽管，在这儿度过的"乐不思蜀"的十几天内，他已被那些女人们调教得也挺善于逢场作戏了。但是她们却没有一个在他面前掉过眼泪，她们看去都是些活得无忧无虑自由自在的女人。她们和他单独在一块儿享受淫乐的时候，都表现出一种使他的心里备受压抑的优越感。如同他不过是她们刚从宠物市场买回来的，或接纳礼物似的从亲朋那儿心安理得地接纳了的，甚至干脆就是从路上捡到的一只小猫儿一条小狗儿。只有这"小妹"不止一次在他面前掉过眼泪。在他想来，这一点是她和她们,尤其是和她的"大姐"相比的唯一的,也是最重要的区别。他认为一个女人如果内心里还有某种幽情伤感,眼里还能有眼泪掉下来,那么这个女人首先就在起码的程度上还是个人。他觉得其他那些女人们首先都不是人,是一些披着女人皮囊的妖孽,是一些特别善于俘虏男人、并从而将男人当成性奴使役的妖孽……

他又拦腰一抱将她抱起。不过这一次他没将她往床上摔,而是轻轻地将她放置在床上,仿佛放的是一种极薄极容易碰碎、碰碎了又会非常心疼非常惋惜的瓷器。随即他跪在床边,用手掌心一下下抹去她挂在脸腮上的泪珠儿。她也并没有反感地拒绝他的温存。她一反常态地显得很安静,一动不动地仰躺在那儿,眼睛一眨不眨地仰望着他。她仿佛有满腹的话想说又不想说,不说又唯恐错过时机似的。

他又吻她。

她的脸儿不再扭来转去地躲避了,也回吻他了。吻得不那么狂野,不那么放纵,吻得很是一往情深了。

他说:"你跟她们不太一样。"

她说:"已经没有什么不一样了,我跟她们完全是一路货色了。"

"那你为什么非要跟她们变得一样呢?"

"那你呢?"

他一时语塞,无话可说。

"她们靠一个个男人活着。我也是。我们不断地被男人抛弃,或者反过来抛弃男人们,再去依傍更有钱的男人。做情妇做外室我们早已不在乎。所在乎的只有一点,就是那个男人究竟有多大财力,能被我们挥霍几年?我们根本不把钱当钱看,怎么挥霍都不心疼,因为不是我们自己挣的。而你也比我们好不到哪儿去,因为你一个相貌堂堂身高七尺的大男人,却甘愿做我们这样一些女人的床上玩物。我知道在国外干脆把你这种男人们叫什么……"

"叫男妓,你以为还能叫什么?你想像她分析你似的,也分析分析我？"

"我才没那个兴趣呢！天下有我们这样的女人，自然也会有你这种男人。有什么值得分析的？"

听了她的话，他那耸耸勃起的雄性之茎，仿佛被镰刀割韭菜似的从根部割了一刀，没什么商量余地就垂软了。他觉得大窘也大没意思起来，便将自己的身子往下移，将他那玩意儿从她身上退缩到了床上，为的是避免她对他那玩意儿的垂软有所察觉，再说出什么令他更扫兴的话。

"你企图像我们'贴树皮'似的贴住某些男人一样，死死贴住那个兔子精是不是？"

"你怎么看破了？"

他话一出口连自己也觉得愚蠢透顶，简直是此地无银三百两。

她冷笑了。

她说："我们这样的女人，那长的都是双什么样的眼睛！"

"什么样的眼睛？"

"专门研究形形色色各种各类的男人的眼睛！让我实话告诉你吧，那兔子精只不过是把你当成一个玩物、一个性偶。性偶这个新词儿你懂不懂？就是代替她自己手淫的东西！你趁早别打她的什么主意，死了你那条心吧！你要是对她的经历多少了解一点儿，就不会像现在这么异想天开了……"

"你告诉我！告诉我她的经历！"

"你到底承认你对她的企图了吧？"

"这不关你的事儿，快告诉我！"

"不！我向她发过誓，绝不告诉任何人的！这点儿信任我还是要继续保留的……"

"住口，别说废话，快告诉我！"

他火了，吼起来。他太想知道那个脸像兔子的女人的经历了！

她坚决地说："不。"

"你必须告诉我!"

他已然愤愤之极了。

"你越想知道,我越不告诉你。"

"你!"

他身子往上一蹿,顺势骑在了她身上,同时用双手扼住了她颈子……

"咱俩好吧!"

"住口!"

"真的,咱俩好吧!一个不要脸的女人和一个甘当性偶的男人,正好是一对儿。咱俩都是为了钱才这样的,对不对?可我现在不是有钱了么?三百万元,不算多,可也不算太少了。咱们拿出一百万元开个像样儿的饭店,我当老板娘,你当老板娘的老板,你说怎么样?行么?求求你说行吧!你要知道,其实我是真心喜欢你相貌堂堂这一点的呀!每次和你做爱,我所感到的快活都是从来也没感到过的……"

尽管他的手扼住着她的颈子,她却半点儿也不惊慌。非但半点儿也不惊慌,反而更加一往情深更加满目温爱地仰视着他。她自言自语似的说出的话,坦率而又真挚。那一时刻她的脸儿妩媚动人,娇颜姿娆,甚至看去还有几分羞态,甚至看去还是那么纯洁……

"你提出跟我好,就是为的那个?"

"哪个?"

"为的垄断我!为的我天天晚上都能使你感到快活!为的我成了你一个人的性偶!"

"有什么不好?每次我快活无比,你不是也快活无比么?再说我希望的是和你结婚!如果那方面都不快活,男人肯和女人结婚么?女人肯和男人结婚么?那还结个屁婚?那男人还莫如去嫖娼女人还莫如干脆去当妓女……"

她说得理直气壮而又那么天真无邪似的。

"休想休想休想!"他叫喊出一串儿"休想"来,接着唾沫四溅地咒

335

骂,"你这小妖精!你这小娼妇!你这婊子!你以为你有了别人白给你的三百万元就有资格有资本把我垄断了么?我警告你,如果你敢从中作梗,坏我的事儿,我一定饶不了你,一定杀了你!"

他气得失去了理智。但并非是由于像他自己所说的那样,感到别人企图"垄断"他。他还不至于那么笨,听不明白她的意思是想和他做长久夫妻正式夫妻以后好好儿过日子。不,绝对不是这么回事儿。这个意思他是完全听明白了。但是问题在于他并不打算和她结婚,并不稀罕她那张三百万元的支票。一个拥有别墅、拥有好几辆高级轿车、银行里存着一亿几千万的女人在吸引着他、激励着他去征服,他还会和骑在他身底下的这个小妖精结婚么?只有傻瓜只有白痴才会目光短浅地择此下策丢了西瓜捡芝麻!区区三百万与一亿几千万相比还算一笔钱数么?他的歇斯底里也不仅仅是由于被他骑在身底下的小妖精把他的身价估计太低了,更在于她识破了他的野心。即不但识破了他的野心,还不肯告诉他那个脸像兔子的女人的经历!他是多么需要掌握她的经历背景啊!可是骑在他身子底下的这个小妖精竟坚决地对他实行封锁!和那个脸像兔子的女人比起来,这小妖精才几斤几两呀!尽管她比前一个女人年轻,比前一个女人漂亮!尽管要是单论一个男人对女人的喜欢,她比前一个女人更合乎他的品味儿!尽管要和她做长久夫妻正式夫妻以后恩恩爱爱和和美美好好儿过小日子,只不过已简单得只消他说一个行字点一下头,而要征服前者,却是比单独攀登珠穆朗玛峰还难的事儿,甚至可以说是冒风险的事儿。但中国不是有一句话——难能正可图大功么?敢于冒风险的人,才配最后获得巨大的成果!可这小妖精竟用她的一番番屁话动摇他的雄心壮志!……

他几乎两眼喷火,七窍生烟。这是那种在生活中一向忍气吞声、自认为没有资格也没有资本对任何人发威的男人,那种一向只能对自己生气的男人,从心底里对一个弱小女子所产生的最大的一次愤怒。这愤怒一经从他心底里产生出来,就没法儿再自己扑灭下去了,就非宣泄一通不可了……

他不知该怎么伤害她才解恨。他的双手放开了她的颈子,将她刚才穿上的一件红色的小衫子当胸撕开,就像扒开了一条鱼或一只小鸡的胸膛。于是几颗漂亮的金属扣子从她的小衫子上向四面八方迸掉。有一颗竟射进他当时大张着的嘴里,他嗓子眼儿一噎,非但没将它呕出来,反而咽下去了。这就使他更加歇斯底里了。他一把将她那丝织的镂花的乳罩当胸扯了下来。这使她呀呀叫起来——一条胶布连在乳罩上,而另一端还贴在她胸口。她刚才穿衣服时,觉得将那张三百万元的支票揣在哪儿都不放心,便用胶布将它贴在了胸口两乳之间那儿了。

她急了,一下子坐起,夺回乳罩,捡起折得方方正正掉在了床上的支票,从乳罩上扯下了胶布的另一端,又将支票贴在了两乳之间那儿……

那张支票使他更加一见来气。不知根据什么理由,他暗中认定,它本应该是属于他的。只不过因了一些阴错阳差的缘故,才归在了她的名下,落在了她的手里,白白地便宜了她!尽管他一直在劝说自己根本不必稀罕那三百万元,但他内心里占有它的冲击却是十分强烈的。那个脸像兔子的女人将支票给了她的"小妹"的当时,他便觉得如同自己遭受了三百万元的损失似的,如同自己被那小妖精进行了一次轻而易举又大获全胜的侵略似的。

此刻,在他眼里,她已不复是一个弱小的妩媚可爱的女子,而是化作女人形的三百万了!但却是别人的,非是自己的。原本该是自己的,被别人侵略了去的。既然已不属于自己了,那么就毁了它罢!

于是他猛一扑,又将她扑倒在床。

"你疯了!"

她开始反抗。她意识到事情有了不对头的地方,不大像他陪她玩做爱的游戏了,像是他要和她展开一场战斗了。但问题究竟出在哪儿她一时想不明白。

他也根本不容她想明白,他抓过枕巾就往她嘴里塞。

她叫喊不出声音了。

她反抗得更其顽强。

然而她哪里又是他的对手！他骑住她，腾出双手，三下五下，就将她那件小红衫子扯成了条儿，并迅速将她的双手牢牢捆在一起。但她的双脚还在蹬他，踢他，踹他。无论是怎样堕落的一个女人，无论她的放荡达到了多么惊人的程度，也无论她对荒淫无耻的糜烂生活已经习惯到了多么自然的地步，一旦做爱使她感到分明是在受一个男人的凌辱受一个男人的欺负，她都是要进行拼命反抗的。哪怕她一向地将做爱视为游戏，如果她觉得自己在这游戏过程中完全丧失了起码的主动权，彻底地变成了被欺负的角色，她也还是会心中有所不甘。这时她的反抗是本能的，这时她往往已不再是一个女人，而仅仅是一个人了。她的反抗实际上意味着一个被欺负的人对一个欺负自己的人的本能的反抗。这也就是"强奸"这一种男人仅凭蛮力达到目的的行为，即或对妓女而言，即或对一个是妻子的女人而言，也足以构成伤害的心理依据。因为无论是什么人，当自己终归还是被欺负了，这一事实就不能不使自己委屈又悲伤。何况那"小妹"并非妓女，亦并非一个女性受虐狂。她不过是一个在性满足方面长期患饥渴症的小女子罢了。她的放荡她的纵欲她的荒淫无耻，只不过意味着是对性"能量"的投机式的贪婪摄取。她对他说她"喜欢被强奸"，其意也不过是说她喜欢癫狂喜欢刺激的"性游戏"，而并不等于她声明自己喜欢被欺负……

但现在她是感到她被欺负了。此前她还没被男人如此这般地欺负过，尤其没被男人在床上如此这般地欺负过。在床上，男人们，形形色色的男人们往往是对她百依百顺的，往往是一心取悦于她而唯恐不周唯恐不及的。正如姚纯刚前几次在床上在她面前的表现一样……

口既已被塞住，两手既已被捆住，她的双腿就成为她进行反抗的唯一"武器"了。她将她唯一的"武器"运用得凶猛异常……

她的反抗更激起了姚纯刚凭一个男人的蛮力制服她的恶念。他此刻头脑中一片空白,只有一个亢奋点仍存在着,那就是一定要制服她!必须制服她!非制服她不可!不将她制服得服服帖帖誓不罢休……

他任凭她的双腿又蹬又踹又踢,再一次将她拦腰抱起朝床上一摔,于是她就由脸朝上而脸朝下了。她怕自己被憋死,只得将头尽量地抬着,用下颏抵住软床。这时她的双脚已着落地上了。一旦着落地上,反而不那么容易发挥抵抗作用了。而他就用她的衣衫所剩下的那些碎条,将她的双脚也牢牢地分别捆在左右两边的床腿儿上……

她不再能进行任何反抗了。

她的腹抵在床沿儿上,只有上身还可以在床上蠕动不止……

他就在这样的情况之下最终达到了他制服她的目的,也同时达到了宛如强奸三百万元的目的。对于他而言,那后一种快感,心理上的快感,强奸意识得逞方面的快感,是远远超过于生理上的快感的。甚至可以说,在他强奸这个弱小女子的全过程中,他几乎就没有领略到什么生理上的快感,仅仅领略到了一种心理上意识上的快感。前一种快感完全消弭在后一种快感之中了,也完全被后一种快感代替了。而且匪夷所思地同样使他获得到了极其巨大的,胜过任何一次性交体验的,胜过和任何一个女人性交的满足。那一种满足弥漫在他胸膛,充盈在他胸膛,使他恨不得放声大喊——老子强奸了三百万元!他之所以如此满足,一个极其主要的原因,乃在于他强奸她时,也是将她幻想成她的"大姐"——那个脸像兔子的女人强奸了的;也是将三百万元幻想成一亿几千万元了的,也是将她幻想成由这幢豪华富丽的别墅,由"凯迪拉克"和"公爵王"变化成的女人形的。尽管他实际上并没占有到什么,但他还是深切地体验到了某种语言难以比喻难以表述的占有者的骄傲。似乎已完全地占有了那个脸像兔子的女人以及她的别墅、她的名车、她的一亿几千万、她的一切财产……

他吸完一支烟,见她仍一动不动,有些不安了。

她的头已经不再尽量抬着,早已着落在床上了。只不过是侧着头,一边的面颊着落在床上。

他站起来,绕到床那一边,俯下身去观察她的脸。

她并没闭着眼睛。恰恰相反,她的两眼睁得非常大,泪水汨汨地从她两眼中淌出来,将床洇湿了一大片,凄凄的下睫毛和浓密的上睫毛,都挂着硕大的泪珠儿。

但他还是不免惶恐万分,以为她已经死了。赶紧将枕巾从她口中抽出,将一只手的手背放在她口鼻那儿,感觉到了她的鼻息和喘息,才定下心来。

他归坐到沙发又吸完一支烟,才缓缓地解开捆住她双手和双脚的衣条儿。

可她还是一动也不动。

他又有些可怜起她来。一个男人欺负了一个男人以后和欺负了一个女人以后的心态是不太一样的,而欺负了一个妩媚的女人以后,心态上大抵总是有点儿过意不去的。

他第二次离开沙发,凑过去,坐在床边,将一只手轻轻地放在她的光身子上,犹豫不决地抚摸了一下。他那样子像一个贼正在偷东西,而对那东西又有些怯手。

"别碰我。"她说,仍一动不动,仿佛身子以被捆过的样子粘牢在床上了。

他缩回了手,连他自己也觉得这时候再无论怎么样对她表示温存,都未免太虚伪到家了。

他又绕到了床那边儿,又俯下身瞧着她的脸,企图搭讪着无话找话说句什么。

但是她的眼睛并不瞧着他。更确切地说,尽管她的目光没法儿避开他的目光,尽管他们几乎是在彼此盯视着,却仿佛他在她眼里是根本就不存在的。却仿佛她的目光将他的脸望穿了过去,望在别的什么东西上……

"你走！"她说，"你立刻离开我的房间。"

她也仿佛不是在跟一个人说话，而是在和空气说话，就像疯子在和虚无说话似的，语调也像疯子的话似的令人心里有些发毛。

他张了张嘴，从她眼前退去了。他无话可说，一句在这时刻可说的话也找不到。

他从地上捡起自己的睡衣，披在身上，将身子一裹，默默地离开了她的房间，这是她的房间，是她将他带到这儿来的，用她自己的话说，只有"真正喜欢真正对心思的男人"，才往自己的房间带。到了房间外，他内心深处忽然汹涌起一股恍然若失的感觉。在这幢豪华富丽的别墅里，她还有自己的房间，而他却什么都没有。尽管他仿佛已经将属于她的三百万元强奸了一通，但那张支票仍用胶布贴在她两乳之间，一分也不会减少，也绝不会像一个被强奸过的女人似的，受到任何嫌弃。只要她愿意，仍可从任何一家银行兑现成一捆一捆的，多得足以装满一只特大号旅行兜的现钞。而每一种面值的现钞上，都不至于留下丝毫被他强奸过的痕迹。若丢在路上一捆，十个人中有九个捡到了都会暗自庆幸不已。他内心里那一种恍然若失的感觉越来越大，他眼神儿渐渐迷惘起来，环顾四周，偌大的店堂也似的空间，寂无一人，静悄悄的显得那么诡秘，仿佛每一个角落都隐藏着一双不怀好意的眼睛，嘲弄地注视着他。

"你怎么一个人在这儿？"

冷冰冰的问话使他一惊，猛转身发现是那个俏丽的女管家。她站在一挂布幔旁边。紫色的布幔掩护了她的紫色的衣裙。她的双腿被布幔遮挡着，以至于他虽然一出来就看见了她，却没将她当成一个活人。

他疑心重重地反问："你怎么在这儿？"

她说："我来问问你们有什么吩咐没有。"——"你们"两个字说出格外强调的意味儿，同时离开了布幔，走到他跟前。

他说："我们什么吩咐也没有。"——也故意将"我们"两个字说出格外强调的意味儿，没有什么根据地怀疑她是充当那脸像兔子的女人的耳目,在监听什么。

"她呢?"

"她在她的房间里。"

"她把你赶出来了?"

"她怎么会把我赶出来呢?"

"那你为什么不在她的房间里陪她?"

"她这会儿想自己待一会儿,我也是。"

她嘴色浮现一丝冷笑,摇摇头,分明是一点儿也不相信他的话。

为了使她相信,他又说:"你根本不必怀疑我们什么,真的。"——仍故意将"我们"两个字说出格外强调的意味儿。

而她却冷笑着向那"小妹"的房间走去。

他抢前一步,拦住了她:"我不是已经对你说了么? 她这会儿想自己待一会儿,你干吗还要去打扰她?"

她以研究的目光盯着他的脸看了几秒钟,彬彬有礼地对他鞠了一大躬,仿佛已隔着那隐形于墙上的门将那"小妹"在房间里的情形看得一清二楚,于是扬长而去。

望着她的身影从眼前消失,他往地上一坐,倍觉无聊地掏出了烟盒。还没来得及弹出一支烟,那隐形在墙上的房门开了,穿了一身牛仔服的"小妹",拎着一个皮箱往外便走。经过他身旁,连看都没看他一眼。

"你……你哪儿去?"

他慌忙站起,追随着她问。

她不予理睬,匆匆地往前走。

"你不能就这么走了! 你当面听到她对我怎么吩咐的了。如果你就这么走了,让我如何向她交代?"

她站住了。

他以为她回心转意了,无赖似的笑。

她却朝他脸上唾了一口。

"你!"

他擦脸之际,她已走到门口。他有心追过去将她拖回,却又没有那么做的勇气。眼睁睁地望着她头也不回地走出去,门无声地关上了……

至此,这豪华富贵的别墅里,异乎寻常地安静下来了。安静得使人,更确切地说是使他感到无比冷清。一下午他再无事可做,也无人可陪,更没有谁来陪过他一会儿。他不敢擅自下楼去,如同一头被隔绝在一层楼上的困兽。他想看几盘录像打发寂寞的时间,但那录像机太高级,徒自鼓捣了半天,终归还是没鼓捣出图像……

只有他和那个脸像兔子的女人,以及那个俏丽的女管家一同吃晚饭。脸像兔子的女人坐在长桌的一端,他坐另一端,俏丽的女管家坐在横侧。

晚餐并不丰盛,但每一道都很高级,燕窝汤,鱼翅,炖牛尾什么的。

脸像兔子的女人说:"这最后的晚餐好像应该是四个人一起吃的吧?"

那俏丽的女管家低着头一小勺一小勺地很斯文地喝着燕窝汤,仿佛没听见,一副事不关己的模样。他看出她显然暗暗地有几分幸灾乐祸。

他知道那话当然是在问自己。但他一时感到难以回答,也装出没听见的样子,心中忐忑不安地喝燕窝汤,喝出一阵嘘溜嘘溜很响的声音。

"先生,能喝得绅士一点儿吗? 像老农喝苞谷面儿粥似的,难听死了!"

他怯怯地撩起目光朝脸像兔子的女人望去,见她正紧皱着眉瞪自己。

他放下小勺,不敢继续喝了。因为他没法儿不喝出响声来。

"一日三餐,有时候甚至五餐,也吃了快半个月了。就是一只猩猩,受着文明人的影响,也能养成喝汤声音小点儿,吃饭不吧嗒嘴的良好习惯了。"

于是他竟连饭碗也不敢碰了,因为他也没法儿吃饭不吧嗒嘴。

"你没听见我刚才问你的话？"

"听到了。"

"听到了为什么不回答？"

"我……她走了……"

"走了？我给了她三百万元,她竟不辞而别地就走了？这个小荡妇!那么我又是怎么交代过你的？你全忘了么？你和她云雨绸缪、颠鸾倒凤了整整一下午,将我的话当成耳旁风,瞒着我将她就悄悄送走了么？"

她手中的叉子,在餐盘上敲了一下,发出当的一声响。

他不禁浑身一哆嗦。

那俏丽的女管家这时候抬起了头,望着她用一个大人宠惯一个霸道的孩子那种口吻说:"大姐,别发火儿,千万别发火儿。吃饭的时候发火儿,对消化系统是最不好的。不就是三百万元嘛,气坏了您的身体多不值当的啊!"她侧转脸望着他又说,"他当然也的确该训。我还上楼去问他有没有什么吩咐,其实为的就是给他提个醒儿,怕他光顾了寻欢作乐,把您可能交代过他的什么话忘在脑后了。但他当时对我鼻子不是鼻子脸不是脸的,根本不将您的管家放在眼里。我碍着您的面子,不便再多说什么。也怪我,要是替您叮嘱叮嘱他就好了。"

听她慢条斯理地说完,姚纯刚的鼻子差点儿没气歪。他几乎想操起面前的刀叉朝她投过去。他想这女人真不是个东西,笑盈盈地望着他,就用话语对他进行了报复,而且不显山不露水地讨好了她的主子。

"碍着我的面子？你是我的管家,他不过我的一个俗客,在他跟前,你有什么可顾虑的？难道连个谁高谁低也心中没数了么？"

脸像兔子的女人,又用叉子敲了餐盘一下。

姚纯刚一时噤若寒蝉,不敢再吃什么,也不敢开口说什么。吃什么怕自己吧嗒嘴,说什么怕言必有失,便只能干坐在那儿。

她们却从容不迫地吃着,东一句西一句地聊着。偶尔看他一眼,看他一眼那目光也是冷漠的。

不知那俏丽的女管家说了句什么可笑的话,逗得那脸像兔子的女人忽然嘎嘎大笑,笑得前仰后合,连眼泪都笑出来了,也将酒杯碰倒了,溅了她一身酒。俏丽的女管家急忙离座,几步走到她身旁,先是轻轻拍她背,接着掏出自己的手绢,想替她擦去笑出的眼泪。可手绢还没碰到她脸上,却又说:"大姐,擦您的脸,得用您的手绢儿。"

她说:"用你的手绢擦怕什么? 你的手绢还脏啊?"

她的管家说:"脏倒是不脏,我每次洗过都消毒的,可我的手绢怎么配擦大姐的脸呢?"

说得非常非常真挚,仿佛在她心目中,她的女主子是她侍奉的一尊佛似的。

"瞧你说的!"

"我心里真是这么想的大姐。"

"我知道你心里真是这么想的。心里真是这么想的,往后也不许再在我面前说这类话。越说这类话,咱们姐妹之间的关系不就越生分了么?"

"我记住了大姐,以后我再也不在您面前说这类话了。"

"这就对了。"

于是那脸像兔子的女人,微微仰起自己的兔子脸,等着她的管家用手绢擦。

那俏丽的女管家,将一根手指用手绢缠了,这儿点一下,那儿触一下,不是替她将笑出的眼泪擦去,而是轻轻地一一沾去。

"大姐,您的脸又白嫩多了!"

"是么?"

"真的,一条皱纹都没有!"

"那就完全是你的功劳了。这座城市里那么多家美容院,比来比去,美容的效果都比不上你。"

"大姐,那还像以往,我每天给你按摩三次行不行?"

"行!怎么不行!"

脸像兔子的女人,用手在俏丽的女管家的腮上轻轻拍了一下。

俏丽的女管家归座后,脸像兔子的女人望着她忽然问:"有一句话,你必须老老实实回答我。心里怎么想的就怎么说,不许拐弯抹角。"

俏丽的女管家一时坐得极其端正,目光也望着她的女主子,镇定自若地说:"大姐有什么话你只管问。"

"我给了那小荡妇三百万元,你知道为什么吗?"

"不。"

"那么你嫉妒不嫉妒?"

"不。"

"不?"

"不。"

"为什么不?"

"犀鸟是不会嫉妒'屎壳郎'的。"

"你这话是什么意思?"

"大姐您好比是一头犀牛……"

"在你眼里,我就那么丑么?"

"比喻总是不完美的。我的比喻是专指作为一个女人的实力而言。犀牛是陆地上尊严仅次于大象的动物。在我心目中,大姐是女人中尊严仅次于女王的女人。我是依傍于大姐而存在的。又好比犀鸟,永远栖伴在犀牛的背上,离开了犀牛的背就连食都找不到,就会活活饿死。犀牛的背就是犀鸟的陆地。而那个小荡妇,不过是一只'屎壳郎'。三百万元对大姐您来说,不过是随便排出的一滩粪,对那个小荡妇来说,却好比是一座够吃一辈子的大粮仓。如果我也是'屎壳郎',我当然会非常嫉妒她的。但我不是'屎壳郎',我是犀鸟呀!何况……"

俏丽的女管家忽缄其口,不说下去了。

"何况怎么的？"

脸像兔子的女人已放下叉子，胳膊肘支在餐桌上，双手捧腮，听得正来情绪，如同一个听大人讲故事的小女孩似的，一副又乖又文静的模样。

"何况我知道我对于大姐，远比那个小荡妇重要得多。大姐对我的钟爱，是远强过对她的抬举的。那么，只要我一心一意地为大姐效劳，大姐最终肯定是不会亏待我的。"

"你说完了？"

"说完了。"

"说得好！不愧是名牌大学中文硕士研究生。一等的容貌，一等的口才，大姐我当初没看错你。你说得不错，那小荡妇不过是一只'屎壳郎'，三百万元对大姐来说，不过是一滩随便排出的粪。我相信你一点儿也不嫉妒她了。你也根本犯不着嫉妒她。你就无忧无虑地将大姐当成你的陆地吧！今天大姐非常郑重非常负责任地告诉你一句——大姐是不会亏待你的！"

姚纯刚暗暗自卑得不行，他心中又生起无比的嫉妒来。首先嫉妒的是那俏丽的女管家的口才，多善于讨好卖乖的一张巧嘴呀！他想，这么一张嘴怎么就不是自己的呢？如果是自己的该多好！对那个脸像兔子的女人，他何尝不是满肚子的忠心要表呢？他认为他的忠心，是比那个善于讨好卖乖的女管家的忠心真实一百倍的忠心。可就是在那脸像兔子的女人面前一句也说不出来。不知该从何说起！而人家的嘴，却易如反掌地，就为人家争取到了一句比三百万元宝贵得多的诺言——"大姐是不会亏待你的！"如果那脸像兔子的女人也对自己许下这样一句诺言，那他不就即刻成了这世界上最无忧无虑最有资格最有资本整日欢天喜地的男人之一了么？他又自卑又沮丧，一时又自艾自怨自暴自弃起来，恨不得使劲儿扇自己几个大嘴巴……

那脸像兔子的女人，擎起了高脚酒杯，向她的俏丽的女管家一举。

那俏丽的女管家赶紧也擎起自己面前的高脚杯，隔着桌角，伸长胳膊,俯过身去,和她的女主子轻轻碰了一下杯。于是她们目光注视着目光,都缓缓地一饮而尽……

瞧人家!瞧人家多懂碰杯的规矩!人家和主子碰杯,是用杯沿儿碰主子的杯底儿,体现出的分明是一种尊卑有别的礼数儿。他还注意到,她们擎着高脚杯的那一只手,小指儿都是微微朝外伸着的。两个女人同样白嫩的,涂了指甲油的小指儿,那时就显得格外赏心悦目了,看着多让人觉得可爱的情形啊……

脸像兔子的女人首先将杯放下,那俏丽的女管家才接着将杯放下。她的女主子首先站起来,她才接着站起来。

她要去扶她的女主子,而她的女主子却笑道:"姐妹之间以后可以免了些不必要的规矩嘛!再说大姐还没七老八十,不用扶。"

脸像兔子的女人说着,反而用一条手臂揽着她的俏丽的女管家的腰肢,两个人耳鬓厮磨,互依互偎地离开了饭厅……

姚纯刚是早已有些饿了。但面对着美食佳肴,却没心思吃了。东一筷子西一筷子,索然地往嘴里塞了几口,味同嚼蜡,难以下咽。

他只喝了不少酒,怀着无穷无尽的自卑、失落、沮丧、委屈和怨恼,头重脚轻地回到安排给他的房间去了,也不开灯,在黑暗中往床上一扑,迷迷糊糊地就睡过去了……

第二天他醒来时,阳光已经遍洒在房间了。他冲澡,吹发,将自己的头精心摆弄得英姿勃勃的,换了一件日本式的睡衣,决定也向那俏丽的女管家学习,去找那脸像兔子的女人当面表忠心。满肚子的忠心,茶壶煮饺子倒不出还行?岂非等于在贻误大事么?他一个房间一个房间地寻找他一厢情愿的主观臆想中的女主子,一边找一边设计表忠的方式——他要双膝跪在她面前,要双手托着她的一只手,说一句吻一吻。不抬头瞧她,只管一味儿地说将下去。把自己头脑中所能联想到的,古今中外一切忠实奴仆对主子表忠时所说的话,全都用上!即使她是一个铁石心肠的人,也要说得她心肠顿时软化了!他有这个自信。他一向认为,不论什么事儿,不论多难的事儿,只要自信,大抵就能达到目的,起码能达到离目的不远的阶段上。他想象着,她已然被他的表忠感动了,感动得竟流下了眼泪。她挽起他,拥抱着他,将她的上身紧贴在他胸上,仰脸望着他说:"噢,亲爱的!噢,亲爱的!我相信你的话。我不会亏待你的!我不亏待别人,又怎么会亏待你呢!放心吧,你是多么悲哀的雄犀牛!雌犀牛没有雄犀牛为伴那是多么悲哀的事儿啊!……"

他终于寻找到了她的卧室。不知为什么,门没关。他寻找得有些性急,一推门,竟因用力过猛,将门推到了大敞大开的程度……

他一眼望见的情形,使他一时目瞪口呆,身子伫立在门外,仿佛被水泥浇铸了似的——

在一张迎门摆放的极宽大的床上,两具赤条条的肉体、赤条条的女人的肉体,如同两条白色的蟒蛇,腿盘臂绕地相互紧紧纠缠在一起。仿佛《动物世界》里播出过的两条蟒蛇在交尾的状况,是这豪华富贵的别墅的女主人、脸像兔子的女人和她的俏丽的女管家!

她正双手捧着她的俏丽的女管家的脸,红唇对红唇忘乎所以地深嘬醉吻……

她抬起头怒视着他,猛喊了一声:"滚!"

他觉得耳鼓被震了一下,震得头脑嗡的一响,却仍目瞪口呆,迟钝地伫立在那儿,一动也没动……

那俏丽的女管家探身床下,捡起什么用力向他抛来,他额上被很疼地击中。一只高跟鞋掉在跟前……

紧接着又被击中了一次。这一次击中在眼上……

他终于明白自己该怎么样了。

他转身便逃。

背后传来一阵开心的笑声……

第九章

姚纯刚回到自己家里已经三天了,重新习惯自己的家,七十二小时对他来说委实是太短了!七十二小时内,除了一支接一支、一盒接一盒地吸烟,大睁两眼躺在床上发呆或迷迷糊糊昏睡一觉,再就什么事儿也没有做过。家里任何能吃的东西也没有,没有面包没有饼干没有奶粉没有方便面挂面。有菜,但是早都烂了。有米,但是得做成米饭才能吃。试想一个从天堂坠落到人间最不堪忍受的地方的人,七十二小时内会有心思亲手淘米做米饭吃么?七十二小时内他没出过家门一步,没刷过牙没洗过脸。一个从天堂坠落到人间最不堪忍受的地方的人,七十二小时内会有心思刷牙洗脸么?连饭都懒得做了吃更懒得刷牙了!把脸洗得干干净净的又给谁看?何况七十二小时内没一个人敲过他家的门甚至没一次电话打到家里来,所以他七十二小时内也没说过话,偶尔倒是自言自语过的,嘟哝而出的却无非是"他妈的"三个字。

这哪儿算是个家呀!空间狭窄,家具陈旧,连一样看得过眼扔出去会觉得可惜的东西都没有!离开的时候到处乱七八糟的,回来的时候更是乱七八糟满目灰尘了。他打开家门后,站在门口朝屋里呆呆望了足有五分钟,连锁上家门掉头便走的心都没有!甚至连门都不想锁。这等穷酸这等让人不堪忍受的一个家,还有必要锁门么? 可是天底下他就这么一个家,掉头便走又能去哪儿呢? 不回这里又能回哪儿呢? 十几天前离开时摆在桌上的盘子碗,当然的仍摆在桌上。与十几天前不同的是,盘子里碗里的剩菜剩饭,早已发臭了,生蛆了,看过后使他感到一阵阵恶心,总欲呕吐。但是那他也懒得收拾,只不过用些空盘子空碗一扣了事……

　　以前,他曾常觉得自己其实是个混得还可以的男人,难道不是么? 四十多岁,大小是个副所长,起码在他那个所里,一半以上的人,见了他都会点一下头,叫一声"副所长"。老婆呢,不管怎么说也算容貌出众,名义上毕竟是他的老婆,而且有两室一厅的一套房子。尽管厅小得简直就够不上是个厅,尽管房主是他的老婆,但在这三十多平方米的小窝里,他毕竟享受着半数以上的行动自由和行为自由。赶上老婆情绪好,需要他的温存需要和他做爱了,在这小窝里他也还是会感到幸福的。在这一座城市里,四十多岁有老婆又有孩子却没有住房的男人,何止一千两千三千四千呢? 他们要么在市郊租住农民的泥草房,要么住在早年搭的一小间防震棚里,要么挤住在自己父母或岳父母家里,天天月月年年盼着有他这么一套单元楼房,却又不知究竟要盼到多大岁数才能住上,如果将他这套住房给他们,他们中许多人也许会激动得落下泪来的! ……

　　可是现在他对这个家的感觉,是与以前太不一样了! 因为他已经在一幢豪华富贵的别墅里住过了。尽管仅仅住过十几天,但是改变一个人对自己的家的感觉,某些时候某些情况之下,十几天也就足够了,与那幢豪华富贵的别墅相比,这个家简直就是鸡窝就是猪圈么! 而且连那机械化养殖场式的鸡窝猪圈都不配是! 只配是从前的年代里,这城市的有些人家偷偷在锅灶旁搭的鸡窝或在房山角隐蔽的旮旯搭的猪圈。那种鸡窝,可以说是鸡的"禁闭室"。那种猪圈,可以说是猪的"死囚号"。与在那幢豪华富贵的别墅里和他终日寻欢作乐过的女人们相比,他的老婆似乎也根本谈不上漂亮了! 那是些什么样儿的女人呀! 那些女人才真正叫女人呐！她们总是那么快快乐乐的,简直就没有不高兴的时候！不高兴也是假装的。好比一群天生的快乐鸟儿,起码在那十几天里她们是那样儿的。而自己的老婆呢,不高兴的时候永远比高兴的时候多,每个月高兴的日子永远比星期日少！结果是他每个月大抵总有四分之三的日子是想高兴也高兴不起来的,不高兴又会惹得老婆更加不高兴,老婆更加不高兴的时候,他在自己家里的行动自由和行为自由就大受呵斥了。她呵斥起他来像刁恶后妈呵斥"前窝儿"的孩子似的。由他自己的老婆他联想到了那个"小妹",尽管那个"小妹"的性情也有点儿喜怒无常,但也识哄啊！而且将她哄得高兴起来快乐起来,并不是一件难事儿,甚至可以说是一件非常容易的事儿。只要嬉皮笑脸地讨好一番再加上情意绵绵地温爱一番就达到目的了。而自己的老婆却是个根本他妈的不识哄的女人！一旦不高兴起来他是根本不知道该怎么对付的。讨好是绝对讨不到的,温爱的举动更会适得其反,那才叫一筹莫展束手无策呢！只能由着她"慢撒气儿",一直到撒完了拉倒,一联想到那个"小妹",他多多少少有些后悔,怀疑自己一心只想要如何才能"贴"住那脸像兔子的女人,而过分轻蔑了那"小妹"真心实意打算和他做长久夫妻的愿望,是否是明智的？毕竟,只要他当时答应了,他现在就已经是一个拥有三百万元的男人了！起码是一个拥有拥有三百万元的女人的男人了！起码是一个拥有拥有三百万元的女人的丈夫吧？那他就不必再回到这个站在门口往里看一眼心中就恼火的家了。那他再见到他的老婆,就只有离婚一件事儿该办了。三百万元和一亿几千万元比起来当然是太微不足道了。可真正失去了拥有的机会后,又觉得是梦寐以求的一大笔钱数了！某些人为了三百万元敢杀人敢放火敢犯十恶不赦的弥天大罪,自己却将三百万元外加一个又年轻又善于令男人神魂颠倒的小女人拒之千里了。也许自己是一个大傻瓜吧？唉唉,鱼与熊掌不可兼得,在抱不紧一个大西瓜的情况下,最好是不是先将一粒又饱满又可爱的小芝麻舔在舌尖上才对呢？千不该,万不该,自己不该欺负她。看来,她这口"回头草"，他这匹马是明摆着再想吃也吃不上了……

他从那别墅离开得倒也还算体面。

当时他失魂落魄的，穿着睡衣就下了楼，赤着一双脚就往外走，头脑中一片空白，仿佛一个夜游者。

幸亏一名侍候他和那些女人们吃过饭的五十多岁的老女仆发现了他。

她奇怪地问："姚先生，您哪儿去哇？"

他懵懵懂懂地说："我走，我走……"

她说："走？往哪儿走？就穿一件睡衣走出去？我们主人知道您要走么？不知道吧？"

他的头脑这才清醒过来，苦笑着说："不知道，我没告诉她。"

老女仆说："姚先生，这就是您的不对了！你怎么能不告诉我们主人一声自己想走就走呢？"抢先几步，拦在门口，望着他吃惊不小地又问，"姚先生，您额角上怎么一个包？您左眼眶怎么乌青的？在哪磕了在哪儿碰了？"

他没法儿回答，只有低声下气儿央求对方，去到二层楼上的某一个房间将自己的衣服和鞋取下来……

对方也没再多问，疑疑惑惑地就上楼去了，取下来他的衣服和鞋，往他脚边一扔，很怕惹上什么受呵斥的事儿似的，转身就躲得无影无踪了。

他穿上自己的衣服穿上自己的鞋后，一抬头，发现那俏丽的女管家站在一层楼梯上，正眈眈地盯着他望，口中还嚼着什么。

他讷讷地说："是不是我应该自觉地从你们面前消失？"

她口中渐渐吐出一个泡泡儿，吐得很大很大，大到不能再大，才啪地胀破了。她伸出舌尖儿，绕着上下两片红唇一舔，将粘在唇上的泡泡糖舔入口中，又嚼了几下，吐在手指上用指尖儿揉了揉，一弹，一个小球儿飞向他，粘在他衣服上。

她毫无表情地说："你有这种自觉性很好。"——一边说着，一边踏下楼梯,缓缓走到他跟前。

他垂下目光,瞧着那粘在自己衣服上的小糖球儿,心里一时憋屈得直想哭。

她从兜里掏出一个塞得厚厚的信封,在手掌上拍了拍,默默朝他一递。

他本不想接,因为从那信封的厚度他看出内中装的根本不会是一张支票,只不过是一些钱。即使塞得再多,即使全是百元大钞,一个信封又能塞入几万元? 难道能塞入三百万元么? 只要少于三百万元,他的心理就没法儿平衡! 但他的手却非常没出息。正在他竭力地要硬装出一点点儿自尊时,它们仿佛根本不受他这个人的支配,自有它们自己的一套主张似的,自有它们自己和钱的某种深厚感情似的。这就使他那会儿的样子极为滑稽可笑。脸是板得很庄严的,庄严之中有一种轻蔑的意味儿,以及一种拒斥的意味儿,而双手做出的那一种收受唯恐不恭唯恐不敬唯恐不及时的状态,却又是那么低下那么卑贱,那么诚惶诚恐。

她嘴角显出一抹不易被人察觉的微笑,手一松,信封掉落在他的双手上。

他的双手觉得那信封沉甸甸的,很有些分量。

“我……以后还能到这儿来么?”

“那,就看你自己了。”

“我不明白……我自己,当然是还想来的!”

“如果你将这里的事儿讲给别人听了,哪怕是讲给你自己的老婆听了,你就永远别指望受到第二次邀请了。”

“噢不! 我绝不会的! 我绝不会讲给任何人听! 更不会讲给我老婆听! 那个该死的女人! 我讨厌她像讨厌耗子一样! 我已经决定要和她离婚了! 离了婚我就是一个自由自在的男人了! 只要你们这里发出邀请,我保证招之即来! 而且保证挥之即去! 挥之即去也毫无怨言! 真的! 求求你啦,求求你在你主人面前多替我说说好话,什么时候她又感到寂寞了,能想到我,给我一个再来的机会,拜托了!……"

没机会当面对那脸像兔子的女人表其耿耿忠心,他竟对俏丽的女管家信誓旦旦喋喋不休起来,他说得连自己也大受感动了,眼圈儿一时红了,眼泪就要掉下来了。

"你能保证不讲给别人听就好,这才是乖孩子,保证不讲给别人听,是我们这里对来过的一切男人最严格的要求……"

她说着,举起一只手,在他脸上抚摸了一下,随即嫣然一笑,转身就要离去。

"可究竟什么时候能再给我第二次机会呢?别让我像小孩子盼过年一样,天天都盼着啊!"

她又嫣然一笑,又在他脸上抚摸了一下,语调很是温柔地说:"乖孩子,那么阿姨也给你一个保证——逢年过节的,你都有可能接到一个盼望中的电话!"

他这才仿佛吃了一颗定心丸,感激不尽地望着她的身影不慌不忙地登上楼去……

一辆豪华轿车把他送回了家。

路上他问司机开的是辆什么车。

司机回答他是"凯迪拉克"。

于是他仿佛终于是为自己争得了一份儿起码的自尊似的,一时间心理上多少觉得有了种安慰。他谨记着那名开"公爵王"的老司机嘱咐他的话,不无嫉妒地想这名开"凯迪拉克"的年轻司机真是幸运!人家究竟是运用的什么手段成了那脸像兔子的女人的心腹呢?除了一问一答的一句话,他再就不敢说什么,怕一句话说得有了闪失,被对方汇报给主子……

七十二小时内,他就是靠了那俏丽的女管家对他的"保证"才没在自己的家里发疯。否则,他也许早就精神崩溃,由于绝望透顶而歇斯底里大发作,将自己的家砸个稀巴烂了!

他忽然想到了那信封里的钱,尽管明知那不是一张三百万元的支票,但毕竟是钱不是餐巾纸啊!塞得满满的沉甸甸的一信封钱,毕竟也是值得数一数的呀!

于是他将那信封从衣兜掏出,趴在床上,看着出神,他一时犹犹豫豫的,竟有点儿不敢将钱抽出,怕那个脸像兔子的女人,或者是她那个俏丽的女管家又存心耍他,将些伍元一张的甚至一元一张的钱塞在信封里,给他一个大扫兴。果而如此,尽管那信封已经被胀得开胶了,尽管沉甸甸的很有些分量,其实也就没多少钱了。他不敢指望都是百元大钞,只要都是拾元一张的他就知足了,过了十几天准贵族般的生活,十几天里和那么多可爱的生动活泼的女人们朝夕寻欢作乐,恣情纵欲,外加给一笔"津贴"——不知足不就太不识抬举了么?何况最后还给予了他一个宝贵无比的保证呢?只要有再次受到邀请、再次接近她们的机会,那一亿几千万形成的一座钱山,也就依然是可以一步步去接近的目标!世上无难事,只要肯登攀!

人真是古怪的东西!人的贪婪,有时好比是吃着碗里的,望着锅里的;有时的情形又恰恰反过来,尽管有锅里的比着,对碗里的微不足道的那点儿东西占有野心,却丝毫也不受影响,依然会表现得强烈无比。而某些男人对钱的贪婪之心一旦被刺激起来,那就好比色情狂对女人的行为一样——他们往往在心里占有着某一个自认为是天下第一美女的女人的同时,照样会对身边的某一个不起眼的女人性欲勃发,淫念同样丝毫也不受影响。

千万别都是伍元一张的更别都是一元一张的!但愿全是拾元一张的。哦,上帝呀!不要耍我,千万千万不要使我姚纯刚大失所望吧!……

他紧闭上眼睛一下子将信封撕开了,这之后也并没有立刻睁开眼睛……

拾元一张的拾元一张的想什么是什么想什么是什么全都是拾元一张的,一二三老子睁眼啦!……

出乎他预料的是，不是拾元一张的，当然也不是伍元一张更不是一元一张的，而是一百元一张的，两捆崭新的百元大钞。不必数，那纸条分明是经银行捆的，捆得又紧又专业，一捆一万，整整两万。

他左手拿起一捆，右手拿起一捆，看着心里呼呼激跳起来，长这么大他还从来没拥有过整整两万元！

两万元——三百万元的一百五十分之一。多乎哉？不多也！少乎哉？不少也！

那"小妹"那小荡妇虽然一次得到了三百万，但是看来她以后再也不会从她"大姐"那儿得到一分钱了！甚至再也不会受到她"大姐"的邀请了！给他的印象是，那脸像兔子的女人，从此将她的那个"小妹"从友好往来的名单上勾掉了。

而他，逢年过节的，还将被想到，还将有机会荣幸地成为那幢豪华富贵的别墅里的客人。端午、中秋、元旦、春节，外加上什么"五一"劳动节啦，"三八"妇女节啦，"六一"儿童节了，"十一"国庆节啦，那脸像兔子的女人的生日啦，一年总有那么十来次值得欢聚的日子吧？如果每次都受到邀请，如果每次都得到两万，那么加起来也就是二十来万啦！何况，在他想来，这两万元不过是"津贴"，是滋补"肾亏"的"营养费"，是随便赏给他的零花钱。

现在，他终于是一个有充足的零花钱的男人了。手中有钱，心中不慌，非但不慌，反而顿时愉快起来。唉唉，姚纯刚啊姚纯刚，你干吗这么失落这么沮丧这么半死不活的？你干吗七十二小时内不吃不喝虐待自己呀？一切不都是相当值得乐观的么？你猜测人家必然又要你则你猜错了而人家并没有再要你！这信封里装的是整整两万元比你自己的指望要多十倍！这就证明人家还是不愿亏待你的！你冒冒失失一头撞见了你不该撞见的情形，还不许人家扔高跟鞋打你么？明摆着是你自己的错儿并不是人家的错儿嘛！

两万元钱使他精神振作了起来,同时恢复了他的胃肠功能,使他的胃肠产生了需要酒足饭饱一顿的迫切要求。

于是他终于觉得有必要刷刷牙洗洗脸了,往一绺头发上喷了些发胶,使之固定成一种鸭舌帽沿儿的形状,勉强遮掩住了额角上的包。之后开始东翻西找,终于找到了一副墨镜,自以为聪明地一戴,乌青的眼眶便也被挡住了。照照镜子,镜子里映出了一个旧社会"老大"式的男人,他自我欣赏了一阵,感觉特别良好,穿起上衣,从一捆钱中抽出一叠,将其余的往裤子底下一塞,兴致勃勃地出门去了……

他漫步走到一条热闹的街上,选择了一家在那一带颇有些名气的饭店,挺胸扬头地踱进去,步子迈得相当有气派,宛如一位腰缠万贯的"大款"。

已经晚上九点多钟,饭店里的食客一批批地散去,为迎接明天的第一轮食客,有些餐桌的桌布换过了。只剩下几对说夫妻不是夫妻说情侣不是情侣,关系看去十分暧昧不明的男女,还坐在各个光线幽暗的角落里,喁喁私语偎偎抱抱,显然食欲皆已获得了满足,还没满足或刚刚开始萌发要求的,则是不言而喻的另一方面的欲了……

"有单间空着么?"

他问一个正在收拾餐桌的姑娘,那姑娘看去是从外地的农村混到这座城市里来的,但长得却不俗,甚至可以说颇有几分姿色,只是妆化得太浓艳,如同戴了假面具似的。他的眼睛隔着眼镜朝姑娘上下打量着,姑娘仿佛没听清楚他说了句什么。其实她听清楚了,只不过有点儿不明白,这个晚上还戴着墨镜大摇大摆闯入进来的发式古怪的男人,都这时候了,还问的什么单间呢?

"我问你有没有单间,没听见啊?"

"对不起,听见了听见了……"姑娘立刻歉意地赔笑脸,反问,"先生你们一共几位?"

他说:"什么'你们',就我自己,自己不能包单间吃顿饭啊?"

"能,能,当然能,请跟我来……"

于是那姑娘将他引入到一个装修得不土不洋的单间,挨他坐下,将菜谱递向他的同时悄悄问道:"先生既然是一个人光临,那么需要陪餐么?"

他刚想将墨镜摘下,一寻思还是不摘的好,于是那只手在眼前停住了,也放低声音问:"怎么个陪法么?"

姑娘见多识广地一笑:"你需要怎么陪,就怎么陪。反正包先生满意就是了嘛!"

"包我满意?"

他停在自己眼前的那只手往下一落,抓住了姑娘的一只手。

她并不抽手,任他抓住,娇声儿嗲气地说:"那当然的啦!只不过那方面的事儿,在这儿是不行的啰!"

他明知故问:"哪方面的事儿?"

她又挑逗地一笑:"先生心里明明一清二楚的啦!干那方面的事儿,这儿多不方便哪!除了那方面的事,只要先生慷慨,一切就随先生的便了!"

"那么,哪位小姐来陪我呢?"

"先生,您看我还中您的意么?"

"你?好吧!就是你了!我是够慷慨的,而且我有的是钱!"

他说着,从兜里掏出钱,往桌上一放:"去了饭钱,剩下都是你的,行吗?"

"行,行!当然行……"

那姑娘笑着一把将钱都收了去,而他也笑着在她屁股上拍了一下。

他也不点菜,让那姑娘代劳了。她离开去叫菜后,他吸起烟来。

他一边吸烟,一边在心里对自己说——姚纯刚呀姚纯刚,你变了,你彻底地变了,你已经不再是从前的那个你自己了……

是的,他的的确确是彻底地变了。十几个朝夕寻欢作乐、恣情纵欲、荒淫糜烂的日子,将他腌制成了另一种男人。但已经完全不能够再以一种庄重的有礼貌的态度对待女人了。哪怕伪装都伪装不起来了,而且也从此不想伪装了。只要面对一个女人,只要那个女人有起码的姿色,他心里就会产生一种无法抑制的下流无耻的冲动,想要对她们尽说些污言秽语;想用猥亵的目光盯着她们看,而且希望她们感到他的目光是猥亵的;想用他的手去肆无忌惮地撮弄她们身体最性感的部位,即使在他自己并不心猿意马的情况之下也想要对她们那样。在十几个朝夕寻欢作乐、肆情纵欲、荒淫糜烂的日子里,那个脸像兔子的女人、那个被叫作"小妹"的女人,以及所有那些都不止一次轮番和他单独地或凑伙儿进行过性游戏的女人,似乎已经潜移默化地将他改造成了一架神经系统单纯的性机械,使他再面对任何女人,都没法儿不像条件反射似的立刻联想到那些根本不知"羞耻"二字为何意的一个比一个放荡的女人,都没法儿摆脱自己在那些日子里的角色意识,也就是"性偶"意识……

不过他对自己被改造成这样的一个男人倒丝毫不感到绝望丝毫也不感到沮丧,更不感到堕落的悲哀和无可救药的恐惧。恰恰相反,他觉得变成了这样也不错,怪好的。自己变得下流、无耻使他感到自得其乐,自己变得堕落使他觉得堕落不再可怕,非但不可怕,甚至妙不可言,其乐陶陶,其乐无穷……

他几乎没动筷子就吃饱了喝足了。因为那姑娘的双手在他的要求下代劳了他的双手,替他夹菜往他口中塞,替他将酒杯举到他唇边。而他自己的双手也没闲着,它伸入到她的衣襟里,伸入到她的裙子下,尽情地弄着他想要撮弄的地方,几次撮弄得她在他的椅子上扭来扭去坐不住了,干脆地一纵身坐到了他膝上,在他怀里继续地扭来扭去,星眼乜斜,发出一阵阵低微的浪声儿。其间她还解开自己衣襟,打算替他摘下墨镜,将他的头搂在自己白嫩的怀里,惹得他亦急亦恼,扇了她一巴掌……

他是最后一个离开那家饭店的食客。离开时已脚步不稳,醉态酩酊了。

那姑娘将他搀扶到门外,招着手对他说:"先生,可一定再来呀!"——不待他回答,就返身而入了。她有她的急事儿,她急着去换条裙子。它已黏糊糊地湿了一大片,换过裙子她还急着点数"陪餐小费",她估计至少会剩下五六百元。她卖淫也没一次得到这么多钱!她暗自庆幸自己今天真的遇到了一位慷慨的"大款"。她真盼他以后能成为她的"回头客",甚至一次比一次稔熟的"老主顾"……

有钱真好!有钱的感觉就是妙不可言!妙得邪门儿!不论男女,一个有钱人堕落也堕落得快活,下流无耻也下流无耻得理直气壮,猥淫也猥淫得不掉价儿!不失身份!被另眼相看!又傲慢又潇洒!没钱你还想堕落你还想下流无耻你还想干猥淫的勾当?门儿都没有!

他丧失方向地踉踉跄跄地一边走一边赞美着钱的好处,越思忖钱的好处越多,非常想要高呼一声——"金钱万岁"!

"先生,打的吧!"

一辆小汽车靠向人行道,缓缓地追随着他行驶。不待他有所反应,车已停住。从车上下来两名汉子,不管三七二十一,几秒钟内将他架放车内了。于是那车向前疾驶……

"这是……到哪儿去?……"

"到一个好玩儿的地方!"

"好玩的地方是么……去……去!"

"这么听话就对了!"

两名汉子一左一右坐在他两旁,他一阵醉意涌上头,支撑不住,将头靠在一个汉子肩上嘟哝了一句什么,呼噜呼噜地发出鼾声,竟醉睡过去了……

也不知过了多久,他被一桶冰凉冰凉的水泼醒,猛地睁开眼睛,见自己被弄到了一座破仓库里。外面出奇地静,显然,这座仓库不在市内,而在市郊,甚至可能是在农村。从檐角的残垣那儿,他望见了一颗挺亮的星,只有一颗。那星光蓝幽幽的使人望着身上发冷,何况他身上已然被冰凉冰凉的一桶水泼得湿淋淋的在发着冷了,他被捆在废车床上,如同将要接受大手术的人被缚在手术床上。一盏马灯垂在他头顶,灯罩肮脏,布满油污,四条汉子站立在他周围。他们的头都套着头套,就像电影里抢银行的歹徒或劫持飞机的恐怖分子套着头套一样,他猜想他们套的肯定是女人的丝袜。他当然猜对了……

"我……我被绑架了……是不是……"

他浑身起了一层鸡皮疙瘩,上牙磕下牙,冷得话都说不利索了,那桶凉水绝不会是从自来水管子里接的,他想自来水管子里的水可没那么凉!肯定是从深井里吊上来的一桶水,只有井水才会凉得使人感到入骨及髓。

"哥们儿,冷了吧?"

"冷……"

"再给你来一桶?"

"别,别……"

"再给他来一桶,替他彻底醒醒酒!"

于是一个汉子拎起桶朝一个角落走去,那角落果然有一口井。

"我说……你们……你们搞错了吧?"

"搞错了?"他们中最矮的一个,啪地扇了他一个大嘴巴子,恶狠狠地骂道,"错你妈的错!老子绑架的就是你!"

看来,他是这起绑架的主谋。

那个去吊水的汉子,此刻将满满一大桶井水提回来了。

最矮的汉子,接过桶就要往他身上泼。

提水回来的汉子说:"大哥,别浪费水嘛!泼他,不如细水长流地浇他。浇他一桶水够用几分钟呢!"

最矮的汉子,将已经接过去的桶往地上一放,火气十足地说:"我没那份儿耐心!要浇,你们浇!"

"当然是我们浇了,这点事儿还能劳驾大哥亲自动手么?"

于是那提水回来的汉子,朝另一个汉子一翘下巴,二人各出一只手,举重若轻地就将那桶水提高在他身上了……

"各位,各位咱们有话好说!咱们往日无冤近日无仇的……"

"住口!"最矮的汉子吼起来,"老子和你有仇!"

不待姚纯刚再啰唆,冰凉冰凉的一桶井水,兜头便浇了下来。

他仿佛觉得自己整个人被坠入至地水冰凉冰凉的井中了,那一种冷是从里往外的冷,仿佛五脏六腑、每一根骨头、每一根神经,都失去了皮和肉的保护,直接地浸入冰凉冰凉的地水内了,血管里流的也仿佛不再是自己的血,也变成了冰凉冰凉的地水了似的。他竭力扭动身躯,企图避开兜头浇下的水柱。可手脚被捆着,却又哪儿避得开?只有闭上眼睛,咬紧牙关,屏住呼吸,浑身绷住一股劲儿,才能抵御得住那一种冷……

咣当一声,桶落地了。

"哎呀我的妈!"

他却再也屏不住那一口气,再也绷不住那一股劲儿,接连打了几个山响的喷嚏,全身的皮肉收缩得紧邦邦的,仿佛自己整个人都缩小了一号似的。

在两个汉子浇他时,最矮的那个汉子始终从旁看着,并吸着烟。他吸烟也没暴露他的庐山真面目,隔着抻得极薄的丝袜吸。他一手夹着烟,一手抓住姚纯刚的湿头发,将姚纯刚的脸扯得朝他仰了起来……

"怎么样?酒醒了没有?"

"醒了醒了……我不明白,你们绑架我究竟图的什么呀,我又不是大款!"

"你他妈的装孙子!"

对方又狠狠扇了他一耳光:"说,你老婆究竟躲到哪儿去了!"

他这才闹清楚自己为什么遭到绑架,又为什么受苦。

他不禁地顶撞:"我老婆在哪儿我怎么知道!"

他心里真气得不行,当然首先是生自己老婆的气,接着是生对方的气——冤有头,债有主,跟我老婆有什么过不去的地方,那就应该找她算账去啊,折磨我有什么用呢?"

"妈的!你是她丈夫,她躲到哪儿去了,你能不知道么?"

对方将他的头向他脑后的一截铁管子上撞去。撞得那铁管子嗵嗵响,撞得他两眼乱冒金星,一阵阵天旋地转。

他哇地一声将胃里的东西全喷吐出来了。吐了对方一身,也吐了自己一身,于是他们都一齐掩着口鼻部位从他身旁退开了。

那两个浇过他的汉子,连忙从各自衣兜里掏出手绢,忙不迭地替他们的"大哥"擦着揩着衣上的秽物。

第四个汉子,也就是始终没上前的那个汉子,此时自以为是地开口道:"我看这小子是在撒谎!你们瞧他那只眼眶,乌青乌青的,也许是他老婆躲起来之前,和他老婆打架,被他老婆用什么东西打的呢!"

"不……不是……"

他大声分辩着,哭了,落到这般叫天天不应、叫地地不灵的田地,落到这伙不可理喻的绑架者手里,他内心里不免有些恐惧了。

"不是?那是怎么搞的?"

自以为是的家伙,从另一台废车床上操起一把锈迹斑斑的铁头铁柄的锤子,一锤子照着他的一根手指尖儿砸了下去……

他哎哟一声尖叫,疼得要死要活。额头上顿时渗出一层汗珠儿,与冰凉冰凉的水珠混在一起,聚在一起,聚得大了,在额头上待不住了,一串串往下滚落……

"是……是……"

"说呀!"

要交代清楚当然不是三言两语的事儿,说个大概清楚,也得怎么来怎么去地说上半天,起码说上十五分钟二十分钟吧?那他们就会相信了么?

他知道他们根本是不会相信的。

"反正不是和我老婆打架留下的！反正她在哪儿我不知道！你们就是折磨死我，我也还是个不知道！要杀要剐，随你们的便吧！"

他两眼一瞪，心一横，口气强硬起来。他也只有豁出去了，因为他所面临的，并非决定选择什么样的处境，而是一种实际上根本没有任何选择可言的处境。

"嚯，充硬汉？为了老婆宁死不屈？我们知道你老婆根本不打算和你长期过下去。也知道她一直和你同床异梦，动不动就让你戴一顶绿帽子，难道你自己就真的一点都不知道？"

"知道……"

"知道你他妈何苦！"

锤子又在他另一个指尖儿上狠砸了一下，

他又尖叫起来。

"大哥，他就是不说，怎么办？"

"烫他！你们替我用烟头烫他！给他上老虎凳！用钉子往他手指里钉！往他肚子里灌井水！反正今天必须让他说出来！我花钱雇了你们，你们就得替我从他嘴里掏出实话！只要不把他弄死，怎么折磨他都行！你们都愣着干什么？还不动手！……"

那最矮的男人，也就是这场绑架的策划者和雇佣者，又急又气，在一旁指手画脚，连吼带叫，连蹦带跳……

于是他们开始往他脚下垫砖。遍地是砖，就地取材……

他疼得叫，疼得骂，疼得哭……

于是他们用一团油污的纱线堵住他嘴，接着轮番用烟头烫他，专烫皮细肉嫩之处，直烫得他在废车床上拼命挣扎，扭动不止，恨不得要将自己的身躯扭断似的……

他们足足折磨了他两个多小时，折磨得他们一个个的都累了，他也半死不活的了。

"大哥，也许这小子真的不知道他老婆躲哪儿去了！"

"是的,大哥,他要真知道也犯不着不告诉我们是不是?"

"你们都问我,我问谁去!反正搞不清楚那个女人的下落,你们谁也别想拿到最后一笔钱!"

那策划者和雇佣者,在缚着他的废车床旁走过来走过去,骂骂咧咧,用截钢筋在他身上抽抽打打,也终于感到束手无策了。

后来他们就用布蒙上他的眼睛,将他架出了那破仓库,又架上了汽车。仍像来时一样,一左一右两个汉子从两边夹着他和他同坐在车后座。

他的嘴仍被堵着。

汽车一开,他的眼泪便从蒙眼布下刷刷地流淌。

他暗想完了,见不着明天的早晨了!他们准是要将他载到什么荒凉的地方,弄死,埋了。甚至不费事儿先弄死,直接就活埋了。要是知道老婆在哪儿多好。要是知道,不必受这么长久的折磨,一问就告诉他们了!王八蛋才不告诉他们!"傻二"才不告诉他们!遗憾的是他根本不知道。为了脱身,胡编了一个地方企图骗过他们,他们一个个却又那么理智,相互稍一分析,稍一推断,就将他的计谋识破了,结果是皮肉更加受苦。一想到自己将要为那么一个根本不将他当丈夫看待、一贯与他同床异梦、屡屡往他头上戴绿帽子的老婆去死,他真是一百个一千个不愿意啊!此时如果她忽然地出现在她面前,如果他有刀在手,他也许会一刀宰了她!否则真是难解心头之恨。而她却不知正在哪儿跟一个什么样的男人甜睡在一个被窝里!而他现在却正要被载到某一个荒凉的地方去替她送命,真是千年垂恨万代垂伤下一百辈子一千辈子也怀恨在心之事啊!尽管是四个不露真面目的男人使他受了许多皮肉之苦,他对他们倒不怎么恨,唯恨自己的老婆。如果说他也恨他们,那么其实只恨一点——恨他们折磨了他两个多小时之后才信他真的不知道他老婆究竟在哪儿,而对自己老婆的恨却要比对他们的恨强烈得多!……

他听到车外有了市声,有了别的车辆与这辆车对开过去的行驶之声和喇叭声。

于是他明白又被载回到市里来了,谢天谢地!不承想他们并不打算弄死他。大凶化大吉,捡了一条命!他多少有点儿安心了,也不再默默地流泪不止了……

车开得慢了。

口中的纱线团被掏出去了。

"姓姚的,听着!"

"我听着呐我听着呐……"

"如果你胆敢去报案,那么几天之后你死定了!我们会将你大卸八块的!我们可是些说到做到的人!"

"我不报案我绝不报案,我哪儿会那么不懂事儿呢!"

"如果你一旦知道了你老婆在什么地方,却不告诉我们,我们也肯定饶不了你!"

"不敢不敢。我怎么会不告诉你们呢!可……可我怎么告诉各位呢?……"

"从今天起,以后你每天晚上都会接到我们往你家打的一次电话……"

"好的好的,我保证和你们配合……我老婆,她是不是骗了你们一大笔钱啊?"

"少问!不该你知道的,你他妈没有必要知道!"

"不问了不问了!希望你们今后能本着这样一个原则——冤有头,债有主,她是她,我是我,再别由于她而为难我……"

"妈的,这小子还跟咱们讲起原则来了……"

于是坐在他一左一右的两个汉子,都忍俊不禁地低声笑了……

车停了。

一个人先下去之后,紧接着他被一脚踹下了车……

"数一百个数后再摘眼罩!"

于是他开始默默在心里数……

耳听着那辆车渐渐远去了……

他摘下眼罩,发现站在自家那幢居民楼前,大多数人家的窗子已经黑了。

接下来的五天内,他只离开过一次家,买了许多吃的喝的,以及外伤药品药布。

虽然有钱足可以顿顿去饭店吃,虽然那十几天难忘的生活,已将他改造得再也不愿在自己家那狭小的到处油油腻腻的厨房里一显身手了,他也还是不得不做给自己吃。与那十几天的经历相比,五天前那个晚上被绑架到一座破仓库里的经历,是更加难忘得多的。他每天晚上时时处在极度惶恐不安的紧张状态,杯弓蛇影,草木皆兵。他轻易不敢迈出家门半步,唯恐遭到第二次绑架。五天内的每一天晚上,在十点过五分之际,电话必会准时响起,便是对方们打来的。

"怎么样?有情况汇报么?"

照例是这么一句问话。不多一字,不少一字。尽管非是同一个人的口音,仿佛对方们统一过了口径似的。

"没有……还没有……"

每次这么回答了以后,他心里竟很古怪地会产生一种类乎内疚的感觉,好像尽职怠惰,有负于对方们的重托,所以,总是要补充一句:"请一定相信我,我是绝对有诚意跟你们配合的……"

但是对方们并不愿听他啰唆,每每是他的表白之言还没说完,电话便挂断了。

他盼着妻子来封信,或者也往家里打一次电话。若她来信,总会写明发信的地址吧?那他就可以将她的信交给他们。如果竟没写明地址呢,那他也算是给了他们一个交代啊!她究竟可能在哪儿,和什么人在一起,由对方们自己从信中去分析好了。如果她不是写信来,而是打电话来呢,那他就会尽量从她的话中套出她在什么地方。总之他希望尽快了断这件事儿,尽快从对方们的纠缠和滋扰中摆脱出来。他并不认为如果他按照他的想法做了,其实是等于出卖自己的老婆给对方们,等于是将自己的老婆往虎口里推。不,他一点儿也不这么认为。凡事都有个前因后果嘛!前因明明是她牵连了他这个无辜的丈夫大受惊吓大受皮肉之苦,那么后果当然只能由她自己去承担!俗话说,你不仁,我便不义!谁叫她夫妻这么多年了始终和他同床异梦?谁叫她动不动就往他头上戴绿帽子?谁叫她存心将他灌醉了趁机从家里溜之乎也……

他不敢报案,怕对方们真的会害他的性命,并将他大卸八块儿。既然一切都应由老婆去承担,自己何必多此一举,偏将祸端往自己身上进一步招惹呢?

老婆没来过电话,赵胖子倒来过一次电话。

"纯刚哇,怎么半个多月没到所里露露面啊?不会是想跳槽吧?你要调走我可不放!你调走了我会感到少了一条臂膀的!……"

赵胖子的话,听来别提有多么虚伪了。

他也以虚伪对虚伪,自表其功地说:"所长,你真健忘啊!不是你交给了我一项任务,并且要求我全心全意地做好么?这半个月,我每天都往那位曲女士家跑,早去晚归,简直比坐班还耗时间还辛苦。辛苦的事儿也别推给我一个人,该谁替换替换我,也体验一下辛苦的滋味儿了吧!……"

"纯刚,别这么说,快别这么说!什么替换不替换的?你连这个念头都是不可以产生的。产生也白产生!这一项任务别人根本替换不了你!扳着手指头数数,就咱们所里,啊?老的老,少的少,谁有条件替换你?谁替换你我也不放心!非你莫属!……"

听赵胖子那话,仿佛是将他视为所里的"精英"。视为拿得起,放得下,最善于完成任何艰巨任务,最有能力独当一面的"业务骨干",而且是唯一被他器重的"业务骨干"似的。姚纯刚心里明白,其实在全所范围内,赵胖子最瞧不起认为最没本事的,不是别人,恰恰就是他姚纯刚,而且恰恰是在业务方面,一向视他为"废物典型"一个!

赵胖子在电话那一端还以领导者的口吻诲人不倦地说:"小姚哇,我的纯刚同志呀！如今，敬业的人少了，越来越少了！混工作的人多了，越来越多了。一个钱字，快将所有中国人的奉献精神全都瓦解了！但是，你别忘了你身为副所长啊！你是我的左膀右臂啊！再辛苦，你也不能向我抱怨！为了咱们这个所，我就不辛苦么？告诉你，我又掉了好几斤肉！再辛苦你也要给我独自顶下来，咱们跟人家签了整整两个月的心理疗程合同啊！不履行合同那明摆着是要上法庭的！我给你打电话，就是怕你三心二意嘛！还有一个月，再辛苦你也要给我坚持下来……"

他装出一副无奈的口吻说："可……可我如果这么久不上班，同志们会议论的……"

赵胖子打断了他的话："放心放心！谁都知道你是在完成我亲自布置给你的一项重要业务。谁都知道你是在辛辛苦苦地为所里创收！你只要对两个人负责就行了———一个曲女士，一个是我这位所长！……"

"也许……也许……"

"也许什么？别吞吞吐吐的，有话直说！"

"也许，两个月后，人家还希望延续合同……"

"好哇！这好哇！这有什么不好的？大好事嘛！半年、一年，尊重客户嘛！要遂人家的意愿嘛！总之，你只要在全心全意地为人家进行着心理服务，一年不到所里来我都不过问！所里如果发什么东西，我会想着你的！会派人送到你家里去的！……"

他自然并不稀罕所里发不发什么东西。无非是一箱苹果一箱橘子，再不就是几块香皂几瓶洗发液。值几个钱？他要争取到的是有权不去上班的充分的时间，绝对的自由！获得了充分的时间绝对的自由，才能免除后顾之忧地从事他的"征服"大业啊！那才是他的前途呐！不错，真是不错！无需自己开口商量，赵胖子竟主动地就给了他充分的时间绝对的自由！一年的时间足够奠定他的前途的基础了！他想这是一个好兆头，真是天助我姚纯刚也！……

在第七天的上午，九点多钟时，他的妻子突然回到了家里。

当时他刚起床,正刷牙,听到了敲门声,他赶紧吐掉口中的水,蹑足走到门前,侧耳聆听。

又几下敲门声后,他压低嗓音问:"谁?"

"纯刚,开门!"

他立刻便听出了是老婆的声音,却并没立刻开门,谨慎地又问:"就你自己?"

"就我自己,快开门呀!"

老婆的声音听来有点儿不耐烦了。

他刚将门锁一扭,老婆已推门而入,在门口有所怀疑地看了他一眼,二话不说就往屋里闯。他默默尾随其后,见老婆朝客厅里扫了一眼,猝然间一转身走入了卧室。他还没来得及叠被。老婆的目光朝床上一扫之后,盯视向大衣柜。

他没好气问:"我说,你是不是以为衣柜里藏着个还没来得及穿衣服的女人啊?"

她说:"是。"

竟真的几步跨到衣柜前,猛地将衣柜门拉开了——一堆衣物倾落于地。

她耸耸肩,摇摇头,笑望着他说:"真遗憾。"

他冷着脸问:"你什么意思?"

"没什么意思。替你觉着怪委屈,怪不划算的。这二十多天里,你就真的干挨着,一次也不为自己'打野食儿'? 你何苦的嘛!"

"婊子! 一会儿再跟你算账!"

他厌恶地骂了她一句,冲入洗漱室,接着刷牙洗脸。洗罢脸,回到客厅,见老婆一条腿压着另一条腿,正安坐在沙发上吸烟。

"你!"他伸出手臂朝她一指,"你这二十多天到什么地方鬼混去了?"

"别把话说得那么难听,好不好?"她往烟灰缸里弹了一下烟灰,歪脸儿瞧着他,慢言慢语地说,"我和有身份的男人在一起,能叫鬼混么?"

"我教训你！"

他向她大步跨过去,同时一巴掌向她扇过去。她双手举起挎包一挡,他的手扇在挎包上。

她比一只猫还机灵地躲了开去,跑到阳台上,从窗口探进头,朝他媚笑。

"我告诉你！我已经想好,反正咱俩也是过不到一块儿去了,趁早谁也别耽误谁,离婚！今天你休想再哄得我回心转意！"

"真离呀?"

"真离！"

"不后悔呀?"

"王八蛋才后悔！"

"说话算话?"

"君子一言,驷马难追！"

"好！有志气！"

她两眼望着他,将挎包放在窗台上,接着打开了,从里面掏出一捆钱,举着,炫耀地朝他晃了晃……

一看到钱,如同一条被招惹急了的狗看到骨头,他顿时没脾气了,不发威了,尽管还不甚明白她的用意。

"一万。接着！"

她将那捆钱向他抛过去。

他双手接住,仔细看了看,没错儿,一捆儿百元大钞,用手扒着再看,内里没夹纸。的确是一万,真实无欺的一万。

"老子才不稀罕你卖身挣来的臭钱！"

他将那捆钱抛在沙发上。

"两万,再接着！"

她又朝他抛来一捆儿。

他双手刚接住,第三捆已抛至,来不及接,落在地上。

"三万！"

"四万！"

"五万！"

她一捆接一捆，连连向他抛。他想要都接住也来不及接，钱捆纷纷落地。他觉得自己如同站在一棵秋季的苹果树下，而她摇动着苹果树，成熟的大苹果纷纷为他落下似的。

他顾此失彼，东接一下西接一下，接了半天，也只不过两手各接一捆儿。

"总共十万，全归你了！"她最后将空挎包抛向他，"收到挎包里吧，连挎包也友情奉送了！"

"这……你搞什么名堂？哪儿来这么多钱？"

在她所发射的一发发"炮弹"的直接命中般的"轰炸"之下，他对她的嫌恶和憎恶已一扫而光，只剩万分的惊诧和疑惑了。他忽然联想到了那些正天天来电话询问她的下落的男人，于是暗暗断定她是骗了他们一大笔钱，现在却拿出其中的十分之一甚至几十分之一对他进行利诱和收买，企图使他变成为她的一个半路参与的小同谋，甚至替罪羊，必要时来个"舍卒保帅"，再将一切罪名往他身上一推，使他落下有口难辩，跳进黄河也洗不清的可悲下场，而她却置身事外，独享她的诈骗行径的百分之九十以上甚至更多的"成果"！哼，区区十万！三百万的三十分之一、一亿几千万的一千几百万分之一，就想收买并进一步利用我么？痴心妄想！门儿都没有！我姚纯刚已经不是个没见过大宗金钱的人了！老婆，老婆，你太小瞧人了！你太小瞧我这个被你随意地往头顶上戴过绿帽子的人了！一个比你年轻比你漂亮比你更善于对男人讨好儿卖乖的小姐儿，手攥着一张三百万元的支票诚心诚意地表示要和我做长久夫妻我都不动心，难道你以区区十万就会那么自信那么容易地将我"打倒"了么？瞧你那自信的样儿，休想休想休想！

在惊诧和困惑过了之后，他自然而然地对她产生了戒心。

她又冲他媚笑:"你快把钱收起来呀!"

于是他默默地蹲下,一边往挎包收钱,一边想——婊子!老子暂且压住火儿,先不教训你,看你葫芦里究竟卖的什么药!

一万、两万、三万……

三百万的三十分之一……

一亿几千万的一千几百万分之一……

在他的头脑中,形成了一种古怪的、强迫性的意识活动链。只要眼睛一见到钱,这条意识活动链就会律动起来,不厌其烦地将眼睛所见到的钱与三百万元进行比较,接着与一亿几千万元进行比较,也不管是自己的钱不是自己的钱。正如他一见到一个自己觉得被吸引的女人,仿佛受一种强迫意识使然,必将那女人靠想象剥光了衣服想象在床上想象在和自己要恣情纵欲寻欢作乐的规定情境之中,而且必将那女人去和那脸像兔子的女人、那"小妹",以及所有那些在难忘的十几天里轮番和他做爱过的女人进行比较一样……

尽管他的理性一直在告诫自己一定要经受得住区区十万元的诱惑,他的手却已在捡钱的过程中有几分陶醉了。他想人手真他妈的是不可思议的东西,它怎么那么爱接钱爱摸钱爱点钱爱接触钱呢?钱和女人的肉体,怎么都是男人的手往往忍不住不受大脑支配地就天生亲近的呢?

他想,一捆一捆一万一万捡钱的感觉真好!只有抚摸女人肉体的美妙感觉才能与之相提并论!十捆钱都捡进她的挎包里了,他居然没捡够,眼睛还在四下里寻找。

"地上没了,我替你数着呐!"

她在阳台上哧哧笑。

他将挎包带儿缠在手上,一声不吭地站起来,冷眼望她,看她还待如何。

她问:"你不想教训我了吧?"

他说:"你别站在阳台上,进来!"

她进到屋里来,在沙发上款款坐下,又从兜里掏出折了几折的一条纸,夹在两根手指之间吸引他看。

"猜,这是什么?"

"什么?"

"一张支票! 二十万元的一张支票。只要你说话算话,也归你!"

"我刚才说什么?"

"离婚啊! 你随口说着玩的呀? 我可是认真的啊!"

"不错,我刚才是说过要和你离婚,可是……"

"可是什么? 可是这会儿又后悔了?"

"你突然回来,就是要跟我闹离婚么?"

他嘴上这么冷冰冰地问,头脑中那条意识活动链又迅速而自作主张地律动起来——十万,加上二十万,等于三十万……三百万的十分之一,一亿几千万的……

那条意识活动链一时得不出个确切的百分比结果,但是反复地向他提出忠告——西瓜要,芝麻也要! 西瓜要,芝麻也要! 不要白不要! 不要白不要! ……

"怎么叫闹离婚呢? 你刚才不是说,趁早谁也别耽误谁么? 咱俩既然想到一块儿了,何不好说好散? ……"

"给我!"

他向她伸出了一只手。

而她却将夹着支票的手往身后一背:"究竟离不离?"

"离!"

"口说无凭。那就在这上边签字!"

她另一只手从兜里又掏出一张折了几折的纸,放在茶几上,一弹,纸滑向了他这边……

他拿起那页纸展开一看,是一份《离婚协议书》。电脑打的,字迹很大,不过才四五行,无非是某某某与某某某,经过慎重考虑,双方自愿离婚云云。而且,她已然工工整整地签上了她的大名。她的字一向写得草,尤其写自己的名字,又草又花哨,不用放大镜一边看一边研究,往往是认不出来的。而这一次,她却将名字写得非常认真,可见她的离婚态度也是又坚决又郑重的,绝非一时的心血来潮一时的冲动了。她的认真和郑重,竟使他多少受了点儿感动。

"太简单了吧?"

他也在沙发上坐下,坐下后便掏出烟来吸,刚吸了两口,扭头看看她,将烟盒递给了她。

她不知他心里怎么想的,接烟盒的手就有些抖。仿佛他签字与否,不仅关乎着他们夫妻名义的存亡,还关乎着她的生死似的。

"你手抖什么?"

他觉得自己分明是在精神上占据着主动,在心理上占据着上风了,那话问得就不免是一种居高临下的口吻,仿佛他自己是一位拥有绝对权威的主考官,正在对她进行面试,而她只不过是一个临考状态过度紧张、心理近乎全面崩溃的平庸考生。

她答非所问地说:"没什么可复杂的嘛!一切归你,我什么都不要,什么条件都不提。如果你觉得三十万少,咱们可以再进一步协议,行不行?到底行不行啊?"

"行不行都叫你说了!"

"你没诚意?这可真叫上赶着不是买卖了!那把钱还给我!……"

她将支票揣起,接着双手便夺挎包儿,他预先已将挎包带儿缠在一只手上,她没夺得过去,而他为了防止她再夺,一抬身,将挎包儿塞在屁股底下坐着了……

他冷笑着问:"你的钱?"

她叫嚷道:"不是我的还是你的呀?反正离也得离,不离也得离!识相点儿,咱们好说好散,三十万都归你!不识相,白离!一分钱你也得不着！"

"我问你，这钱你是诈骗谁的？"

"诈骗？姑奶奶如今傍牢了一位亿万富翁，犯得着诈骗么？"

"亿万富翁？谁？"

"你认识！"

"我还认识？"

他想怎么又冒出来一个亿万富翁？中国的天底下哪儿有那么多亿万富翁呐？将自己认识的人迅速在头脑中过了一遍，除那脸像兔子的女人是亿万富翁，再就没第二个担得起"富"字的人了，再说那脸像兔子的女人也不能说是富翁，而应该称作富婆的呀！

"女的？"

"放屁！姑奶奶又不搞同性恋！"

"既然是我认识的人，那你说出他名字来！"

"说出来了你可别吃醋！"

"说！"

"说就说！"

她将吸了半截的烟狠狠往烟灰缸里一按，摆出一副最后摊牌的架势。

"你不说也不行！不说今天就别想再离开这个家！"

他也将吸了半截的烟狠狠往烟灰缸里一按，相应地摆出一副盛气凌人的架势。

于是他们眼瞪着眼，如同两只眈眈怒视的公鸡，随时会扇着翅膀扑向对方，将对方的眼珠子啄出来似的。

她忽然笑了，撒娇地推了他一下，甘拜下风地说："别逼我告诉你了嘛！人家怪为难的嘛！"

"你为难什么？"

他无动于衷。

"怕真说出来,你自尊心受不了呗!"

"你说吧!我的自尊心绝对受得了!以前,你明里暗里地,一顶顶往我头上扣绿帽子,我都默默地受了,到这一步了,还有什么受不了的?"

听他那话的意思,倒好像是在帮助她解除不必要的顾虑似的。

"亲爱的,你先在离婚协议书上签了字,我再告诉你行不行?"

他斩钉截铁地说:"不行!"

"那我只好说了?"

"说吧说吧!"

"是孙老板,你那位中学老同学孙克。"

"孙克?"他一时想不起来中学老同学孙克是何许人。

"你装糊涂是不?就是有一天我不在家的时候,上咱们家来看望过你,还留下一张名片的那个孙克嘛!"

"哈!哈!是他!"

他终于想起来了。

"你看你,你看你,一听就吃醋了吧!"

她有些神色不安了,起身往一旁坐去,谨慎地离远他。

"这么说,那一天晚上,你在床上一个劲儿地向我问他的时候,就已经开始在心里暗暗打他的主意了?"

"……"

"你给我老老实实地回答!"

"对。"

"你还好意思说对!婊子!你还偷偷往我的酒杯里放了安眠药片儿吧?"

"不是药片儿……我怕卡着你,预先碾碎了……"

"怕卡着我?你他妈的是怕我发现!"

"也是怕你发现……"

"第二天早晨,趁我像死人似的睡着,你就去找他去了?"

"嗯……"

"他打算再离婚,和你结婚?"

"我也没向人家提这么苛刻的要求……反正人家怪欣赏我的,保证使我以后变一种活法儿……"

"欣赏你? 你有什么值得欣赏的?"

"你别生气嘛! 我觉得人家对你够意思。实话告诉你说,我一开口只替你向人家要一张二十万元的支票,算是对你同意离婚的补偿。人家说中学的老同学了,二十万怎么拿得出手? 人家说支票总不如现金花着那么方便,当即派人去银行为你提出十万元现金……"

"这二十多天里,你都是和他在一起?"

"那我还能和别的男人在一起哇?"

"你们都怎么鬼混的?"

"你审讯啊? 去了一趟韩国,从韩国又去了一趟日本……人家说了,只要你不为难我,顺顺当当地同意离婚,将来还安排你出国去观光呢! 全世界的国家随你定,一切费用人家全包了……"

终于相信了她的钱不是诈骗来的,他对她一开始怀有的那种戒心消散了,他暗暗考虑着的只是一个问题了——要不要趁机再敲她,也就是再敲自己中学的老同学一笔? 敲狠了怕把事儿搞僵,人财两空;不再敲一笔,又觉得不敲白不敲……

她又向他偎近了些,握住了他的一只手,并用她的另一只手抚摸着,语调娓娓动听地说:"纯刚,我也是为你好嘛! 我今天当面向你承认,我不过一直把你当成一个'过渡时期'的丈夫。一个女人能对'过渡时期'的丈夫忠贞么? 不能的吧? 这么要求一个女人,尤其我这样一个女人,也太不人道了吧? 所以呢,我只能明里暗里地,一顶接一顶往你头上扣绿帽子。这不能全怪我吧? 等于你圆了我的一个梦,彻底拯救了我,我会一辈子都感激着你的。其实也等于我拯救了你,三十万,够你今后过一种丰衣足食的小日子的啦! ……"

他想,自己不是也正要以她的方式,不是也正要靠一个男人的相貌堂堂,义无反顾破釜沉舟地企图去"征服"那位脸像兔子的女人么? 所要达到的目的不都是一样的么? 区别只不过是她已经达到目的了,而他还须朝他的目的勇敢地不屈不挠地挺进再挺进。既然都是人生路上孜孜不倦的求索者,那么便是"同志"了,"同志"之间,何不卖个人情儿、行个方便呢?

"三十万太少了,现在物价这么涨,三十万哪儿到哪儿啊?"

"那你给个价儿!"

"四十万! 少于四十万,离婚的事儿咱俩免谈!"

"四十万就四十万! 可连支票和现金,我只带了三十万,我打个欠条给你行不行? 就算我借了你十万……嗯?"

"你能代表他,替他做主么?"

"不就是十万元嘛! 我人都是他的了,他还在乎为我多花十万元?"

她起身去找了一张白纸,铺在茶几上,当着他的面写起借据来……

"字迹写清楚点啊!"

她一笔一画地写,写得比她在离婚协议书上的签名还工整。

"拿去吧,还有什么条件?"

他看了看,折几折,从屁股底下抽出挎包,将借据放进了挎包里。

"支票不要了?"

"对,对对,还有支票,当然要! 不要我亏大了!"

于是她再次将支票掏出来,又抓起他一只手,往他手掌上一拍。瞧着他将支票也放进了挎包,她觉得大功告成,心中一块石头终于落地,喜滋滋笑盈盈地问:"亲爱的,还有什么条件?"

他注视着她说:"还有两个小小不然的条件。你愿意答应就答应,不愿意答应我也不强求。"

"你说。"

"你脖子上、耳垂儿上、手指上这些玩意儿,给我留作纪念行不行?

反正他还会给你买的,对不?"

"行!"

她回答得特别痛快,毫不犹豫地就摘下了她的金链子、金耳环和指上镶钻石的金戒,腕上镶珠宝的金镯,一并地拍在他手掌上。

他将那些东西,也塞进挎包。她迫不及待地说:"还剩最后一个条件了!"

他说:"是啊是啊,还剩最后一个条件了……"

他吞吞吐吐地,似乎有些说不出口。

"别忘了你还没在离婚协议书上签字呢? 快说! 说了就该签字了!"

"你……你今天晚上得留在家里住一夜……"

她望着他愣了愣,扑哧笑了:"就这一条还值得吞吞吐吐的呀? 行! 没问题! 老夫老妻的了,也不能说离就翻脸不认人哪! 今天晚上我是你的! 你的慰安妇! 安慰奉献!"

于是他也笑了。

他有几分不好意思地说:"你痛快我也得痛快,你使我满足我也要使你满足,给我笔,我签字!"

从她手中一把拿过笔,再也不犹豫了,俯身便签字,一笔一画,也将自己的名字写得格外工整。

"这可是三十万,不,四十万买来的,我得放仔细了……"

她说着,解开她的瘦小的紧身上衣的两颗扣子暴露出她的乳罩来。那白色的乳罩上竟有拉锁儿,她拉开一边儿的拉锁儿,将那份离婚协议书折了几折,像揣入兜里似的,掖到乳罩的夹层中去了。

他笑问:"还有这样的乳罩! 头一次见过,哪儿买的?"

她拉好拉锁儿,并不急于扣上衣扣,也斜着他,揶揄道:"这么说你一定是见过许多女人的乳罩了? 我这是在日本买的,人家日本人就是聪明、爱动脑子,我觉得稀罕,买了一打儿,要不要送给你几个,你好转送给别的女人呀!"

这时,他不但觉得她是"同志",甚至觉得她是好朋友,是知己了。四十万,不算那脸像兔子的女人给他的两万,现在他已经整整有四十万了!今年是怎么回事儿呢?怎么这么时来运转呢?自己没敢妄想,钱就哗哗地往自己的身边聚了!他看着她,内心里竟真的对她充满了感激。钱多好啊!他想,如果没有钱的作用,离婚能变成这么简单这么愉快之事么?于是他的目光,也随之温柔多情起来……

"你气色很好……"

"因为在国外玩得开心呗!"

"还失眠么?"

"不了,没什么忧愁的事儿了,每天头一挨枕头就睡得呼呼的。"

"你的脸也更加细润了。"

"在韩国做了一次美容,在日本做了两次。国外就是好,市容美观,处处都干净得不得了。在国外做美容那才叫做美容!连国外美容小姐的手都比中国美容小姐的手软……你呢?这二十多天,孤零零一个人怎么过的?"

"这还用问么?你想象还想象不到么?"

"对不起,苦了你了……今晚我一定好好报答你……"

他们四目相对,一时地,目光竟都含情脉脉起来,仿佛都在用目光向对方诉说着别愁离怨似的……

忽然他们就相互搂抱在一起,彼此深吻着了。那一种亲爱劲儿,都有做戏的成分,却也都有感激对方的成分……

中午他们双双出去吃饭,吃罢饭看了一场电影,看罢电影,在他的提议下双双到"情人街"去买互赠的离婚纪念品,照离婚纪念照。逛到天黑,又一块儿吃晚饭。吃罢晚饭已经八点多了,这才都有点儿疲倦地"打的"回归。到了家里,快九点了,各自洗漱一番,双双上床,九点半了。

俗话说小别的夫妻如新婚,真是不假。一个不停地说:"我可想死你了!"一个百般地装娇作嗲:"最后一次了,你怎么着快活我就怎么着奉献！"那种亲亲爱爱，自是不必形容的。

他却忘了，他那男人的"快活根"，在几天前那备受折磨的晚上，是被用烟头烫过的。别处烫伤，在这几天里，药换得勤，大体上都好了，有的地方结了痂，有的地方已经褪了痂，单单他那"快活根"上的烫伤，尽管也是常换药的，却并不见轻，甚至还红肿发炎起来。结果一真派用场，竟疼得他忍不住呻吟……

"你怎么了怎么了啊？"

她急得身子在床上乱挺，扭动不止。

"不对劲儿……"

"怎么会不对劲儿？"

"疼！"

"疼？"

"算了吧！"

"算了吧？疼就算了啊？你把我招惹成这样了，倒说算了吧！那我怎么办？"

"对不起……"

"光对不起就行了？疼你也得将就点儿？咱俩这可是最后一次了，你就不想留下种难忘的回忆啊？"

他想她说的也对，最后一次了，是自己作为最后一个条件提出来的，而她当时答应得多么痛快乐意啊！这最后一次如果就这么算了，留下在两人心里的，又将会是什么样的回忆呢？那可真叫是难忘的回忆了！由于以后没法儿弥补的遗憾而难忘。眼看着她急得不知该把自己怎么办才好，他内疚得没比、惭愧得没比。

"那就再试试……"

"亲爱的，再试试再试试吧！求求你了嘛！就算只为我一个人快活，疼你也忍忍啊！"

他豁出去了，舍命陪君子。心中一种豪迈之气顿然升起，于是精神抖擞地一次……

那种疼竟是他想咬紧牙关忍住也忍不住的。他大叫一声,立刻从她身上翻滚下去,掉在了地上,连眼泪都疼出来了……

"你装的! 看着我着急你解恨是不是?"

她伏在床沿儿,怒火万丈地瞪着他,一张漂亮的脸气得变形了……

"不是装的,真不是装的! 我早就不恨你了,连这一点你还看不出来么?"

"我看出来个屁! 你以前怎么没疼过?"

"以前……这不是……"

他不知该如何解释。

而她将被子一卷,身子朝墙一转,不理他了。

他爬上床,钻进自己的被窝,一时心里也扫兴得生起气来,而那气头儿,自然而然地、责无旁贷地最终集中在她身上……

"关灯!"

她隔着被子,用屁股拱了他一下。

他啪地将灯拉灭。

婊子! 他恨恨地想,老子那东西被烫得那么可怜,还不是因为你么? 明明是因为你,却害得老子有苦说不出口! ……

就在这时,电话铃响了。

"姓姚的,还没什么情况汇报么? 是不是我们又应该请你到老地方去会晤会晤啊?"

"不必不必,不必劳驾各位……"——他扭头看了妻子一眼,一个不知何时盘踞在心里的坏意念,像一条蛇要试探着出洞似的,从他心眼儿里往外探出头来。客观而论,那不是恶念,不是歹念,更非阴险毒辣之念,仅仅是一种坏意念罢了。好比有些人为了对某人进行报复,拔掉某人自行车的气门芯,扎破某人自行车的轮胎,往某人自行车座上摁大头针,冬天往人家门前泼一盆水躲在暗处希望看到人家出门被冰滑一跤,或者往人家门锁孔里堵东西,想象着对方急急回到家却无法开锁跺着脚团团转的样子,非常快感……

判断妻子已经处在似睡非睡的蒙眬状态了,他一只手捂着话筒,悄悄地说:"小鸟儿已经回窝了……"

"正在你家里?"

"对。"

"好,太好了! 这是你立功的机会,你要缠住她,不许让她再离开!我们半小时后准到! "

"我说,这不妥吧? 无论如何也不可以在我家里……"

"少废话! 轮不到你来指拨我们该怎么做不该怎么做! 你把钥匙从外边插在你家门锁上! 如果我去了不见人,饶不了你! "

"深更半夜的,你跟哪个骚女人在电话里勾搭起来没个完! "

那个明天早上就不再是他的老婆,而此刻仍同他睡在一张床上,因为一心想和他大张旗鼓地展开性事的最后一役竟白白浪费了如火烈欲不了了之,正气得睡又睡不着,不睡又百无聊赖的女人,猛地掀开被子往起一坐,一把从他手中夺下电话,摔落在电话机上。他一声不吭,像只受惊的黄鼬似的,立即缩入自己被窝。

婊子! 好戏就要开始了! 我倒要亲眼看看你这个已经压迫了我多少年的女人,在另外一些男人面前吓得如何浑身筛糠屁滚尿流的样子!我那中学老同学孙克不是趾高气扬目空一切俯视芸芸众生的富豪么?几十万元几百万元对他不是不当一回事儿么? 他不是很欣赏你这个婊子么? 他不是仗着财大气粗连我这中学老同学的老婆都可以买件一时喜欢的玩意似的买了去做又一个情妇么? 那么就让他出钱赎你这个不要脸的婊子吧! ……

听着她呼吸渐渐深重,渐渐响起了沉睡的鼾声,他动作极轻地悄悄起身下了床,摸着黑蹑足去开了门,将钥匙从外插在门锁上,无声无息地关了门,又上床去了……

侧耳聆听着室外的动静,他感到时间过得太他妈的缓慢了,每分钟过得就像每十分钟一样长似的。

约莫着半个小时已经过去了,室外并无丝毫动静。

约一个小时已经过去了,室外还是没有丝毫动静。耳朵由于始终在聚精会神地侧听,神经紧张得有点儿疲竭了。他吸起一支烟,大口大口地吸,免得自己打瞌睡……

借着烟头儿一红一红的那丁点儿微光,他注视着身旁像只睡猫似的女人,幸灾乐祸地继续想自己被绑架的遭遇。难道她不该也遭遇一次么?自己所受的惊骇,难道她不该也受到一番么?自己所受的凌辱,难道她不该也受到一番么?甚至,连自己受到的虐待和折磨,她也是该领略领略滋味儿的!自己是代她受过,那叫无辜!而她是自作自受!活该!至于她和那几个凶悍的男人之间究竟有什么过节,有什么仇怨,那他可就管不着了。即使完全是误解,也由她自己去向他们解释,她自己去给他们个说法吧!他甚至希望,他们毁了她那张漂亮的、在韩国和日本做过美容的、皮肤越加细润的脸!她不是一向以她那张漂亮的脸为骄傲为资本么?她那张漂亮的脸不是如同她的"不动产"如同她的"原始股"么?被破了相看她还有什么可骄傲的,还靠什么去迷惑男人?当然地,他的老同学,那位用钱将他的老婆买了去做又一位情妇的大富豪孙克,肯定是不会再欣赏她的了,哪一个男人会欣赏一个被破了相的丑八怪女人呢?那他才高兴!他当然也不会再承认她是自己的老婆的!双方已经在离婚协议书上签了字了么!那么她可就是一个一无所有的丑八怪女人了!而他却白白从他的老同学那儿得到了三十万元,还有她替他的老同学写下的十万元借据!这十万元也得要!谅那孙克理亏也不敢不给!孙克啊孙克,你这王八蛋也活该!你那才是偷鸡不成蚀把米,人财两空呢!

对于身旁这个曾是他老婆,以前曾明里暗里一顶接一顶往他头上扣过许多绿帽子,明天早晨又不再是他老婆,摇身一变将成为别人的情妇的女人,他的心理是相当复杂的,他对她的情感比心理更为复杂。事实上他已经不爱她。自从他暗暗立下了要"征服"那个脸像兔子的女人的雄心大志,他其实对她便一点儿对妻子的那种感情也没有了,他今天晚上作为一个离婚条件将她留在家里,并非出于对她的感情方面的依依恋恋难以割舍,而是受最后一次占有意识的支配,好比一个患"游戏机迷恋症"的如今的孩子,自己曾经拥有的一盘游艺卡,今天已经卖给了别人,明天早晨便不属于自己,所以竟感到还没太玩儿够,要连夜玩个通宵才肯罢休似的……

遗憾而又大扫其兴的是刚要开始玩儿就"短路"了,无可奈何地玩儿不成了!

"过渡时期"的丈夫——妈的,他联想到了她厚颜无耻地、笑盈盈地用娓娓动听的语言当面向他承认的话,他早就感到了他们以前的夫妻关系,存在着极大的虚假性,摇摇欲坠的危机性,以及自己常常朝思暮想也始终想不明白在什么方面不对劲儿的若隐若现的严重问题。今天经她当面捅穿"糊窗纸",他才恍然大悟……

真是新仇旧恨一齐涌上心头哇!

报复有理!

对她这样的女人这样的老婆能不报复么?

报复有理!

对企图靠几十万元一笔勾销夺妻之恨的自己那个老同学,那王八蛋富豪能不报复么?

不进行报复这世界上还妄有公理?

何况,并不需要他自己直接进行报复。那些凶悍的男人们,就会间接地替他进行报复了。

于是他竟又觉得,他们才更是自己的目标一致的"同志"了,是铲除人间不平之事、"替天行道"的义士和当代侠客了。一分钱雇佣费都不必花费,责任与自己毫不相干,这样的些个敢作敢为的汉子哪儿去找？这样稳妥的报复方式这样苦思冥想都想不出来的报复机会干吗要错过？……

婊子，一会儿就有你的好戏看了！

王八蛋的孙克，你小子白白付了钱还要接着付一大笔钱赎人却没达到目的竹篮打水一场空猴子捞月亮啥也没捞着，你一辈子想起来都觉得窝心吧！除非你偏偏喜欢一个被破了相的丑八怪女人做情妇！……

他终于听到了钥匙在门锁眼里转动的极轻微极轻微的响声……

接着听到了咯吱的开门声……

他一激灵，接着缩入自己被窝，故意打起很响的鼾声……

几道手电筒刺目的强光同时亮起，在屋里乱晃乱照，刚一射到床上，几条黑影也便扑到了床边……

他的被子被掀到地上，一只手用力捂住了他的嘴，连鼻子都捂住了，一时闷得喘不了气儿发不出声儿，而另外两只手抓住他的两条胳膊，一扯一拽，将他拖得摔在地上……

趁着捂住他嘴捂住他鼻子那只手一放松，他急叫出一句话是："搞错了，别冲我来呀！"

这时她被惊醒了，刚一欠起身，两条黑影转而扑向了她，她的嘴迅速被什么东西塞住，两条胳膊和两条腿也迅速被捆了起来。他们干得干净利落，仿佛是专干这一行儿的老手儿。一切发生在不到一分钟内。

他被用一柄刀逼住着咽喉，他觉得刀尖已扎入他咽喉部位的皮肉里了。

对方在他耳边低声威胁："你他妈敢吭一声，坐地要你的命！"

"咱们不是有言在先，只要我诚心诚意配合，就没我什么事儿么？你们怎么能……"

他想质问他们怎么能不守信用……

但他的话还没说完，后脑受到什么器物重重一击，昏了过去……

待他睁开眼睛时,又在那座破仓库里了,她四肢伸展,呈"大"字形,赤身裸体地被捆缚在废车床上,就是曾捆缚过他的那一台废车床,吊在她头上方的马灯,还是那一盏罩上满是油垢的马灯。

而他自己,则被两臂反缚在她对面的一根木柱上。

汉子不多不少仍是四个,头上都仍然套着女人的丝袜。

为首那名最矮的汉子,走到车床旁,用手中的牛耳刀轻拍着她的一只乳房,以一种近乎调情的语调说:"亲爱的,心肝儿宝贝儿,你让我找得好苦呀!这一向又到哪儿风骚去了呀?"

"你!你是谁?"

她声音颤颤的,一双眼睛由于惊恐,别提瞪得有多么大了。

"怎么?分开没多久嘛!就对我这么生分了?居然连我的声音也听不出来了?"

他缓缓举起另一只手,放在头顶上,突然地就一把扯下了自己的头套。

于是姚纯刚看到了一个男人腮肉肥垂,粗俗不堪,丑陋得漫画似的黑黄的脸,在他那张肤色黑黄的脸上,一处密一处稀地遍布着深深浅浅的麻坑儿。脸是黑的,一处密一处稀的麻坑是黄的,深的深黄,浅的浅黄。故使他的脸看去黑中透黄、黄中衬黑。一只雄狮般的硕大的鼻子,占据了脸部中央最突出的接近四分之一的"地盘",将一双细眯的小眼睛挤得快长到额头上去了,将两片奇厚的嘴唇欺负得快让位到下巴颏上去了。

姚纯刚自然是不认识他的,对那面目丑陋的男人害怕得心突突地跳。

"你!……你想把我怎么样?"

他老婆的声音却不再发颤了,尽管手、脚、胳膊和腿被一道道绳子、铁丝牢牢地固定着,一动也动不得,却反而镇定了许多似的,好像她一认出那男人,便不将他放在眼里了,也不将他的三个同伙放在眼里了。如同一个大人,尽管失去了反抗力,但因对手们毕竟不过是些小孩子,心理上终究不失大人的尊严和对儿童的轻蔑。

"把你怎么样？"

粗俗丑陋的男人，将手中的刀猛地扎下去。她惊叫一声，头往旁边一扭。其实他那刀并非是要往她身上扎，只不过深深地扎在了车床上的一块木板上。随后他伏在她身上，双手扪着她的两只乳房，揉搓着，将自己的丑脸枕在她肩上，做出耳鬓厮磨之状，一边将嘴凑向她的耳朵，狞笑着说："心肝儿宝贝儿，我告诉你，我老婆不是失足掉下山涧摔死的，是我花钱雇人把她从山崖上推下去的。现在呢，法网恢恢，疏而不漏，她娘家的人已经告了。公安局已经立案了。不久，我这位'大款'，就会锒铛入狱，成死囚犯了……"

"我不信！"

"不信？信不信全由你了！反正有一头是事实，我完全是由于你而成了杀人犯的！"

"血口喷人！诬蔑！你谋害了你老婆，与我有什么相干？"

"血口喷人？诬蔑？与你不相干？心肝儿宝贝儿，是不是你主动引诱的我？是不是你海誓山盟地表示非要和我结婚不可的？嗯？说呀！"

"那又怎么样？"

他不再伏在她身上了，挺直了腰，但两眼仍凶光毕露地瞪着她，双手仍扪在她的两只乳房上。

"那又怎么样？问得好！心肝儿宝贝儿，问得好哇！我不跟我老婆离婚，能他妈的跟你结成婚么？我老婆宁死也不跟我离婚，我不害死她，又有什么别的办法儿？这就叫作别无选择！心肝儿宝贝儿，是你把我推到别无选择的地步上的！"

"呸！瞧你那丑八怪样儿！也不撒泡尿照照自己，配做我这种女人的丈夫么！"

他一点儿也没恼怒，反而笑了，用一只手掌在脸上从上至下的一抹，抹去了她啐在他脸上的唾沫，看看那只手掌，往裤兜一伸，想掏手绢儿的样子。半只手伸进裤兜，改变了主意，不掏手绢了。那只手又抽出来，将从自己脸上抹下的唾沫，往她胸脯上抹了……

她大声叫骂起来。

"你骂吧，我一个杀人犯，再过几天，逮捕书上一签字，手铐一戴，就成死囚了。判决之后，呜呼，这辈子就吹灯拔蜡玩完了，还会因为你现在骂我就大动肝火么？你骂也罢，叫也罢，哭也罢，都是没人会听到的。这儿是我当年干包工头儿的一个仓库，离最近的村子也有十几里呢！……"

他一边唠唠叨叨地说，一边绕着车床走，仿佛一头驴绕着磨盘转。

"求求你，别难为我。只要你放了我……我可以……"

她的语调变软了，低声儿下气了。

"你可以怎样？"

他在她头那一端站住了。

"我可以给你钱！你要多少我给你多少！有人会替我出钱的，真的！"

姚纯刚终于听明白了——原来自己的老婆在"傍"上自己的中学同学、那位暴发成亿万富豪的王八蛋孙克之前，竟跟这个身材矮小的、挺着一个大肚子的粗俗丑陋的男人也有一腿！而他为了和她达到结婚的目的，花钱雇人谋害了自己的黄脸婆！而自己则一无所知！他开始预感到她的下场不妙了，他开始对自己的出卖行径有些后悔莫及了……

"哎，你听我说几句行不行？法律是不会按照你刚才那种逻辑……"

他企图替曾是自己的老婆的女人说情儿，然而刚说了一句半，却使那丑陋的男人顿时变得凶相可怖、暴跳如雷起来。对方几步蹿到他跟前，左右开弓，恶狠狠地抽了他一顿耳光……

"住口！她往你头上戴绿帽子，你还想替她说话？你知道她在床上跟我搞的时候怎么说你？说你是天底下最窝囊、最熊包、最没本事的男人！说往你这样的男人头上戴绿帽子是妻子天经地义的事儿！戴一百顶都不算多！不戴白不戴！戴了也没什么对不起你的！老子今天仗义冲着都是男人，成心让你亲眼看着出口气，你他妈的倒不识趣儿了！再多嘴先把你舌头割下来！……"

一顿耳光,直扇得他几颗牙齿松动,嘴角淌下血来。

另外那三个男人,却突然争夺起什么东西来。他心惊胆战地扭头望去,见他们争的是那装着十万元现金和她的一些金首饰的挎包,不知他们怎么会在他家里发现了它,顺手牵羊地将它当成了"外快"……

"那不是她的钱！是我的钱！我的！你们不能这样！……"

刚回到车床那儿的丑陋男人,听了他的叫喊猛转过身,又要向他蹿来,吓得他立刻噤声,紧紧闭上了嘴。眼见他们你一捆我一捆的,片刻将挎包抢光,将到手的钱和首饰往兜里揣往怀里掖……

他的心也开始流血了,因为失去了那十万今天刚刚属于自己的钱和那些值钱的东西。那一时刻,他已经顾不上那被自己出卖了的,曾是自己的老婆的女人的命运下场了……

"你们他妈的消停点儿！些个见钱眼开的东西！老子已经给了你们整整一百万元雇你们,还嫌少哇？见了这么几捆儿钱还像狗抢剩食似的争啊！都他妈拿过来！"

他们面面相觑,都显出极不情愿的样子。已经揣进自己兜里掖入自己怀里的钱,而且是一万元一捆的钱,和贵重的看去很值钱的东西,若再被别人以收缴的态度要了去,的确是任谁都会反感的事啊！

"拿过来！"

丑陋的男人吼了。

他们犹犹豫豫的,一个接一个的,显出几分被迫无奈先后走了过去。你看我,我看你,终于看得一个人违心地做了"表率",于是纷纷将瓜分的钱和那些值钱的东西,掏出放在车床上,其中几捆钱和一只耳环,被放在她的胸脯上、肚子上。

"心肝儿宝贝儿,为了你,我甘愿心受色迷,一失足成千古恨。钱对老子已经完全没用了,除了给儿子存上二百万元,其余的一百万元都分给他们了！……"——他朝那三名雇佣者一挥手,他们便同时退开去了。

他们始终戴着头套,不像他似的,毫无顾忌地暴露出真实面目。

"而你,"他又向她弯下腰,嘴凑着她一只耳朵说,"居然要猴儿似的要我!为了钱朝三暮四,连个音信儿都不给我留,好像根本就没跟我睡过觉,根本就没对我海誓山盟过,一变心就去'傍'比我更有钱的男人了!你预先也不打听打听,全市有几个人敢要猴儿似的要我!……"

"求求你,饶了我吧!我下次再也不敢了!"

她也预感到了自己的下场大为不妙,声音又颤颤的了。

"下次?你有下一次,我还有下次么?实话告诉你,我公安局的哥们儿已经向我透了口风了,逮捕证已经签发了,不是明天就是后天,我就会永远没机会再见到你了!老天有眼,你今天就回家了!也得感激你丈夫,他出卖了你,成全了我生前见你最后一面的愿望,否则我还真死不瞑目呢!……"

于是她破口大骂起姚纯刚来,什么难听的话都骂出了口。

他极力替自己辩护:"你骂我有屁用?我被绑在这儿,还不是受你的牵连?几天前,就在这个地方,就在捆住你那车床上,他们凌辱我,折磨我,给我上'老虎凳',用冰凉的井水泼我,用烟头烫我!我要是不出卖你,他们发誓要弄死我,将我大卸八块儿……"

然而他的自我辩护被她的高声叫骂所掩盖,分明地,她一句也没听进耳朵里去,只不过成了他的自言自语罢了。

那王相中却聋子似的,听着她骂,非但不喝止,反而很开心似的笑了。他按着打火机,一张一张地烧着百元大钞玩儿。一边喃喃自语:"现在老子一看见钱,就像看见最可恶的东西,不烧就难解心头之恨……"

钱,一张又一张,一百元又一百元,一捆又一捆,被烧成纸灰,边缘曲卷着,一只只大黑蝴蝶似的,遍落在她的赤身裸体上。她的叫骂之声,在这期间,渐渐地嘶哑了,衰竭了,终于完全停止,变为哭泣了。

"饶了我吧!饶了我吧!……"

她哭泣着,哀求着。

"饶了你,说得轻巧,吞根灯草。我饶了你,谁饶了我?我决定为你谋害我老婆之前,也是一次次想饶了她的,但我若饶了她,能顺顺当当地娶了你么?你不是一再向我强调过,最不能容忍的是我有老婆么?现在我没有老婆了,我儿子没妈了,也将要没老爸了,只剩下我替他存在银行里的钱了,你称心如意了吧?……"

"王相中,你究竟要把我怎么的呀?……"

"究竟要把你怎么样?嘿嘿,我王相中是要和你结婚!这儿就是咱们的新房!今夜就是咱们的洞房花烛夜!我三位哥们儿,还有你那活王八丈夫,就是咱们的证婚人!你不该忘了我曾经对你说过,只要我王相中相中的女人,花多大本钱费多大波折,我也要达到占有的目的!不是有一部电影叫《刑场上的婚礼》么?咱们这就叫'赴刑场前的婚礼'!起码从我这方面讲,不愿让咱们的婚礼太马虎了,你们!你们他妈的呆愣着干吗?还不替老子布置布置!……"

那三名被雇佣的汉子,一个个都正在嘴唇隔着女人的丝袜嗫烟,听了他的"指示"赶紧都将烟扔在地上,都从兜里掏出打火机,一齐按着了,分散开去……

姚纯刚这才发现,此处彼处,这破仓库的东西南北中,各个地方都插着蜡烛,那种一尺多长、茶杯口一般粗的,如今农村办喜事儿用的彩色蜡烛,——的被点燃了,它们发出的光也是彩色的,于是那绑缚着她的废车床被照耀在奇异的红黄相映的温馨又温暖的烛辉下……

王相中说:"没你们的事了!哥几个尽管带着钱远走高飞吧!你们放心,你们竭诚帮了我,我王相中毕竟也是条汉子,绝不会招出你们的。一人做事一人当,我何必出卖你们呢,对不?"

他们中的一个就说:"大哥,我们信得过你,为你办事儿,那是你看得起我们。我们一百个放心!"

于是他和他们一一握手,握住就不愿放开,紧握着抖晃半天,还觉得不足以表达感激之情,又一一和他们拥抱。

"拜托两件事儿——第一,时常地,替我这当爸爸的,以叔叔们的名义给我儿子写封信,关心关心他,嘱咐他别跟我似的,从小就花天酒地不学好,如果他有志气、有出息,考上了大学,你们要替我鼓励他出国去深造……"

"大哥,放心。你一向对我们义气,哥儿三个永远念着你的恩情,你的儿子,就是我们的儿子……"

"第二,逢到我的忌日,别忘了替我多多烧纸钱,谁也没死过一次又复活,那么谁也不敢说阴间肯定就是迷信,反正迷信不迷信的,别人不信我信。有阴间,阴间的人就也得有花钱的,别让大哥在那儿手头紧,衣兜里没钱……"

他说着说着,流泪了。

"大哥,这两件事儿,我们哥儿三个都铭记在心了,如果我们做不到,你可以变狰魔厉鬼,天天夜里在我们梦中惊吓我们,搅扰我们活得不安生!……"

他们一个信誓旦旦地说着,另两个不停地点头,不住口地说:"对对,对对……"

"我也是完全相信你们的,对你们都不相信,我还能再相信谁呢?……该拜托你们的,拜托过了,大哥还有一句话要告诫你们……"

他抹了一把脸上的泪,这一抹,黑灰混了眼泪,脸可就变成一张黑鬼脸了。

"大哥,你的话,对我们就像父母的话,何况是在这种时刻,你还有心告诫我们。我们洗耳恭听,甭管话重话轻的,大哥你只管说吧!"

"其实也算不上什么告诫,不过就是教训,大哥的现身说法罢了——以后,不论对什么样的女人,不论那女人把你们诱惑到什么地步,你们都不要对女人动真心,更不要像大哥似的,一时被女人灌了迷魂汤,色迷心窍,色胆包天,后悔不及。你们尽可以耍她们,受用她们,就是不能相信她们的什么海誓山盟,中了她们的美人儿计,将自己当成筹码陪她们玩儿赌人生的游戏……你们可千万要谨记啊！"

"大哥！"

他们齐发一声喊,齐跪下了,都呜呜哭了。尽管姚纯刚看不到他们的面貌,但听他们的哭声,是那么悲痛,觉得他们肯定是在真哭,而不是凭着头套的掩盖假装干嚎。

"起来起来！快起来！你们都去吧！没你们什么事了……"

于是他们一个个向他磕头,每人连磕了三个前额触地的响头,便一齐离去了。

那王相中又吸烟,才吸了两口,发现姚纯刚在瞪视着什么,顺着他的目光看去,瞧见了地上那东西,那东西其实是那张折了几折的支票。

他捡起来,展开一看,冷笑了。

"二十万,不太少嘛,够花一气儿嘛！"

他将烟朝地上一扔,一脚踩住,发着狠劲儿用鞋尖拧了几拧,拿着支票走到了姚纯刚跟前。

"也是她给你的吧？"

姚纯刚胆怯地否认:"不,不是……"

"说老实话！要不我一刀宰了你！"

他走向车床那儿,拔出刀,几步跨回来,刀尖在姚纯刚心口窝乱比划。

"是,是……"

"她又'傍'上的那个男人更有钱吧？"

"我……不知道……"

"撒谎！我看出你明明知道！我王相中眼里是揉不进沙子的,快说！"

"对,对……"

"有多少？"

"大概……大概一亿几千万吧……我也说不大准……"

"一亿几千万？"他又冷笑了，"真他妈想不到，好比杨二郎的天狗从天上撒下了一大泡尿，中国的地面儿上几年工夫就暴发起来了这么多有钱人！相比之下我王大款简直等于是穷光蛋了！"

他将刀往口中一叼，双手一下一下地，漫不经心地，将那张支票撕成了纸条儿。

姚纯刚的心又裂开了几条大口子，又像一张大嘴似的，几乎要一齐发出尖喊厉叫："别撕别撕别撕呀！那可是二十万呀！……"

他将纸条儿揉了揉，一手扼住姚纯刚脖子，使他喘不过气，张大了嘴。

于是他便将那些纸条儿全塞入姚纯刚张大了的嘴里，接着另一只手从口中取下了刀，刀尖又逼触在姚纯刚的心口窝……

"吞下去！"

姚纯刚哪里敢有半点儿违抗的表示？只有嚼，只有强往下吞，这是他有生以来吃过的最没滋味儿最难以下咽的东西，也是他有生以来吃过的最昂贵的东西，他闭着眼睛嚼，闭着眼睛强往下吞，如同在往下吞一套商品房或一辆豪华型桑塔纳汽车……"

"好！吞得好！味道好极了吧？……"

姚纯刚嗓子眼儿一噎，差点儿呕吐。

"混蛋！咽下去！"

他在那把刀的威慑之下，翻了翻白眼，终于是费劲儿地咽下去了。

"钱是好东西！世界上最好最好的东西，对不对？你老婆，不！现在应该说是我老婆了，她已经和我举行过婚礼了么！你也是证婚人之一么！她为了钱，先骗你，后骗我，在骗你我之前，也许还打算骗许多人，而你，为了钱，甘愿把你老婆卖了。而我，为了你老婆，把自己的老婆谋害了。钱和色，真是一对儿孪生姐妹，比赛着放荡。一会儿像风流伴侣，一会儿像仇憎冤家。此时此刻呢，对我来说，像仇憎冤家，我就是一笔人体造型的钱。你老婆，不，我老婆就是金钱质量了的色，我倒有点儿后悔了，支票也许更应该让她吞下去。看来,她比你我两个受她愚弄的男人更喜欢钱,比我王相中好色更追求钱! 吞进她的肚子里就万无一失是永远属于她了么! ……"

他将他当成一个最可爱的最能理解他的听众似的,脸凑着他的脸,对他尽说,说得两边嘴角儿都泛起了唾沫,像一只正在吐气泡儿的螃蟹似的……

"娜娜,娜娜,娜娜快来救我……"

毫无气息半晌了的她,缓过点儿活力了,发出了微弱的求救声。尽管其声非常微弱,两个男人还是听到了。姚纯刚不禁心怀恻隐地向她望去,而容貌丑陋满脸乌黑的王相中朝他扭过头去……

"娜娜? 娜娜是谁?"

"不知道……我……我从没听她提起过……"

"你骗我! 你一定知道! 说!"

"我真不知道哇! 我……"

对方手中的刀一划,他胸前立时出现了一道又长又深的口子,鲜血涌淌,染红了他的腹部……

"男人……男人算些什么东西! ……英俊的不过是些好看的动物,丑陋的尤其是些最可恶的东西! ……我要这些好看的动物全都拜倒在我面前……吻我的脚……做我的奴仆! ……我要丑陋的都变成猪! 一只只纯金铸就的猪,凭我任意拍卖! 征服巴黎! 进军柏林! 进军柏林! 我是堕落又邪恶的美女娜娜! 我来了! ……"

她求救之后继续说着,越说语调越高、越激昂。在两个男人听来,她像是一位感情充沛的女演员,正在极其投入地、完全进入忘我状态地背诵一段台词。而那是她自认为最精彩的,也是她自认为必将赢得热烈掌声的一段台词,一段似乎足以作为经典留待后世千载不朽万古不灭的名句……

他们以为她是在说胡话,她的确是在说胡话,又不是在说胡话。她说的乃是左拉的杰作《娜娜》中,女主人公娜娜在过着豪宅华车、锦衣玉食的日子时说过的一段话。她已将《娜娜》这一部书翻阅过了何止十几遍!许多段落许多对话都用红笔画上了道道,早已能够背得滚瓜烂熟,一字不多一字不少。甚至到了分不清究竟是"娜娜"的思想,还是她自己的头脑中经久提炼产生出来的思想的程度。她的神志实际上正处在昏迷幻乱的状态。如一具还没有冷硬的僵尸,但她的思维那一时刻却"灵魂出窍",异常活跃起来,在无边无际的昏迷幻乱的霓彩绮丽的天空上浪漫翱翔……

"娜娜,娜娜!别抛下我……带我一起去征服巴黎!带我一起去进军柏林!姐妹们,让我们去征服!征服!……"

她的梦呓般的话语,那么自信!那么激昂!那么骄傲!那么具有高涨的煽动力!

"妈的,我得让她清醒清醒!"

王相中嘟哝着,离开姚纯刚,去到井那儿吊起一桶水。姚纯刚以为他是要用冰冷的井水泼她。没想到他双手将桶举过头顶,一倾,兜头冲在自己身上。看来他的体质很好,耐冷力极强,既未抖一下,也未打喷嚏。接着又吊起一桶水,拎至她身旁,哗地泼向她。他来来回回不停地吊起三桶冰冷冰冷的井水,猛泼了她三次。水点儿溅向周边的蜡烛,发出一阵阵爆豆儿似的响声。一片片耀眼的小亮星儿八面迸射。被冰冷冰冷的井水泼了三次之后,她从昏迷幻乱中清醒了,肉体上的黑灰被泼得干干净净,越发的显得白皙了。冷水猝激的原因,那一种白皙泛着淡青。

"说!娜娜是谁?"

"你不认识……"

她低声回答时,姚纯刚听到她上牙磕下牙的咯哒咯哒的音响。

"老子当然不认识,所以才问你!"

"我也……不……不认……识……"

"你不认识你刚才叫唤她救你!"

"没……没有……"

他啪地扇了她一耳光:"没有叫唤她救你?难道老子神经错乱不成!"

他将又握在手中的尖刀朝姚纯刚一指:"她叫唤什么'娜娜'救她没有?你他妈替老子作证!"

姚纯刚胆怯而且卑贱地说:"她是那么叫唤来着,我也清清楚楚地听见了……"

"没有……娜娜……是……一本书上的……的人……饶了我吧!饶了我吧!……"

她又哭泣起来。此时此刻,她哭泣得是那么绝望了。姚纯刚第一次听到这曾是自己妻子的女人哭泣,也是第一次从她的哭声中听出这女人竟原来也有感到绝望之时。

他又扇了她一耳光,厉吼:"不许哭,洞房花烛夜,你他妈哭的什么劲儿?不是你对我海誓山盟过,要和我王相中生同衾,死同穴么?饶了你,我在那边儿的世界岂不成一条光棍了么?不是也会撇闪得你在阳间日日夜夜地想我么?今天我就成全了你,带着你和我一块儿到那边儿去吧!……"

他话落刀也落,一刀插入她心口窝,用力甚大,仅露刀柄……

姚纯刚哼一声,头一歪,昏了过去……

他是被冷水泼醒的。

他想对方肯定是疯了,事实上那王相中也真的疯了。报复之念一旦付诸行动,其过程好比核裂变,人性往往会在裂变中最大极限地扩爆,于是理智彻底丧失,人性彻底泯灭,形成为兽性的冲击波和蘑菇云。但这一种疯是与精神病病理学概念上的疯有本质区别的,是人性恶念极度膨胀后狂烈发泄的快感。

他暗自思忖,看来自己今天也难逃厄运,也必死无疑了。

"饶了我吧!求求你饶了我吧!我对你不是百依百顺么?你警告

我不许报案,我就没报案。你指示我一有她的情况就如实汇报,我不是如实汇报了么? 你们终于能把她弄到这儿,出了恶气,解了恨,我没功劳……不是还多少有点儿苦劳的么? 再说我们两个男人之间,也没有仇哇! ……"

他声泪俱下。那一种可怜相,铁石人看了心肠也会软的。

"饶了我吧! 我还有八十多岁的老母亲要我养活呀! "

他当然是有母亲的,不过才五十多岁就死了。此前他未想起过他的母亲,这时才想起却希望对方佛心顿生。

对方操起了刀。

他以为对方要杀他,想喊,却由于恐惧到极点,嘴张得大大的,发不出声。白眼一翻,几乎又昏过去。

"好,看在你八十多岁的老母亲的份儿上,也为了感激你诚心诚意的配合,我就饶了你。想当年我老娘活着的时候,我王相中也曾是个有口皆碑的大孝子。孝子对孝子应该另眼相看,手下留情对不对? 不过,你得去替我报案。我王相中一人做事一人担。你也可以像我那三个好兄弟一样,尽管放心,我绝不会把你在这件事儿中的关系招供出来的……"

手起刀落,捆住他的绳子全被割断了。

他一下瘫在地上,想站起来拔腿便逃,却是浑身如棉,哪里站得起来!

"好臭! 你他妈的屙裤裆里了是不是? 滚! 趁我没后悔,还不快滚! "

"我滚……我滚……"

他声低语微地喃喃着,仍是站立不起来。内心里恐惧到了极点,怕对方真的后悔放了他,于是一只龟似的朝仓库门那儿爬……

"妈的! 这你什么时候能爬到公安局去! "

对方狠狠踢他一脚,一手只拎住他的后腰的皮带,将他向仓库外拖去。拖出了仓库门,一松手,他又瘫在地上了。

"没出息的东西! 五分钟后我再出来看你,如果你还赖在这儿,那就是你成心找死,怪不得我杀人杀上瘾了!"

对方又狠踢他一脚,转身回到仓库里,不知又干什么去了……

夜间的习习凉风一吹,他那瘫软如泥的身体恢复了些知觉,也渐渐开始能接受大脑神经的支配了。

月亮很大,月光如水。四野静悄悄的。在远处,有一个小小的村子的幢影儿。几点灯光,比油灯捻儿亮不了多少。他明智地想,还是先奔逃向那个小小的村子去吧……

于是他试探着迈动他的脚步——一步、两步、三步……

"你他妈的还在那儿等着找死是不是?

仓库里传出来他的吼促。

于是他试探着跑了起来,竟越跑越快。赤着的双脚,被一路上许多尖锐的东西扎破了又扎破了。但他忍着钻心的疼痛,不敢稍减速度,更不敢停下来看一看脚底板,包缠一下。越跑越快,越跑越快,仿佛一条赛狗场上争强好胜非第一个追上标靶兔子的狗,又仿佛王相中正握着刀以同样飞快的速度在后边追他。耳边风声呼呼,腿脚像上足了发条,完全由不得自己似的跑着。那小小的村子的幢影儿近了,那几点灯光也近了。一次次跌倒,一次次立刻爬起,跑,跑……村子更近了……灯光更近了……

当他坐着警车又来到那座破仓库,天已大亮了。他平生第一次坐警车,正如平生第一次坐"凯迪拉克"坐"公爵王"。两种"平生第一次"的感觉,当然是极其不同的。

见惯了残杀现场的公安人员们,一个个还是被他们所目睹的尸身狼藉的现场震惊得目瞪口呆,连彼此的说话声,都尽量地低着。

公安人员们开始寻找凶手。这儿那儿,将仓库的每一角落,各类杂物堆下都找遍了翻遍了,却没发现王相中。

"会不会潜逃了?"

"不会吧? 他的车不是还在外边么?"

"躲到外边哪儿畏罪自杀了?"

"有这可能!……"

于是又都到外边去分头找……

"他那车里怎么还开着音响呢?"

"在这儿!他在车里!"

于是他们都围拢向他的车——在车的后座,王相中枕着一个软垫儿,正蜷腿躺着。他已穿上了他那套名牌西服,甚至还系上了领带。阳光投入车内,晃得领带上的一枚纯金领带夹闪闪发光。他一条手臂下垂着,另一条手臂横在胸前,手中握着酒瓶。那是一瓶"人头马",但酒已光,被他饮光和淌光了。

一名公安人员一拉车门,竟没锁,拉开了。他不禁后退一步。一股浓烈的酒气从车内散发出来,他是被酒气熏得后退一步……

"死了?……"

他将一只手往凶手口鼻处放了一会儿,肯定地说:"没死,他妈的他灌醉了!……"

　　你问我爱你有多深……
　　月亮代表我的心……

车体收音机,正是音乐台节目。女歌星甜腻腻的嗓子,唱得人昏昏欲睡。

　　亲爱的听众!刚才各位听到的,虽然是一首多年前流行一时的旧歌,但当我们今天决定重播之际,又不禁忆起它当年风靡了中国大街小巷的鼎盛情形。的确,有些歌时唱时新,年年新,月月新……

"把那玩意儿关了！听得我耳鸣！"

他们中的一个，突然火冒三丈起来。

车体收音机戛然一关的同时，一副亮锃锃的、看去仿佛是新的、还没用过的手铐，咔嚓铐住了王相中的双手。

他翻了一下身，醉睡中嘟哝了一句什么，竟打起鼾来……

第十章

王相中并没像他对他那三个"好兄弟"和姚纯刚所"大丈夫"气概地保证的那样——"一人做事一人担"。他将他们的参与罪行和助恶罪行,点点滴滴全部招供。而且,在坦白交代中,绘声绘色,津津乐道。仿佛他自己非是主谋、非是雇佣者,只不过是一个"协从犯",是受了怂恿一时冲动的"迷途羔羊"似的。仿佛他一夸大了他们的罪行就会对自己的罪行有所减轻似的。其实,他内心里并不存在这后一种幻想。他明白,不管自己的态度伪装得多么老实,总归是逃脱不了被判死刑的下场的。他也早有充分的心理准备,不在乎挨枪子了。重金雇佣了,当面信誓旦旦地保证了,受审时再"一揽子"供出,乃是他的整个犯罪策划中的一部分。他是在按他的预先策划,进行他人生的最后一场表演。开他那三个"哥们儿"的大大玩笑。凭什么我辛辛苦苦,坑蒙诈骗积累的钱,要让别人们拿了去享用呢?就因为他们帮我杀了个女人么?什么"哥们儿"?又不是手足亲兄弟!何苦的临死前还要狡猾地掩护他们呢?对不起就对不起了!这辈子也只能再做一次对不起"哥们儿"的事儿了。不做白不做啊!做对不起"哥们儿"的事儿,有时候不是也挺快感的么?这辈子不是只能再快感一次了么?……

他最清楚他们各个将会逃匿到什么地方去。公安机关按照他提供的可靠线索，马到成功地就将他的三个"哥们儿"缉拿归案了。他们做梦也没想到，那么快就锒铛入狱了。一个个被逮捕时都极纳闷儿，怎么自己的行踪就被了解得那么准确呢？难道公安机关里有位能掐会算的高人不成？直到提审时他们的"大哥"皮笑肉不笑地当面和他们对质，才各个如梦初醒，恍然大悟。而他们从他那儿收受的雇佣费，每人三十多万，有的竟连一分钱还没来得及花。动用了的，也只不过就花掉千儿八百罢了。

那一百多万自然是全部充公了的。

死囚犯王相中还厚颜无耻地写下份"遗嘱"，上曰："取之于民，用之于民。希望捐助穷困地区，为失学儿童盖几所有规模的小学校，每所小学校都应命名为'王相中义学'或'相中义学'……"

他的三个"哥们儿"，依法被数罪并罚判处二十年、十八年、十五年不等。

姚纯刚被判得最轻——七年。他不服判决，认为自己是大大的受害者，不但不应被判刑，而且简直应从死囚犯王相中被充公那一百万元中，至少拨出十几万对他予以精神损失之补偿，才能显出法律的公正。高一级法院，很快就驳回了他的上诉，定论为终审判决，剥夺继续上诉的权利。法律当然承认他也是受害者，但同时指出他犯了"知情不报"与"具有配合性质"的"间接同谋"罪……

他与王相中的三个"哥们儿"关在同一牢房。生活三同，同吃同住同劳动。但他们却并不与他"同病相怜"，他们嫉妒他而又非常瞧不起他。他们嫉妒他被判得轻，这是在监狱那种地方，一些人对另一些人唯一能产生嫉妒的方面了。他们瞧不起他是因为他竟连自己的老婆都忍心出卖，而且是那么一个如花似玉的老婆！一个男人，前世修下多大的造化，现世才配有那样的艳福啊！若是他们中谁的老婆，爱都爱不过来呢，怎么肯便往恶人王相中的虎口里推？刀架在脖子上也不哇！——尽管他们都曾打电话威胁过他……

同牢房的十几名犯人，渐渐了解了他是因"出卖老婆"才犯罪后，受那三人的影响，皆非常瞧不起他。

他成了同牢房每一名犯人的出气筒，他不敢怒也不敢言。因为在心理上，他已经不得不接受自己是"人下人"这一现实了。幸而"管教"念他是堂堂的一名"知识分子""心理研究所副所长"，对他还给予些关照。那"管教"是位勤学好问的小伙子，经常不耻下问，向他"讨教"诸多的社会心理学和犯罪心理学方面的问题。而他支支吾吾，当然是什么也回答不了的。那勤学好问的年轻的"管教"是虚心，他是徒有其名腹中空空，是心虚。又幸而虚心的小伙子以自己的虚心将他的心虚也想象为一种虚心依然地给予些关照……

有一天午休时分他哇哇大哭起来，捶胸顿足，涕泗滂沱。

"管教"以为他又受欺负了。

其实他并没受欺负，那天午休时分是千真万确地没受什么欺负的。

"管教"以为他哭是由于自我悔恨，劝说了几句，制止住了他的号啕，也就离去了。

其实他也不是由于自我悔恨。

他哭，乃因他想那脸像兔子的女人，想她那豪华富贵的别墅，想他在那别墅里度过的、终生难忘的十几天快活日子，想那脸像兔子的女人的一亿几千万，想他自己一心要"征服"她的"大事业"……

那"大事业"功倍事半，此身却陷囹圄之中，想想能不绝望能不哇哇大哭么？

七年……七年啊！

待出狱之日，自己必是一张被监禁严律"改造"得眉目皆非，皱纹纵横，白发早生的老脸了！

她哪里还会记得他？

就算终于又回忆起了他，时过境迁，又哪里会再正眼看他呢？

他觉得自己好像被命运拎着腿一下子甩到另外的一颗星球上去了。一颗比月球荒凉得多的星球——只能隔着宇宙时空想那脸像兔子的女人和她那豪华富贵的别墅和她那一亿几千万了！

这一种距离已无法超越。

除非乘宇宙飞船。

而监狱这颗"星球"上，并不为犯人预备那么高科技的东西！

……

一天，他和同牢房的犯人们在监狱内埋下水管道时，望见王相中被荷枪实弹的狱警从死囚监牢中押出，从他们身旁经过，走向一辆囚车。

他也发现了他们，冲他们喊："亲爱的弟兄们，那边儿见！有对不住的地方，请多原谅，都别往心里去！人活在世，谁还不兴玩谁一把啊！大哥不过是过把瘾就死！……"

一名狱警防止他再喊，往他嘴里塞了些什么。

他的"哥们儿"中的一个，破口大骂："姓王的！我操你八辈祖宗！等老子也到了那边儿，非找你一总算账不可！"

他的另两个"哥们儿"，没骂他。他们拎着铁锹就向他奔过去，看那架势，恨不得在他挨枪子儿之前，用铁锹将他活活劈死铲死……

他们被"管教"及时拦住，呵斥了回去。

而王相中已被推上囚车，往"那边儿"的路上一去不返了。

只有姚纯刚始终没任何激烈的反应。他最先看到王相中一眼后，就低下头干活，直至囚车开走，再没抬起过头……

那天晚上他受到了"管教"的表扬。

夜里他因为受到了表扬而被三名同案犯狠狠"修理"了一顿。

他们"修理"他时他一声不敢吭。

第二天"管教"问他怎么鼻青脸肿的？他嗫嗫嚅嚅地说，是起夜一头碰在墙上撞的。

那年轻的"管教"不太信，却也没深究。

大约一个月后,"管教"将他提出牢房,言简意赅地告诉他——他的住房,房权因为是属于他老婆的父亲的单位的,也就是市府管理局的。他老婆既然已死,市府管理局有充足的理由收回去另行分配。本市住房紧张,市府机关员工也不例外,所以市府管理局的决定,不但是有充足理由的,也应是他能充分理解、正确对待的。在员工住房紧张的前提下,倘竟为一名犯人将一处住房空置七年,广大群众是绝不答应的。何况他自己并非市府机关的员工,只不过沾他老婆的光。何况他老婆作为市府干部之女儿,也就是有起码资格住房子的房主,又是被他"出卖"而遭惨死的……

那曾虚心向他"讨教"社会心理学和犯罪心理学问题的年轻的"管教"看来在心理学经验方面,比他这位"心理研究所副所长"丰富多了。句句话都准确地对应着他的心理,说在"点子"上……

他哑口无言,只有诺诺点头的份儿。

"管教"说,至于他家的东西,监狱方面可以出面替他作价拍卖——如果他同意的话。

他很识趣,连说同意同意。

"管教"最后向他出示一只塑料袋儿,说内中的些个小东小西,是接到市府管理局请求协助腾房子的电话后,亲自赶去他家替他收集在一起的。多数是他老婆的遗物。考虑到也许对他有点儿念想,在人们搬搬移移的过程中替他"抢救"下来的,否则就被清理掉了。

他一边说着些感激不尽的话,一边翻那塑料袋儿,无非是他老婆的化妆品盒儿、影集、修眉的小镊子、指甲刀、钥匙坠儿什么的,还有一本书。

一本显然不但被通读过,还分明被精读过的书。

一本整段整段文字被画了红道道的书。

是左拉的《娜娜》。

他知道是老婆生前几乎手不离卷的一本书,却不知道究竟为什么,她像圣徒珍视《圣经》一样珍视它。

他请求"管教"允许他将书带回牢房去看。他开始暗暗承认,自己其实一点儿也不了解那个曾是自己老婆的女人。不错,他深知她和他一样,对金钱有种狂恋般的追求。甚至觉得,在这一点上她堪称他的启蒙老师。但作为一个丈夫,即使是一个"过渡时期"的丈夫,对一个和自己在一张床上睡过二千多个夜晚的女人,仅仅对她的金钱观念有所深知似乎太不够了。不知为什么,他产生了一种强烈的,企图多了解自己的"启蒙老师"一些,企图"破译"她的金钱观念之思想基础的意识……

他觉得那本书定能告诉他些什么,定能向他道破些什么真谛。

至于另外那些小东小西,他一点儿也不感兴趣。

他并不怀念她。或者说,只不过有时想起她,想起一个女人和怀念一个女人是完全不同的两码事儿。同牢房的每一个犯人,都有想起某一个女人的时候,于是他们就用最下流最污秽的话相互谈论女人。他从不和他们谈论女人。他硬装出毕竟是"知识分子",有别于一般犯人的样子。他一边听他们谈论,一边暗中在被窝儿里手淫。

他想起她的时候就是那时候——那时候他同时想,如果一切都没发生,他的命运又恢复到是她"过渡时期"的丈夫的庸常日子里,该多好哇!

在那种庸常的、穷酸的、梦想暴发却不知怎么才能一下子暴发起来的日子里,起码他不必"自给自足"地手淫。

仅此一点,就够好够幸福的了……

"管教"没答应他的请求。

"管教"严肃地说,这样的一本书,对任何一名犯人,都是绝对地不可以例外的! 这是原则问题。说一定替他保存着,说他等七年以后再看吧!……

回到牢房里,他忍了又忍,终于忍不住,问别的犯人们,有谁看过一本书名是《娜娜》的小说?

他们都摇头说没看过。

他们都是什么书都不看的男人。

由于他问的是书,他们都对他显出轻蔑又反感的表情。对那本书的好奇之心,促使他极不识相地接着问,谁知道点左拉其人?

这,他们倒都争着七言八语了:

"'左拉'就是万岁的意思呗!没看过苏联电影啊?老毛子一高兴不是就'左拉!左拉!'地欢呼么?"

"不对吧?老毛子欢呼的时候喊的是'乌拉'呀?"

"一回事儿!我敢肯定是一回子事儿!那是译音的不同!"

"对对!一回子事儿!'乌拉'是万岁的意思,'左拉'也是万岁的意思!"

"嘿,弟兄们,咱们一齐小声喊'女人左拉'怎么样?喊喊也过瘾啊!"

"喊就喊!"

"女人左拉!"

"女人左拉!!"

"女人——左拉!!左拉!!左拉!!……"

说是一齐小声喊,结果变成了一齐大声喊。

"管教"闻声而至,冲他们厉喝:"都乱喊什么!罚站!"

于是被下令统统面壁罚站一小时,包括姚纯刚在内。

从那一天起,年轻的"管教"对姚纯刚不予以关照了,觉得他开始起坏作用了……

一本叫《娜娜》的书……

一位叫"万岁"的外国作家……

七年……

姚纯刚想,七年后,他一定要通读要精读"万岁"写的《娜娜》,否则枉为这一本书这一位外国作家被罚站一小时了!

此后,"女人左拉"四个字,竟在那一座监狱的男犯人间传开了。

他们似乎都觉着喊"左拉"比喊"乌拉"更顺口——既然同是"万岁"的意思，而且是从关着一位"知识分子"、一位"心理研究所副所长"的牢房流传出来的，那么"左拉"能不比"乌拉"万岁得更有理么？

大约过了三个月，一天晚上，"管教"手拿着一份报纸来到牢房，监看着犯人们读报，讨论时事——这是狱中犯人们实行"思想改造"的方式之一。

"八号，你读！"

八号便是姚纯刚。读报的"光荣"，照例是他这"知识分子"的"专利"。

"管教，先读哪一篇？"

姚纯刚毕恭毕敬。他领受这一"光荣"之时尤其对"管教"显得毕恭毕敬。

"先读第一版上我划了标题那一篇。"

那一篇的标题是——亿万富女原是黑帮党羽，碎尸疑案终显倪端。

于是他便有板有眼、抑扬顿挫地读："目前，两具被碎尸之后沉于河底的女被害人的身份，终于经公安机关初步查明——其一为'富豪别墅村'最富贵豪华的 A 座别墅之女主人，其二为她的女管家。又经公安机关初步证实，该别墅之女主人，高中时期乃某市出名的'问题少女'，曾因流氓奸宿罪被劳改。劳改结束当年，与一七旬意大利男人相识，遂被带往国外，充当情妇，十年之久。该男系黑社会所统治的一个区域的头目之一，亡于八十三岁。该女趁机携巨款逃往他国，继而逃至香港。因其巨款乃属黑社会公有，触犯黑社会帮规之该女，成为黑社会诛杀令之搜寻目标，自忖在香港亦难保生命安全，便于近年归国，迁移五省八市，隐姓化名，于去年潜居我市……"

他没能读完，如同有一只无形的手，高举一柄无形的利斧，将他从头顶一劈为二。而他极为想要使自己复合为一，却做不到。他觉得自己的两片身子叉开着，前俯后倒，一片前仰时，另一片必定相反地后倒。觉得嘴和舌也被一劈为二了，发不出声了……

"八号,读哇!"

"……"

"你怎么了?"

他摇头,嘴一张一张的,仍发不出半点儿声音。

"管教"诧异地望着他。同牢房的犯人们,也都诧异地望着他,诧异中皆有幸灾乐祸的意味儿,可能都在心里暗咒他突发脑溢血。

"管教"从他手中掠过了报纸,命两名犯人将他扶到铺位躺着,自己接着读:"国际黑社会杀手亦追踪至我市,终于将该女与其女管家诛杀,并纵火烧毁其别墅。现一名凶手已被擒,另一名凶手在拒捕时被击毙。据被擒之凶手交代,国际黑社会对该女下诛杀令,意图并非在钱,而为杀一儆百,以肃帮规……"

"管教"也没能读完。

"管教,你看他、你看他!"

"管教"放下报,趋近他的铺位,见他口歪眼斜,舌头吐出口外半截,手脚已在抽搐……

他果然被同牢房的犯人们咒中,突发性脑溢血……

半个月后他离开监狱医院,算是复原了。但从此失语,变得半痴半傻。

又过了半个月,在一次劳动中,一条扁担一只筐,将他和一位老熟人凑成了一对儿。他那老熟人不是别人,正是"心理研究所"所长赵胖子。

赵胖子是由于那脸像兔子的女人及其女管家的案子牵扯到监狱之中的。据那"小妹"主动向公安部门交代——那脸像兔子的女人,和他有一笔"交易"。他每为她提供一名"三星级"的"性偶",她付给他三万元"酬金"。所谓"三星级",乃要求相貌如影视明星,体格如体育明星,嗓音如歌星。而且,要求头脑简单又能做到守口如瓶的男人。姚纯刚于是"有幸"成为他向她提供的第一名,带有"试销"的意思。因姚纯刚虽然几条都沾边儿,却五音不全,不能为她一展歌喉,供她独听独赏,她还少给了赵胖子一万元……

半痴半傻的姚纯刚,似乎认出了赵胖子是他的所长,又似乎根本没认出对方是谁。赵胖子见他那半痴半傻的模样,内心里对他的一种愧疚,也就自行解除了。当他是一个自己根本不认识的人,只和他一根扁担抬石筐,并不和他说话。

休息时,谁也没注意到一分钟内,半痴半傻的姚纯刚,操起一柄镐,举得高高的,一镐从背后刨在赵胖子头上。用力之猛之大,几乎将镐齿全部刨进了赵胖子的脑袋。他连哼都没来得及哼一声,扑通栽入土坑,一命呜呼……

姚纯刚却并未因此加刑。

监狱里的医生,很负责任地证明——他实际上已是一名精神残疾的犯人,其本人无法对其行为承担实际的法律后果……

那年轻而又尽职敬业的"管教",向上级打了一份报告,大意是与其将姚纯刚这样一名无亲无戚、精神残疾的犯人七年后推向社会,莫如长期替社会"收留"在狱中,能干什么活儿干什么活儿,能干多少干多少,还可以受到相应的医护照顾。

上级批示此建议很好,既体现了监狱中的人道原则,又为"净化"社会人口素质作了贡献。一举两得,切切照办。

于是,姚纯刚成了那一所监狱中唯一没有被判处无期徒刑,却破例"享受"无期徒刑"待遇"的犯人。

每至年节,总有一个包裹寄给他。其上不留寄址,次次总写"本市,内详"四字。吃的、穿的、用的,想得挺周到。但包裹内也就是些东西,从不曾见片纸数言。

有次"管教"将包裹中的东西转交给他时,见他那会儿似乎头脑明白,怀着几分难免的好奇试探地问:"八号,你不是无亲无戚的么?那这包裹究竟是谁寄给你的呀?"

他经这当面一问,两眼顿时就刷刷流下泪来。

"管教"虽然并没获得回答,但看出了,他心里分明知道究竟是谁寄包裹给他的,只不过永远不愿泄密罢了。

"管教"也就永远保留着自己那一份儿年轻人的好奇心,从此再也不问他……

这一年的年底,本市唯一一份纯文学期刊卖给了一位煤老板。那期刊曾很辉煌过,其上所发的几篇小说获过全国中、短篇小说奖,所培养的作家中有几位已是全国知名的了。但是它自己的状况却越来越不景气了,一个时期得靠宣传部门拨款维持才办得下去。现在宣传部门烦透了它,所以一位煤老板就成了主编兼社长。

煤老板第一次出现在杂志社时,严肃地宣布了一条要求——以后只要他来,每一个看见他的编辑都要立刻起立,不管年轻的编辑还是年老的编辑。

一位老编辑说:"这太过分了吧,杂志社不是官场。"

煤老板说:"愿不愿干下去了?不愿干了,请走。"

那老编辑愣了愣,走了。

煤老板又说:"从下月起,工资每人加一千,还有没有要走的?"

一阵肃敬。

"那,都坐下吧。"

于是大家几乎都无声地坐下了。

于是开了第一次办刊路线会议。

主编兼社长不屑地翻阅一份份稿件送审单,阅罢一份撕一份,结果全撕了。

"你们都组了些什么玩意儿?那些有看点吗?没有看点就没有卖点!什么时代了?读者才是刊物的上帝,不是你们!头脑里要多些新思路!"

他从拎包里取出一本破旧不堪的书往桌子中央一放:"这本书都看

过没有？"

于是众人皆围向桌子看，见是不知哪一年出版的《娜娜》；有的说看过，有的说知道。

"这是我的司机推荐给我的。这样的书才是好书，以后要多组这样的稿件！"

众人喏喏连声。

"下一期，把这本书发了！"

有人嗫嗫嚅嚅地说："可，那不是以刊代书吗？不可以的……"

主编兼社长的脸缓缓转向了那人，皱眉道："不可以？没什么不可以的。有钱什么都可以。你们就按我的决定做吧！"

两个月后，刊物开本那么大的一本书，出现在全市各类书报亭的架子上，还配有吸引眼球的宣传广告，其上印的是中国美工想象出来的风情万种而放荡不羁的"娜娜"；醒目的广告语是——"关于一个征服巴黎的女人的故事"。封底标明起印数是十万册。

然而非常不幸，和《娜娜》并排放在架上的，也是一本以刊代书的书，书名是——《那些使中国神魂颠倒的女人》，副标题是："且看'中国制造'的女人们的巨大能量"。

结果可想而知。

毕竟，中国人最要看的，还是关于自己国家的女人的故事……

图书在版编目（CIP）数据

恐惧 / 梁晓声著 . — 青岛 : 青岛出版社 , 2014.12
（梁晓声文集 . 长篇小说 ; 3）
ISBN 978-7-5552-1319-2

Ⅰ . ①恐… Ⅱ . ①梁… Ⅲ . ①长篇小说－中国－当代
Ⅳ . ① I247.5

中国版本图书馆 CIP 数据核字（2014）第 283744 号

责任编辑　　常　红
特约编辑　　代　敏